풍경의 감각

푸른사상 비평선 9

풍경의 감각

김홍진

A sense of the landscape

　　세계의 불행을 인식하는 데서 예술은 자신의 행복을 갖는다

—T. W. 아도르노

　시인은 늘 세계와 갈등하고 불화한다. 설령 세계와의 분리와 소외, 결핍과 결여가 존재하지 않는 자아와 대상이 행복하게 일치하는 동일성의 세계도 따지고 보면 현실의 삶이 조화롭고 질서롭지 못하기 때문에 발생한 역작용의 결과일 수 있다. 그것은 꿈을 가로막는 결핍의 현실에 대한 반작용이다. 불화의 관계에서 시인은 탈주와 이탈을 꿈꾸고 현실의 저 너머 피안을 동경한다. 미지의 꿈과 동경을 포기한 자는 진정한 시인이 아니다. 아도르노의 표현처럼 "예술은 세계의 모든 어둠과 죄를 자신의 내부에서 떠맡으면서 부정적 경험세계가 변화되었으면 하는 희망을 말없이 말한다"고 했을 때, 시인도 예외일 수 없다.

　시인은 늘 고통스럽고 불행한 운명을 타고난 결핍된 자아이다. 그에게 행복과 만족은 현실 저편 너머에 존재하는 것이며, 그것을 방해하는 현실적 조건들과 생래적으로 불화하도록 태어난 불행한 자아이다. 그는 자기에게 주어진 현실을 만족할 수 없는 결핍된 자아이며, 그렇기 때문에 비극적 운명의 소유자이다. 그렇지만 역설적이게도 그는 결핍을 만족하는 자아이며, 결핍과 비극은 곧 그에게 행복이다. 세계의 불행을 인식하는 데서 시인은 자신의 행복을 갖는다. 그들은 항상 세계와 불화하며 긴장한다. 긴장하며 살아 있음을 확인하고, 존재의 떨

림을 감각하며, 세계가 변화되었으면 하는 희망의 가능태를 넘보는 것
이다.

나날이 감각의 혁명을 요구하는 시대에 시인의 운명은 더더욱 불행
하며 비극적인 것처럼 보인다. 왜냐하면 결핍과 소외와 불화의 양식뿐
만 아니라, 문화의 중심에서 밀려날지도 모른다는 절박함이 그들의 주
변에 짙게 드리워져 있기 때문이다. 그럼에도 불구하고 오히려 시는
건강한 정신의 역설로서 세계에 부딪쳐나가는 응전으로서의 갈등과
불화 속에서 희망과 화해의 가능성을 어느 때보다도 절실하게 보여주
는 듯하다. 그들은 세계와 불화하면서 그 가운데에서, 삶의 한복판에
서 불화하고 화해를 꿈꾸며 세계를 돌파하는 것이다. 그것은 미래를
꿈꾸는 것에 다름 아니다.

김수영의 표현대로 시인의 눈은 미래에 있어야 한다. 나는 이 시대
시인들이 세계와 불화의 관계에서 회의하고 갈등하면서 미래를 꿈꾸
는 치열한 정신을 엿보고 싶었다. 나는 그들의 의식의 풍경, 아니 풍경
이 감각이 되어버린 내밀한 세계에 접근하고 싶었다. 그러나 그것을
온전하게 읽어내기에 나의 눈은 흐리고 어둡다. 때문에 지난 2년여 사
이 지상에 발표한 글을 추리고 모아 정리한 이 책은 나의 비평적 편견
과 오독의 산물임을 부인할 수 없다. 다만 그 편견과 오독이 여기에서
다루는 시인들의 문학적 의미를 조금이나마 풍요롭게 할 수도 있지 않
을까 하는 바람으로 자위할 뿐이며, 생물학자 에른스트 마이어의 다음
과 같은 전언이 나의 두려움과 망설임에 용기를 준다.

인간은 전자기파의 광대한 스펙트럼 중 붉은색에서 노란색까지의
파장의 작은 부분만 본다. 어떤 꽃들은 인간은 인지하지 못하지만 벌
이나 다른 곤충들은 인지하는 자외선의 파장을 가지고 있다. 어떤 동
물들은 인간이 들을 수 있는 범위보다 높거나 낮은 소리를 들을 수 있
다. 드넓은 후각세계의 많은 부분은 다른 포유동물과 곤충들에게는 확

실히 접근 가능하지만 인간에게는 그렇지 않다. 많은 세계가 있으며, 인간은 단지 그중 하나에 접근할 수 있다.

생물의 세계가 그러하듯 시뿐만 아니라 모든 예술의 세계도 그러할 것이다. 작품에는 많은 색깔과 소리와 향기의 세계가 내재한다. 우린 다만 무지개처럼 다양한 작품의 색깔, 침묵의 형식으로 발화하는 소리, 역겹고 달콤한 향기 가운데 하나를 지각하고는 이것이 작품의 색깔이며 소리, 향기라고 말할 수 있을 뿐이다. 어떤 하나의 관점이나 해석의 방법, 비평의 감각은 편견에 치우친 것이어서 그 많은 세계를 모두 탐색해 내는 일은 불가능하다. 우리는 몇몇 문(門)을 통해 작품에 접근하지만, 그 어떤 문도 정문이라고 권위적으로 선언될 수 없다는 바르트의 전언 또한 나의 비평적 글쓰기의 두려움에 용기를 주었다는 점을 고백한다.

지난번에도 이런 요지의 서문을 쓴 적이 있다. 예컨대 비평적 글쓰기는 헛된 욕망과 편견의 부산물이며, 텍스트의 침묵 속에 갇힌 좌절과 패배의 기록이란 것이다. 따라서 비평적 글쓰기는 출구를 찾아나가는 행위라기보다는 출구가 아닌 더 깊고 어두운 미로의 심연 속으로 투신하는 행위이다. 또다시 오르페우스처럼 뒤를 돌아본다. 뒤엔 아무것도 없다. 잉여된 결핍으로서의 에우리디케는 끝내 저 어두운 동굴의 미로 속에 갇히고, 나는 다시금 그녀를 찾아 떠나야 할 것이다. 저 깊고 어두운 침묵의 심연과 미로 속으로……. 실패와 좌절을 예감하면서…….

2012년 늦봄

김 홍 진 씀

제3부 낯선 익숙함

풍경의 감각 — 유홍준 『저녁의 슬하』 • 215

서정의 역사적 차원 — 정희성 「저문 강에 삽을 씻고」에 대한 단상 • 224

자타불이, 관계의 시학 — 이은봉의 시 • 237

유령학교의 우화 — 감금된 세계의 언어 • 254

낯선 익숙함 — 타자의 얼굴 • 266

제4부 황홀한 고통

다락(多樂) 마을의 설법 — 임보 • 277

씨알의 시학 — 손종호 • 288

사랑, 황홀한 고통에의 홀림 — 황학주 • 303

경계의 초월과 포월 — 김백겸 • 311

몸에 새겨진 흔적의 뿌리 — 박미라 • 325

불안의 파토스 — 정운희 • 336

추(醜)의 미학 — 김성규 • 348

제1부

불이의 시학

빛과 어둠의 형이상학

1. '빛' 과 '어둠' 의 알레고리

아도르노의 표현처럼 서정시의 내용이 지니는 보편성이란 본질적으로 사회적이다. 서정시는 그것이 사회적인 것을 거부하는 정도만큼 사회를 반영하는 역사적 산물이라는 것이다. 서정시가 갖는 사고의 구조 자체 속에는 이미 내적인 것에서 외적인 것으로, 개별적인 사실이나 작품으로부터 그 뒤에 있는 뭔가 보다 넓은 사회적 현실로 나아가는 움직임이 전제되어 있다.[1] 이 같은 명제는 마치 한국에서의 서정시의 운명이란 한국 근대사의 역사적 질곡과 분리해 사유할 수 없다는 전언처럼 들린다. 한국의 근대사는 굴곡 많은 시대를 통과해 왔다. 우리의 근대사는 제국주의의 침략에 의해 민족국가의 건설이 좌절되고 식민 지배, 민족분단, 전쟁과 분단체제의 고착, 군부독재, 파행적 산업화 등

---

1 F. 제임슨, 여홍상 역, 『변증법적 문학이론의 전개』, 창작과비평사, 1984, 18~47쪽 참조.

으로 점철되어 왔음은 주지의 사실이다. 파행적 근대사 속에서 우리 사회는 어둠 속에서 빛을 찾는 끈질긴 변혁운동을 경험하였고, 그런 흐름을 반영하여 한국 현대시는 억압적인 상황과 체제 내의 순응주의 미학을 거부하는 사회학적 상상력을 경험한 바 있다.

한국 현대시는 식민과 분단, 전쟁과 독재, 파행적 산업화 과정이라는 역사적 질곡을 온몸으로 겪지 않으면 안 되는 불행하고 궁핍한 상황에 놓여 있을 수밖에 없었다. 이와 같은 역사적 상황은 가치체계의 분열과 정신적 혼돈의 상태, 모순과 부조리한 삶 속으로 사람들을 내몰았다. 비극적인 역사적 상황은 시인들로 하여금 '어둠'과 '밤', 또는 '겨울'의 이미지를 현실의 알레고리로 인식하게 하고, '빛'과 '불' 또는 '봄'의 이미지를 현실의 부조리와 모순, 억압과 결핍, 혼돈과 분열을 극복한 이상세계의 알레고리로 인식하게 만든 것이 사실이다. 어둠이 짙으면 짙을수록 빛은 더욱 강렬한 것처럼 한국 현대시의 향일성(向日性)은 그만큼 서정시의 현실적 조건이 어둡고 황폐했다는 사실을 역설적으로 증거한다. 역사 현실의 어둠에서 빛과 불의 알레고리는 발원하고 절망에서 희망의 빛을 틔우고자 하는 열망이 근대시의 출발이기도 하다. 따라서 한국 서정시의 향일성은 부조리와 악, 모순과 고통, 부재와 결핍의 억압적 현실을 돌파하려는 계몽의 정신이 자리 잡고 있다.

한국 현대시에서 '어둠'이나 '밤', '겨울'과 같은 시어는 암울한 역사 현실의 알레고리로 쓰였다. 암울한 밤의 어둠으로 인식되는 현실은 극복되어야 마땅하며 빛의 밝음, 불의 정화와 태양의 부성적 질서가 지배하는 낮의 세계로 전환되어야 온당하다. 이 빛과 어둠의 소박한 알레고리가 그 언어적 위력을 발휘하고 실천적 계몽의 의지를 고양할 수 있었던 것은, 서정시의 조건을 형성하는 역사 현실이 그만큼 사악했기 때문이다. 우리의 현실은 어둠과 빛처럼 독재/민주, 지배/피지배, 억압/해방 등 이분법적으로 단순 선명하게 인식하도록 했다. 이 같은 인식구조는 지금 여기의 부정한 세계를 부정하고 우리가 이루어야 할 세계의 모습을 너무도 분명하게 각인시켜주었다. 그에 따라 예민한 감관을 소유한 시인들로 하여금 빛의 세계에 대한 강렬한 열망을 품게 만들었다. 지금 여기의 압도적인 절망적 현실은 계몽의 등대가 비추는 불빛을 따라 희망의 나라로 나가려 하기 때문에 여기에는 어느 정도의 초월적 유토피아 의식이 작동하고 있다.

이 글은 한국 현대시에 나타나는 빛과 어둠의 알레고리가 지닌 미적 의미를 조명하고자 기획되었다. 한국 근대시가 싹트기 시작하는 때부터, 특히 낭만주의적 열정을 분출하는 시들의 대부분은 '빛'과 '어둠' 등의 시어를 감각적이고 격정적으로 사용한다. "빛과 어둠, 낮과 밤의 대조는 근대의 시작과 더불어 새로운 관념적 요소를 그 안에 포함"[2]하게 되는데, 그것은 주로 전통적인 것과 근대적인 것의 상징으로 쓰이면서 한국 문학사에서 낭만주의의 미적 근대성의 특수성을 낳는 중요한 요인이었다. 이후 빛과 어둠의 이미지는 역사 사회적인 현실인식의 알레고리로 기능하면서 시인들의 사회학적 상상력에 구체성을 부여한다. 이 글은 시의 언어로서 '빛'과 '어둠'의 알레고리를 한국 사회의 지난한 역사적 도정이라는 맥락에서 조망해보고자 한다. 말하자면 빛과 어둠의 사회학적 상상력의 면모를 한국 현대시 작품의 역사적 맥락과 풍경 속에서 통시적으로 고찰해 그 미적 의미와 가치를 추적해보고자 한다.

2. '어둠'의 상투화와 낭만적 죽음에의 충동

빛과 어둠은 각자 상대방의 소멸에 의해서만 존재할 수 있다. 이 둘

---

2 김춘식, 「미적 근대성과 근대적 시어」, 『한국사상과 문화』 제28집, 한국사상문화연구원, 2005. 3, 92쪽.

은 원초적인 상상력을 자극하여 흑과 백, 어둠과 빛, 밤과 낮, 사와 생이라는 본능적 상징체계의 출발점이 되었고, 마침내 정신적인 차원으로 옮겨와서는 긍정적인 것과 부정적인 것, 선과 악의 상징으로 쓰이게 되었다.[3] 신화 원형적으로 빛과 어둠의 상징에서 빛은 성스러운 의미였으며, 어둠은 그 자체로 창조 이전의 카오스를 상징한다. 어둠은 존재 그 자체로 악을 표상한다. 가령 기독교에서 카오스의 세상에 온 분이 빛, 즉 그리스도였고 빛에 의해 혼돈은 질서의 세계로 창조된 것이다. 빛과 어둠은 신과 인간 세상, 이를테면 천상과 지상, 질서와 혼돈, 선과 악, 이상과 현실이라는 이원론적인 의미의 자장 안에서 움직인다.

한국 근대문학 초창기는 식민지배로부터 출발한다. 말하자면 우리의 근대시는 제국주의의 침략에 의해 민족국가의 건설이 좌절되고 식민침탈과 지배라는 어두운 현실에서부터 태동한다 해도 지나치지 않다. 압도적인 어둠의 비극성과 궁핍한 시대 앞에서 시인들은 고뇌하고 번민하지 않을 수 없었다. 한국 근대사의 파행적 질곡은 시인들이 역사 현실을 혼돈과 무질서의 어둠의 세계로 인식하도록 매개한다. 말하자면 시대의 알레고리로서 어둠의 혼돈과 무질서가 가져오는 비극성은 한국 근대시 출발의 무의식을 강력하게 규정한다. 따라서 밤의 어둠은 식민현실에 대한 좌절과 패배감에서 오는 심리적 무의식을 반영한다.

소금실이 密輸出 馬車를 띄워놓고
밤새가며 속태우는 젊은 아낙네
물레 젓던 손도 脈이풀려서
파아!하고 붙는 魚油등잔만 바라본다.

3 르네 위그, 김화영 역, 『예술과 영혼』, 열화당, 1974, 114쪽.

北國의 밤은 차차 깊어가는데.

— 김동환, 「국경의 밤」 제1부 1장 3연

　　김동환의 「국경의 밤」은 한국 근대시의 출발점이 얼마나 비극적이었나를 상징적으로 웅변하는 작품이다. 인용한 대목은 "소금실이 密輸出馬車"를 몰고 떠난 남편의 안위를 "밤새가며 속태우는 젊은 아낙네"의 불안하고 초조하며 애타는 심리상태와 국경지대의 음습한 겨울밤의 풍경이 진술되고 있다. 이를 통해 시인은 밤이 지배하는 어둠의 현실을 불안하게 살아가는 식민지 원주민의 생활상을 보여준다. "밤은 차차 깊어"가고 어둠을 밝히는 "魚油등잔"의 불빛은 초라하고 위태로우며 극도의 불안에 휩싸여 떨고 있다. 음울하고 불안한 시적 분위기는 장차 벌어질 비극적 사건에 대한 암시인데, 이러한 사전 암시는 결국 남편이 시체로 돌아오는 비극적 결과로 귀결된다. 식민현실의 삶은 "속태우는 젊은 아낙네"의 모습과 다르지 않으며, 끝내 죽어 돌아오는 남편의 삶은 식민지 현실의 은유에 가깝다. 인용 시의 비극성은 제목이 암시하듯 '국경'이라는 공간과 '겨울밤'이라는 시간적 배경의 결합을 통해 절실하게 드러난다. 여기서 어둠이 지배하는 밤은 작품의 계절적 배경인 겨울과 함께 암담하고 우울한 언어이며, 그것은 궁극적으로 죽음과 맞닿아 있다는 것을 알 수 있다.

> 밤은 아시아의 감각이요, 감성이요, 性慾이다.
> 아시아는 밤에 만유애를 느끼고 임을 포옹한다.
> 밤은 아시아의 식욕이다. 아시아의 몸은 밤을 먹고 생성한다.
>
> … (중략) …
>
> 밤은 아시아의 미학이요 종교이다.
> 밤은 아시아의 유일한 사랑이요, 자랑이요, 보배요, 그 영광이다.

　빛과 어둠, 낮과 밤, 생과 사, 봄과 겨울의 대조는 근대의 시작과 더불어 새로운 관념적 요소를 그 안에 포함하게 되었는데, 1920년대 낭만주의자들이 그랬듯이 ‘폐허’의 어두운 현실에서 새로운 미래 창조와 생명의 빛을 발견한다. 즉 새로운 미래의 창조를 현실의 폐허와 어둠 속에서 시작하려 한다. 『폐허』의 동인인 오상순의 인용 작품은 밤의 예찬을 통해 새로운 창조가 폐허와 어둠에서 시작될 수 있다는 강렬한 신념을 느낄 수 있다. 짙은 어둠의 현실에서 화자는 새로운 생명 창조의 빛을 갈구한다. ‘아시아’는 곧 밤이고, 화자는 이 어둠의 폐허 속에 깃든 원시적 창조력을 본다. ‘밤의 감각’이 ‘호흡’, ‘고동’, ‘자궁’, ‘식욕’, ‘성욕’ 등 다양한 육체적 생명력과의 결합을 통해 밤에 응축된 창조의 힘을 역설적으로 인식한다. 어둠의 시대, 밤의 현실, 고난과 비극의 세계는 화자에게 바로 어둠이 새로운 창조와 생명의 태반이라는 역설의 성립을 가능하게 한다. 말하자면 어둠의 밤은 죽음과 혼돈의 시간이지만 또한 미래의 가능성과 생명을 품고 있는 창조의 자궁이기도 하다. 이와 같은 어둠에 대한 역설적 인식은 식민지적인 부정성을 긍정적인 것으로 변화시키려는 일종의 심리적인 자기치유, 혹은 유토피아적인 낭만적 초월, 혹은 극단적 현실부정의 한 방식으로 표출되기도 한다.

빛보다는 밤의 어둠에 대한 집착은 1920년대 낭만주의적 경향으로 연결된다. 비극적 포즈, 육체적 욕망, 초월주의, 퇴폐와 허무주의 등이 공존하는 격정성은 이미 알려진 대로이다. 가령 『백조』 동인인 이상화의 인용 시에서 드러나듯이 밤의 이미지는 모두 하나의 관념으로 고착된다. 이로부터 밤이나 어둠은 이미지라기보다는 차라리 하나의 상투적 관념이 되어버린 듯하다. 현실의 반대편에 존재하는 꿈의 세계나 죽음을 연상시키는 관념화된 어둠은 바로 비현실의 공간으로 당대 시인들의 극단적인 현실부정적 태도를 보여준다. 그만큼 밤과 어둠과 꿈의 일반적 관계를 구도로 하는 시적 의식은 낭만적이고 상투화된 죽음과 소진, 퇴폐와 환각을 은유하는 관념적 수사로 고착된 것이다.

밤과 어둠, 폐허와 비애를 꿈과 이상의 세계로 전환시키는 전경화된 수사는 우리가 1920년대 『폐허』나 『백조』 동인들의 시에서 공통적으로 확인할 수 있는 특징이다. 이것을 우리는 보통 밤, 어둠, 눈물, 꿈, 탄식, 도피, 고립, 분리의식으로 점철된 죽음과 퇴폐, 또는 환각의 미학이라 부른다. 그리고 그것은 곧 암담한 현실의 극단적 부정과 미래지향, 초월의 의지를 공통적으로 함유한다. 그러나 익히 알려진 대로 극단적 현실부정에 대한 대안을 현실 안에서 찾지 못했다는 점에서 그들의 태도는 단순히 현실부정을 넘어서는 비판력과 자기 반성력을 획득하지 못하는 한계를 지니고 있다. 초월적 공간으로 상정된 밤은 어떤 이미지이기보다는 하나의 감각화된 관념으로서 비현실 내지는 환상을 대표하는 관념적 시어로 기능하는 것이다. 환언하자면 "밤은 낭만적 현실부정과 낭만적 죽음의식이 결합된 관념적 공간으로서 침실, 동굴, 꿈성, 꿈나라, 마방(魔房), 술과 연기로 상징되는 퇴폐와 환각"[4]의 환상적이며 자폐적이고 도피적 감상의 공간이다.

---

4 김춘식, 앞의 글, 105쪽.

가신 님 생각에 살아도 죽은이 마음이야, 에라 모르겠다, 저 불길로 이 가슴 태워버릴까, 이 설음 살라버릴까, 어제도 아픈 발 끌면서 무덤에 가보았더니, 겨울에는 말랐던 꽃이 어느덧 피었더라마는, 사랑의 봄은 또 다시 안 돌아오는가, 차라리 속 시원히 오늘밤 이 물 속에……

— 주요한, 「불노리」 중에서

밤의 관념적 감각이 지닌 낭만적 도피와 환상에의 경도는 불꽃의 이미지조차도 죽음의 충동을 불러일으키는 매개물로 쓰인다. 가령 주요한의 「불노리」에서 화자는 마치 불꽃에 몸을 던지는 나방처럼 낭만적 죽음에 유혹당한 듯하다. 밤과 축제, 불꽃과 강물, 군중들 사이에서 시적 자아의 내면풍경은 낭만적 죽음의 충동으로 얼룩져 있다. 어둠의 밤은 외부로부터 자아를 차단하고 자신의 내면으로 그 시선을 향하게 하는 속성을 지닌다. 이 같은 이유로 어둠의 밤은 내면성찰의 계기를 제공한다. 밤의 불꽃은 촛불처럼 자아를 태우고 상승시킨다.[5] 그러나 이 작품에서도 어둠은 낭만적 자아의 내면을 투영해주는 매개물로 쓰이기는 하되, 그것이 다분히 죽음의 충동을 불러일으킨다는 점이 이채롭다.

강물의 흐름이 주는 허무감, 군중과 축제에서 느끼는 자아의 고립감과 단절감, 분리의식과 외로움, 불꽃의 매혹과 자극이 환기하는 좌절감은 시적 화자를 죽음의 충동으로 이끈다. 화자는 "차라리 속 시원히 오늘밤 이 물 속에……." 몸을 던져 죽고 싶은 충동을 억제하지 못한다. 밤은 그저 삶의 현실이 지닌 고통과 비애를 잊을 수 있는 에로틱한 죽음과 환각, 현실도피에 지나지 않는다. 이 점은 박영희의 「꿈의 나라로」와 「환영의 황금탑」, 박종화의 「흑방비곡」과 「밀실로 돌아가다」 등에서도 확인할 수 있다. 이들 작품에서도 밤과 어둠은 밀실, 동굴, 꿈

5 G. 바슐라르, 민희식 역, 『불의 정신분석/초의 불꽃』, 삼성출판사, 1993, 147~149쪽.

등의 이미지와 어울리면서 낭만적 도피와 환각의 공간으로 반복적으로 미화되는 것이 보통이다. 이 같은 감정의 반복과 소모의 경향이 도달한 최종 지점이 폐허의 죽음이며, 이들은 여기에서 새로운 미래 창조의 생명의 빛을 찾고자 했다.

한국 근대시 초기에는 빛의 이미지보다는 밤과 어둠의 이미지에 강렬하게 사로잡혀 있다. 말하자면 밤과 어둠은 당대 서정시의 토대를 구축하는 핵심적인 시어이다. 따라서 이들 시어는 시인들의 세계인식과 의식의 좌표를 이해할 수 있는 중요한 준거틀을 제공해준다. 그뿐 아니라 한국 근대문학 초창기 시인들의 미적 인식이 어떠했는가를 증명해주는 핵심 요인으로 볼 수 있다. 어둠은 현실의 알레고리로서 퇴폐와 환각, 도피와 초월의 원리가 죽음과 동일시되면서 근대시 초기의 관념적 통속화와 상투화라는 미적 한계의 원인으로 작용한다. 하지만 역설적으로 밤이나 폐허가 지닌 원초적 이미지에 따라 새로운 미래 창조의 생명력으로 확장했다는 점은 긍정적으로 평가할 수 있다.

3. 정화의 '빛'과 피안세계의 염원

1930년대 자연친화적인 시인들의 시에 대해 '목가시' 혹은 '전원시'라는 명칭을 붙이게 만든 바 있다. 일제 강점 시대의 자연을 토대로 하는 전원지향은 보통 식민지배 체제의 현실적 좌절과 패배의식을 치유하고 위안을 얻기 위한 방법이었다. 이것은 또 다른 측면에서 현실을 외면한 무책임한 도피이거나 패배주의라 비판되기도 한다. 그러나 "한 편의 서정시가 지닌 비사회성이야말로 사회적인 것"[6]이라는 역설적인 주장처럼 서정시의 내용이 갖는 보편성은 본질적으로 사회적이며 시

---

6 車鳳禧, 「아도르노의 '부정의 미학'」, 『비판미학』, 문학과지성사, 1990, 139쪽.

대적이다. 따라서 자연의 전원지향은 부조리와 악, 모순과 고통의 현
실을 돌파하려는 유토피아 정신의 결과로 해석할 수 있을 것이다.

가령 자연에서 출발한 박두진의 시는 보다 바람직한 삶에 대한 꿈과
희망, 그리고 이상적이자 긍정적인 사회상에 대한 유토피아적 열망을
내포한다. 그의 자연은 "민족과 인류, 현실과 영원, 현세적인 이상과 종
교적인 궁극적 생활 생존양식이 아무런 모순 없이 일원화"[7]된 세계라
는 명제에서 시작한다. 그의 시의 상상력은 희망과 기대를 표상하는 햇
빛, 태양의 세계와 골짜기, 무덤, 벼랑 같은 어둠과 절망적 상황의 대립
관계에서 발생한다. 그의 초기 시에서 '해'나 '태양', 그리고 '불'의 이
미지는 수도 없이 관찰[8]되는데, 이때 불타는 둥근 원인 해(태양)는 "유
해하지 않은 불이요, 열과 생명을 자극하는 천체요, 존재를 소생시키는
위대한 자극제"[9]로서의 의미로 기능한다. 말하자면 빛은 부정적 어둠
을 물리친 일종의 부성적 질서와 생명의 세계를 지시한다.

이 같은 원형적 의미를 지닌 '해'는 박두진 초기 시의 핵심 이미지로
서 불과 빛의 이미지로 연결되면서 그의 시의 정신을 규제하는 중심
이미지로 기능한다. 해는 그에게 개인적, 역사적, 민족적 어둠을 함께
묶는 초월적 상징물이다. 이때 해의 성질은 밝은 빛의 요소로 인하여
새로움과 순수 혹은 부성(父性)과 질서 등의 의미자질을 포함한다. '해'
에 의해 나타나는 자연의 질서와 이상의 세계는 불멸의 확실성과 동
경, 열정을 의미한다. 그는 해의 이미지가 지닌 밝음과 소생을 통해 생

---

7 박두진, 「詩의 運命」, 『문학사상』, 문학사상사, 1972. 10, 276쪽.
8 가령, "해야 솟아라 해야 솟아라"(「해」), "밤이 다한 아침 — 새로 솟은 해를 맞아, 내 함빡
   온몸에 빛을 입고 서면"(「바다로」), "햇살들의 숲속에서(「아침의 詩」)", "절정으로 올라서면
   해가 솟는가. 막 모두 새로 날뛸 해가 솟는가."(「달과 말」), "햇살에 눈부비며 기지개 켜는
   소리"(「新生의 노래」), "푸른 하늘의 태양을 우러르듯"(「새해에 드리는 기도」) 등을 예로 들
   수 있다.
9 J. P. 리샤르, 운영애 역, 『시와 깊이』, 민음사, 1984, 39쪽.

명적 가치와 희망의 빛을 찾는다. 말하자면 어둡고 절망적인 '벼랑'과 '골짜기' 등에 대해 부정적인 태도를 취하면서 빛과 어둠은 관념적 선악의 상징으로 발전된다. 즉 빛의 세계는 신과 선의 세계와도 같은 것으로 그 반대편에 대조적으로 악인 어둠이 존재하는 것이다. 그 어둠 안에서 시인은 해의 빛을 갈망하고 "확확 치밀어오를 火焰"(「香峴」)을 통해 부정한 현실을 무화시켜 새롭게 정화된 질서의 세계가 도래하기를 꿈꾼다.

> 누가 와서 기웃대면, 내새끼 보금자릴 어늬 뱀이 넘실대면, 나는 불이 되어 쪼아라. 살같이 내리박혀 불이 되어 쪼아라. 내새끼 품에 안고 불이 되어 싸워라
>
> — 박두진, 「노고지리」 중에서

"산 넘어 밤새도록 어둠을 살라먹고"(「해」) 솟아난 해(태양)의 불은 뱀으로 상징되는 사악하고 암울한 시대현실을 벗어날 수 있는 희망의 원리를 내포한다. 그의 불은 불의와 싸우고 사악한 부정성을 파괴하는 정화와 정의의 불로써 우주적인 죽음과 무화(無化)를 상징한다. 암담한 현실에 대한 분노와 비극적인 역사의 고난과 어둠의 알레고리로서 밤은 불타오름으로써 정화된 세계를 기약하는 것이다. 그는 화염으로 불타버린 현실에서 차라리 새로운 탄생을 기약하는 정화와 재생의 이상향을 바라본다. 이러한 부분은 억압적 현실과 어둠을 물리치고 피안의 세계를 지향하는 시인의 의지적 태도를 엿볼 수 있게 한다. "치밀어오를 화염"에의 기대는 부정한 역사 현실에 대한 분노에서 비롯한다. 그는 파괴와 분노의 불꽃을 통해 정화와 평화의 세계가 이룩되기를 희망하는 것이다. 이러한 시적 지향은 널리 알려진 대로 시인의 후기 시로 가면서 더욱 강화되며, 불을 통한 소멸과 정화의 의식은 그의 시에서 하나의 근원적 상상력의 모태가 된다.

햇빛의 알레고리는 지금 여기의 차안을 벗어나 궁극적으로 피안의 세계를 지향한다는 점에서 현실 초월적인 유토피아 의식을 내포한다. 유토피아 의식은 역사적 현실인식의 끝에 발생하는 의식적인 것이다. 여기에서 유토피아 의식이라는 것은 현실을 은폐하거나 도피하려는 행위가 아니라 "행동의 단계로 이행하면서 기존의 질서를 부분적으로나마 혹은 전적으로 파괴해버리는 현실 초월적 방향설정을 뜻한다."[10] 말하자면 지금 여기를 규정하는 현실은 혼돈과 무질서의 어둠이고, 이러한 현실은 빛의 현실, 어둠을 물리친 형이상학적 순수, 부정이 정화된 질서의 세계를 지향하게 만드는 동인으로 작용한다. 유토피아는 "현재 상태에 대한 불만과 그로 인한 고통으로 인해 탄생"[11]한다는 점을 고려할 때, 박두진의 햇빛 찬란한 생명의 세계에 대한 지향과 불이 지닌 파괴를 통한 정화에의 경도는 지극히 의식적인 것이다. 따라서 자연을 향한 박두진의 유토피아적 충동은 이상세계의 창조라는 '희망의 원리'를 내포한다. 유토피아는 지상에 없는 행복한 나라이기 때문에 더 강한 매혹으로 우리를 사로잡는다. 식민지적 고통과 억압에서 자유로울 수 없었던 박두진의 시적 자아는 빛의 총체적 동일성이 확보된 이상세계를 꿈꾼 것이다.

> 태양을 의논하는 거룩한 이야기는
> 항상 태양을 등진 곳에서만 비롯하였다.
>
> … (중략) …
>
> 그러는 동안에 드디어 서른여섯 해가 지나갔다.

---

10 칼 만하임, 임석진 역, 『이데올로기와 유토피아』, 청하출판사, 1991, 263쪽.
11 박설호, 「유토피아, 그 개념과 기능」, 『이화어문논집』 제18집, 이화어문학회, 2000.10, 9쪽.

다시 우러러보는 이 하늘에
겨울밤 달이 아직도 차거니
오는 봄엔 분수처럼 쏟아지는 태양을 안고
그 어느 언덕 꽃덤불에 아늑히 안겨보리라.

— 신석정, 「꽃덤불」 중에서

빛을 향한 희망의 원리는 전쟁 후에서도 극명하게 드러난다. 가령 신석정의 경우가 그러하다. 인용 시는 석정이 현실참여 의식을 드러내기 시작하는 한국전쟁 뒤에 쓴 작품이다. 문면에 드러나는 것처럼 이 작품은 민족 역사의 그늘진 사회현실을 취재하여 민족의 정체성 회복 의지를 태양의 이미지와 꽃의 이미지의 결합을 통해 표상하고 있다. 이 작품에서 꽃은 우주에서 가장 조화롭게 타오르는 생명의 극치로 형상화된다. 그것은 꽃을 피우는 근원적 조건이 빛임을 상기할 때 자명한 것이며, 불타는 둥근 원의 이미지나 하늘을 향해 열리는 붉은 빛깔로 보아도 그러하다. 시인은 시적 대상으로서의 군집을 이룬 "꽃덤불"이 주는 포근하고 조화로운 이미지의 표상을 통해 사랑의 화해와 소망을 압축적으로 표상한다. 이는 "태양"과 "달", "겨울밤"과 "봄"이라는 상반된 이미지의 대립을 통해 화해와 사랑의 가능성과 희망을 담아내는 의미로 구체화되고 있음을 알 수 있다. "태양을 의논하는 거룩한 이야기는 / 항상 태양을 등진 곳에서만 비롯"한다는 진술에서 우리는 "태양"이 상징하는 빛과 불, 생명의 충일이 "태양을 등진" 어둠에서 발원한다는 역설적 의미를 통해 화자가 희망을 노래한다는 것을 짐작할 수 있다. 이것은 구조적으로 "태양―봄―꽃덤불"로 상관되는 이미지의 변화에 의해서 불과 빛, 생명으로의 긍정적 의미의 상승효과를 내는 점을 통해 알 수 있다.

아울러 "달빛이 흡사 비오듯 쏟아지는 밤"의 "헐어진 성터"란 폐허의 암담한 역사 현실에 대한 인식에서 형성된 이미지이다. 화자는 암담한 현실에 대한 고뇌 속에서 아픔을 견디며 "오롯한 태양"을 염원한다. "달빛"과 대조적으로 제시되어 있는 "태양"은 현실의 어둠과 고난을 극복하기 위하여 열렬히 희구하는 기다림과 부성의 존재, 즉 시적 화자가 추구하는 절대적 가치이다. 이 점에서 "태양"은 현실의식이 투영된 역사의식의 등가물이라 할 수 있을 것이다. 식민지 현실과 전쟁이라는 암담한 역사 현실은 달빛이 차가운 어두운 "겨울밤"으로 표상된다. 그런 상황 속에서 시적 자아는 "분수처럼 쏟아지는 태양을 안고", "꽃덤불에 아늑히 안"길 수 있는 진정한 새 봄을 기다린다. 이를테면 꽃덤불은 함께 어우러져 살아야 하는 민족 공동체로서의 '우리'를 상징적으로 환기한 표현인데, 이 기다림의 염원과 의지에서 시적 화자의 변함없는 심지의 정신을 엿보게 한다.

불(빛)을 향한 이러한 희망과 기다림의 의지적 정신은 한국 서정시의 한 지형을 형성하고 있는 소멸의식과 불귀의식을 극복하고 생명과 소망의 등가물인 '태양', '빛', '봄'을 매개체로 한 적극적인 의식을 창출한 것이다. 일반적으로 불의 가시적 속성을 갖는 빛은 부정하고 불순한 것을 정화하고, 혼돈과 무질서를 조화와 질서의 세계로 창조하는 신성의 대리물이이다. 그러므로 그것은 미래적 가치의 염원이라는 상징성을 환기한다. 이러한 연유로 역사 현실의 압도적인 비극성은 시인들로 하여금 강렬한 빛(불)을 염원하게 한 것이다. 빛(불)에 대한 지향은 세계가 그만큼 황폐하고 불모적인 죽음의 현실임을 지시한다. 이것은 역사인식의 끝에 발생하는 의식으로 어둠의 심연을 통과해 빛의 세계, 즉 '희망의 나라'로 나가려는 유토피아 정신의 발로이기도 하다. 이는 현실에서의 탈주와 이탈의 욕망으로서 바람직한 세계상에 대한 꿈과 희망에 대한 열망을 내포한다.

4. 저항의 '불'과 민중해방의 표상

해방 후 우리의 문학은 분단과 전쟁에 뒤이어 카프 문학이 간직한 사회적 상상력의 거세로부터 출발한다. 이와 같은 비판적 전통의 거세는 이후 전개될 문학에서 결핍과 파행을 예고하는 것이기도 하다. 그 단적인 예는 고은 시인이 말했던 것처럼 '서낭당 문학'이라 일갈한 데서 잘 드러나며, '텅 빈 비극'으로 명명되는 서구 추수적인 실존주의적 경향에 대한 비판에서도 잘 나타난다. 그런데 4월 혁명은 이러한 과거로의 퇴행성과 '텅 빈 난해성'을 어느 정도 반성할 주체적 역량을 심어주었다. 이러한 역량은 60년대 이후 강제된 산업화, 말하자면 개발독재의 파행적 산업화의 과정, 그리고 환멸의 80년대에 그 위력을 발휘한 것에서 확인할 수 있다. 개발독재에 의해 추동되는 강제된 산업화의 과정은 여러 모순과 부조리를 파생시키면서 우리의 근대사에 또 하나의 어둠으로 자리한다. 이때 많은 서정시들은 새벽의 찬란한 빛을 고대하며 밤에 씌여졌다.

> 구석구석이 허사로 가득한 밤
> 우리들은 허사에서 배어나오는 암흑을 보며
> 암흑 속에서 승냥이처럼 울부짖는다
> 울부짖음이 암흑 속으로 사라져 암흑이 되어 돌아온다
> 암흑이 우리를 둘러싸고
> 우리를 눈보라 속으로 몰아 넣는다
>
> — 최하림, 「설야」 중에서

최하림 시인이 유신의 70년대를 건너며 노래하고 있듯이 암흑의 어둠은 "우리를 둘러싸고" 있는 현존하는 실체이다. 시인의 인식처럼 현실의 어둠은 시간이 지날수록 빛의 세계로 정화되기는커녕 갈수록 깊어간다. 암흑의 실체는 말할 나위 없이 역사 현실의 시련과 고통을 상

징적으로 표상한다. 어둠 속에서 시인은 자신을 포함한 동시대인을 둘러싸고 있는 불의의 암흑에 적극적으로 저항하지 못한다. 다만 내면의 시선은 현실의 엄혹한 "암흑을 보며 / 암흑 속에서 승냥이처럼 울부짖"을 뿐이다. 울부짖음은 "암흑 속으로 사라"지지 않고 암흑으로 반사되어 되돌아와 반복된다. "암흑이 우리를 둘러싸고 / 우리를 눈보라 속으로 몰아 넣는다"는 구절에 이르면 시련과 고통의 폭력적 현실은 더욱 증폭된다. 주지하다시피 1970년대의 폭압적 현실은 어둠의 시대, "허사로 가득한 밤"의 암흑으로 표상된다. 눈앞의 어둠은 너무 짙어 이에 항거하는 방법은 "어둠으로 뻗어가는 길"에서 다만 정신의 '칼날'(「詩人에게」)을 벼려 칼날의 시퍼런 빛으로 자신을 지킬 수밖에 없었다. 어둠의 폭력적 현실은 엄혹하기만 하다. 궁핍한 현실, 폭력적 시대, 전망 없는 미래는 어둠의 공간으로 드러나며, '눈보라'는 가혹한 고통을 가중하는 매개물이다.

어둠의 현존에 대한 인식은 80년대에도 지속된다. 암울한 어둠의 역사적 환경에서 시는 새벽을 기다리며, 따뜻한 생명의 봄을 꿈꾸고 전망하며 씌여질 수밖에 없었다. 그 중심에 대표적으로 김지하, 박노해, 김남주 같은 시인이 자리한다. 유신의 엄혹한 어둠 속에서 김지하가 "타는 목마름"으로 "신새벽 뒷골목에 내 이름을 쓴다 민주주의여"(「타는 목마름으로」)라고 울부짖으며 노래했을 때, 혹은 박노해가 야만과 환멸의 80년대에 "새벽 쓰린 가슴 위로 차가운 소주잔을 붓는다 노동자의 햇새벽이 솟아오를 때까지"(「노동의 새벽」)라고 노래했을 때, 그 "새벽은 어둠의 현존성과 새벽에의 전망이라는 세계인식"[12]의 구조를 바탕으로 하고 있다. 이러한 인식은 동트는 새벽을 바라며 어둠의 밤과 싸우고, 봄꽃의 개화를 꿈꾸며 겨울을 견뎌내려는 저항의 의지와

---

12 이광호, 『위반의 시학』, 문학과지성사, 1993, 332쪽.

미래에 대한 전망을 생성한다.

> 해 뜨는 아침 마당에
> 산벚나무 꽃이 핀다
>
> 조용히 토옥 토옥 토옥
> 꽃망울 터뜨린다
>
> 눈부셔라 눈물 나라
> 저 꽃잎 속의 숨은 얼굴
>
> 그래 지난 겨울이 꽃핀다
> 어둠 속 뿌리가 환히 꽃핀다
>
> — 박노해, 「겨울이 꽃핀다」 전문

  인용 시에서 화자는 겨울을 견딘 "산벚나무 꽃이" "꽃망울을 터뜨"리는 상황을 통해 생성과 부활을 본다. 원형적 사유라 할 만한 화자의 의식은 어두운 밤과 겨울, 소멸과 죽음의 세계에서 새벽과 봄, 생성과 부활의 생명을 보는 것이다. "지난 겨울"의 고난을 이겨낸 인고의 꽃, 겨울과 어둠의 부정적 이미지 속에서 환히 번지는 꽃의 이미지는 그 강렬한 색채의 대비를 통해 선명한 저항의 정신과 미래에 대한 전망을 표현한다. 이때 꽃은 태양의 지상적 등가물이며 은근히 타오르는 불빛으로서의 생명, 눈부신 파동으로 현현하는 우주적인 조화의 불을 은유한다. 그렇기 때문에 어둠과 죽음의 겨울 속에서 꽃을 피워내기 위해 긴 인고의 시간과 치열한 싸움을 벌여야 하는 꽃의 이미지는 비장미보다는 숭고미에 가깝게 느껴진다. 이처럼 시인들은 어두운 역사의 폭력과 대면하면서 미래에 대한 전망을 꿈꿀 수밖에 없었다.

> 갈피 모를 막바지의 어둠 속에 흐르는
> 피여 살라라

어둠 속에 우뚝 선 침묵의 영원한
압제를 불살라라
사월의 피여
어둠에도 화안히 흐드러지는 꽃내의
영롱한 영롱한 생명에 미쳐.

— 김지하, 「사월의 피」 중에서

깊은 밤 넋 속의 깊고
깊은 상처에 살아
모질수록 매질 아래 날이 갈수록
홉뜨는 거역의 눈동자에 핏발로 살아
열쇠 소리 사라져버린 밤은 끝없고
끝없이 혀는 짤리어 굳고 굳고
굳은 벽 속의 마지막
통곡으로 살아
타네
불타네
녹두꽃 타네
별 푸른 시구문 아래 목 베어 횃불 아래
횃불이여 그슬러라

— 김지하, 「녹두꽃」 중에서

　　시대의 어둠 속에서 불의 이미지를 가장 많이 사용하고 있는 시인이 김지하이다. 어느 평자의 견해처럼 "김지하의 시는 불과 싸우고 불을 다스려나가는 과정의 기록이라 할 수 있을 정도로 때로는 밖으로 분출하고 때로는 안으로 스며드는 불의 이미지로 가득 차 있"으며, 그의 시에서 불은 "시련, 고행의 길을 의미"하기도 하고 자신이 추구해야 할 "영적 가치, 내적 광휘"[13]라는 양면성을 지닌다. 이러한 김지하의 불

---

13 남진우, 『신성한 숲』, 민음사, 1995, 126쪽.

은 민중의식을 바탕으로 하여 생명의 세계로 열려 나가는 과정에서 파악할 수 있다. "어둠에도 화안히 흐드러지는 꽃내"로부터 촉발된 불은 현실의 '어둠'과 '압제'를 거침없이 파괴하고 "영롱한 생명"을 생성하는 불이다. 불은 '어둠'과 '압제'를 불살라버리는 파괴적인 소멸을 함축하면서 동시에 그것은 "영롱한 생명"을 창조하는 기능을 발휘한다. 특히 '살다'라는 동사는 생명현상을 의미하는 동시에 '불살라' 없애버리는 소진(消盡)과 정화의 차원을 내포함으로써 죽음과 생성으로서의 불의 본질을 그대로 표상한다. 말하자면 불은 이원대립적인 모순을 소멸시키는 불이며 일체의 대결구도를 무화시켜 총체적이며 전일적인 생명을 구현하는 불이다.

「녹두꽃」에서도 이 점은 그대로 드러난다. 이 시에서 불의 이미지는 압제와 저항과 생성의 구도를 통해 형상화된다. 화자는 지금 쇠창살의 감옥에 갇힌 채 창밖으로 불타 번지는 노을을 바라보고 있다. 감옥의 창살 아래 전해지는 햇살과 노을은 생명의 불로 작용하다가 그것이 매질, 혀 잘림, 참수, 육시와 같은 신체적 고통과 교직되면서 처음 불의 이미지는 폭력의 이미지로 변한다. 그러나 화자에게 가해지는 폭력이 모질면 모질수록 "흡뜨는 눈동자 거역의 핏발"로 진술되듯 저항으로서의 불은 더욱 거세게 타오른다. 그리고 그것은 다시 "녹두꽃 타네"로 연결되면서 새로운 생성의 의미자질을 획득한다. "별 푸른 시구문 아래 목 베어" 죽은 녹두장군의 죽음은 죽음으로 끝나지 않고 '횃불'로 "끝끝내 살아"남으로써 불은 생성과 투쟁의 의미를 획득한다. 이러한 의미형성의 과정은 곧 압제와 고통이 더욱 가혹하게 가해지면 가해질수록 그에 대한 거역의 저항력 또한 거세게 불타오른다는 점을 환기한다. 이러한 점에서 그를 개발독재 시대의 대표적인 저항시인으로 평가하게 하는 한 요소이기도 하다.

미선이 효순이 때
처음 촛불을 들었다 화염병도 죽창도 아닌
연약한 촛불로 무엇을 이룰 수 있을지

… (중략) …

그렇게 몇년 나는 지난 시절
화염병과 돌과 쇠파이프를 들던 손에
촛불을 들고 유령처럼 밤거리를 서성였다
촛불은 진화하면 화살촉이 되는 걸까
들불이 되는 걸까

—송경동, 「촛불 연대기」 중에서

동물성 사료를 먹여
미쳐버린 소가 오는
썩은 물 위에
연꽃이 피네

제 몸을 태워 일렁이는
혁명의 불꽃
직접 민주주의를 밝히는
촛불을 켜면

—최종진, 「연꽃」 전문

 두 편의 인용 시는 역사 현실의 부정성과 불의에 저항하는 촛불이 전경화되어 있다. 문면에 드러나는 것처럼 두 작품은 "미선이 효순이" 사건과 미국산 쇠고기 수입 반대 촛불 집회 현장을 경험하고 쓴 시로 보인다. 송경동의 시는 불의에 저항해온 불의 진화의 역사에 대해 쓰고 있는데, 불의의 세력에 맞서 싸운 전력을 가진 화자에게 '화염병'과 '꽃병'은 역사 변혁의 무기를 상징한다. 그런데 화자인 '나'는 지금 화염병 대신 "순한 촛불 하나를 들고" 저항의 의지를 불태운다. 화자에게 촛불은 '들불'이나 '횃불' 등으로 표현되던 지난 시대와는 다른 방식의 저항적 의미를 지닌다. 여기에서 촛불은 자신의 온몸을 태우면서 마지막까지 타오르는 희생의 정신, 불의에 대한 저항, 부정과 불순의 정화, 미래적 가치의 실현 등을 표현하는 새로운 세목의 언어가 된 것이다. 촛불은 이제 과거와 같이 밀실에서 빛을 발하며 몽상을 추동하는 개인적 소품이 아니라 광장으로 나가 불의에 항거하는 민중적 저항의 언어적 표상이 된 것이다.

최종진의 시 역시 촛불에서 "민주주의를 밝히는", "혁명의 불꽃"을 본다. 화자는 촛불을 연꽃으로 등가한다. 수없이 운집한 촛불의 무리에서 연꽃을 연상하는 일은 자연스런 상상력의 흐름으로 보인다. 그것은 불꽃, 즉 불과 꽃의 결합처럼 자연스러운 것이다. 이 시에서 연꽃은 "빛이 되기를 바라는 불꽃이며 생명을 표시할 수 있는 불꽃"[14]이다. 촛불은 자연의 순리를 거스르고 "동물성 사료를 먹여 / 미쳐버린 소가 오는" 현실의 "썩은 물 위에"서 피어나는 연꽃과 같은 의미를 지닌 것이다. 곧 "촛불을 켜"는 것은 "썩은 물 위에 / 연꽃을 피"우는 신성한 일에 다름 아니다. 그러므로 이 시에서 촛불을 켜는 것, 달리 말해 연꽃을 피우는 것은 혼탁한 '물'로 상징되는 오염되고 타락한 현실을 물리치고 미래의 긍정적 가치가 실현되기를 소망하는 염결한 저항의 정신을 표상한다. 그것은 또한 "제 몸을 태워" 어두운 세상을 밝혀주는 희생제의이며, 때문에 생명의 가치가 훼손된 혼탁한 세상을 정화하려는 신성한 메시지를 담고 있다. 따라서 연꽃으로 등가된 촛불은 세속에 처해 있어도 세상의 더러움에 물들지 않고 아름다운 꽃을 피우는 영성체와 같은 의미를 지니는 것이다.

빛을 발하는 사물들은 어떤 메시지를 전달한다. 빛은 신이고 구원이

---

14 G. 바슐라르, 민희식 역, 앞의 책.

며 어두운 세상을 밝혀주는 성스러운 메시지를 전달하는 기능을 수행한다.[15] 불빛은 어둠과 대비되면서 저항과 생명으로서의 의미를 더욱 부각한다. 그것은 또한 밤의 어둠 속에서 더욱 빛난다. 세계를 둘러싸고 있는 거대한 불의의 힘 앞에서 인간은 고독하고 무력할 수밖에 없다. 하지만 작은 불빛은 어둠 속에서 더욱 빛나게 된다. 이와 같이 어둠 속에서 인간은 빛과 밝음을 향한 희망을 품고 그에 저항한다. 한국 현대시에서 역사 현실의 알레고리로서 불빛은 거대한 불의와 억압에 저항하는 민중의 모습이기도 하다. 그것은 반민주, 반민족, 반민중 세력에 저항하는 "해방의 불꽃"(김남주, 「불꽃」)으로서 투쟁에서 반드시 승리할 것이라는 전망표상의 대표 언어이다.

5. '빛'의 불온성과 욕망의 모조신화

한국 근현대시에 등장하는 빛과 어둠은 낮과 밤, 봄과 겨울, 생과 사, 정의와 불의, 질서와 혼돈이라는 의미계열들을 거느리고 있다. 이러한 이미지들은 처음부터 고정된 형태의 시적 상징과 은유체계를 지니고 있다고 보기에는 무리가 있다. 그것은 차라리 한국 근현대사의 전개과정과 함께 지속적인 변화의 과정에서 발생한 것으로 보는 것이 타당하다. 이 점은 역사적이며 문학적인 환경과 조건의 변화에 따라 시적 주체의 감각이나 인식도 부단히 유동적으로 변화할 수밖에 없다는 점을 생각한다면 당연하다. 그러나 어둠과 대립하는 성질의 불빛은 긍정적이기도 하지만 폭력적이고 불온한 것이기도 하다.

> 깜빡이는 것들은, 위험하다
> 엘리베이터 표시등, 병원 약국의 번호판

> 횡단보도 신호등, 카드공중전화의
> 액정화편, 컴퓨터의 커서……
> 이것들은 무시로 깜빡거리며
> 기다림, 기다림인 것을 변질시켜 버린다
> 그 짧은 순간들을 참을 수 없는
> 무거움, 강박으로 바꾸어버린다
>
> — 이문재, 「저 깜빡이는 것들─散策詩 5」 중에서

인용 시에서 화자는 도시의 산책자이다. 산책자로서의 화자는 도시
문명의 반짝이는 빛과 속도에 대한 깊은 위기감과 절망감을 표현한다.
반짝이는 빛과 속도에 대해 반응하는 화자의 부정적 인식은 도시의 반
짝이는 기호들이 "기다림, 기다림인 것을 변질시켜 버린다"는 점에서
비롯한다. 화자가 도시공간에서 목격하는 것은 "무시로 깜빡거리"는
도시의 현란하고 풍요로운 기호들과 이미지들이다. 그러나 게으른 도
시의 산책자는 그것들에서 자본과 기술이 가져다 준 문명의 풍요와 편
리를 보는 것이 아니라, 그 안에 깃든 문명의 폭력과 억압의 징후를 본
다. 도시공간의 여기저기에 편재하면서 "무시로 깜빡거리"는 불빛들은
우리들의 '기다림'을 "무거움, 강박으로 바꾸어" 놓는다. 그래서 그 안
락과 풍요, 편리와 질서의 기호들인 "깜빡이는 것들은, 위험"한 것이
다. "무시로 깜빡거리"는 것들은 보이지 않는 권력으로 도시의 삶을 관
리하고 통제하는 기제이기 때문이다. 화자는 깜빡거리는 것들에 의해
관리되고 통제되며, 조작되고 왜곡되는 도시적 일상을 냉소적으로 바
라보는 것이다.

이문재의 시에서 산책자는 주로 저녁에 산책의 길을 나선다. 화자는
"산책을 잃으면 마음을 잃는 것 / 저녁을 빼앗기면 몸까지 빼앗기는
것"(「저녁 산책」)이라 말하면서 '뒷짐'(「저녁의 뒷짐─散策詩 2」)을 지
고 저녁 산책을 나선다. 세상의 속도에서 일탈한 느림보에게 적합한

것은 저녁 산책이다. 저녁의 산책은 낮의 확실성과 합리성에 대한 반성을 가능하게 한다. 그것은 낮이 상징하는 합리성에 대한 믿음을 부정하고 현실원칙의 이면에 도사린 어둠과 혼돈을 투시하는 통찰을 가능케 한다. 저녁 산책은 현실원칙의 허위를 간파하고 본래적 삶을 찾으려는 노력의 산물이다. 시인은 현실적으로 부도덕한 것으로 단죄되는 게으름과 어슬렁거림을 통해 역설적으로 현실의 속도전이 내포하는 부도덕성과 위험성을 경고한다.

> 한여름의 시청 광장
> 마천루 위에 까마득히 떠 있는
> 광고탑, 뜨겁게 달아오른 아라비아 숫자들이
> 불인두처럼 이글이글 내 몸에 닿아
> 쉬 지워지지 않을 깊은 文身을 아로새긴다
>
> … (중략) …
>
> 오, 결핍은
> 작렬하는 사막에 솟은 불기둥인 양
> 아무데서나 불타오르고
> 터번도 두르지 않은 아라비아 숫자들이
> 태양을 삼킨 채
> 광고탑에서 이글거리고 있다
>
> — 고진하, 「천국엔 아라비아 숫자가 없다」 중에서

고진하의 인용 시에서도 역시 빛의 이미지는 부정적으로 지각된다. "마천루 위" 광고탑에서 "작렬하는 사막에 솟은 불기둥인 양" 이글이글 뜨겁게 불타오르는 "아리비아 숫자들"은 무엇으로도 채울 수 없는 결핍된 욕망의 기호이다. 그러므로 여기에서 빛은 존재자의 인식을 가능하게 한 근거로 기능하지 않는다. 빛은 어둠의 혼돈과 타락한 세계

를 정화하거나 생명과 질서, 미래적 가치에 대한 소망의 의미로 쓰이지 않는다. 또한 밤의 어둠 속에서 더욱 빛나면서 거대한 불의에 맞서는 저항성을 지니지도 않는다. 원초적인 불빛의 숭고한 신성성은 변질되어 그 자체가 인간을 억압하고 환각과 파멸로 이끄는 기제로 기능한다. 오히려 화자는 불빛의 긍정적 형이상학을 배제하고 빛의 문법과 규칙이야말로 허구이고 환각이라는 사실을 폭로한다. 어둠 속의 불빛은 오히려 탐욕의 상징으로서 욕망의 한계효용에 의해 무한대로 증폭해가는 결코 충족될 수 없는 인간의 결핍된 욕망을 나타내는 기호이다. 화자가 불빛의 이미지에서 본 것은 그 욕망의 확대재생산이 불러올 문명의 재앙이다.

눈앞의 저 빛!
찬란한 저 빛!
그러나
저건 죽음이다

의심하라
모오든 광명을!

— 유하, 「오징어―여는 시」 전문

불빛을 발견한 오징어의 눈깔처럼
눈에 거품을 물고 돌진 돌진

불 같은 소망이 이 백야성을
만들었구나, 부릅뜬 눈의 식욕, 보기만 해도 눈에
군침이 괴는, 저 불의 부페 色의 盛饌을 보라
그저 불밝히기 위해 심지 돋우던 시절은 지났다

매서운 한강 뚱바람 속,

촛불의 아이들은 너무도 당당해 보인다
그들을 감싸고 있는 이 도시 전체가
하나의 거대한 수정 샹들리에이므로
風前燈火, 불을 키운 건 팔 할이 바람이었다
이젠 바람도 불과 함께 놀아난다
휘황찬란 늘어진 샹들리에 주위에 붙은 똥파리
　　— 유하, 「바람부는 날이면 압구정동에 가야 한다 4−불의 뷔페」 중에서

　유하의 두 편의 인용 시는 불빛에 대한 욕망과 유혹이 종국에는 파멸의 함정을 감추고 있다는 점을 지시한다. 첫 번째 인용 시에서 빛은 불길하다. 화자는 묵시록적 예언의 어조로 매우 간명하고 명료하게 빛이 지닌 불온한 파괴성을 상징적으로 제시한다. 빛을 보면 맹목적으로 달려드는 오징어의 속성에 빗대어 도시문명과 인간의 욕망에 대한 비판의 의도를 읽을 수 있는 이 시는 빛을 죽음의 세계로 인식한다. 도시문명의 "모오든 광명"을 죽음으로 바라보는 의심과 회의에 찬 화자의 시선은 도시의 광명을 심판이 임박한 묵시록적 상황의 집약적 상징으로 이해하는 것이다. 그것은 자본주의적 문명의 "모오든 광명을" 의심하는 환멸과 회의의 사유이다. 이러한 문명의 빛에서 역설적으로 죽음을 보는 묵시록적 사유는 문명의 현실에 대한 반성적 인식행위에 속한다. 도시문명의 빛이 품고 있는 묵시록적이며 종말론적인 인식은 도시 체험의 한 양상이며, 그러한 묵시록적 세계에 대한 저항의 한 방식으로 볼 수 있다.

　유하가 도시공간, 혹은 물질적 풍요와 욕망이 번성하는 문명의 세속 세계를 탐구한다는 것은 단순히 도시라는 공간적 배경이 시의 제재가 되어서가 아니다. 중요한 것은 도시공간에서 체험하는 일상을 시로 형상화함으로써 그것이 은폐하고 있는 공포와 폭력의 불온성을 경계한다는 점이다. 따라서 위의 시에서처럼 문명의 빛에 대한 묵시록적 상

상력은 존재의 불안과 공포, 그리고 죽음의 종말론적 세계를 반성적으로 성찰하는 행위로 이해해야 한다. 그는 "욕망의 허기가 세운상가를 번창시켰"으며 그 "어두운 욕망의 벌집"에서 "충동의 벌떼들"처럼 "끝없이 응응대다가 죽음을 맞으리라"(「세운상가 키드의 사랑 2」)고 미래를 불길하게 예견한다. 이러한 문명의 "불의 폭포수를 보며 / 폭포가 말라버린 내일의 암흑 따위를 생각"(「바람부는 날이면 압구정동에 가야 한다 8」)하는 미래에 대한 묵시록적 사유는 독자로 하여금 그의 시를 반성적 사유의 자장 안에서 읽도록 요구한다.

두 번째 인용 시에서 화자는 도시공간의 풍요와 맹목적 욕망의 부정성을 지각하고, 이에 대한 비판적인 성찰을 수행하는 산책자이다. 태초의 성스런 불의 이미지로부터 욕망의 불에 이르기까지의 이미지의 연쇄적 변주를 통해 조직된 인용 시는 "불의 부패"로 명명되는 도시의 '백야성'에 사는 인간을 "휘황찬란 늘어진 샹들리에 주위에 붙은 똥파리"로 묘사한다. 그럼으로써 도시공간과 그 안에 사는 인간에 대한 산책자의 부정적 지각을 보여준다. 화자는 "소망교회 앞", "아이들의 행렬"이 들고 있는 촛불에서 '태초의 불'을, 다시 "두메산골을 걸어가다가 발견한", "반갑던 먼 곳의 등잔불"을 연상한다. 그것은 다시 "불빛을 발견한 오징어의 눈깔"이라는 맹목적인 욕망이라는 의미를 얻고, 이것은 다시 "불의 부패"라는 도시의 꺼지지 않는 '백야성'에 대한 이미지로 전이된다. 이어서 '백야성'에 사는 인간은 "휘황찬란 늘어진 샹들리에 주위에 붙은 똥파리"로 변주된다. 이렇게 '불'에 의해 연쇄되는 이미지의 변주가 불러일으키는 효과는 "오징어의 시커먼 눈들"을 한 사람들이 "불의 부패 파티장 쪽으로", "신바람으로 몰려가는" 맹목적인 욕망에 대한 반성이며, '태초의 불'과 대립되는 차원에서 타락한 도시의 불을 비판하는 것이다. 휘황찬란한 샹들리에에 달라붙은 '똥파리'나 불빛을 향해 돌진하는 '오징어'는 도시문명의 이면에 숨어 있는 부정적 측면에 대한 시인의 지각을 암시한다.

결국 불빛에 대한 부정적 지각은 대도시 공간의 물질적 풍요와 소비 사회의 욕망에 대한 비판이며, 그것이 숨기고 있는 폭력성과 억압성에 대하여 저항하려는 의지의 표현으로 볼 수 있다. 산업문명의 사회에서 불빛의 모조신화에 대한 시인들의 부정과 비판과 저항은 불모적인 도시공간에 대한 반성적 성찰에 다름 아니다. 이것은 대도시 공간에서 전개되는 일상적 현실에 대한 부정적 경험을 매개하는 것이다. 이는 곧 문명의 부정성에 대한 비판을 전경화하려는 태도에서 비롯한다. 시인들은 문명의 불빛에서 소유와 소비의 욕망이 지배하는 도시공간의 추함, 유토피아를 가장한 불길한 자본의 논리, 상품 권력의 억압적 이데올로기와 욕망, 관능적 쾌락, 물신이 조장하는 풍요가 배면에 감춘 죽음을 투시하는 것이다.

6. '빛'의 형이상학

이 글은 한국 현대시에 나타나는 빛과 어둠의 알레고리가 지닌 의미를 조명해보려는 목적으로 출발하였다. 빛과 어둠의 알레고리를 한국 사회의 지난한 역사적 도정이라는 맥락에서 조망함으로써 한국 현대시가 처했던 문학적 환경을 거칠게나마 살펴보았다. 한국 근대시가 싹트기 시작하는 때부터, 특히 낭만주의적 열정을 분출하는 시들의 대부분은 '빛'과 '어둠' 등의 시어를 감각적이고 격정적으로 사용한다. 이후 빛과 어둠의 이미지는 역사 사회적 알레고리로 쓰이면서 시인들의 사회학적 상상력에 구체성을 부여한다.

한국 근대시 초기에는 빛의 이미지보다는 밤과 어둠의 이미지에 강렬하게 사로잡혀 있다. 밤과 어둠은 당대 서정시의 토대를 구축하는 핵심적인 시어이다. 따라서 이들 시어는 시인들의 세계인식을 이해할 수 있는 중요한 인식론적 틀을 제공해준다. 그뿐 아니라 한국 근대문학 초창기 시인들의 미적 인식이 어떠했는가를 증명해주는 핵심 요인으로 기능한다. 어둠은 역사 현실의 알레고리로서 퇴폐와 환각, 도피와 초월의 원리가 죽음과 동일시되면서 근대시 초기의 관념적 통속화와 상투화라는 미적 한계의 원인으로 작용한다.

해방과 전후사회의 혼란은 빛을 향한 희망과 기다림의 의지적 정신이 서정시의 한 주류로 자리 잡는다. 역사 현실의 압도적인 비극성은 시인들로 하여금 강렬한 빛을 염원하게 한 것이다. 아울러 빛에 대한 지향은 세계가 그만큼 황폐하고 불모적인 죽음의 현실임을 시사한다. 이것은 역사인식의 끝에 발생하는 의식으로 어둠의 심연을 통과해 빛의 세계, 즉 '희망의 나라'로 나가려는 유토피아 정신의 발로이기도 하다. 이는 부정한 현실에서의 탈주와 이탈의 욕망에서 비롯하며 궁극적으로 바람직한 세계상에 대한 꿈과 희망에 대한 열망을 내포한다.

산업화 시대 이후 불빛의 시어는 해방과 투쟁을 상징하는 대표적인 이미지이다. 시대의 어둠 속에서 민중들은 빛과 밝음을 향한 희망을 품고 그에 저항한다. 불빛은 거대한 불의와 억압에 저항하는 민중의 모습이기도 하다. 그것은 반민주, 반민족, 반민중 세력에 저항하여 투쟁에서 반드시 승리할 것이라는 전망 표상의 대표 언어이다. 우리의 근대사는 끈질긴 변혁운동을 경험하였고, 그런 흐름을 반영하여 서정시에 나타나는 불과 빛의 이미지는 억압적인 상황과 체제 내의 순응주의 미학을 거부하는 사회학적 상상력에 구체성을 부여하고 있다. 어둠이 가신 빛의 세계는 하나의 신앙처럼 시인들의 영혼을 사로잡았던 것이다.

후기산업문명 시대에서 불빛은 모조신화에 가깝게 기능한다. 불빛에 대한 이러한 부정적 지각은 물질적 풍요와 소비사회의 욕망에 대한 반성과 비판이며, 불빛이 숨기고 있는 폭력성과 억압성에 대한 폭로와 저항의 의미를 지닌다. 시인들은 문명의 불빛에서 소유와 소비의 욕망이 지배하는 도시공간의 추함, 유토피아를 가장한 불길한 욕망, 관능적 쾌락, 물질적 풍요가 배면에 감춘 죽음을 투시한다. 불빛의 등대는 희망의 나라를 계시하는 막강한 견인력을 잃고 만 것이다.

시의 언어는 서정의 언어이고, 시의 서정성은 예술로서의 시의 원형적 자질을 획득하게 하는 원초적 원소이며 질료이다. 서정적 자아의 원형은 자아와 세계가 행복하게 일치하는 동일성에 위치해 있다. 그런데 인간과 인간, 인간과 세계의 동일성은 파괴되고 억압과 결핍, 혼돈과 분열의 세계에 시적 자아는 위치해 있다. 그 속에서 삶과 세계를 총체적 질서로 파악하려는 노력은 좌절될 수밖에 없고, 삶과 세계의 신성성과 초월성은 더 이상 우리 곁에 행복한 표정으로 머물 수 없다. 주체와 객체, 자아와 세계가 조화롭게 일치하던 시대의 신성은 더럽혀졌다. 이러한 역사 현실에서 서정적 자아는 행복한 표정으로 인간과 세계를 노래할 수 없다. 그럼에도 불구하고 현대의 서정시는 바로 불협화음의 삶 가운데서 지금과는 다른 온전한 세계와 행복하게 일치하는 동일성의 세계로 돌아가려는 서정적 자아의 힘겨운 자기반성을 내포하고 있다. 불과 빛을 향한 향일성도, 종말의 파국을 은유하는 불빛의 부정성도 이와 같은 범주에서 이해할 수 있을 것이다.

불이(不二)의 시학
─ 근대 극복 대안으로서 불교적 세계관

1. 전환의 사유

계몽주의 이전 중세철학은 신을 중심으로 하는 신본(神本)중심이라 해도 과언이 아니다. 세계의 중심에는 신이 있었고, 이를 전복하고 주체로서의 인간을 발견하며 탄생한 것이 근대 서구의 철학적 세계관이다. 주지하다시피 신화와 주술, 미신과 야만이 지배하던 신본중심의 중세질서를 무너트린 것은 인간 주체의 이성과 과학적 합리주의에 입각한 기계론적 세계관이다. 중세의 금욕주의적 속박과 신으로부터의 종속에서 해방되면서 형성된 인간 주체의 욕망은 자신의 의지대로 세계를 바꿀 수 있다는 신념을 심어주었다. 이러한 믿음은 인간의 이성에 의한 과학기술의 발전에 따라 역사와 문명이 직선적으로 발전한다는 진보적 세계관을 태동시켰으며, 이것은 필연적으로 산업혁명을 필두로 한 근대 자본주의 문명을 출현시키는 중요한 계기로 작용한다.

인간의 이성에 대한 믿음을 기초로 하는 계몽주의는 "신앙으로부터 인간을 해방시키는 것처럼 보이"지만 "인간을 이성이라는 또 다른 질서 체계에 종속시키는 결과"[1]를 낳았다. 인간의 삶에서 가치의 변화는 세계의 중심이 바뀌었다는 것을 의미한다. 인간은 신이 중심인 신본주의에서 인간이 가치의 중심인 인본주의로, 여기에서 물신이 가치의 중심인 후기자본주의의 물신주의 세계로 옮겨와 살고 있다. 가치의 중심 이동은 인간과 세계 사이의 심각한 분열을 초래한 것이 사실이다. 또한 이러한 분열과 모순의 상황에서 이를 부정, 비판하면서 새로운 대안을 모색하고자 하는 인문학적 노력들이 진행되고 있는 것도 사실이다. 한국 현대시도 이와 같은 문명사적 상황변화에 민감하게 반응하면서 근대 극복으로서의 대안적 사유의 모색을 꾀하고 있다. 주지하다시피 근대 서구의 이원론적 철학과 기계론적 세계관을 극복하고자 하는 전환적 사유의 하나가 바로 동양사상인데, 그 가운데 불가(佛家)의 정신과 세계관에 토대를 둔 대안적 사유가 있다.

우리 사회는 근대성의 핵심적 가치라 할 수 있는 기계론적 세계관, 진보적 시간관, 물질만능주의, 계산적 이성의 지배가 팽배한 근대 자본주의의 정점에 와 있다. 영구적 산업혁명이라 불릴 정도로 나날이 자본의 새로운 가치증식이 이루어지고 있는 급진화된 근대는 지금 이 시대가 근대의 절정이라는 점을 말해 준다. 이러한 자본주의의 견고한 기율과 이성중심의 세계에 대하여 일정한 반성적 움직임과 대안적 항체를 형성하는 것이 우리 인간의 근원과 실존의 의미를 이해하고 구현하는 데 불가결하다는 것은 췌언을 필요로 하지 않는다. 근대문명의 정점에서 필연적으로 발생하는 모순과 부조리를 치유하고 보완하는 대안적 사유로서의 불교를 비롯한 종교적 영성과 의미는 소중한 가치

---

1 Ivan Illich, 김성곤 옮김, 「인간에 의한 과학」, 『외국문학』 제25호, 열음사, 1990, 66~67쪽 참조.

를 지닌다. 이를테면 영원에 대한 추구, 신성적 가치의 지상적 복원, 종교적 영성과 감각의 재생, 사랑과 생명의 구현 등은 근대의 전개과정에서 밀려난 이성의 타자들을 복원하려는 근대 극복의 대안적 기획이라 할 수 있다.

중국을 거쳐 유입된 불교는 지금까지 우리의 중심적인 종교사상 가운데 하나로서 한국인의 정신과 정서에 깊은 영향을 끼친 사실은 췌언을 필요로 하지 않는다. 그런 만큼 이러한 사실은 불교가 우리 문학의 형성과 전개에 지대한 영향을 미쳤다는 사실을 지시하기도 한다. 예컨대 향가 시대부터 시가문학에 나타나는 불교적 사유와 세계관은 한국 시가의 상상력에 젖줄을 대주는 중요한 요소 가운데 하나이다. 한국 현대시가 출발하는 근대의 만해 이후 이와 같은 영향은 지속적으로 다양하게 나타나고 있는 현상이다.

이 글은 한국 현대시와 불교적 상상력의 여러 양상을 밝히는 기존의 연구 성과를 비판적으로 수용하면서 논의의 변별성을 위하여 현대시에 나타나는 근대 극복의 대안적 명제로서 불교적 세계관에 초점을 한정하여 조명한다. 또한 논의의 대상도 정현종·최승호·이은봉의 시로 범위를 국한하여 기존 논의와의 중복을 피하고자 한다.[2] 결과적으로 이 글은 한국 현대시에 나타나는 근대 극복의 대안으로서 불교적

---

2 정현종·최승호·이은봉의 시를 중심으로 논의를 국한하는 이유는 다음과 같다. 첫째, 불교적 상상력과 관련하여 이들에 대해서는 단편적으로 언급될 뿐 비교적 논의가 구체적으로 진행되지 않았기 때문이다. 둘째, 이들은 불교적 사유와 인식의 세계를 통해 근대문명에 대한 부정과 비판, 그리고 그 대안을 모색하고 있기 때문이다. 즉 근대가 가져온 억압과 횡포를 넘어서 자아와 세계의 근원적 본질 회복의 대안을 불교적 세계관에서 찾기 있기 때문이다. 셋째, 불교적 상상력의 시적 지향과 추구가 자칫 빠지기 쉬운 애매한 초월과 존재의 궁극적 환원, 단순히 소재주의에 그치거나 선구(禪句)의 동어반복으로서의 상투적이며 타성적인 무의미한 모방에 머무르지 않나 반성해야 하는데, 이들 시인의 불교적 사유에 의한 시적 인식은 우리의 현실에 일정하게 뿌리내고 근대 극복의 대안적 사유를 제공하기 때문이다.

사유가 함유하고 있는 의미와 가치를 귀납적으로 조명할 것이다.

근대 극복 대안으로서의 세계관은 결국 인간의 탐욕적 욕망이 야기한 전 지구적 차원의 생명의 위기, 근대문명의 모순과 부조리, 타락한 자본의 물신적 욕망, 소외와 불안의 죽음의 정서를 극복하는 사유일 것이다. 이 글은 이와 같은 관점에서 이들 시인의 작품에 나타나는 근대 극복으로서의 불교적 세계관을 조명한다. 그럼으로써 근대 극복의 대안으로서 불교의 동양적 사유가 함유하고 있는 미적 형질이 문명사적 층위에서 차지하는 의미를 점검한다. 이러한 논의는 자연스럽게 불교의 선적이며 초월적 사유와 상상력에 의한 수사학이 현대시가 추구하는 방법과 내용에 시사하는 바가 무엇인지 조명하는 작업을 자연스럽게 동반한다. 이와 같은 논의를 통해 이 글이 도달하고자 하는 지점은 결국 도구적 이성과 과학적 합리주의의 근대적 질서체계 속에서 불교적 사유에 기초한 시적 상상력이 근대 극복의 대안적 세계관으로서 어떠한 가치와 의미를 지니고 있는가이다.

2. 생명의 위기와 상생의 전체성 : 정현종

정현종은 동양적 직관과 생태적 세계관에 대한 관심을 폭넓게 구현하고 있는 시인이다. 그의 시는 『사랑할 시간이 많지 않다』를 전후로 동양적 세계관, 특히 불교적 세계관과의 친연성을 바탕으로 생명에 대한 지향과 애착을 남다르게 구현한다. 이런 점에서 "동양의 선(禪)적 직관으로 생명의 황홀경에 도달할 수 있었던 그의 시세계는 한마디로 동양적 정신주의의 한 극점을 보여주는 예"[3]라는 평가를 받게 만든다.

---

3 이남호·김원중·우찬제, 「환경 문제와 문학」, 『한국문학이론과 비평』 제4집, 한국문학이론과 비평학회, 1992, 34쪽.

그의 생명에 대한 애착은 현실에 대한 부정적 인식으로부터 출발한다. 말하자면 "몸보다 그림자가 더 무거"(「고통의 축제 2」)운 고통의 길, 인간과 생명현상을 마비시키고 왜곡하는 근대적 문명의 타락한 권력에 대한 부정으로부터 출발한다. 이와 같은 점은 "인간의 문명과 제도와 이데올로기에 의해 왜곡되고 쭈그러든 원초적 자아"의 "자기동일성"을 회복하려는 시적 인식론에 잘 나타나며, 그것은 "우리를 마비시키는 모든 것에 대한 저항"[4]이라는 실천적 의미를 지닌다.

　정현종은 근대문명의 반생명적인 현실에서 생명의 신비와 황홀을 탐색하는 시인이다. 그의 자연생명의 탐색은 궁극적으로 생명의 구경(究竟)에 이르려는 시적 욕망에서 비롯하며, 그의 시가 "생명에 대한 감각이 날로 민감해지는" 까닭은 문명사적 "세상의 거칠음과 비례"[5]한다는 인식에서 오는 것이다. 이러한 시적 욕망과 근대문명에 대한 반감은 시인으로 하여금 동양적 문맥에서의 불교적 세계관과 선적 직관의 사유에 천착하도록 한다. 근대문명의 논리는 불가피하게 생명현상을 왜곡하고 생명의 터전인 자연을 훼손한다. 이러한 생명 위기의 현실에서 정현종은 파괴되고 훼손된 자연 생명의 유기적 전체성, 즉 그가 말하고 있는 생명의 유기적 '자기동일성'을 회복하고자 하는 시적 사유를 펼친다. 자아와 세계의 유기적 일체감과 연속성의 회복을 지향하는 시적 태도는 말하자면 왜곡되고 분열된 현재의 생명 현실에 대한 불만과 그로 인한 고통으로부터 출발하는 것이다.

4　시인은 자기동일성을 "나와 나 아닌 것, 이것과 저것, 서로 다른 것들이 자기이면서 동시에 자기 아닌 것이 될 수 있는 공간이 시의 공간"이라 말하는데, 이것과 저것, 주체와 타자는 서로 독립적인 존재가 아니라 상호의존적 관계에서 생겨난 존재, 즉 존재와 존재 사이의 절대적 평등을 강조하는 관계론이라는 불교의 연기론과 자비 사상에 연관되어 있다. 정현종, 「시의 자기동일성」, 『거지와 광인』, 나남, 1985, 11~15쪽 참조.
5　정현종, 「구체적인 생명에로」, 『생명의 황홀』, 세계사, 1989, 156쪽.

가을 햇볕에 공기에
익은 벼에
눈부신 것 천지인데,
그런데,
아, 들판이 적막하다―
메뚜기가 없다

오 이 불길한 고요―
생명의 황금 고리가 끊어졌으니……

―「들판이 적막하다」 전문

　　문명의 현실에서 정현종이 추구하는 근대 극복의 대안적 꿈은 자연 생명의 내적 연관성과 상호 호혜적 평등, 생명존중과 상생을 바탕으로 하는 불교적인 유기체적 세계관이다. 이러한 관점은 존재와 존재 사이의 절대적 평등을 강조하는 관계론이라는 불교의 연기론과 자비사상에 연관되어 있다.[6] 유기체적 세계관에 의하면 자연은 상호관련된 관계의 망(網)으로 조직되어 있다. 이를테면 지구는 물리적 화학적 환경을 스스로 조절함으로써 건강하게 자신을 유지하는 능력이 있는 자기 조정적 실체로서의 생명권을 뜻하는 가이아(Gaia)의 사상과 관련이 있다.[7] 그런데 화자는 위의 시에서 유기체적인 "생명의 황금 고리가 끊어졌"음을 보고 있다. 들판은 "가을 햇볕에 공기에", "눈부신 것 천지인데" 화자는 거기에서 적막한 죽음의 공포를 느낀다. 이러한 불길한 죽음의 공포는 생명의 유기적 관계성이 끊긴 데서 연유한다. 모든 생명체들의 유기적 연결이 "생명의 황금 고리"이며, 때문에 생명의 존속은 결국 상호의존적이며 연대를 통해 이루어져야 한다. 그러나 화자는

---

6 동국대학교 불교문화대학불교교재 편찬위원회, 『불교사상의 이해』, 불교시대사, 1999, 76쪽.
7 J. E. 러브록, 홍욱희 역, 『가이아―생명체로서의 지구』, 범양사, 1990.

생명의 관계성이 단절된 죽음의 "불길한 고요"를 보는 것이다. 이와 같은 문명 현실의 위기적 상황은 정현종의 시로 하여금 자유로운 비상과 초월을 꿈꾸게 하며, "神聖感"에 "찰랑대는"(「새로 낳은 달걀」) 생명의 황홀경을 외경적으로 탐색하도록 한다.

정현종의 시가 자연 생명의 거룩한 경이와 외경, 황홀과 숭고함을 노래하는 이유는 반자연적인 문명적 현실이 점점 더 악화되고 있기 때문이라는 의식에서 비롯한다. 이것은 우주적 생명의 원리를 역행하는 자본주의적 문명과 물질의 폭력성, 인간중심주의적 사유에 대한 부정과 비판의식의 소산이기도 하다. 따라서 자연 생명의 신비에 대한 시적 탐색은 생명의 위기에 반응한 결과로 볼 수 있다. 왜냐하면 한국 현대사에서 압도적으로 진행된 근대화의 과정은 필연적으로 공업화와 산업화를 수반하고, 그에 따라 나타나는 근대문명의 모순과 부조리는 서정시의 무의식을 강력하게 강제하기 때문이다. 이러한 상황에서 상실한 자연과의 일체감과 동일성, "생명의 황금 고리"가 오롯이 연결된 근원에 대한 그리움에 사로잡힐 수밖에 없다. 그러므로 정현종의 생명 시학은 본질적으로 생명의 위기라는 조건에 반응한 대안적 꿈의 산물이라 할 만하다.

> 강물을 보세요 우리들의 피를
> 바람을 보세요 우리들의 숨결을
> 흙을 보세요 우리들의 살을
>
> … (중략) …
>
> 나무는 구름을 낳고 구름은
> 강물을 낳고 강물은 새들을 낳고
> 새들은 바람을 낳고 바람은
> 나무를 낳고…
>
> ― 「이슬」 중에서

동양의 불교에서 우주의 모든 존재는 창조와 파괴, 생성과 소멸, 탄생과 죽음이 끊임없이 순환하는 질서로 이해한다. 말하자면 생명현상의 관계성과 연속성은 "서구 근대의 기계론적 인과론과는 달리 사물들의 인과관계가 순환적이고 비선형적인 관계"[8]를 이룬다는 것이 요체이다. 이것은 모든 존재를 수평적으로 평등하고 상호 유기적 관계로 바라보는 동체대비(同體大悲)의 윤리관을 말한다. 인용 시는 우주의 모든 존재가 서로 독립된 개체가 아니라 상호의존적인 유기적 관계를 맺고 있다는 전일적 세계관을 담고 있다. 즉 '강물을 우리들의 피, 바람을 우리들의 숨결, 흙을 우리들의 살'로 인식하는 것과 같이 모든 대립이 무화되어 근원적 통일이 이룩된 일체감의 세계나, '나무-구름-강물-새-나무'로 연쇄되는 존재의 순환생성은 불교적 세계관의 원리에 맞닿아 있다.

자연이 순환 생성한다는 관계론은 생명의 유기적 전체성과 일체감을 보여주는 세계관의 표현이다. 존재의 순환을 나타내는 것으로 "이것이 있으므로 저것이 있고, 이것이 없으면 따라서 저것도 없어지며, 이것이 생겨남에 따라 저것도 생겨나는 것이며, 이것이 없어지면 곧 저것도 없어지게 된다"[9]는 연기의 관계성을 함의한다. 이와 같은 유기적인 존재론적 순환의 세계는 우주적 질서의 현현이며 생명의 영원함이 우주의 뭇 존재들에 내재해 있다는 것을 상징적으로 지시한다. 환언하면 '나무-구름-강물-새-나무'로의 무한한 존재론적 순환은 우주수(宇宙樹)에 뭇 존재들이 무수히 깃들어 상생하는 화엄세계의 상징으로 볼 수 있다.

---

8 최종석, 『불교생태학 그 오늘과 내일』, 동국대 불교문화연구원, 2003, 57쪽.
9 『잡아함경』 권2, 65쪽, "此有故 彼有 此無故 彼無 此生故 彼生 此滅故 彼滅."

거기서 와서 거기로 가는 것
○은 처음이며 끝
○은 인생의 초상
○은 다 있고 하나도 없는 모습
꽉 차고 텅빈 모습

—「○」 중에서

어릴 때 참 많이도 본
나팔 꽃
아침을 열고
이슬을 낳은 꽃
아침 하늘의 메아리
이슬 맺힌 꽃
이슬에 비친 꽃 만다라
무한반영의 꽃 만다라
피, 붉은 이슬
의 메아리, 그
메아리 속에 생명 만다라
눈동자
에 맺히는 이슬
그 이슬 속에 삶 만다라

—「생명 만다라」 전문

　　정현종이 직관하는 세계는 우주적 세계관에 입각한 것으로 불일이
불이(不一而不二)의 세계로 승화하는 것이다. 그것은 시인이 우주적 순
환생성의 원리를 위의 인용 시에서처럼 둥근 원이나 '만다라'로 직관
하는 데에서 확인된다. '○', 즉 공(空) 혹은 원(圓)은 그러한 유기적 순
환의 원리를 상징적으로 반영한다. 동양적 사유의 문맥에 의하면 존재
는 무수히 순환 변전해가는 과정에 있을 뿐이다. 불교적 세계관에서
모든 존재는 본래 아무것도 없는 공이지만 거꾸로 공에서부터 모든 존

재의 현상이 나타난다. 이와 같은 불교의 공사상을 엿볼 수 있는 이 시는 'O'을 처음이자 끝이며, "거기서 와서 거기로 가는" 순환 변전의 우주적 원리를 표상한다. 있음의 없음, 없음의 있음이라는 불교적 역설을 떠올리게 하는 "다 있고 하나도 없는 모습 / 꽉 차고 텅빈 모습"으로서의 'O'은 말하자면 세계의 근원이다. 이것은 궁극인 것으로 유(有)이면서 동시에 무(無)이고, 만(滿)이면서 동시에 공(空)인 셈이다.[10] 'O'은 비어 있으면서 꽉 찰 수 있는 공간을 가지고 있으므로, 공이면서 색이고 색이면서 공인 것이다. 이와 같이 우주를 하나의 유기체로 보는 관점은 분열되고 분리된 세계를 통합하려는 의도로 볼 수 있다.

'O'은 또 원의 이미지로서 둥근 전체성을 상징하면서 우주적 생명의 궁극적 조화와 질서의 세계를 표상한다. 시인은 나팔꽃의 형상을 만다라에 비유한다. 이러한 비유는 '나팔꽃, 이슬, 메아리, 만다라, 눈동자' 등의 원의 이미지로 연쇄되면서 무수한 존재와 생명들이 그물망처럼 연결되어 상호작용하는 생명 질서의 리드미컬한 전체성을 상징적으로 실현한다. 시각적으로 눈에 직접 보이는 나팔꽃, 이슬, 그리고 이슬에 비친 수많은 원의 이미지뿐만 아니라 방사형으로 퍼져나가는 원의 형상으로서의 메아리는 모든 생명과 생명은 서로 긴밀하게 연결되어 있다는 생명 원리의 궁극적 전체성을 표상하는 것이다. 또한 나팔꽃은 나팔이 상징하는 악기와 소리의 리듬성에 의하여 역동적인 생명의 만다라가 나팔의 소리처럼 둥근 원의 파장을 일으키며 메아리로 피어나가는 형상을 구현한다. 이러한 순환론적 우주관에서 중요한 것은 "원이 고정된 실체가 아니라 끊임없이 앞으로 움직이는 순환론

---

10 우주를 순환구조로 보는 관점은 동양뿐만 아니라 희랍의 자연주의나 흰두교, 도교(노장사상)도 마찬가지이다. 이 부분에 대해서는 F. 카프라(이성범 · 김용정 옮김, 『현대 물리학과 동양사상』, 범양사, 1985)와 M. Grant, J. Hazel(김진욱 옮김. 『그리스 로마 신화 사전』, 범우사, 1993), 그리고 김용정(「혼돈과 무의 극」, 『과학사상』 제6호, 범양사, 1993)을 참고 바람.

적 원"[11]으로서 이 세계는 원래 공(空)이지만 공에서부터 이 세계가 시작되었다는 점을 은유한다.

서구의 진보적 세계관은 인간과 자연, 자아와 세계의 경계를 뚜렷이 분리하고 자연을 끊임없이 개발하고 극복해야 할 투쟁의 대상으로 인식한다. 정현종의 시가 보여주는 순환상생의 세계관은 역사가 진보한다는 직선적 시간관으로는 불가능한 통찰이다. 시간은 동양적 문맥에서 주기적 리듬을 타고 죽음과 재생을 반복하며 변화하고 갱신한다. 동양의 윤리적 정신은 자연 대상과의 조화로운 일치와 융화를 지향한다. 존재와 존재 사이의 유기적 전체성을 기초로 자연 생명의 숭고한 경이와 우주적 생명의 본성을 노래하는 정현종의 시적 욕망의 근저에는 인간중심적 사유와 문명의 부정성에 대한 비판적 인식이 흐르고 있다. 이러한 비판적 부정은 "무슨 充溢이 논둑을 넘어 흐르는", "자연으로 돌아"(「나의 자연으로」)가 자기동일성을 확보하려는 시적 욕망에서 비롯한다. 정현종의 시는 세계를 분리된 개념의 집합체로 인식하는 것이 아니라 총체적으로 통합된 전체로 보는 전일적 세계관을 지향한다. 따라서 이러한 의식은 생명의 위기를 초래한 근대문명의 질서를 부정·극복하고 대안으로서 상생의 생명관을 제시하는 것이며, 궁극적으로 생명의 복원을 꿈꾸는 것이다.

3. 욕망의 타락과 순환의 우주성 : 최승호

최승호의 시에 특징적으로 드러나는 특별한 장식이 없는 건조한 문체, 힘 있고 그로테스크한 이미지들은 근대문명의 착란적인 흥분과 난폭성을 드러내는 시적 방법이자 수사적 전략이다. 기술문명의 폭력성,

---

11 정효구, 「우주공동체와 문학」, 『현대시학』 제297호, 현대시학사, 1993. 12, 286쪽.

물신의 욕망에 대한 환멸과 허무에의 경도가 그의 시에는 내재해 있다. 이러한 그의 시세계는 현상의 이면을 꿰뚫어 응시하는 자의 날카로운 "투시적 상상력"을 통한 세속적 "'깨달음'의 형식"과 근대문명의 착란적인 이념을 넘어서려는 "'초월'의 문법"12)을 보여준다. 최승호 시학의 기본원리로 작용하는 투시적 상상력은 근대 자본주의의 도시와 문명에서 확대 재생산되는 인간의 욕망과 그 이면에 자리한 죽음에 대한 탐구, 그리고 이를 극복할 수 있는 대안적 세계관의 모색으로 집중된다. 그 대안 모색의 중심에는 불교적 세계관이 자리한다. 말하자면 그는 타락한 문명의 현실을 비판적으로 성찰하고 근대의 부정성과 모순을 불교적 세계관이 근본적으로 내장하고 있는 생명존중을 통해 넘어서려 한다.

최승호의 시에서 고도로 산업화된 문명과 도시는 "죽음에 둘러싸여", "함몰과 큰 추락에 대한 공포에"(「엘리베이터 속의 파리」) 떨고 있는 묵시록적 상황으로 나타난다. 그의 시편들에서 도시는 "쥐들이 앞가슴을 파먹어도 밤이 즐거웠던지, 내장을 끌고 돌아다니던 암탉"(「석양의 하루살이떼」)으로 그로테스크하게 묘사되며, "폐수의 毒에 중독된 채 / 창자가 곪아가는" '문명'(「물 위에 물 아래」)이라는 진술처럼 추악하고 혐오스럽게 제시된다. 이와 같이 그의 시는 산업사회의 모순을 그로테스크하게 제시하면서 '세속도시'에서 인간의 타락한 욕망은 수정되어야 한다는 비판적 전언을 내포하고 있다. 그의 욕망비판은 "회저처럼 고통스러웠던 연금술의 긴 밤"(「누에」)과 '공룡 같은 욕망'(「죽은 사람」), 그리고 "物에 빠진 쥐꼴인 영혼"(「쥐가죽코트」)과 "매음의 자동판매기"(「자동판매기」)라는 물신 자본주의의 부정성과 타락한 욕망에 대한 반성과 비판적 성찰로부터 시작된다.

---

12 이광호, 『위반의 시학』, 문학과지성사, 1993, 299쪽.

무뇌아를 낳고 보니 산모는

몸 안에 공장지대가 들어선 느낌이다.

젖을 짜면 흘러내리는 허연 폐수와

아이 배꼽에 매달린 비닐끈들.

저 굴뚝과 간통한 게 분명해!

자궁 속에 고무인형 키워온 듯

무뇌아를 낳고 산모는

머릿속에 뇌가 있는지 의심스러워

정수리 털들을 하루종일 뽑아댄다.

—「공장지대」 전문

　끔찍하기 짝이 없는 이 시는 산모(몸)와 공장지대, 배꼽과 비닐끈, 자궁과 고무인형이라는 대립소들이 병치되면서 전율스러운 시적 반향을 불러일으킨다. 문명의 묵시록적 종말을 보는 듯하며, 미래의 예측 가능한 디스토피아 상(像)을 보는 듯하다. 즉 문명 현실의 "바람직하지 않은 끔찍한 사회상을 담"[13]아냄으로써 끔찍한 공포의 분위기를 자아낸다. 인류문명의 폐해가 종국에 이르렀을 때 인류의 미래는 보장받을 수 없다는 불길한 인식이 시의 분위기를 압도한다. 이처럼 문명의 현실이 품고 있는 환멸스런 풍경의 그로테스크한 시적 표출에 주력하던 최승호의 시는 환(幻)을 멸(滅)한 이후의 신생을 꿈꾼다. 꿈이 "만족을 주지 못하는 현실에 대한 보정(補整)"작용[14]인 것처럼 신생의 꿈은 문명 현실에 대한 보정작용으로 발생한 것이다. 그는 현실에 대한 보정작용으로서의 대안적 세계를 색(色)과 공(空)이 다른 것이 아님을 깨우쳐주는 선적 직관의 불가적 세계관에서 찾는다.

---

13 박설호, 「유토피아, 그 개념과 기능」, 『이화어문논집』 제18집, 이화어문학회, 2000. 10, 15쪽.
14 S. 프로이트, 정장진 역, 『창조적인 작가와 몽상』, 열린책들, 1996, 39쪽.

재가 물이다
하얀 재
더 희어질 수 없는 재가 물이다

시냇물
하얀 재 흐른다
눈사람들이 둥둥둥 물북을 치며
강으로 바다로 은하수로 흘러간다

흘러간다는 것은
돌아간다는 것,
돌아간다는 것은 그 어디에도
오래 머물 수 없다는 것,

— 「눈사람의 길」 중에서

인용한 작품은 만해의 '타고남은 재가 기름'이 된다는 인식의 지평과 맞닿아 있다. '눈사람'은 갱신을 향해 무한히 순환 변전하는 자기정립의 한 과정에 있는 대상이다. "재가 물"이며 "강으로 바다로 은하수로 흘러가"고 "흘러간다는 것은 / 돌아간다는 것"이라는 이미지의 비약은 존재의 변전을 통한 스스로의 근원으로 회귀를 뜻한다. 그런 의미에서 '눈사람'이나 '하얀 재'는 스스로의 근원이었을 물의 세계로 나아가는 자연 순환의 흐름, 즉 "물의 법"과 "물왕의 도가 / 아직도 순환하고"(「발효」) 있음을 상징한다. 환언하면 모든 존재는 대지의 물로부터 세워진 '눈사람'처럼 가득 차며 또한 비워진다. 이러한 차고 빔, 생성과 소멸의 끊임없는 순환의 과정은 모든 존재태가 지닌 근원적 본성이다. 따라서 죽음과 소멸은 육체의 한계와 존재의 유한성을 드러내는 기제이기도 하지만 우주적 원리로 본다면 갱신을 향해 새로운 세계로 무한히 순환하는 자기정립의 한 과정이다. 곧 소멸은 새로운 생성이며 존재의 시원으로 끊임없이 돌아가는 윤회전생의 운동이다.

자연 순환의 흐름에 대한 최승호의 인식은 '눈사람' 처럼 생태학적인 자연 환경에 순응하는 자유로운 의식과 지혜를 지향한다. 자연의 순환적 질서를 상징적으로 표상하는 '눈사람' 은 끊임없이 생성과 소멸을 거듭하는 존재로서 사물의 경계 없음을 받아들이는 소멸의 형식을 본질로 한다. 동시에 '눈사람' 은 새로운 생성의 내용이기 때문에 존재의 궁극적인 지평이다. 이러한 '눈사람' 은 공(空)의 체계로서 있음과 없음, 이것과 저것의 이분법적 경계를 넘어서는 자연 그 자체이다. '눈사람' 은 끝없이 물, 바람, 공기, 먼지 등과 연기(緣起)를 이루면서 스스로의 무자성(無自性)을 드러낸다. 이와 같은 시작과정이 보여주는 의미는 "쇠뿔 달린 힘센 문명"(「물소가죽가방」)에 대한 환멸과 시간의 역사에 대한 허무를 동시에 제시하고 불교의 선적 세계관에서 새로운 대안을 모색하려는 의도로 볼 수 있다.

> 홀현홀몬하면서 뿔쥐들은 쓰레기 위에 널려 있는 문자들을 갉아먹곤 하였다. 때로 나는 「새」라는 말을 사용하는데 그게 바로 「재」였다. 갉아먹힌 문자는 늘 다른 걸 가리켰다. 어느 흐린 날 저녁에 쓴 「소」는 엉뚱하게도 「손」을 가리켰다. 그리고 어느 비 오는 밤에 쓴 「고흐」는 귀가 잘려 나간 「교회」를 가리켰다.
>
> — 「갉아먹힌 문자」 전문

'반가사유상은 생각이 없다'(「반가사유상은 생각이 없다」)는 것과 같은 최승호의 반어적인 선적 통찰은 그의 시에서 일종의 돈오(頓悟)와도 같은 직관적 인식을 가능하게 한다. 인용 시에서 화자가 화두처럼 내뱉는 '새와 재, 소와 손, 고흐와 교회' 같은 어휘의 연상들은 '언어도단' 의 돌발성에 의해 실재를 붙잡지 못하고 미끄러진다. 결국 '새' 와 '재', '소' 와 '손', '고흐' 와 '교회' 도 아닌 것 사이에 직관의 통찰은 놓여 있다. 언어도단의 돌발성을 보이는 선문답은 "허공이 왕거미의 큰 무덤"이며, "허공이 왕거미의 큰 자궁"(「거미줄」)이라는 소멸과 생성에 대한 직관적 포착의 경지를 보여주기도 한다. 이와 같은 직관적 표현의 발상법은 색즉시공(色卽是空) 공즉시색(空卽是色)에 대한 직관적 언어표현이라 할 수 있겠는데, 반어적인 모순어법(oxymoron)[15]의 표현은 곧 자아와 대상의 동체성을 드러내는 것이다. 나와 너, 자아와 대상, 주체와 타자가 구분되지 않는 우주성을 드러내는 이러한 차별상의 없음(無相界)에서는 삶과 죽음, 생성과 소멸도 하나가 된다. 즉 "내 들숨은 허공의 날숨이요 내 날숨이 바로 허공의 들숨"(「조개껍질 같은 방에서」)과 같은 이치이다. 이 같은 인식은 생성은 소멸이고 소멸은 또 다른 생성이라는 불교적 사유에 기인하는 것이다.

최승호의 삶과 죽음, 생성과 소멸, 자아와 세계가 차별상을 지닌 것이 아니라는 화엄적 상상력의 의미는 분명 "물가에 발생했던 문명"(「물 위에 물 아래」)에 대한 관심의 맥락에서 설명되어야 한다. '세속도시'의 더러운 건물 사이를 배회하던 '회저의 밤', 그 어둠이 주던 평화스런 허탈 뒤에 얻은 세계가 불교의 선적 세계이다. '세속도시'와 '회저의 밤'에서 경험했던 미혹과 미망과 번뇌를 떨치고 삶을 대지에 헌납한 소멸과 재생의 변증이 그의 응시와 관찰 속에 녹아 있는 것이다. 존재라는 경계와 한계성을 넘어 더욱 커다란 자연과 우주로 흘러내림으로써 '눈사람'처럼 우주 전체의 경계(差別相) 없음(無相界)을 받아들이는 것이다. 이것은 궁극적 지평으로서 공(空)의 형식을 상징한다.

---

15 불교가 내세우는 불입문자나 교외별전은 언어의 분별성을 부정하는 태도로서 '언어도단'이나 '모순어법' 등에서 잘 나타난다. 석지현은 이 같은 불교의 선적 언어구사 방식을 언어의 부정, 언어의 철저한 파괴, 언어의 뿌리를 뽑아버리는 것, 파괴에 맞서는 창조를 다 같이 잘라버리는 것, 언어로써 본질로 돌아가게 하는 것 등의 단계로 나눈다. 이것은 무분별, 부정, 초월, 직관을 통해 청정한 본성의 세계를 지향하려는 태도로 설명한다. 석지현, 「문학에 나타난 선에 있어서의 언어문제」, 『문학사상』, 1976. 5, 231~234쪽 참조.

따라서 눈사람의 이미지는 회저의 이미지처럼 육화된 모든 것을 사그러뜨리고 불태워 아무것도 남기지 않는 철저한 무화의 이미지[16]로서 虛·無·空의 우주관은 심연의 뿌리로 내려가는 경향을 보인다[17]는 평가는 경청할 만한 타당성을 지닌다.

근대 자본주의의 산업사회에서 문명화는 본질적인 것의 상실을 수반한다. 첨단의 문명화된 산업사회에서 자연의 우주적 질서와 인간 본연의 본성적 질서는 진정한 내적 연관성의 단절을 초래한다. 최승호는 자아와 세계의 본질적인 내적 연관성의 상실에 대해 매우 적극적이며 전략적인 태도를 취한다. 그것은 그가 보여주는 불교의 선적 상상력이 휘발성의 상상력이 아니라 현실을 비판적으로 바라보게 하는 안목에 있기 때문이다. 그의 선적 상상력은 현실 속의 삶으로써 그 삶을 넘어서고자 하는 역설을 지니고 있다. 그의 시는 불교적 상상력을 통해 근대문명의 이면에 깃든 환멸과 허무에 대한 반성적 성찰을 수행한다. 그런 의미에서 최승호의 시는 근대 극복의 대안을 모색하는 문명사적인 맥락에서 이해할 수 있는 것이다.

4. 죽음의 정서와 불이의 관계성 : 이은봉

이은봉은 "사회 현실에 대한 깊은 사유와 성찰, 그리고 근대 자본주의와 이성을 앞세운 문명의 부정성에 대한 비판적 인식의 과정을 통해 생명에 대한 구경적 탐색"[18]을 지속적으로 보여주고 있는 시인이다. 그의 시는 인간중심적인 사유와 인식, 그리고 자본주의적 질서에 대한

---

16 도정일, 「최승호 시인의 10년」, 『회저의 밤』, 세계사, 1993, 117쪽.
17 정효구, 「최승호 시의 자연과 우주」, 『한국 현대시와 자연 탐구』, 새미, 1998, 138~200쪽 참고.
18 김홍진, 「관계, 자타불이의 시학」, 『시로 여는 세상』, 2010년 여름호(통권34호), 57쪽.

저항의 지점에서 이를 비판하고 새로운 대안을 모색한다. 그 대안적 모색의 중심에 불교 철학에 기초한 동양적 사유가 자리하고 있다.[19] 이러한 점은 특히 시집 『책바위』를 이루는 기본정신이 스스로를 불교적이라 피력하는 데에 잘 나타나 있다. 한 마디로 그의 시는 분열되고 해체되어 "죽음의 물결로 넘실대는", "자본주의적 근대"에 "끊임없이 쓴 약을 주사하려"(「자서」)는 "근대 극복의 시정신"[20]을 지니고 있다. 이러한 시적 태도는 기존의 질서를 전적으로 부정하고 긍정적 세계상을 제시하려는 갈망으로 이해할 수 있다. 긍정적 세계상에 대한 갈망을 추동하는 힘은 부정적 현실에 대한 반감에서 비롯하며, 궁극적으로 자아와 세계의 참된 관계를 회복해야 한다는 시적 인식으로 이해할 수 있다.

근대세계에서 자아는 과잉 조장되어 타자(세계)를 억압하고 있으며, 이러한 인간의 자기중심적인 사유는 생명의 통합된 정서보다는 분열되고 해체된 죽음의 정서를 배태하게 마련이다. 이은봉에게 '죽음의 정서'로 가득한 부정적 근대는 절망이 "세상 절대 권력"(「절망은 어깨동무를 하고」)화되어버린 것으로 인식된다. 현실에 대한 이 같은 부정성은 '몸'에서는 "석유기름 냄새"나는 '시궁창'(「라면봉지의 노래」)이나 "빠른 속도에 중독된"(「금강을 지나며」) 채 "제 속 깊이 알뿌리 하나 옳게 키우지"(「조금나루」) 못하는 것과 같이 불모적으로 인식된다. 현실의 불모성에 대한 자각은 보다 바람직한 삶과 세계에 대한 열망을 자극한다. 이러한 열망은 문명의 지배논리, 혹은 문명의 신화화에 맞서는 대항담론의 성격을 내포한다. 그것은 또한 탈주와 초월의 욕망으

---

19 이은봉, 「죽음의 정서들 밖으로 내는 쬐그만 창」, 『시와 인식』, 문경출판사, 2008년 봄(7호) 참조.

20 유성호, 「근원적 생명 탐구를 통한 근대 극복의 시정신」, 시선집 『알뿌리를 키우며』 해설, 북인, 2007, 144쪽.

로서 회복해야 할 궁극의 세계를 지시하는 것이기도 하다.

인용 시에서처럼 물신에 대한 인간의 "온갖 욕망들"은 반성적 성찰
을 무력화시키고 자본의 막강한 지배력은 우리의 의식을 식민화한다.
화자는 이러한 자본주의의 이면에 도사리고 있는 죽음과 파멸의 공포
를 감지하고 이를 반성적으로 성찰한다. 따라서 인용 시는 이은봉의
자본주의적 근대에 대한 현실인식의 척도를 극단적으로 가늠할 수 있
는 작품이다. 화자는 근대 자본주의의 현실을 핵폭탄을 싣고 미래로
달리는 상황으로 진술한다. 화자에게 현실은 핵폭탄을 실은 채 "달리
는 것이 미래"인 묵시록적 파멸의 종말로 치닫고 있는 것으로 인식된
다. 화자는 이 같이 "온갖 생명들 살해"하는 '위험' 한 상황에서 우리들
은 선택의 기로에 서 있다는 것을 은유적으로 전달한다. 그리고 그 구
원의 선택은 다른 데 있지 않고 "온갖 욕망들을 자랑"하는 인간중심주
의의 사유방식에서 벗어나 "한줌 재"의 자기희생을 받아들이고 실천할
때만이 가능하다는 메시지를 전달한다.
　통제되지 않는 욕망의 무한질주를 달리는 자본주의는 화자의 표현

처럼 죽음을 향해 핵폭탄을 싣고 달리는 기관차이다. 자본주의의 매혹
은 추락의 공포, 시인이 말하는 '죽음의 정서'를 배면에 거느리고 있
다. 죽음의 정서가 기인하는 연원은 자본의 이데올로기와 무한대로 팽
창하는 물신적 욕망의 막강한 지배력에서 온다. 사실 자본주의적 근대
의 풍경은 풍요와 안락한 이미지의 매혹적인 모습으로 인간을 유혹한
다. 자본주의적 일상이 제공하는 매혹적인 유혹으로부터 우리는 자유
로울 수 없다. 때문에 물신적 욕망에 마비된 의식은 그 밑에 도사리고
있는 환멸의 심연을 인식하지 못한다. 왜냐하면 자본으로 무장한 "제
국은 자학과 혐오를 장진한 기관단총, 따르르 따르르 쏘아대"며 "세상
가득 포탄 연기로 덮"(「항복항복」)어 우리의 반성적 성찰을 무력화시
키고 마비시키기 때문이다.

이은봉은 이와 같이 죽음의 정서, 질병에 가까운 근대 자본주의의
병적 증상을 문제 삼는다. 그것은 죽음의 정서적 증상이 근대의 사회
적 현상이라는 인식에서 기인한 것으로 시인은 이의 형상화를 통해 병
적 현실에 대한 비판적 사유를 이끌어내려는 의도로 볼 수 있다. 왜냐
하면 죽음의 정서란 이상이나 희망이 사라진 현실을 확인하는 환멸의
경험을 말하기 때문이다. 결국 병적 증상의 형상화는 정당성을 상실한
근대의 이데올로기가 감추고 있는 고통스런 현재의 모습을 직시하게
만든다. 그럼으로써 시인은 근대의 확신에 찬 이념들과 삶의 방식에
대한 반성적 성찰을 일깨우는 것이다. 그는 근대의 이데올로기가 선동
하는 물신적 욕망의 신비화를 걷어낸다.

그늘 위에 누워 뒹굴고 있는 옹기종기 작은 절집들, 절집들 같은 큰 가슴
들, 송이송이 연꽃 피우는 일이 어디 쉽니?

쉽지 않아 연꽃은, 생은 아름다운 거니? 곱씹어가며 여기 저기 묻다 보면
진흙소는 벌써 사르르 녹아버리지 흐르는 물이 되어 흐르지

　　화들짝 물여울의 피라미 떼로 오르는 노을 속 일찍 뜬 몇 개의 별들, 허리
굽혀 어느덧 없는 마음 내려다보고 있잖니?

　　마음 이미 진흙소처럼 죄 녹아 흐르지 않니? 물처럼 죄 녹아 흐르지 않니?
그렇지 않니? 아침 해, 하늘 가득 또다시 진흙소의 둥근 수레바퀴로 떠오르잖
니?

—「진흙소, 그늘」 중에서

　　시인은 자본주의 시대에 팽만한 '죽음의 정서'를 끊임없이 문제 삼
으며, 전일적이며 통합된 '생명의 정서'로 전환하고자 노력한다. 그가
추구하는 '생명의 정서'는 곧 '일치의 정서'로서 하나이면서 둘이고
둘이면서 하나인 불일이불이(不一而不二)의 세계를 일컫는다. 시인은 이
것을 '불이(不二)의 정서'라 부른다. 인용 시에서 화자는 '그늘'이 피워
올리는 '연꽃', '물'이 되어 "사르르 녹아버"는 '진흙소'를 통해 끊임
없이 연기를 거듭하는 불이의 관계로 세계를 이해한다. 이러한 불이의
세계는 '불타와 나무'(「불타는 나무」)의 관계나 "제 몸 허옇게 태워",
"燒身供養"(「연탄재」)한 연탄재 등을 통해 끊임없이 연기(緣起)를 이루
는 우주 삼라만상의 존재원리를 나타내는 맥락과 같은 의미의 것이다.
이와 같은 인식은 주체와 타자의 차이를 분별하여 사유하는 태도와 근
본적으로 다르다. 그것은 자아와 세계를 연기(緣起)의 관계, 즉 상호의
존적이며 호혜적인 관계로 인식하는 태도이다.
　　세계를 불이의 관계성으로 이해하는 것은 이 세상 모든 존재들은 수
많은 조건들이 서로 결합하여 발생한다는 상호의존적인 세계관의 불
가적 철학의 원리로 볼 수 있다. 이러한 사유들은 주체와 타자, 자아와
세계, 나와 대상을 분리하지 않는 불교의 자타불이의 사상에 근거해
있다. 이것과 저것, 주체와 타자, 자아와 세계는 서로 독립된 존재가
아니라 '그늘과 햇빛'의 상호의존적 관계에서 생겨난 존재이다. 시간

의 순환에 따라 "진흙소는 벌써 사르르 녹아", "물이 되어 흐르"는 관계는 곧 이 세상 만물 중에는 영원불변한 고정적 존재가 있을 수 없다는 제행무상(諸行無常)과 독립된 실체도 있을 수 없다. 제법무아(諸法無我)라는 인식을 그대로 드러내는 것이다. 내가 고정적이고 독립적인 존재가 아니라는 생각은 주체와 타자의 절대적 평등을 전제로 한다는 자타불이(自他不二)의 세계관을 담아내는 것이다. 이러한 접근 방법은 우주를 전일적 생명으로 직관하고 나를 비움으로써 무아의 자연이 됨[21]을 뜻한다.

자아와 타자가 고정적이고 독립적으로 존재하거나 서로 분리되고 파편화된 상태의 고립된 존재로서 둘이 아니라 하나라는 시인의 인식은 자아와 세계가 한 뿌리에서 나온 물아동근(物我同根)이라는 인식과 상통한다. 모든 존재를 평등하게 바라보려는 시인의 동체대비적인 윤리관은 이 세계를 분리되고 고립된 존재들의 집합체가 아니라 하나의 통합되고 상호의존적인 전체로 바라보는 전일적 세계관이라 할 수 있다. 이처럼 주체와 타자를 구별하지 않고 평등한 관계로 보는 연기론적 태도의 실천을 이른바 자비(慈悲)할 수 있겠는데, 시인은 인간의 관심이 유정물뿐만 아니라 무정물에까지 두루 미친다는 생명주의적 윤리관을 '불이의 정서'를 통해 내세운다. 이와 같은 전일적(holistic)이며 생명주의적 세계관을 통해 시인은 근대가 배태한 '죽음의 정서'를 넘어서고자 한다.

> 달걀이 운다 제 껍질 속에서
> 날더러 쪼아 달라고 운다
>
> 저도 제 부리로

---

21 김용정, 「생태학과 불교의 '공생' 윤리」, 한국종교학회, 『종교연구』 제10집, 1994, 19~20쪽.

제 마음 가로막고 있는 껍질
쪼조족쪽쪽, 쪼아대며 운다

조금만 더 기다리거라
나도 네 마음 따라
찌지골찍찍 장단을 맞추고 있다

조금만 더 쪼아대거라
나도 네 부리를 좇아
네 껍질 쪼조족쪽쪽, 쪼아대고 있다

어느새 병아리로 태어난
너, 찌지골찍찍 노래하고 있다

— 「달걀이 운다」 전문

주지하다시피 근대는 과학적이고 이성적이고 합리적인 인식이 지배
한다. 인간 이성에 대한 절대적인 믿음에 기초한 근대는 이성적 인간
을 주체로 설정하고 객체로서의 대상들을 타자화하여 억압하고 금기
시해 왔다. 그러나 화자는 그러한 근대성이 억압하고 금기시하는 타자
의 얼굴을 우리의 한 초상이라 인정하고 '껍질'의 억압으로부터 해방
시킨다. 단단하게 "제 마음 가로막고 있는 껍질" 속에 갇힌 '나'를 구
성하고 있는 타자는 분명 나와 다른 존재이다. 그래서 그것은 밖으로
출현해서는 안 될 금기의 존재이다. 그러나 시인은 제 안의 어두운 껍
질 속에 웅크리고 있는 타자의 얼굴을 빛의 세계로 적극 불러낸다. 주
체의 정체성을 온전히 보존하고 자아의 확실성을 보장받기 위해서, 나
아가 주체가 존재하는 세계의 확실성을 해치지 않기 위해서 타자는 억
압되고 금기되어야 한다. 하지만 화자는 "나도 네 마음 따라 / 찌지골
찍찍 장단을 맞추"며 쪼아대며 "병아리로 태어"나게 하고는 "찌지골찍
찍 노래"하도록 해방시킨다. "제 마음 가로막고 있는 껍질" 속에 억압

된 타자의 존재를 긍정하며 화자는 그것과 화응하고 교감하며 그 실체를 오롯이 인정하는 것이다.

이은봉은 차이와 분별을 부정하는 한편, 이 세계를 분리되고 파편화된 부분들의 집합체가 아니라 하나의 통합된 전체로 보는 불이의 세계관을 지향한다. 그런 면에서 시인은 모든 존재를 평등하게 바라보는 동체대비(同體大悲)의 자타불이라는 윤리관을 견지한다. 따라서 시인이 보여주는 자타불이의 불교적 세계관은 직관적 지혜가 깨져나간 근대 사회가 직면한 모순과 부조리를 극복할 수 있는 대안탐색의 과정으로 이해할 수 있다. 환언하자면 이것은 자아와 타자, 주체와 대상, 인간과 세계의 사이의 상호의존적 관계성의 회복을 통해 죽음의 정서로 가득한 근대의 분열적 증상을 극복하려는 모색을 지시한다.

5. 저항과 탈주의 상상력

이 평문은 근대 극복의 대안으로서 불교적 세계관을 정현종·최승호·이은봉의 시를 중심으로 조명하였다. 불교적 세계관은 이들 시인에게 시적 상상력을 제공해주는 정신적이며 전략적인 국면으로 기능한다. 이를 통해서 불교적 상상력과 현대시는 상호 밀접한 상관관계를 맺고 있으며, 특히 불교적 세계관은 서구의 도구적 자연관과 인간중심적 가치관을 대체할 수 있는 하나의 대안적 패러다임으로 인식되고 있는 것을 확인할 수 있었다. 이러한 문맥에서 이성의 타자로서 불교적 세계관에 의한 심미성의 추구는 근대 질서에 대한 대안적 사유의 패러다임을 제공한다는 의미를 갖는다. 왜냐하면 불교적 사유에 바탕을 두고 있는 시적 상상력은 근대적 이성의 도구화에 대한 반성적 성찰, 말하자면 자아와 세계의 참다운 관계를 반성적으로 성찰하게 해주기 때문이다.

정현종의 시는 뭇 존재들의 생명에 대한 연민과 사랑을 보이면서, 그것들의 창조적 순환과 통일을 이루어내 마침내 우주적 생명의 본성이 회복될 수 있기를 꿈꾼다. 그의 시는 세계를 분리된 개념의 집합체가 아닌 총체적으로 통합된 전체로 보는 전일적 세계관을 지향한다. 인간과 자연, 주체와 타자 사이의 관계에서 인간 주체를 우월한 존재로 여기는 인간중심주의적 세계관은 인간의 욕망을 극대화하기 위해 자연을 정복하고 지배하는 데 인간의 이성을 도구적으로 사용한다. 그러나 정현종의 시는 인간과 자연을 구분하여 생각하는 근대적 이성과는 달리 상생의 호혜적 관계로 이해한다. 우주 삼라만상의 존재나 본성은 연기에 의해 이루어졌다고 이해하는 것은 이 세상 모든 것이 수많은 조건들의 결합에 의하여 발생한다는 불교적 세계관의 원리이다. 그런데 정현종은 이러한 세계인식의 바탕 위에 상생의 생명시학을 구현한다. 따라서 존재와 존재 사이의 유기적 전체성을 기초로 하는 생명시학의 근저에는 인간중심적 사유와 문명의 부정성에 대한 비판적 인식이 흐르고 있다. 이러한 비판적 인식은 궁극적으로 생명의 위기를 초래한 근대 질서를 극복하고 대안으로서 상생의 생명관을 제시하는 것이다.

근대 자본주의의 기획에 의해 추동되는 산업화 내지 문명화는 본질적인 것의 파괴와 상실을 수반한다. 근대의 문명화된 산업사회에서 인간과 자연의 진정한 내적 연관성과 유기적 질서는 단절을 초래하게 만들었다. 최승호는 자아와 세계의 본질적인 내적 연관성의 파괴와 훼손에 대해 매우 적극적이며 전략적인 태도를 취한다. 그것은 그가 보여주는 불교의 선적 상상력이 휘발성의 상상력이 아니라 현실을 비판적으로 바라보게 하는 안목에 있기 때문이다. 그의 상상력은 현실의 삶에 토대를 둠으로써 그 삶과 현실을 넘어서고자 하는 역설을 지닌다. 이 점은 불교적 직관과 통찰, 성찰과 각성, 구도와 탐구 등은 그의 시가 추구하는 본질적 요소와 부합하는 바가 크기 때문이다. 왜냐하면 불교의 선적 직관과 통찰은 시적 직관과 통찰에 다를 바 없기 때문이다. 또한 불교적 성찰과 각성은 시적 반성과 전망에 상응하고, 시인이 삶과 세계의 비의를 탐구해 나가는 구도의 과정과 유사하기 때문이다. 최승호의 시는 불교적 상상력을 통해 근대적 문명의 이면에 깃든 환멸과 허무에 대한 반성적 성찰을 수행한다. 그런 의미에서 최승호의 시는 근대 극복의 대안을 모색하는 문명사적인 차원 맥락에서 이해할 수 있다.

근대세계에서 주체는 과잉조장되어 타자를 억압하고 있다. 이러한 인간의 자기중심적인 사유는 생명의 통합된 정서보다는 분열되고 해체된 죽음의 정서를 배태하게 마련이다. 이은봉은 자본이라는 물신 욕망의 부정적 현실 속에서 모든 존재를 평등하게 바라보려는 동체대비의 윤리관을 시적 상상력의 밑바탕으로 삼고 있다. 이는 자아와 타자가 고정적이고 독립적으로 존재하거나 서로 분리되고 파편화된 상태의 고립된 존재로서 둘이 아니라 하나라는 물아동근의 인식과 상통한다. 시인이 보여주는 자타불이의 불교적 세계관은 직관적 지혜가 깨져 나간 근대사회가 직면한 모순과 부조리를 극복할 수 있는 대안 탐색의 과정으로 이해할 수 있다. 그는 자아와 타자, 주체와 대상, 인간과 세계 사이의 상호의존적 관계성의 회복을 통해 죽음의 정서로 가득한 근대의 분열적 증상을 극복하려 한다. 이처럼 모든 존재를 평등한 관계로 보는 불이의 정서를 통해 사물의 존재성이 유정물뿐만 아니라 무정물에까지 두루 미친다는 생명주의적 윤리관을 내세운다.

이 글에서 주목한 시인들은 각기 양상은 다르지만 인간중심적인 도구적 이성과 과학기술의 기계론적 세계관을 비판적으로 성찰하면서 근대 극복으로서의 대안명제를 불교적 세계관을 통해 모색한다. 이러한 반성적 성찰은 불교적 상상력을 통해 이성중심의 이분법적 사유체계와 근대문명의 억압적 질서를 부정과 비판, 전복과 위반의 방식으로 현실의 모순과 부조리를 극복하려는 태도로 집약된다. 이는 궁극적으로 이성중심의 근대적 세계관이 파생시킨 문명 현실의 모순과 부조리, 억압과 결핍, 소외와 분열을 극복하고 새로운 세계의 피안에 도달하고자 하는 시적 고투이다. 이를테면 경험세계의 부정성에 저항하면서 희망의 세계로 나가려는 탈주의 상상력으로 이해할 수 있다. 탈주의 상상력은 근대적 질서와 문명, 물신의 타락한 욕망과 풍속, 생명의 위기에 대한 반성적 자각이며 저항으로서의 의미를 지니는 것이다. 그러므로 이들 시인의 불교적 상상력은 근대사회에 대한 비판적 대안명제로서의 성격을 갖는다.

마이너리티의 수사학

1. 마이너리티의 정치학

신자유주의의 질서체제로 세계가 급속하게 재편 통합되는 지구화 현상은 무한경쟁의 시장논리를 보편적 덕목으로 법칙화한다. 신자유주의가 새로운 지배 이데올로기로 정착한 상황에서 우리 사회의 경제적 양극화가 심각한 병폐를 초래하고 있음은 췌언을 필요로 하지 않는다. 빈부의 격차에 대한 사회적 고민은 항상 있어 왔고, 특히 가난에 대한 문학적 관심과 고민도 역시 그 강도와 형식은 다르지만 항상 있어 왔다. 일제강점이라는 식민 현실의 가난하고 척박한 삶, 해방 후 전쟁과 기아체험, 산업화 과정에서 출현한 가난과 소외의 체험은 주요한 문학적 소재거리 중 하나였음은 주지하는 바이다. 한국 문학은 특정 소외계층의 가난을 조명함으로써 가난이 한 개인의 문제가 아니라 자본주의 체제의 구조적 모순에 기인하고 있음을 형상화해 왔다.

하위주체(subaltern)를 구성하는 마이너리티, 약소자 담론도 역시 이와 같은 문제 틀에서 이해할 수 있다. 하층민을 뜻하는 하위주체는 그 람시의 『옥중수고』에서 개진된 개념이다. 그람시에 의하면 하위주체는 계급, 카스트, 성, 인종, 언어, 문화와 관련된 종속성을 지시하며, 역사에 있어서 지배/피지배 관계의 중심성을 나타내기 위해서 사용되었다. 스피박은 그람시의 '하위'라는 개념을 '하위층 사람'으로 사용한다. 하위주체는 자본주의 체제에서의 프롤레타리아 계급을 포괄하면서 성적, 인종적, 계급적, 문화적, 경제적으로 주변부에 속하는 사람들로 자본의 논리에 희생당하고 착취당하는 대상이다. 즉 하위주체란 계급이나 젠더와 같은 어느 하나의 범주를 특권화하거나 지배적인 위치에 두는 것이 아니라 여러 범주들과 요소들 사이에서 작동하는 지배와 종속의 복잡하고 다중적인 권력관계를 지시하는 개념이다.

한국 현대시는 당면한 현실사회의 문제들, 즉 자본주의에 종속된 삶과 욕망, 도시적 일상의 폭력성, 노동현장의 변화, 생태문제, 세계화와 제국주의의 종속화, 기술문명의 정보화에 의한 비인간화 등과 치열하게 맞서고 있는 상황이다. 그 가운데 후기산업사회로 접어든 우리 사회에서 노동의 조건과 분화로 인하여 예전과는 질적으로 다른 새로운 하위주체들을 양산하고 있다. 말하자면 정규직과 비정규직 노동자는 엄연히 그 계급적 정체성이 다르다. 이처럼 노동계급의 정체성은 이전과는 판이하게 다르게 분화되어 형성되고 있다. 이 안에는 물론 이주노동자, 결혼이주여성, 혼혈인, 조선족, 탈북민 등도 포함된다. 이 글은 신자유주의의 질서에서 노동 조건의 변화와 계급의 분화로 새롭게 생성된 마이너리티의 삶이 어떻게 형상화되는지를 조명하고자 기획되었다.

마이너리티의 수사학은 후기자본주의적 질서와 체제, 그것이 지니고 있는 이데올로기에 의해 변화한 삶의 양식과 경험의 형식을 주목한다. 체제에서 배제된 약소자(弱小者, minority)인 마이너리티에 대한 담론은 민중담론을 대체하며 등장한 개념이다. 이와 관련하여 마이너리티 등에 관련한 비평적 담론의 증폭은 하위주체에 대한 관심을 반증하는 사례이다. 자본주의 체제의 주변으로 추방당한 마이너리티의 삶의 형식은 비극적 운명에 가깝다. 체제로부터 추방당한 사회적 마이너리티의 삶에 대한 시적 관심은 따라서 불평등과 소외의 상황을 지시한다. 마이너리티와 관련한 사회적 상상력의 시인들은 매우 냉소적이며 비판적인 태도로 후기자본주의가 질서가 야기하는 인간의 억압과 소외, 부조리와 모순의 양상을 비감하게 폭로한다.

2. 근원 회복의 사회적 상상력 — 최종천

최종천의 시는 신자유주의 질서와 체제로 세계가 급속하게 재편 통합되는 지구화 현상과 근대에 대한 성찰의 분위기, 특히 그러한 상황에서 노동의 신성한 가치를 성찰하는데 일정 부분 기여하는 것으로 보인다. 최종천의 시는 후기자본주의적 질서와 체제, 그것이 지니고 있는 이데올로기에 의해 변화한 삶의 양식과 경험의 형식, 특히 변화한 노동환경을 주목한다. 그에게 지각되는 경험세계로서의 삶의 형식은 자본주의적 현실원칙에 지배당할 수밖에 없는 인간의 비극적 운명이다. 자본주의 사회에서 노동력은 교환가치, 즉 자본으로 환원될 수 있는 중요한 품목 가운데 하나이다. 우리는 자본의 논리가 지배하는 비정한 시장논리에서 생존하기 위하여 끊임없이 자신의 교환가치를 개발해야 하고 확대해야 하며, 변화의 속도에 적응해야 한다. 이러한 자본주의적 질서의 확대에 따른 우리의 삶과 운명에 대한 최종천의 시적 탐구는 자본주의가 요구하는 교환가치를 상실한 약소자가 처할 수밖에 없는 사회적 도태와 소외의 상황을 환기한다. 그는 매우 냉소적이며 비판적인 태도로 자본주의의 질서에 적응하거나 도태되는 양상을 비감하게 환기하면서 물화된 노동의 가치와 생명을 회복하려 한다.

　한 시대를 비추던 계몽의 등대는 그 견인력의 빛을 잃고, 우리를 이끌던 이념의 깃발은 철거되었다. 바야흐로 억압과 저항의 경계선은 흐릿해지고 '전선 없는 싸움'이 시작되었다. 누가 적인지 알 수 없는 혼돈의 세상에서 더 이상 정치적 당파성으로 무장한 민중은 없는 것처럼 보인다. 그런데 이러한 의혹을 불식시키는 사례로 최종천의 시가 있다. 특히 그의 시집 『고양이의 마술』은 문학의 사회적 상상력과 비판력이 여전히 유효하고 소중한 가치를 지닌다는 점을 주장하는 듯하다. 그가 펼쳐 보이는 세계를 따라가면 자본주의의 착취 시스템을 파헤치고, 자연과 모성과 노동의 신성성 회복을 통한 근대적 가치의 전복을 꾀하려는 전략을 만나게 된다. 우리는 그의 시에서 다소 거칠고 선전적이며, 계급적이고 정치적인 당파성의 직설적인 외침을 만나게 된다.

> 환경 파괴로 인한 자연재해와 재앙이
> 노동계급의 투쟁과 어찌 다른 것이랴
> 자연은 오염으로 항거하고
> 노동계급은 파업으로 자본에 대항한다.
> 자연과 노동의 투쟁의 대상은 동일한 것이다.
>
> —「어떻게 다를까?」 중에서

　인용 시는 최종천의 시가 발원하는 지점을 선명하게 보여준다. 시인에게 "자연과 노동의 투쟁의 대상은 동일"한 것처럼 자본의 노동착취나 인간의 자연착취 또한 동일한 논리의 구조적 틀 안에서 이루어지는 것이다. 이러한 인식에 의하여 그의 시는 노동의 신성한 가치를 복원하고 자연의 생명적 본성을 회복하고자 하는 정신에서 출발한다. 신자유주의 체제로 재빠르게 재편된 질서 아래에서 지배와 착취의 구조는 예전보다 더욱 공고하고 정교한 방식으로 우리를 억압한다. 자본의 힘과 논리는 빠른 속도로 일상을 장악해 나가고 있으며, '신자유주의는 탈취(奪取)에 의한 축적의 시스템'(D. 하비)을 추구하는 경제구조 속에서 "온통 不具인 삶을 보여주는 것이"(「춤을 위하여」) 최종천의 시이다. 그는 이러한 자본주의적 질서가 필연적으로 배태할 수밖에 없는 모순과 부조리와 착취의 구조를 신랄하게 비판하는 실천의 윤리를 전경화한다.

가령 위의 인용 시에서처럼 자본주의의 탈취에 의한 축적의 시스템은 결국 "강한 사람은 더욱 강하고 약한 사람은 더욱 약하고 / 가난한 사람들은 가난과 함께 도태되어"갈 수밖에 없다. 이에 따라 "먼 미래에는 강한 자들만 살아남아" 마이너리티의 "二世들은 그들 포식자들의 소모품으로 제공"될 것이라는 비극적 전망을 가능하게 하는 것이다. 이와 같은 적자생존의 진화론적 법칙은 분명 착취의 시스템이 작동되는 원리와 노동자로 대변되는 약소자의 "슬픈 운명"(「슬픈 운명의 노래」)의 구조에 대한 해부학적 비판이다. 이러한 비판적 인식의 연장선에서 다음과 같은 시는 착취의 구조 속에서 인간적 권리를 누리지 못하는 노동자의 현실이 적나라하게 제시한다.

공장장만 빼고는 일하는 사람 모두 장가를 못 간
노총각들이어서 그런지 고양이 사랑이 엄청 크다.
자본주의가 결혼하라고 할 때까지
부지런히 돈을 모으는 상중이가 밥 당번이다.
밥을 주면 수컷이 양보한다.
공장장은 한때 사업을 하다 안되어
이혼을 했다지만,
내가 보기엔 자본주의가 헤어지라고 하여
헤어진 것이 틀림없다.
사람의 새끼를 보면 은근히 한숨만 터지는데
고양이의 새끼를 보면 은근히 후회하는 것이다.

　　사람인 나는 못하는, 시집가고 장가가고
　　돈 없이도 살 수 있는 고양이의 마술이다.

—「고양이의 마술」 중에서

　위의 시는 자본주의의 질서체제와 문화에 대한 비판이 여실하게 드러나며, 물화(物化)된 세계에 대한 비판으로 읽힌다. 마르크스는 자본주의 사회에서 인간이 사물을 닮아가는 현상을 물화(物化)라 일컬었다. 자본주의는 진선미나 사랑과 같은 추상적인 개념, 그리고 결혼과 같은 인륜마저도 교환가치로 환원시킨다. 때문에 "부지런히 돈을 모으지 못하면" 결혼조차 할 수 없다. 어느 공장의 노동자로 보이는 화자는 고양이가 "새끼를 여덟 마리나 낳"은 것을 보고는 그것을 노동자인 자신으로서는 꿈도 못 꾸는, 자신의 처지로서는 실현할 수 없는 신비한 마술로 인식한다. 자본주의 체제에서 "부는 상층에 축적되지만 위험은 하층에 축적된다."는 울리히 벡의 전언을 실감케 하는데, 그것은 동물의 본성적 사랑과 출산을 노동자인 자신들은 엄두도 못내는 신비한 마술로 보기 때문이다.

　화자는 약소자에 위험이 축적되는 원인을 물신이 지배하는 자본주의적 질서에서 찾는다. 말하자면 "일하는 사람 모두 장가를 못 간" 이유가 "자본주의가 결혼"을 허락하지 않기 때문이다. 공장장이 이혼한 것도 기실 "자본주의가 헤어지라고 하여 / 헤어진 것"이다. 그리하여 화자는 "사람인 나는 못하는, 시집가고 장가가"서 새끼를 낳고, "돈 없이도 살 수 있는 고양이"를 보며 그것을 인간 세상에서는 실현 불가능한 신비한 마술로 보는 것이다. 그럼으로써 화자는 노동/생산이라는 근대적 가치의 바깥에서, 적자생존의 자본주의 시장 한복판에서 교환가치를 상실한 채 인간으로서 자연스런 삶을 살아가지 못하는 불구적 삶을 통해 다소 직설적으로 자본주의 사회와 문화에 대한 비판의 날을 세우는 것이다. 자본주의 문화가 지닌 부정성의 대척점에는 모성의 생

제
1
부
불
이
의
시
학
—

산성과 자연의 본성과 노동의 신성성이 자리한다. 그는 이러한 대척점에 자리한 근원적 가치의 회복을 궁극적으로 희망한다.

최종천은 자본주의적 질서가 강제하고 물화된 문화가 파생하는 온갖 부조리와 폭력, 억압과 모순을 극복하기 위해 궁극적으로 자연과 모성과 노동의 신성성을 회복하는 지점으로 나아간다. 시인은 알몸의 자연과 알몸의 노동과 알몸의 여성이 지닌 원초적 동식물성의 세계로 나가고자 한다. 가령 볼트를 용접하는 일을 "볼트를 심"는 것으로 은유하며 "노동은 인간의 광합성이다."(「볼트를 심다」) 혹은 "자연에서의 식물과 같이 노동계급은", "인간 세계의 최초 에너지 생산자"(「노동이 인간의 光合成이다」)라고 식물화하는 것, "자연은 모두 알몸"으로 "알몸만큼 황홀한 것은 없"(「진정한 司祭」)으며 "빨갱이, 목사, 거지, 공산주의자, 자본가를 / 가리지 않고 벗기"(「성(性) 앞에 평등하라」)는 알몸의 창녀를 사제(司祭)나, 노자의 『도덕경』 제6장에 나오는 구절 인용하여 자연의 생명 창조를 "여성의 자궁"(「母系社會」)에 비유하는 것들은 그러한 사례에 속한다. 이러한 의식은 "그놈의 이성인지 뭣인지를 버리고", "두고두고 동물처럼 / 사물을 대하고 싶"(「보랏빛」)다는 고백에서도 확인할 수 있듯이 근대의 기획이 획책하는 세계관, 말하자면 인간의 이성을 세계의 중심에 세워 자연을 타자화하고 지배하는 억압적 논리를 배격하고 자연의 순수 감각으로 사물을 대하려 한다. 시인은 이성과 과학기술의 사유에 의해 야만과 원시로 치부되어온 이러한 동물적 본성과 감성의 회복이야말로 상처받은 지구의 영혼들을 치유할 수 있다고 믿는 것이다.

이와 같은 이성에 대한 회의와 불신은 근대 자본주의적 문명을 비판하는 시에 잘 나타나 있다. 이를테면 근대의 기획, 이성적 주체의 확립, 인간의 이성에 의한 자연의 지배, 사물의 타자화로 범박하게 말할 수 있는 데카르트의 명제를 비판하는 대목에서 잘 나타난다. 예컨대

"지식의 최종 목표는 자연의 힘에 대한 인간의 지배"라는 데카르트의 기본 명제를 인용 비판하며, 그 반대편에서 자연은 "하나님의 언어"이며 신은 "자연을 통하여 인간에게 말하고 있다"거나 "인간이 이 지상에서 사라지는 것도 인간을 구원하는 것이 된다."(「데카르트의 迷宮」)는 의식은 바로 자본주의적 문명과 인간의 이성에 대한 불신의 극단을 드러내는 것이다. 시인에게 자본주의 체제 속에서 "인간은 멸망하는 것이 아니라 스스로를 포식하고 낭비"(「성공하고 싶으세요?」)하며 쓰레기가 되는 삶을 사는 것이나 다름이 없다는 것이다. 그는 이렇듯 근대 자본주의 문명이 부추기는 희망의 논리를 전면적으로 부정한다.

그리하여 모든 문화적 생산자와 생산물들, 예컨대 자연과 노동과 모성의 생산성을 억압하고 착취하며 인위적으로 조작하는 시와 시인을 포함한 "예술가들, 종교, 철학, 은행가들"은 모두 착취의 포식자이며 소비자이다. 시인은 "자본주의를 극복하고 지구를 회복"하는 길은 "자연과 노동에 대한 착취"(「소비자는 왕이다」)의 먹이사슬을 끊고 자연적 본성의 세계로 지향해 나가길 희망하는 것이다. 이러한 본성의 세계는 다음과 같은 시에서,

> 판잣집이 삐걱거리는 소리는 형과 누나가
> 네발 달린 짐승이 되어 사랑하는 소리였던 것이다.
> 사랑이고 뭣이고를 떠나 나는 그들의 그런 몸놀림을 긍정했다.
> 사랑의 몸짓에는 누구든 네발 달린 짐승으로 퇴화한다.
> 사랑을 회복하기 위해선 우리는 문명으로부터 도망쳐야 하리라.
>
> ― 「네발 달린 짐승이 되어」 중에서

라고 노래할 때 그 시정신의 극단은 드러난다. 이 시는 마치 들뢰즈와 가타리가 말하는 '동물되기'를 연상시킨다. 왜냐하면 그것은 시인이 자연과 노동과 모성의 본성이 회복된 세계를 꿈꾸며 인간이 "네발 달린 짐승으로 퇴화"한 세계를 지향하기 때문이다. 그 세계는 자본주의

의 직선적 시간이 아니라 순환론적인 원시적 시간으로 돌아가는 것이
다. 그 시간은 직선이 아닌 여성적 곡선과 영속적 생명이 창조되는 곡
신(穀神)의 세계이며, 인간중심의 이성에 의해 인위적 조작이나 분별이
나 분배가 아닌 동물적 본성이 오롯이 보존된 영원의 동일성의 시간이
다. 시인은 "인간은 비영속적인 존재인데 동물은 영속적인 존재"(「詩,
너 누구냐?」)라고 진술하는 것처럼 자연을 착취하고 노동을 착취하는
"문명으로부터 도망쳐" '동물되기'를 희원한다. 시인은 이러한 '동물
되기'를 통해 인간과 자연, 주체와 대상 사이의 분절과 분리와 분열을
극복하고 생명의 근원적 영속성과 동일성을 회복하고자 한다. 그는 궁
극적으로 "자연에 순응하는"(「작가수첩」) 노동의 근원적 세계를 건설
하고자 한다.

이와 같은 마이너리티의 수사학을 펼치는 최종천의 시가 이전의 문
중문학이나 노동문학과 같은 리얼리즘 계열의 시문학이 사회변혁의
계급적 헤게모니를 쟁취하기 위한 계급성과 당파성에 경도된 나머지
노정하였던 시적 상상력의 도식성과 추상성을 얼마나 극복하고 자기
갱신의 보폭을 넓히고 있는가는 곰곰이 따져봐야 할 문제처럼 보인다.
아울러 리얼리즘 계열의 시문학이 지닌 중요한 미학적 자질과 미덕으
로 꼽을 수 있는 생활 세계의 발견과 서정시가 지녀야 할 미적 규범과
그것의 획득으로부터 멀어져 간 것에 대한 반성적 의미가 있느냐의 문
제 역시 찬찬히 되짚어 볼 문제이다. "나의 시는 예술이기를 포기한
다."(「나의 시」)고 선언하고 있긴 하지만……

3. 잉여인간, 마이너리티의 수사학 — 박후기

한 시대를 비추던 계몽의 등대는 그 불빛을 잃고, 강고한 믿음으로
우리를 이끌던 이념의 깃발은 철거되었다. 억압과 저항의 경계선은 흐

릿해지고 바야흐로 '전선 없는 싸움', 박후기가 자조 섞인 탄식인 듯 내뱉듯이 "누가 敵인지 알 수 없는 세상"(「복서 2」)이 시작되었다. 이 전 시대의 억압과 착취 아래에서 민중들은 계몽의 등대가 비추는 불빛, 빛나는 이념의 깃발을 따라 미래에 대한 낙관적 전망을 가슴에 품고 투쟁의 대열에서 가열차게 싸웠다. 쇠사슬 말고는 "싸워서 그대가 잃을 것이라고는 없다"(「민중」)는 김남주의 외침은 문학의 저항적 욕망 내지는 정치 사회적 욕망을 그대로 드러내는 것이다. 그러나 박후기의 시는 어떠한 저항적 포즈도, 극복의 몸부림도, 현실에 대한 열정도, 미래에 대한 열망도 없이 그저 "비천한 삶의 토대를 부정도 긍정도 하지 않으면서 끝끝내 부여잡고 가는 처연한"(강경희) 모습만이 있다. 그의 시는 가혹한 삶의 임계지점에서 펼쳐지는 유형지의 리얼리즘이다.

누가 적인지 알 수 없는 혼돈의 세상에서 더 이상 정치적으로 무장한 민중은 없는 것처럼 보인다. 신자유주의 체제로 빠르게 재편된 질서 아래에서 지배와 착취의 구조는 예전보다 더욱 공고하고 정교한 방식으로 억압하지만, 그러나 그들은 더 이상 자신들이 억압과 착취의 대상이라고 생각하지 않는 듯하다. 자본의 힘과 논리는 빠른 속도로 일상의 무의식을 장악해 나가고 있으며, 그런 가운데 수적으로 다수를 차지하고 있으면서도 자본주의의 체제에서 배제되고 추방된 주체들은 중심의 주변에서 소외되고 있다. 그들은 삶의 유형지에서 저항의 동력을 잃고 유령처럼 떠돌고 있다. 유형지의 그들에게는 저주받은 소외와 가난과 고통과 눈물이 있지만, 이전 시대처럼 계급적 정체성이나 정치성은 없는 것처럼 보인다. 체제에서 배제되어 변방으로 유랑하는 사회적 마이너리티들의 모습은 박후기의 시에서 보이는 것처럼 오로지 "세상 끝 저편에 / 혼자" 위태롭게 "매달리는 일만 남았"(「목련 출처」)을 뿐이며, "지옥의 링 위"에서 "그로기 상태에 빠진 생"에게 "확, / 수건을 던지고 싶"(「복서 2」)은 절망스러운 현실만이 있을 뿐이다. 현실은 절망적이고 앞날은 이미 "바코드로 찍혀 있"어서 "계산할 필요"도 없고, "바꿀 수"(「아르바이트 소녀」)조차도 없는 운명의 '레디 메이드 인생'인 것이다.

그런데 박후기의 시에는 가난하고 소외된, 체제의 밖으로 내동댕이쳐진 마이너리티들의 저주스러운 고통의 현실과 삶, 말하자면 '지옥의 링 위'의 삶만 있을 뿐 정치적이거나 또는 미적 저항이라 할 만한 어떠한 태도도 찾아볼 수 없다. 그뿐 아니라 현실을 타개할 어떠한 의지의 씨앗도 전망의 불씨도 지펴지 않는다. 말하자면 박후기의 시는 출구가 보이지 않는 삶 속에서 희망 없이, 역사의 진보에 대한 전망이나 확신 없이 유령처럼 체제 밖을 떠돌며 그저 하루하루치의 삶을 간신히 살아내는 마이너리티의 곤궁한 현실을 그려낼 뿐이다. 시인의 표현을 빌리자면 '복서'로서 '맷집' 하나로 '지옥의 링 위'에서 살아가는 절망스러운 모습만 있을 뿐이다.

전망 없는 미래, 역사의 진보에 대한 깊은 회의와 불신, 미래에 대한 어떠한 기대나 희망도 내비치지 않는 도저한 체념과 무력감, 깊은 비관과 회의적 태도를 보이는 박후기의 시는 결국 출구가 보이지 않는 미래를 포함한 현재적 삶의 현주소를 지시하는 것처럼 보인다. 이것은 도무지 달라지지 않을 것 같은 현실과 미래에 대한 시인의 처절한 망연함이나 절망감을 보여주는 것이다. 이러한 마이너리티의 수사학은 역설적으로 자본의 권력이 지배하는 사회적 시스템에 대한 풍자이며 비판으로 읽힌다. 삶으로부터 송두리째 뿌리 뽑혀 추방된 이들의 형편없는 삶에 대해 쓰는 박후기의 시는 우리 사회의 노동 현실과 삶의 현재적 보여주기이며, 동시에 앞으로도 변함없이 도래할 미래상(像)의 제시인 것처럼 보인다.

노동/생산이라는 근대적 가치의 바깥, 말하자면 자본의 논리가 지배하는 시장에서 교환가치를 상실한 채 주변을 떠도는 추방된 자들은 유령화되어 유형지의 삶을 살아간다. 중심의 주변은 유형지이고 삶의 임계점이다. 삶은 바로 "지옥의 링"(「복서 2」) 위에서 펼쳐진다. 그 희망 없는 삶의 비등점, '지옥의 링'에서 박후기의 시는 반짝하고 빛을 낸다. '지옥의 링' 위에 선 그들의 이름은 비정규직 노동자, 일용직 노동자, 편의점·주유소·대형마트의 알바, 외국인 노동자, 불법체류자 등으로 다양하게 불리고 있다. 하지만 그들을 정치적이며 계급적인 정체성을 지닌 예전의 노동자로 부르는 것은 다소 어색하다. 노동자라는 특정한 이름은 노동 주체의 계급적 정체성과 노동/자본의 억압적 불평등에 저항하는 집단적 주체성을 포함하는 개념이다. 그런데 신자유주의 체제에서 이즈음의 노동이란 서로 상이한 조건과 환경의 분화 속에서 개체적으로 분열되고 파편화되었다. 이러한 노동환경의 지형변화에 따라 노동자는 그 계급적 정체성과 집단적이며 정치성을 드러냈던 예전과는 사뭇 달라진 모습이다. 단지 그들은 자본시장에서 선택되지 못함으로써 자신들의 노동력을 내다 팔 기회를 잃은 노동력의 사회적 잉여일 뿐이다. 계급적 자의식을 상실한 채 자본시장에서 폭력적으로 배제된 추방자, 사회적 잉여인간일 뿐이다.

사회적 잉여인간들이 소속한 마이너리티, 소수자, 약소자담론은 90년대 중반 민중담론의 해체로 계급적 대립전선이 와해된 상황에서 새로운 대안담론체계를 구성할 수 있다는 점에서 각별한 의미를 지닌다. 이들은 체제에서 배제된 존재로서, 그 존재 자체만으로도 자본주의의 모순을 증거하는 새로운 계급이다. 이들은 지배계층과 민중의 대립전선에서마저도 소외되고 배제되었던 존재이다. 가난한 자들 중에서 가장 가난한 자들이 이들 마이너리티들이다. 배제적 포함 내지는 포함적 배제의 대상인 마이너리티들은 그대로 자본주의의 모순과 부조리한 현실을 존재 자체로 증거한다. 이들은 전지구적 자본주의의 시스템에서 인간적 권리가 배제되거나 박탈된 사회적 잉여인간들이다. 민중담론이 퇴조한 자리에서 박후기의 시는 마이너리티라 불릴 수 있는 사회적 잉여인간들의 전망을 상실한 처참한 삶과 노동현실을 쓸쓸히 보여준다.

박후기의 시가 내장하고 있는 미적 질감은 연민과 분노에 가까운 것이다. 왜냐하면 그의 시는 자본주의 사회의 중심에서 소외되고 배제된 잉여인간들의 가난하고 비루하며, 저주스럽고 고통스런 삶을 조명하는 데 바쳐지고 있기 때문이다. 그들에게 주어진 삶의 현장, 노동의 현장이 곧 희망 없는 '지옥의 링'이다. 그의 시가 집중적으로 보여주는 소외된 변두리 잉여인간들에 대한 시적 공감은 마치 '종이는 나무의 유전자를 갖고 있는' 것처럼 소외와 가난이라는 사회적 유전자에서 비롯한다. 그가 "우리 집에 힘센 것은 / 하나도 없"고 "힘센 것은 모두 우리 집 밖에 있다"(「뒤란의 봄」)고 진술할 때, 운명처럼 주어진 가난은 다름 아닌 외부에서 강제적으로 이미 주어진 것이다. 즉 거부할 수조차 없는 막강한 자본의 힘과 구조에 의한 선택과 결정이 물려준 불치의 사회적 유전병 같은 것임을 지시한다.

가령 그의 시에 빈번하게 등장하는 가족 구성원 가운데 아버지의 삶이 그러하다. 아버지는 언제나 "쓰러지는 쪽으로 핸들을 꺽"(「자전거를 배우는 아버지」)고, "앞만 보고 살았지만, 언제나 뒤가 무너"(「폐광」)지는 몰락의 삶을 산 비극적 인물이다. 아버지는 "무덤 속에서도 / 빚 독촉을 받"(「화분 요람」)는, 그러니까 죽어서조차도 자본의 구속으로부터 해방되거나 자유롭지 못한 운명이다. 이렇듯 "무너진 집안의 막내"(「채송화」)로 태어난 태생적 몰락의 운명, 그 유전의 세습, 혹은 과거의 기억과 흔적의 유전은 박후기 시에서 시적 주체의 현재와 과거를 강력하게 규제한다. 그 과거의 기억, 검은 지층처럼 켜켜이 쌓인 아픈 흔적의 유전자는 시적 주체의 현재와 미래까지도 간섭하고 규제하는 규정력을 행사한다.

앞날 흐릿해
힘주어 눌러 쓰면
뒷장에 배기는 흔적들,
어쩌면 나는
흔적을 따라
살고 있는지 모른다

— 「흔적들」 중에서

박후기의 시에서 마이너리티로서의 과거의 흔적들은 현재로 반복되고, 또 그것은 미래의 운명까지 결정해버린다. 이러한 아버지의 전망 없는 삶, 그 아픈 운명의 굴레는 아버지나 어머니, 어느 한 집안의 가계에만 한정되는 것이 아니라 사회적으로, 또 존재론적으로 확대되어 있다. 아버지의 운명은 그의 시에 빈번하게 등장하는 철거민, 노숙자, 불법체류자, 해고노동자 등의 삶과 겹치면서 그들의 삶에 그대로 중첩 전사되어 있다. 이들 마이너리티들은 아버지의 다른 얼굴이며 삶이다.

과거에서 현재, 아버지로부터 아들로 유전되는 가난한 삶의 전사는 "집안을 겉돌며 눈치만 살"피는 실업자 아들(「복서 3」), "이력서를 들고 / 링 위에 올라가 춤을" 추는 비정규직 누나(「누나」), "녹아웃 된" 아버지 대신 "매일 / 지옥의 링 위로 올라"(「복서 2」)가거나 막막한 "세상 끝 저편에 / 혼자 / 매달리는" 엄마(「목련 출처」), "몰락한 집안의 기둥"이며 "지방 원정경기도 마다하지 않"는, "믿을 것은 맷집밖에 없"으며 "대기실에서 청춘을 보낸" 시간강사 오빠(「복서 3」), 엄마 아빠의 역할조차도 아르바이트로 생각하는 아르바이트 소녀(「아르바이트 소녀」)에 그대로 전사되어 있다. 그들에게 현실은 "지옥의 링"이며 삶은 "확, / 수건을 던"져 포기하고 싶을 만큼 "그로기 상태에 빠"(「복서 2」)져 있는 것처럼 처참하다.

자본주의 체제의 변두리이자 사회의 밑바닥을 희망 없이 전전하는 이들의 삶에서 희망이나, 저항의 의지나, 전환의 반전이나, 또는 어떤 공동체적 연대의식 같은 것들은 찾아볼 수 없다. 그의 시에서 이들은 오직 체제 밖으로 쫓겨난 추방자로서의 아픔과 슬픔의 삶을 살아가는 존재이다. 그들은 모두 체제의 사생아일 뿐이다. 그들은 "머리에서 발끝까지 / 자본의 공명을 위해 매인 몸"(「6번 혈관—콜트기타 해고노동자들에게」)으로 "모두 난간 위"(「난간에 대하여」)의 위험한 삶을 살아간다. 예컨대 "세상 끝 저편에 / 혼자 / 매달"(「목련 출처」)려 있다가 언젠가는 떨어져 몰락할 운명에 처해 있으며, "지옥의 링 위"에서 "녹아웃"(「복서 2」)될 비극적 운명의 존재들이다.

> 아침에 칼을 들고
> 마음 끝 갈아 세워도
> 저녁이면 다시
> 무너지는 게
> 필생(畢生)

—「흔적들」 중에서

　　박후기의 시에서 마이너리티의 삶은 "무너지는 게 / 필생"이다. 이와 같은 몰락의 이미지는 "멀쩡하던 몸 물먹은 소금처럼 녹아내"(「소금 한 포대」)리거나, "물살에 휩쓸리며", "우리도 얼굴을 지우며"(「내린천」) 살아갈 수밖에 없다는 죽음과 소멸의 비관적 계열의 의미들을 거느리면서 그것을 동시대의 보편적 운명으로 확장한다. 이렇듯 그의 몸에 유전처럼 흐르는 유전자는 가난과 몰락, 결핍과 부재의 존재론적 무늬와 인간적 질감을 하고 있다. 그래서 그에게는 사랑조차도 "어차피 네게로 가는 길도 지워"(「비박」)질 것이고, 그래서 끝내 "당신의 집"으로 은유된 궁극에 "다다르지 못"(「유전자의 트래킹」)하고 마는 체념적 종류의 것이다. 이처럼 그의 시에서 삶과 세계는 절망적이며 비관

적인 것이다. 이것은 동시대의 마이너리티가 지닌 보편적 운명이라는
것이다.

—「아르바이트 소녀」중에서

　화자는 "24시 편의점"에서 "열아홉 살 밤낮을" 사는 "아르바이트 소
녀"이다. 화자로 보이는 이 열아홉 살의 젊디젊은 아르바이트 소녀에
게 현실은 암울하고 미래는 없다. 다만 희망이 있다면 "아르바이트는 /
죽을 때까지만 하고 싶"다는 바람뿐이다. 그녀는 "굳이 앞날을 계산할
필요가 없"을 만큼 절망적이다. 그녀는 자신이 "아르바이트를 하러 이
세상에 온 것 같"으며, 자신의 "엄마 아빠도 힘들게 / 엄마 아빠라는
아르바이트를 하고 있는지" 모른다고 생각한다. 그녀의 앞날은 이미
"바코드로 찍혀 있는" 것이어서 "계산할 필요"도 "바꿀 수"도 없이 미
리감치 결정되어 있다. 그러니까 어차피 자신의 의지와는 상관없이 결

정되어 있는 것이다. 그녀의 애인도 처지는 마찬가지이다. 그들에게는 사랑조차도 "컵라면 같은" 것이어서 "가슴에 뜨거운 물만 부으면 삼 분이면 끝나"버리는 것처럼 짧은 시간 밖에 주어져 있지 않으며, 어떠한 인간적 정감도 배어 있지 않은 무감각한 것이다. 그래서 그들에게는 "사랑도 결국 / 사람과 무관한 일"(「복서 2」)이 되어버린다.

박후기의 시에서 미래에 대한 희망, 반전에 대한 믿음, 삶에 대한 열정 같은 것은 어디에서도 찾을 수 없다. 그의 시는 극복이 없고 극복 이후의 시간, 미래에 대한 낙관적 전망은 아예 없다. 아니 절망이 있고 현재를 반복한 어두운 미래의 전망이 있다. 그의 시는 가난이라는 형벌 같은 피의 유전, 세습의 신분처럼 물려받은 비루하고 비천한 삶의 극복되지 않는 현재의 상황을 가능한 한 비등점까지 보여주고, 그 다음은 없다. 박후기는 마치 전환이 찾아오고, 현재적 상황이 극복되고, 관계가 회복되는 전망에 대해 말하는 것은 시인으로서 해서는 안 되는 일인 것처럼 시를 쓴다. 이것이 박후기의 시적 태도이고 그의 시에 일관되게 흐르는 미적 형질이며, 시적 유전자이다.

박후기의 시에서 주된 시적 발상은 링 위에 선 복서의 삶이다. '지옥의 링'은 자본주의적 현실의 장으로서 그 축소판이다. '링'은 유형지로서 처절한 삶의 비등점이며 임계점이다. '링' 위에서의 삶은 "그로기 상태에 빠"져 "녹아웃 된"(「복서 2」) 형국이고, 현실과 미래는 출구가 보이지 않아 "막막하고 두려"(「복서 3」)울 뿐이다. 현실은 '링'이고 '지옥'이다. '링'이라는 장소는 시의 무대이자 시를 주도하는 분위기이다. 시인은 '링'을 사회의 축소판으로 상정하고 이 안에서 펼쳐지는 복서로서의 처절한 삶을 펼친다. 말하자면 '링'을 중심에 놓고 체제 밖 변방에 내동댕이쳐진 처절하고 암울한 삶을 이 안으로 끌어들인다.

은유적으로 제시한 지옥 같은 '링' 위의 출구 없는 삶은 지금 이곳의 폭력성을 가리키는 것이다. 아마도 이 남루하고 암울한 현실의 주소는 오랫동안 우리의 거처로 남아 있을 것이다. 그렇다면 이 희망 없는 현실과 어떻게 맞서 싸워나갈 것인가 하는 문제만 남는다. 그러나 박후기의 시에서 그 문제에 대한 대답은 없다. 시인은 '링' 위의 현실이 마땅히 어떻게 변화되어야 한다거나 무엇이 잘못됐다거나 무엇이 바로잡혀야 하는지를 말하지 않는다. 박후기는 현실의 극복과 전망을 말하지 않는 것을 시인의 미덕으로 여기는지, 모순의 현실을 보여줄 뿐, 이를 바로잡고 또 부조리의 시스템을 수정해야 한다고 요구하지 않는다. 그는 다만 그 현실을 경험하게 한다. 시인은 '링' 위에서 벌어지는 처절한 삶의 과정들을 주시하고 그 불완전함, 그 부조리한 모순을 느껴보고 동감해보자는 셈이다.

이러한 박후기의 시를 굳이 말하자면 사회적 상상력의 리얼리즘—이러한 연유에 의해서인지 그는 2006년 신동엽 창작상을 수상한다.—이라 하면 지나친 표현일까. 이러한 호명이 허락된다면 그의 시의 리얼리즘은 철저히 불완전하고 극복 불가능한 삶과 현실의 연장, 그 끝의 비등점까지 도달하여, 그 임계점에 이르고 나면 전망의 결여, 시인은 모름지기 여기까지만 말해야 한다는 태도의 것이다. 물론 그런 리얼리즘이 전혀 새로운 독창적인 것이라 보기에는 무리가 있지만, 그의 시가 흥미로운 것은 과거의 시들에서처럼 도대체가 절망을 희망, 억압을 저항, 구속을 해방, 혼돈을 탐색, 부정을 비판의 어법으로 구사하지 않는다는 점이다. 그의 도저한 비관과 회의적인 시선은 어쩌면 현실과 미래에 대한 거짓된 희망과 긍정으로 세상을 보게 하는, 헛된 꿈과 믿음을 갖게 하는 낙관성보다는 어쩌면 더 정직해 보인다. 박후기는 절망의 시를 마스터했다. 그러나 그 절망의 심연에서 앞으로 무엇을 길어 올릴지는 아무도 모른다. 다만 그 심연이 더욱 깊어지고 그 어두운 심연의 바닥까지 이르면 그의 시도 어떤 반전의 키를 잡고 임계점을 넘어 솟아오르지 않을까 기대한다.

서규정은 민중문학담론의 언설적 권위가 상대적으로 퇴조하기 시작하는 90년대 벽두에 리얼리즘적 색채가 뚜렷한 「황야의 정거장」으로 등단했다. 그 후 지금까지 시인은 이러한 자신의 시적 출발의 방향을 수정하지 않고 묵묵히 지역의 변방에서, 또 미학적 권위의 주변, 말하자면 '황야의 벌판'에서 리얼리즘적 가치를 끌어안고 자신의 시적 갱신을 거듭해가고 있다. 이와 같은 문맥에서 굳이 말하자면 서규정은 리얼리즘 계열의 시인이다. 이렇게 말할 수 있는 것은 그가 노동자라는 직업을 가진 사실에서 연유하기보다는 그의 시적 궤적에서 리얼리즘적 목소리는 지배적이라 할 만큼 주조음을 이룬다는 사실에서 기인한다. 거칠게 말해서 서규정의 시세계는 자본주의 사회의 구조적 모순과 부조리에 대한 관심으로부터 출발한다. 소재론적으로만 보아도 그의 시는 도시빈민, 노동자, 농민, 노숙자, 실직자 등 주로 우리 사회의 소외되고 배제된 마이너리티에 대한 관심이 주를 이루는 것에서 확인할 수 있다. 그만큼 그의 시는 낡고 허름하고, 어둡고 쇠락한 주변의 변두리 공간에서 살아가는 이들의 소외된 삶을 주로 그리고 있다. 불우한 세상의 그늘에 그의 시는 따뜻한 시선을 던져주고 있다. 막막한 황야의 벌판은 그의 시가 태어나는 자리이다.

서규정의 시는 자본주의 체제에서 소외되고 배제된 주변의 자리, 그 어둡고 음습한 삶의 어느 종착지, 막막한 황야의 척박한 벌판에서 싹튼다. 자본주의 사회에서 억압과 예속, 지배와 착취의 산물 가운데 대표적으로 꼽을 수 있는 것이 빈곤과 소외이다. 지난날 문학은 특정 계층의 가난과 소외를 조명함으로써 이것이 한 개인의 문제라기보다는 자본주의 체제의 구조적 모순에 기인하고 있음을 역설해 왔다. 빈곤과 소외는 구조적 모순의 증거이기 때문일 텐데, 서규정의 시도 이와 같은 문맥을 포함하고 있다. 그런데 신자유주의라는 거대한 물결 속에서 우리 사회의 양극화는 심각한 수준에 이르렀다. 그럼에도 불구하고 자본의 시장에서 교환가치를 박탈당한 채 중심으로부터 추방된 마이너리티들은 주변의 음지로 내몰려 그들의 존재를 스스로 은폐하고 있다.

민중담론이 퇴조한 상황에서 서규정의 시는 네 권의 시집 『황야의 정거장』(1992), 『하체의 고향』(1995), 『직녀에게』(1999), 『겨울 수선화』(2004) 등에서 보여주었던 것처럼 마이너리티라 불릴 수 있는 자들이 존재하는 음지의 현실에서 출발한다. 시인의 시집을 읽어본 사람이라면 금방 감지할 수 있듯이 그의 시들은 주로 자본주의 사회의 중심에서 소외되고 배제된 사람들, 예컨대 가난하고 비루하며 우울하고 불우한 노숙자, 노동자, 농민, 실직자 등 우리 사회의 소외계층의 삶에 관심이 모아져 있다. "사실상 우리나라는 병든"(「히프의 거리」, 『황야의 정거장』) 상태로 현실은 피폐해 있고 모순에 차 있다는 것이 시인의 현실인식이다. 이러한 연유에 의하여 그의 시는 일정하게 현실부정과 비판의 자장권에서 읽힌다. 예컨대 첫 시집 『황야의 정거장』에서 다음과 같이 노래할 때이다.

천국은 멀어 천국은 멀어 부자가 된 사람들은 이제 강가에 나와 천막을 치면 우리들은 바느질 같은 발자국을 듬성듬성 비켜 남겨야 하네 아직은 젖과 꿀이 흐르지 않는 강가에서 바람의 손이 닿지 않는 물 속 깊이 씨앗처럼 숨어 있는 까만 눈동자를 찾기 전에 급한 물결은 어디로 가 땀방울로 수출되는 강물아

일어서는 것도 함정이었네 보이지 않는 발자국부터 시작하는 우리가 저 담벼락에 그려진 지상낙원 뼈저린 어깨로 기대어 보는 보랏빛 기둥 무지개가 꽃가루처럼 부서지며 페인트로 밝혀져 있는 공장 담벼락 희망이 무지개처럼 솟고 상식이 모래알처럼 깔린 신작로를 따라 긴긴 머리 연기처럼 날리면서

가고 있을 공녀야 그대 눈썹은 웃고 있는가 여기는 벌판과 환희가 스쳐간 페
인트 공화국
　　　—「황야의 정거장─복지국가로 가는 차표를 어디서 팔고 있는지
　　　　　　　　　　　　　　　　　　　모르십니까」 중에서

　첫 시집의 표제작인 위의 시는 현실에 대한 시인의 냉소적이며 풍자
적인 인식이 잘 드러난다. 시인의 등단작이기도 한 위의 작품은 서규
정의 시적 상상력이 발원하는 지점을 지시해준다. 인용 시는 젊고 꿈
많은 '공녀'의 삶을 그리고 있다. 그러나 공녀의 꿈은 요원하고 "천국
은 멀"며, 이 땅의 현실은 "젖과 꿀이 흐르지 않는" 척박한 황야의 메
말라버린 강이다. 공녀에게 현실은 "일어서는 것도 함정"이며, 궁핍한
삶의 조건과 노동의 환경은 "담벼락에 그려진 지상낙원"의 보랏빛 무
지개로 보기 좋게 은폐되어 있다. 지금 이곳의 현실과는 무관한 지상
낙원의 보랏빛 무지개를 함부로 그려대는 "페인트 공화국"은 미래에
대한 장밋빛 전망을 덧칠할 뿐이다. "페인트 공화국"의 보랏빛 무지개
는 허위의 거짓 신화여서 "복지국가로 가는 차표는 어디"에서도 팔지
않는다. 공녀의 삶은 무지갯빛 페인트에 의해 희망 없는 현실의 실상
이 은폐된 형국이다. 공녀의 희망은 절망스러운 보랏빛 무지개가 감춘
현실의 담벼락에 부딪혀 출구를 찾지 못하는 꼴이다.

　공녀의 희망 없는 삶에서 드러나는 것처럼, 달리 말해 언젠가는 무
지갯빛 지상낙원이 도래할 것이라는 거짓 희망을 부추기는 자본의 이
데올로기에 대한 냉소적 태도에서 드러나는 것처럼 그의 시적 출발은
현실을 부정하고 비판하고자 하는 욕망으로부터 출발한다. 시인은 그
러한 희망 없는 현실을 때로는 비판과 풍자의 언어로 노래하기도 하
고, 한편으로는 그러한 현실을 살아가는 사람들에게 따뜻한 연민과 사
랑의 시선을 보내기도 한다. 시인은 피폐하고 불우한 현실을 살아가는
소외당하고 버림받은 계층의 삶을 담아내면서 동시에 삶과 세계에 대

한 따뜻한 사랑을 노래한다. 이러한 점은 가령 그가 네 번째 시집 『겨울 수선화』에서,

> 사람도 나무 같아
> 나무는 밑동이 굵어질수록 옹이 하나씩 더 갖는다는 이 기쁨
> 허리 겨드랑이로 간지럼을
> 맨 끝가지로 타오르는 개미의 길이 내 몸 어딘가에 있었다면
> 개미에게 잠시 쉬어갈 옹이로 내 주리
>
> ―「나 옹이에 길 놓아 살았네」

라고 진술할 때 잘 나타나듯이 아픈 상처와 절망의 현실에서 길어올린 삶과 세계에 대한 따뜻한 사랑의 질감에서 확인할 수 있다. 그는 체제의 중심에서 배제되고 소외당한 계층의 삶을 바라보면서 현실의 모순과 부조리를 때로는 야유와 풍자, 때로는 조롱과 독설과 냉소적 어조로 부정하고 비판한다. 그러면서도 그는 삶과 세상을 향한 따뜻한 사랑과 연민의 시선을 농익은 서민의 정서를 통해 드러낸다. 말하자면 현실의 삶을 아프게 성찰하고 그 비판의 지평을 넓히면서 동시에 절망적 현실을 따뜻한 사랑으로 감싸 안으려는 태도가 그렇다.

　인용 시에서 우리는 상처의 흔적으로 남아 있는 옹이의 실체를 보듬어 안고, 그 상처의 흔적마저도 "개미에게 잠시 쉬어갈 옹이로 내 주"고자 하는 넉넉하고 따뜻한 사랑의 정서를 느낄 수 있다. 절망하는 일보다 더 중요한 것은 절망의 깊이를 알고 넘어서는 일일 것이다. 진정한 서정은 주체의 내면에서 생겨나는 것이지 외부에서 주어지는 것은 아니라 할 때, "옹이로 길 놓아 살"면서 "개미에게 잠시 쉬어갈" 자리로 내주겠다는 진술은 어떤 정치적 의도나 태도에서 가져온 게 아니라 서정적 주체가 처한 존재 조건, 그 내적 진실성에서 파생되어 나오는 것이므로 진정성 있게 받아들여진다.

　서규정의 시는 현실에 대한 격렬한 비판의 정신과 따뜻한 서정의 미적 질감을 내장하고 있다. 다만 그의 초기 시가 내장하고 있는 현실비판의 날카로운 칼날은 이후의 시에서는 점차 배후로 물러나고, 시적 주체의 웅숭깊은 내면에서 우러나는 삶에 대한 따뜻하고 농익은 서정이 한층 강화되어 있다. 서규정의 시가 발원하는 지점은 어둡고 습한 음지이다. 그곳은 "폭파된 다리", "녹슨 철골을 다 드러내놓"(「백년 종점」)은 폐허의 자리이며, 그곳에서 시인은 낮을 대로 "낮은 단계의 희망"(「끔찍한 나의 전우들」)의 노래를 부른다. 이 공간에는 폐허와 죽음, 상실과 결핍, 부재와 소멸을 암시하는 이미지들이 진열되어 있다. 전망을 상실한 그 어둡고 음습하며 우울하고 비루한 음지는 그의 시가 출발하는 진앙지이다. 그의 시에는 주로 "녹슨 철골을 다 드러내놓"(「백년 종점」)은 폐허와 "동서남북이 다 한 방향인, 가깝고도 먼 구천"(「안동 반점」)의 죽음, 급식소의 실직자 내지는 노숙자(「간 좀 봐 드릴까요」), 그리고 「끔찍한 나의 전우들」이나 「교통사고무벌점지역」 등과 같은 작품에서의 늙음과 고물상이 환기하는 상실과 쇠락의 의미 계열체들이 진열되어 있다.

> 탱크도 지날 멀쩡한 교량보다, 오래 전에 무너진 다리가
> 녹슨 철골을 다 드러내놓고 폐허를 자랑하듯
> 끊어져야 아름답다
>
> 그대에게 가기 위해, 오늘도 나는 폭파된 다리만 찾아 헤맨다
>
> —「백년 종점」 전문

　'무너진 다리—녹슨 철골—폐허—끊김—폭파된 다리'로 연쇄되는 이 짧막한 시는 현실에 대한 구체적인 관심보다는 관념적인 문제에 치우쳐 있으며, 우울한 낭만적 향수가 짙게 배어나오는 듯하다. 삶의 구

체에서 시가 육화된다기보다는 직감과 관념의 육화 때문에 다소 불투명하고 모호한 느낌마저 든다. 아무튼 시인은 위의 시에서 '다리'가 지닌 의미를 연결이 아니라 끊김이라는 단절의 미학에서 찾고 있다. 다리의 '끊김', 또는 '종점'은 단절과 끝이라는 삶의 근원적인 조건을 표상하는 사물이다. 시인은 무너지고 녹슬고 끊기고 폭파된 다리에서 시적 자아의 궁극적 가치를 찾고자 한다. 화자는 "끊어져야 아름답다"고 진술하는데, 그 아름다운 끊김이 말하자면 삶의 종점인 듯한 "백년 종점"이다. 무너진 다리의 녹슨 철골과 폐허, 폭파된 다리 등의 사물들은 시의 구체적인 정황을 나타내기보다는 어떤 일반적인 정서를 환기하는데, 그것은 바로 죽음과 소멸이라는 의미 계열의 자질들이다.

　이 시의 공간은 현실의 경험적 맥락에 의해서가 아니라 하나의 직감과 관념의 틀에 의해 형성되고 있다. 이 시의 문맥에 따르면 다리란 "탱크도 지날 멀쩡한 교량보다"는 결국 끊겨야 아름답고, 그 아름다움의 최종 지점이 바로 '종점'이다. 삶의 거부할 수 없는 조건이 종점에 이를 수밖에 없고, 또 그것을 찾아 헤매는 행위는 이 시의 심미적 가치의 중심이 된다. 이러한 이 시의 구도가 그 자체로 완결성을 갖고 있다 하더라도 그것은 경험세계의 역동성이 배제된 정태적인 아름다움에 한정될 수밖에 없다. 정태적이며 다소 우울한 저음의 관념성은 현실에 대한 비극적 인식에서 비롯하는 듯하며, 다음의 시에서도 뚜렷하게 드러난다.

　　딱 육십년 된 내 발 뿌리 어디로 비틀어 가야할지 몰라
　　동서남북이 다 한방향인, 가깝고도 먼 구천
　　날마다 거울 속을 떠도는 낯익은 아수라를 보며

　　육탈과 거풍의 그날이 오늘인가
　　모시나 삼베, 바람으로나 통할 살갗을 살갑게 부비다

올올이 통풍의 구멍을 빠져나간 비듬들이 은모래
금모래로 반짝일 乾川을 나 지금 건너고 있는 것이냐

… (중략) …

여기는 천둥 벼락과 함께 지나는 안동
역전반점에서 마시는 소주잔엔 굵은 솔방울들이 둥둥 떠

—「안동 반점」 중에서

위의 시에서 서규정은 황량하기 그지없는 길 위의 사유를 펼친다. 화자의 나이는 이제 초로(初老)의 육십에 들어선 모양이다. 길이 황량할 수밖에 없는 이유는 "육십년 된 내 발 뿌리"는 아직도 "어디로 비틀어 가야할지" 방향을 잡지 못하지만 확실한 것은 "동서남북이 다 한 방향인, 가깝고 먼 구천"을 향해 가기 때문이다. 인간의 운명이란 어느 길을 어떻게 가든 종국에는 '구천'이라는 죽음을 향해 갈 수밖에 없다. 삶은 죽음을 기른다. 죽음을 살아가는 현실은 그에게 "날마다 거울 속을 떠도는 낯익은 아수라"에 다름이 아니며, 그러한 현실 속에서 생의 길은 "은모래 / 금모래로 반짝일 乾川을" 건너다 갑자기 "천둥 벼락"을 만나는 것과 진배없다. 다소 침울하고 우울한 분위기로 전개되는 이 시에서 우리가 읽을 수 있는 것은 우울한 실존의 내면풍경과 자신의 상처와 운명을 쓸쓸히 바라보는, 말하자면 자신의 내면을 향한 처연한 심정의 시선이다. 화자의 내면풍경은 어쩌면 이 시대와 인간의 보편적인 심리적 상황을 환기한다. 왜냐하면 황량하고 우울한 음색과 자신의 운명을 쓸쓸히 바라보는 초로의 시선은 근원적으로 집을 잃고 떠돌 수밖에 없는 우리의 운명을 지시하는 것이기도 하기 때문이다.

"끊어져야 아름답"고 "동서남북이 다 한 방향"으로 죽음을 향한다는 실존적 태도는 종점이라는 죽음을 숙연하게 받아들이도록 한다. 그러한 태도는 죽음을 생의 완성으로 인정하는 것이다. 그것은 체념과 허무라기보다는 삶에 대한 적극적인 긍정과 의지이다. 삶과 죽음에 대한 숙연하고 처연한 태도는 믿을 수 있는 것이라고는 아무것도 없다는 인식, 일정한 방향성과 전망이 불투명하고 예측이 불가능한 현실에서 확실한 미래는 죽음뿐이라는 인식에서 비롯한다. 오직 우리가 삶 속에서 확신할 수 있는 것은 죽음이라는 최후의 형식뿐이다. 서규정에게 죽음은 유일한 실존적 미래이며, 따라서 그것은 유일한 아름다움인 것이다. 그 아름다움은 살아서는 궁극적으로 찾을 수 없는 것이므로 시인이 "찾아 헤매"는 폭파된 다리나, "육탈과 거풍의 그날"은 미래가 없는 세계, 혹은 미래가 없다는 사실을 끊임없이 환기하는 세계이다.

현실세계에 대한 이러한 어두운 인식은 현실세계의 불투명함과 미래에 대한 전망 부재의 확인에서 비롯하는 것이며, 그 부재를 인식하면서도 그것에 어찌할 수 없는 자신을 바라보는 일에서 비롯하는 것이다. 그 시선은 전망 없는 현실과 미래에 대한 정확한 인식이라는 점에서 체념과 허무라기보다는 삶에 대한 적극적인 긍정과 의지라 할 수 있다. 이러한 점 때문에 그의 시는 삶에 대한 따뜻한 사랑과 의지를 읽을 수 있다. 아래의 인용 시도 역시 상실과 소멸, 쇠락과 퇴락의 의미계열이라 할 수 있는 늙음과 죽음의 이미지가 주조를 이룬다. 그러나 그 이면에는 삶과 세계를 긍정하려는 따뜻한 시선이 밑변을 흐르고 있다.

> 간다, 나도 모르게 내 몸 늙고 기울어
> 흙이 흙을 불러 군데군데 들판을 쉬게 한 무덤들이
> 고봉밥처럼 놓인 고향땅 그곳으로
> 저 구석 오토바이를 일으켜 시동을 걸라치면
> 콸콸콸콸 만경강 황톳물 부서지는 소리부터 내겠지
> 달리자, 어디 한번 달려 가볼까
> 고물상을 감싸는 햇빛이 둥실둥실
> 노란호박을 키워내듯, 비닐도 재활용 하늘처럼 나풀나풀 펄럭인다
> ―「교통사고무벌점지역」 중에서

　인용 시에는 "고물상을 감싸는 햇빛이 둥실둥실 / 노란 호박을 키워내"고 "비닐도 재활용 하늘처럼 나풀나풀 펄럭이는" 생동감이 자리하고 있다. 인용에서는 빠졌지만 1연에서 화자는 고물상에 "버려진 것들"에서 생의 의미를 추적한다. 고물상의 낡고 찌그러져 버려진 물건들은 바로 화자 자신의 등가이다. 화자는 "반여 우체국 밑 고물상"에는 버려진 가스렌지, 냉장고, 밥통, 찌그러진 주전자들이 "땡볕 아래", "천연덕스럽게 빛"을 발하고 있는 광경을 목도하고는 그것들에서 삶의 의미를 발견해낸다. 낡고 찌그러져 용도를 잃은 것들에서 화자는 아름다움을 발견하는 것인데, 그것은 바로 "찌그러져야 주전자는 주전자답고", "막걸리 맛도 제대로 나는" 것이며, "경제도 정치도 어깃장 나고 삐걱대야 더 살맛"이 난다는 사실이다. 이렇게 삐걱대고 어깃장 나다가 삶은 궁극적으로 소멸에 귀속될 수밖에 없고, 따라서 그 소멸은 그 자체로 아름다운 것이다. 녹슨 철교의 끊어진 다리가 아름다운 것처럼 말이다.

　마지막 3연에 이르면 '고물상'은 '무덤의 고향'으로, '낡음'은 자신의 '늙음'으로 전이된다. '늙음'은 다시 무덤의 고향이라는 죽음으로 연쇄된다. 늙음의 이미지는 곧 죽음의 이미지로 변화하면서 죽음은 물리적 삶의 종결이라는 단순한 의미가 아니라 삶의 근원적인 조건에 대한 각성으로 작용한다. 죽음은 삶의 거부할 수 없는 근본 조건이며 삶을 절대적으로 구속하는 근본 원리이다. 화자는 그 죽음의 세계로 돌아가기나 하려는 듯이 "내 몸 늙고 기울어", "군데군데 들판을 쉬게 한 무덤들이 / 고봉밥처럼 놓인 고향 땅"으로 고물상 한구석에 버려진 "오토바이를 일으켜 시동을 걸"어 달려가는 상상을 한다. 여기에서 우리는 화자가 소멸과 죽음에 대해 강력하게 이끌리고 있음을 확인할 수 있다. 이 죽음에 대한 강력한 이끌림은 삶의 불가피한 '종점'에 대한 매혹적 이끌림이며, 그곳에서 시인은 적막하고 황량한 아름다움을 발견하는 것이다. 소멸은 아름다운 것이며, 낡음과 늙음, 죽음과 소멸에 대한 수락이야말로 "찌그러질 대로 찌그러"지고 또 "어깃장 나고 삐걱대"는 삶을 순치하는 방식이라는 통찰이 깔려 있다.

> 무대가 죽고 노래가 죽어도
> 전우란 말만 들음 죽어서도 벌떡벌떡 일어날 산정호수 곁에
> 태산목이 아니어도 좋다, 그냥 서 있기만 할게
> 철없는 아이들이 뛰어 놀고 노숙자가 드나드는 공원
> 놀이터, 화장실, 편의점 등을
> 묵묵히 가리키고 있는 표시목으로 끝끝내 화살은 물고 있게
> —「끔찍한 나의 전우들」 중에서

> 얼마든지 비굴해질 수 있다는 동공이 확 풀린 표정으로
> 급식소 앞에 줄줄이 서서
> 그러니까, 꾀죄죄하고 간이 딱 딱 맞는 사람들이
> 왜 바닥에선 멋이나 맛보다 양을 따지는지

> 아무리 엑스트라라도 그걸 절실히 살려낼 연기가 아닌
> 진짜 삶의 실체

> 그 한 컷에 일당보다 일생을 걸어, 혼신이란 그런 것이야
> —「간 좀 봐 드릴까요」 중에서

인용한 두 편의 시는 찌그러지고 어깃장 나고 삐걱대는 "삶의 실체"에서 "낮은 단계의 희망"을 노래한다. 우리 앞에 언제나 길은 흐릿하고 전망은 어둡다. 그 속에서 시인은 새로운 길찾기를 감행하는데, 그것은 "낮은 단계의 희망"을 노래하는 일이며 "진짜 삶의 실체"를 직시하고는 따뜻한 서정으로 그것을 감싸 안는 일이다. 우선 앞에 인용한 시에서 화자가 말하는 자신의 '끔찍한 전우들'은 "화장실에서 흥미진진

따라 읽던 낙서와 / 예배당에서 끄덕끄덕 읽은 시편 몇 구절"이다. 화자에게 이 성/속의 욕망에 대한 이야기들은 모두 '끔찍한 전우' 들에 불과한 것이다. '태산목' 은 "죽어서도 벌떡 일어날" 성/속의 욕망의 기표이다. 그것은 성/속의 허울뿐인 명리에 다름 아니다. 때문에 화자는 "철없는 아이들이 뛰어 놀고 노숙자가 드나드는 공원 / 놀이터, 화장실, 편의점 등을 / 묵묵히 가리키고 있는 표시목으로 끝끝내 화살은 물고", "그냥 서 있기만" 하려고 욕망한다. 낮은 곳을 향해, 그곳을 가리키며 "그냥 서 있기만" 하려 한다.

그런데 서규정의 시가 지니고 있는 여러 장점에도 불구하고 이러한 태도가 낮은 곳을 향한 단순한 사랑과 연민에 그치는 감이 있어 아쉽다. 「안동 반점」에 의하면 서규정은 물리적 나이로 이제 "딱 육십"을 넘기고 있는 모양이다. 그래서일까 회고적이고 삶을 통달한 듯한 태도가 근작 시에는 자주 나타난다. 시인은 벌써 "척박하게 늙어버"린 것일까. 늙음을 불러온 요인은 육체의 물리적 조건일 수도 있겠지만, 그보다는 우리 시대의 늙음일 수도 있겠다는 생각이 앞선다. 늙음을 끌어당기는 정황적 조건, 시인은 그동안 실제 시인으로서는 노동자로서, 시적으로는 리얼리즘 계열의 미학적 지표를 향해 달려 왔다. 그러나 돌이켜 보건대 치열하게 들끓듯 갈망했지만 이루어진 것 없는 현실을 살아가는 우리 시대가 늙었다는 것일까.

중요한 점은 젊음의 상실 ─ 물리적 나이가 아닌 ─이란 용솟음치는 삶의 상실이고, 역동적인 생각과 상상력, 저항적 언어의 상실이다. 이것은 개인적인 문맥에서뿐 아니라 사회 역사적으로 당대의 저돌적인 언어의 힘을 상실했다는 의미이다. 나날이 감각의 직접성과 현란성의 혁명을 요구하는 시대에 그의 언어가 예전처럼 파괴적이고 저항적일 수도 없는 현실이겠지만, 현실에 대한 현장 검증과 탄핵은 아직도 중요한 미학적 과제이자 풀어야 할 임무이다. 가령 두 번째 인용 시에서처럼 현실에서는 "아무리 엑스트라라도 그걸 절실히 살려낼" 수 있는 "연기가 아닌 / 진짜 삶의 실체"이다. 그 일생을 건 혼신의 구체가 품고 있는 배후를 들여다보고 파헤치는 일은 여전히 유효하다.

서규정의 시적 진앙지는 소외된 자리이다. 오늘날 소외나 빈곤, 정치나 윤리를 이야기하는 문학에게는 식상하고 철지난 계몽의식과 미학적 태만이라는 불명예스런 혐의가 동시에 주어진다. 나날이 감각의 혁명을 요구하는 시대에 사회적 상상력은 자칫 미학적으로 나태하다는 비판을 받을 수도 있다는 것이다. 그러나 그럼에도 불구하고 민중담론의 해체과정에서 부상한 약소자에 대한 관심은 자본주의 체제의 바깥에서 자본주의의 모순을 증언하며, 또한 신자유주의라는 새로운 자본주의의 세계질서체제가 무슨 숙명처럼 간주되는 체념적 상황에서 새로운 비판과 저항의 동력을 생산한다는 긍정적 효과도 간과할 수 없다. 이 지점 어디쯤에서 서규정 시의 가치를 찾고 싶지만 세계는 변했다. 변화한 현실은 우리에게 새로운 문제를 던져주며, 따라서 세계를 종전과는 다른 관점과 시각으로 바라볼 것을 요구한다. 이것은 세계를 바라보는 인식론의 전환 내지는 이해의 틀을 수정할 것을 요구하며, 동시에 미학적 층위의 전환을 요구하는 것이다. 서규정 시인에 대한 이 글이 곧바로 낡은 글이 될 수 있기를 기대한다.

5. 마이너리티의 수사학

한국의 근대사는 굴곡 많은 시대를 통과해 왔다. 우리의 근대사는 제국주의의 침략에 의한 민족국가의 건설이 좌절되고 식민지배, 민족분단과 전쟁, 그리고 분단체제의 고착, 군부독재, 광주민주화운동 등으로 점철되어 왔음은 주지의 사실이다. 이와 같은 파행적 근대사 속에서 우리 사회는 끈질긴 변혁운동을 경험하였고, 그런 흐름을 반영하여 한국 현대시는 억압적인 상황과 체제 내의 순응주의 미학을 거부하는 사회적 상상력을 경험한 바 있다. 그런데 이러한 경향은 1990년대를 전후로 전시대와는 다르게 퇴조한 면모를 보인다. 그것은 대내적으로 문민정부의 출현과 대외적으로 현실 사회주의의 붕괴 이후 신자유주의라는 전일적 자본주의 체제로 재편된 세계 질서의 변화와 연관성을 지닌다. 대내외적 환경의 지각변동에 의하여 문학의 사회성은 상대적으로 퇴조하게 되었다.

주지하다시피 문학의 사회적 상상력은 90년대 이후 정치 · 사회 · 문화적 지형 변화와 신자유주의라는 자본주의의 현실적 환경과 역사적 조건의 지형 변화로 말미암아 급격히 퇴조하였다. 문학의 사회적 상상력이 물러간 자리를 감각의 직접성과 동시성을 내세운 문화산업이 재빠르게 점령해 나갔고, 문학의 생산과 소통과 소비의 구조를 자본 권력의 논리에 따라 상업적으로 결정하게 되었다. 이러한 저간의 상황에서, 말하자면 나날이 새로운 감각의 혁명을 요구하는 시대에 문학의 사회적 상상력을 말하는 것은 철 지난 것처럼 보이며, 미적으로도 자칫 게을러 보이기 십상이다. 하지만 한 편의 서정시가 지닌 비사회성조차도 사회적인 것이라는 아도르노의 해묵은 주장을 호명해내지 않아도 문학의 사회적 상상력은 여전히 유효하다. 왜냐하면 자본의 권력은 이전보다도 더 정교하고 치밀하게 우리의 무의식과 일상적 삶을 정교하게 억압하고 있기 때문이다.

우리 시대에 민중은 존재하나 민중담론은 사실상 그 언설적 권위를 상실한 지 오래이다. 주지하다시피 이러한 현상은 90년을 전후로 하여 대내외적인 조류와 함께 시작되었다. 대내적으로는 형식적 민주주의의 확산이라는 정치 상황의 변화, 대외적으로는 동구의 현실 사회주의의 붕괴와 냉전의 해체는 인식론적 지각변동의 핵심 동인으로 작용하였음은 재론의 여지가 없다. 이러한 정황은 권력의 독점으로부터 분산으로, 마르크시즘의 쇠퇴로부터 신자유주의 질서체제로, 거대담론으로부터 미시담론으로의 관점 이동과 삶의 다양한 형식이라는 다원적 관점으로의 변화를 수반하였다. 그 결과 문학담론의 영역에서는 민중문학담론이 일정하게 포지하고 있는 이념성, 계몽성, 정치성, 당파성, 계급성으로 대표되는 사회적 상상력은 상대적으로 퇴조할 수밖에 없었다. 언설적 권력의 중심에 자리했었던 민중담론은 상대적으로 위축될 수밖에 없었고, 급기야는 그 언설적 권좌를 일상성, 생태환경, 여성, 육체, 욕망, 섹슈얼리티, 다원주의 등등에 내어줄 수밖에 없었다.

형식적 민주주의의 확산, 그리고 동구 현실 사회주의의 붕괴와 냉전의 해체가 몰고 온 세계화 내지는 신자유주의로의 세계 질서의 재편은 분명 자본주의적 체제의 확대와 심화를 가져왔다. 자본의 강력하고도 불가사리 같은 자기증식력은 삶의 생태적 조건은 물론 그것을 지각하는 인식론에도 현격한 변화를 초래했다. 상품 물신이라는 자본의 무의식세계로의 침투와 일상의 지배는 억압과 저항의 경계를 모호하게 만들었다. 이제 더 이상 민중은 스스로를 억압과 착취의 대상으로 여기지 않는 것 같으며, 스스로를 민중이라 생각하지도 않는 것 같다. 바야흐로 '전선 없는 싸움'은 갈수록 누가 적인지조차도 분간할 수 없는 상황으로 치닫고 있으며, 이러한 상황에서 더 이상 계급적이며 정치적으로 무장한 민중은 없는 것처럼 보인다. 자본의 힘과 논리는 빠른 속도로 일상을 장악하고 억압과 착취의 지배구조는 예전보다 더 정교하고 공고한 방식으로 우리의 삶을 옥죄고 있지만, 이에 대한 저항의 동력은 상대적으로 약화된 것이 오늘의 현실이다.

그러나 한국 문학은 그동안 침묵하고 있었던 여성·지역·생태·약소자·탈북자·조선족 결혼이주여성·외국인노동자 등 다양한 타자들의 목소리가 귀환하여 제 목소리를 내고 있으며, 후기산업사회에서의 도시적 일상과 욕망 같은 영역을 문학의 영토 속에 적극적으로 끌어들여 문학이 탐구해나갈 가능성의 폭을 넓힌 것도 사실이다. 이와 같은 연장선에서 사회적 상상력은 이전의 사회적 상상력이 간과한 현실의 세목과 다양한 모순, 새로운 시적 탐구의 가능성 등을 끌어안는 것이라는 점에서 그 의의를 갖는다.

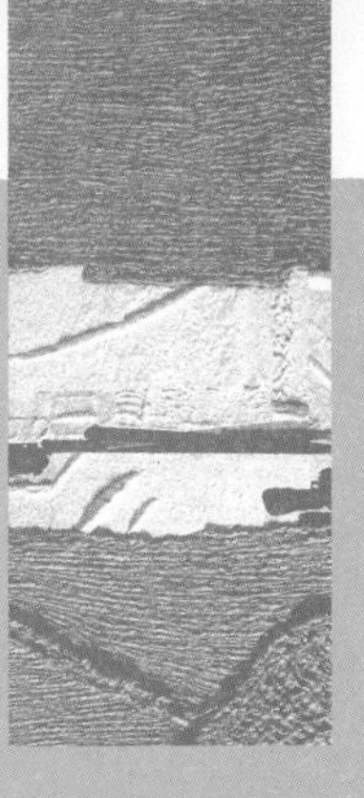

제2부

비극적 실존의 시간

신성회복의 종교적 상상력

— 고진하론

1. 부정의 시학

우리 사회에서 산업화 이후 삶의 조건은 자연의 경험영역인 농촌이 아니라 문명의 체험이 지배적인 도시이다. 주지하다시피 과학기술에 의한 산업문명의 발달과 그에 따른 도시화는 인간 삶의 환경적 조건은 물론 정신에 커다란 영향을 미친 것이 사실이다. 근대 산업문명의 총화로서 도시는 현대인의 삶과 정신을 규정하는 토대를 이룬다. 도시는 "현대적 문명의 삶과 정신의 토대이며 거부할 수 없는 삶의 문화적 조건"[1]이다. 달리 말해 산업 자본주의의 발전에 의한 도시화는 인간 삶의 양식과 정신을 결정하는 물질적 토대이다. 인간의 삶과 정신세계를 다루는 상부구조로서 문학도 이러한 양상에서 예외일 수 없다.

산업도시의 문명화된 삶과 산업화에 의한 농촌환경의 변화한 현실

---

1 김홍진, 『현대시와 도시체험의 미적 근대성』, 푸른사상, 2009, 129쪽.

은 한국 문학에서 중요한 문학적 관심사로 자리 잡아온 사실은 췌언을 필요로 하지 않는다. 한국 사회에서 산업화 이후 전개된 도시의 형성과 농촌환경의 변화는 서정시에도 직접적인 영향을 미친다. 특히 고도 산업사회로의 급격한 변화로 인해 형성된 도시와 농촌사회의 변화된 경험세계의 현실은 서정시에서 중심 소재로 자리 잡은 사실 또한 췌언을 필요로 하지 않는다. 서정시인들은 새로운 도시적 삶의 조건과 양식, 그리고 도시화에 의한 농촌환경의 변화된 현실을 새로운 눈으로 지각하고 인식한다. 이러한 삶의 변화된 환경과 양식에 예민한 반응을 보이는 시인 가운데 하나가 고진하인데, 이에 대한 그의 시적 체험과 반응의 내용은 부정적이며 비판적이다.

이 평문은 고진하의 시를 현실에 대한 부정적 지각과 비판적 인식, 그리고 신성이 부재하는 부정적 현실에 대한 변혁에의 희망과 '종교적 영성(靈性)'[2]을 통한 신성의 회복이라는 이해의 틀을 전제로 조명하고자 한다. 물신의 욕망으로 팽만한 산업 자본주의 사회와 반생명적 문명에 대해 비판적 포즈를 취하는 많은 시인들이 존재하고, 또 현재 작품 활동을 활발히 하고 있는 시인의 작품을 연구 대상으로 삼은 이유는 그의 시적 사유가 기독교 영성[3]과 결합하여 점차 종교다원주의적

---

2 영성(spirituality)이라는 용어는 라틴어 'spiritualitas'에서 온 말이다. 보통 '물성' 또는 '물질적 관심'과 대비되는 개념으로 사용된다. 종교적으로 사용할 때는 '육체' 또는 '물질'이라는 말과 대립되어 사용되기도 하지만, 이 글에서는 종교적 삶의 전반을 통한 신과의 관계를 일컫는 뜻으로 사용한다. 즉 신적인 존재의 본질을 이루는 생명의 원리나 활성적인 원동력을 뜻한다는 개념으로 사용한다. 정희수, 「기독교의 영성과 동북아시아의 종교적 심성」, 『기독교사상』 524호, 대한기독교서회, 1996. 5, 23쪽.

3 기독교 영성은 인간의 다양한 삶의 행동 내지 표현양식으로 드러나게 되는 하느님께 대한 인간의 인격적 관계를 지칭하는 것으로써, 전통적으로 수덕적(修德的)이고 신비적 소인을 지닌 것으로 간주되어 왔다. 수덕적이라는 뜻은 기독교 신앙을 올바로 알기 위해 실천적으로 노력하는 것을 뜻하며, 신비적이라는 뜻은 초자연적 은총에 힘입은 하느님에 대한 초월적 체험과 직관적 지식을 뜻한다. 신비적이라는 용어는 이후 관상(觀想)과 동일시되어 사용되며, 수덕

영성의 세계로 확장 심화하고 있다는 점이 여타의 다른 문명비판시인 내지는 생태주의 시인들과는 일정한 변별성을 지니고 있기 때문이다.

고진하의 시에서 종교적 영성은 문명비판을 전경화할 뿐만 아니라, 이에 대한 대안적 사유까지 제시한다. 또 그의 시의 정신을 규제하는 원초적 힘으로 작동한다. 고진하의 시에서 농촌과 도시공간은 그에게 부정성의 공간으로 지각 및 인식된다. 그는 도시화와 농촌화라는 상반되는 듯 하지만 사실은 표리일체의 짝패관계를 보이는 두 공간의 체험을 통해 시를 형상화한다. 즉 그는 자본주의적 교환가치에 의해 피폐화된 농촌의 황폐하고 곤궁한 현실과 대도시 문명의 파괴성, 폭력성, 추악성의 카테고리(category) 안에서 시를 형상화한다. 그의 초기 시에서 기독교 영성은 문명비판적 태도와 생태적 사유, 그리고 실존적이며 사회적인 자기성찰을 이루는 중요한 기반이며, 이것은 점차 종교다원주의적 사유로의 개방과 확장을 통해 궁극적으로 우주적 신성과 생명이 회복된 세계를 지향해가고 있다.

고진하는 1987년 『세계의 문학』으로 등단하여 다섯 권[4]의 시집을 상재한 중견 시인이다. 그의 시적 생산의 토대를 이루는 경험세계 혹은 생활공간은 초기에 '빈들'이나 "불임의 谷神들 숨죽여 우는", "휘휘한 빈집"(「늙은 농부들」), 그리고 '폐가'(「폐가」)나 검은 새들이 배회하는 "텅 빈 골짜기"(「지금 남은 자들의 골짜기엔」)로 표상되는 황폐한 농촌

적 영성은 입문 단계인 '정화(淨化)의 길'에서 시작하여 '조명(照明)의 길'을 거쳐 '일치(一致)의 길'인 주입적 관상의 단계를 추구한다. 정화―조명―일치의 세 단계는 그리스도교 영성의 단계를 압축해 보여주는데, 신앙인은 세례를 통하여 죄로부터 탈출하는 정화의 단계, 그리스도처럼 생각하고 행동하는 조명의 단계를 거쳐 언제 어디서나 하느님의 뜻을 추구하고 그분의 현존을 생생하게 의식하고 생활하는 일치의 단계로 나아가게 된다. 심상태, 「현대 그리스도교의 영성」, 강남대학교 신학대학 편, 『종교와 영성』, 한들, 1998, 167~173쪽.

4 고진하 시인이 지금까지 상재한 시집을 출간 순서대로 나열하면 다음과 같다. 『지금 남은 자들의 골짜기엔』(민음사, 1990); 『프란체스코의 새들』(문학과지성사, 1993); 『우주배꼽』(세계사, 1997); 『얼음수도원』(민음사, 2001); 『수탉』(민음사, 2005).

이다. 이후 그의 체험 영역은 '마취의 문명'(『파리떼』)과 '폐유가 빚어낸 환각'(『고압의 시간』)의 도시공간으로 확장 이동해 갔다가, 자연의 세계에서 "사물과 교감하고 관통하려는 자세를 견지하면서", "마음의 참다운 속성뿐만 아니라 사물의 형상이나 속성과 교감"[5]하는 명상과 성찰의 과정을 밟아가고 있다. 이러한 명상과 성찰의 핵심에는 물론 기독교적인 상상력뿐만 아니라 종교다원주의적 태도까지 자리한다. 이런 점에서 그의 시는 본질적으로 "사회적 체험일 뿐만 아니라 실존적 체험이며 종교적 체험"[6]으로서의 의미를 지니는 것으로 평가된다.

이 글은 고진하 시에 나타나는 현실의 부정적 지각과 비판적 인식, 그리고 부정성에 대한 대안명제로서의 경계의 초월과 종교적 신성의 발견과정을 추적하여 시적 의미를 조명한다. 그럼으로써 일차적으로는 고진하의 시세계를 이해하고, 이를 바탕으로 그의 시적 인식과 부정적 현실에 대한 안티테제(Antithesis)로서의 대안명제가 문명사적 전환기에 처한 탈근대에서 차지하는 의미를 조명하고자 한다. 이러한 목적은 그의 시가 내장한 시적 인식과 의미가 인간과 세계, 인간과 문명, 인간과 자연의 상호관계에서 어떠한 미래적 전망과 가치를 획득하고 있는지를 아울러 조명하는 작업을 포함하는 것이다. 왜냐하면 현실의 경험세계에 대한 시인의 지각 및 인식 능력은 현재적 의미뿐만 아니라 미래적 의미와 가치를 함께 지니는 것이기 때문이다.

2. 신의 부재와 묵시록적 현실의 비판

고도로 발달한 산업문명의 사회에서 인간과 세계 사이의 전일적 총

5 이경호, 「'견성(見性)'의 시학」, 『프란체스코의 새들』 해설, 문학과지성사, 1993, 96쪽.
6 성민엽, 「빈들의 체험과 고통의 서정」, 『지금 남은 자들의 골짜기엔』 해설, 민음사, 1990, 100쪽.

체성은 파괴되었다. 1960년대 이후 한국 사회에서 '파시스트적 속도'로 급속하게 추진된 산업화에 의해서 파생된 문제들은 인간의 삶은 물론 유기체적 생명 전체를 심각한 위기의 국면으로 몰아 왔다. 우리 사회는 근대성의 핵심이라 할 수 있는 기계론적 세계관과 진보적 시간관, 도구적 이성과 물신적 욕망의 신화에서 자유롭지 못한 자본주의적 질서의 정점에 와 있다. 이러한 문명사적 맥락에서 고진하의 시는 근대가 파생한 자본의 물신과 문명의 욕망이 초래한 생명의 위기, 분열과 소외의 부조리한 모순적 상황을 부정 비판하면서 새로운 대안을 모색하고자 하는 노력을 지속적으로 보여준다. 그의 시는 문명사적 상황 변화에 민감하게 반응하면서 근대 극복으로서의 대안적 사유를 모색해 나가는데, 그의 초기 시가 우선 관심을 보이는 대상은 산업화에 의해 변화된 농촌환경과 문명의 도시이다.

산업화에 의한 도시화는 그 자체로서 자연에 대한 인간의 관계가 근본적으로 변화되었음을 보여주는 산물이자 총체적으로 변화한 세계의 실제를 보여준다. 대도시야말로 산업화의 전개 이래 인간 삶의 형식을 결정하는 데 가장 많은 영향을 미친 공간이다. 근대화 혹은 산업화와 궤를 같이 하는 도시화의 지배적 경향은 농촌 또한 이전의 농경사회와는 현격하게 다른 생활공간으로 변모시키는 결정적인 동인으로 작용한다. 산업화는 인구의 도시집중을 가속화시켜 대도시라는 생활공간을 출현시켰으며, 농촌은 상대적으로 소외와 결핍의 공간으로 남게 된다. 말하자면 "도시는 농촌의 빈곤을 전제로 하며, 그런 관계를 위한 특정한 권력의 작동에 따라 농촌은 주변의 영역으로 취급"[7]된 사실은 부인할 수 없다. 자본주의 논리에 입각한 도시화와 농촌화는 객체적으로 확인 가능한 경험세계의 구체적인 모습이다. 그런데 이러한 변모된

---

7 H. 후지타, 이정형 역, 『도시의 논리』, 국제, 1997, 49쪽.

생활공간의 결정은 산업화 과정에서 필연적으로 발생한 결과라 할 수 있다. 고진하의 시는 산업 자본주의의 발전 과정에서 과잉 결정된 현실에 대해 예민하게 지각하고 반응하면서 일정한 시적 인식에 도달한다.

고진하의 시에서 농촌 현실은 불모와 불임, 결핍과 부재, 상실과 소외의 공간으로 표상된다. 도시화에 의해 소외된 농촌의 공간은 필연적으로 시인에게 "불임의 늙은 자궁처럼 캄캄하게"(「겨울 골짜기」) 느껴지는 것처럼 부정적으로 지각된다. 시인에게 지각된 농촌은 신성한 생명이 배반당한 채 방치된 불임과 부재의 공간이다. 문제는 산업 문명화에 의한 도시의 팽창은 농촌을 불임과 불모의 공간으로 만들고, 따라서 예전과 같은 동일성의 대상으로 바라볼 수 없다는 정서적 태도이다. 전통적으로 자연의 전원을 지향하는 시인들은 자연을 통해 현실적 삶의 좌절이나 회의에서 벗어나 "위안과 서정"을 추구하고, 거기에서 삶의 "규범과 표준"[8]을 찾으려 했다. 그러나 자연의 농촌은 전원적 유토피아의 세계로서 마음의 지향처이지만, 고진하의 시에서 그곳은 이미 헐벗고 피폐하여 예전처럼 더 이상 '위안과 치유, 안락과 평화'를 줄 수 있는 공간이 아니다. 그곳은 더 이상 현실적 삶의 좌절과 상처 입은 영혼에 위안과 평화를 주는 대상이 아니다.

> 늦가을 바람에
> 마른 수숫대만 서걱이는 빈들입니다.
> 희망이 없는 빈들입니다.
> 사람이 없는 빈들입니다.
> 내일이 없는 빈들입니다.

— 「빈들」 중에서

---

8 이건청, 『한국전원시연구』, 문학세계사, 1986, 18~28쪽.

두렵기만 하다
불임의 谷神들 숨죽여 우는
휘휘한 빈 집으로
모래 버석이는 신발을 끌며 돌아가는 것은
저당잡힌 꿈속 희멀건 자식들의
초롱초롱한 눈동자와 마주치는 것은

　　　　　　　　　　　　　　—「늙은 농부들」 중에서

　고진하의 시에서 농촌은 "마른 수숫대만 서걱이"고 '희망'도 '사람'
도 '내일'도 없는 부재와 상실의 '빈들'로 지각된다. 인용 시에서 화자
는 농촌의 황폐하고 궁핍한 절망적 현실을 부재의 언명들로 반복하면
서 효과적으로 환기한다. 늦가을의 계절적 이미지가 환기하는 쓸쓸한
황량함, 그리고 거듭 환기되는 부재와 상실의 언명들은 시의 분위기를
묵시록적 풍경으로 유도한다. '빈들'은 또한 계곡의 신, 즉 생명창조의
근원인 곡신(谷神)[9]이 "숨죽여 우는 빈 집"과 같은 맥락의 의미로 대지
의 모성이 지닌 생명의 창조력을 상실한 궁핍한 현실을 지시한다. 그
곳은 "아무도 들려 하지 않는", "불임의 谷神들 숨죽여 우는" 불임과
소외와 결핍의 절망적 공간이다. 이처럼 '빈들'이나 '빈 집'은 부재와
상실, 절망과 소외의 부정적 의미를 함유한다. 초기 시의 특성이기도
한 부재와 상실의 이미지는 "빈집과 빈집 사이 괴괴한 허공"(「달맞이
꽃」)에서 "검은 새"들이 배회하는 "텅 빈 골짜기"(「지금 남은 자들의
골짜기엔」)나 "허허로운 빈집"(「불면의 여름」), 또는 폐허의 '골고다'
(「장마」)라는 죽음의 이미지로 나타나기도 한다. 그곳은 "아무도 들려

9　노자의 『도덕경』 제6장, "谷神不死 是謂玄牝 玄牝之門 是謂天地根(계곡의 신은 죽지 않으
　리. 그것은 신비의 여성. 여성의 문은 하늘과 땅의 근원)"이라는 구절의 인유인 듯싶다. 김
　경수 역주, 『노자역주』, 문사철, 2010, 89~96쪽.

하지 않는" 불임과 불모의 생명 없는 공간으로 신이 부재하는 궁핍한 현실을 표상한다.

고진하의 시에서 현실의 황폐성은 농촌뿐만 아니라 문명의 도시도 마찬가지이다. 외관상으로 도시의 풍경은 풍요롭고 안락하다. 그러나 외피의 화려함에도 불구하고 후기산업사회로 대변되는 탈근대의 사회는 가치의 상실과 일정한 질서를 상실한 묵시록적 상황처럼 보인다. 도시문명은 인간을 소외시키고 분열을 낳고, 그 속에 자리한 시적 자아에게 경험되는 세계는 매우 낯선 것이며 혼란스러울 수밖에 없다. 그래서 시인의 눈에 도시는 묵시록적 상황의 집약적 상징처럼 보인다. 도시는 시인에게 "악취 풍기는 폐수와 썩지 않는 쓰레기 더미 위로 / 무성하게 피어난 인공 독버섯이 뒤덮인 땅"(「지금 남은 자들의 골짜기엔」)이나 "치매에 걸린 세상 / 죽음도 붕괴도 잊고 멈추지 못하는 기관차처럼 / 죽음의 속도로", "미친 듯이 달려가"(「어머니의 총기」) 듯이 묵시록적이고 그로테스크하게 지각된다.

> 오랜만의 내 산책길 끝에
> 비단뱀의 살결 같은
> 실개천 한 폭을 펼쳐놓는다.
> 꿈틀거리는 저것이
> 폐유가 빚어낸 무늬일망정
> 곱다.
> 정말 곱다.
> 키 작은 봄풀들을 품고 스르르 기어가는
> 비단뱀 무리, 잠시동안이지만
> 환각은 고마운 것,
> 환각 속이라고 왜 삶이 없겠는가.
>
> … (중략) …

그 순간,
2,500볼트에 실린 高壓의 시간이
창백한 얼굴들을 차창에 매달고
쏜살같이 흘러간다.
내 앞에 가로놓인 어두운 심연을 가로질러

— 「고압의 시간」 중에서

　인용 시의 화자는 벤야민이 제안한 '산책자'의 모습과 유사하다. 이 시에서 도시공간의 탐정이자 관찰자로서의 산책자인 화자는 도시공간이 지닌 현란한 기호와 욕망의 풍경에 도취되면서, 동시에 이로부터 세속적 깨달음을 얻는 반성적 자아로 등장한다. 그는 도시공간의 일상적 풍경에 동화되는 동시에 환각적 동화에서 깨어나 성찰하고, 그 안에서 세속적 깨달음을 얻는 반성적 주체이다. 화자는 폐유가 빚어내는 아름다운 풍경에 도취하고 감탄한다. 하지만 도시의 숨은 비밀을 탐색하는 탐정이자 관찰자로서 산책자의 성격을 지닌 화자는 그 아름다움이 환각이라는 사실을 안다. 이러한 세속적 깨달음의 과정은 마치 "도시 군중에게 매혹당한 집단의 일원인 동시에 그들로부터 거리를 두고 냉정하게 관찰하는 양면적 존재로서의 산책자"[10]를 상기하게 만든다.

　도시의 산책자인 화자는 "폐유가 빚어낸 무늬"의 '오색빛' 아름다움

<hr>

10　발터 벤야민은 대도시 공간에서 집단적 지혜인 경험이 몰락하고 개인적 지각인 체험이 대두하는 현상을 주목하면서, 대도시 공간의 출현으로 새롭게 등장한 개인적 지각체험의 주체로서 산책자(flaneur)를 상정한다. 산책자는 근대가 창조한 환경과 공간, 특히 대도시에서 발생하는 생활방식과 경험구조를 비판적으로 개념화하기 위해 제안된 개념이다. 도시의 거리와 풍경을 근대적 삶의 상징으로 간주한 벤야민은 산업화 시대의 부산물인 대도시의 군중이라는 '현상'과 거리의 다양한 자극을 자신의 것으로 수용하는 산책자의 양가적 '시선'에 주목한다. 산책자는 군중에게 매혹당한 집단의 일원인 동시에 그들로부터 거리를 두고 냉정하게 관찰하는 양면적 존재이다. 반성완 편역, 『보들레르의 몇 가지 모티브에 대하여』, 민음사, 1983, 164쪽 참조. ; 한국문학평론가협회, 『문학비평용어사전』 하, 국학자료원, 2006, 128쪽 참조.

에 감탄한다. 그것은 비단뱀의 무늬처럼 "정말 곱"고 매혹적이다. 이처럼 화자는 문명이 배태한 폐유의 아름다움에 도취된다. 그 아름다움에 유혹당해 그 아름다움을 긍정하고자 한다. 그러나 화자는 그 아름다움이 환각이라는 사실을 안다. 뿐만 아니라 "비단뱀의 살결 같은 / 실개천"의 아름다움이 '폐유'에서 나온 것이라는 사실도 안다. 이러한 각성을 통해 산책자로서의 화자는 환각의 무서운 정체가 죽음, 즉 폐유의 아름다움이란 질주하는 죽음의 다른 얼굴이라는 것을 충격적으로 깨닫는다. 그 깨달음은 도시적 삶과 문명의 얼굴이 쉽게 부정할 수 없는 매혹적인 모습이라는 사실과 그렇기 때문에 더욱 위험하다는 사실을 환기한다.

경험세계에 대한 고진하의 부정적 지각은 현실이 고통이라는 비판적 인식을 동반한다. 이는 곧 도시문명이 인간에게 가하는 고통에 대하여 시적 주체의 저항의지를 표현하는 것으로 해석할 수 있다. 매혹적인 현실의 외피가 이면에 감추고 있는 고통과 환각이 급속하게 확장되는 세계를 피할 수 없다면, 비판적 저항의 의지는 그것을 직시하여 우리의 인식 속에 등기(登記)시켜주어야 할 필요가 있다. 말하자면 문명의 아름다움과 매혹이 사실은 폐유의 순간적인 아름다운 오색무늬, 혹은 "방부제 따위를 가득 채운" 박제된 새의 아름다움에서 오는 환각이라는 사실을 반성적으로 성찰하는 일이다. 이 환각은 "마취의 문명"에 의해 "잘 길들여진 행복"(「껍질만으로도 눈부시다, 후투티」)으로서 반생명적이고 비인간적이라는 점을 일깨우는 일이다.

생각해보면
참으로 감쪽같이 해치웠다. 벌써 하수구에
쏟아버렸을 굳은 핏덩어리처럼
뇌리에 엉켜드는, 共犯인 내 죄의식조차
말끔히 씻어내준

이 놀라운 마취의 文明, 그런데…… 이놈의
파리떼는 무슨 비릿비릿한 냄새라도 맡은 것일까?
한여름 생선가게에 누런 알을 슬기 위해
왕왕거리며 몰켜들던 파리떼처럼
혹 주검의 냄새를?

(문득 나, 불경스레, 미동도 않는 그녀의 가슴에 크으큿, 코를 대본다……)

쫓고 또 쫓아도, 악착같이 몰켜드는 파리떼!

—「파리떼」중에서

인용한 시에서 화자는 자신의 아이를 잉태한 한 여자의 몸에서 생명을 낙태시킨 '共犯'으로 등장한다. 낙태를 한 여자는 마취에 빠져 "고통에 찬 신음도 없이, 죽은 듯, 깊이 잠들어 있"다. 화자인 나는 그런 "그녀의 창백한 얼굴에 주근깨처럼 달라붙는 파리떼를 쫓고 있"는 중이다. 죽음과 부패에 기생해 사는 '파리떼'의 출현은 곧바로 분만실을 죽음의 분위기로 뒤덮어버리고, 오히려 분만실은 생명을 죽이는 죽음의 공간으로 변한다. 임신중절이라는 살인을 저지른 공범으로서 화자의 죄의식이나 고통은 "놀라운 마취의 文明"이 "말끔히 씻어내준"다. 그런데 마취된 죄의식을 되살려 괴롭히는 것은 갑자기 날아든 '파리떼'이다. 생명을 긁어낸 몸에서 주검의 냄새를 맡고 날아드는 '파리떼'의 출현은 화자가 지워버린 죄의식을 자꾸 일깨운다. 그럼으로써 분만실은 죽음을 내장한 끔찍한 풍경으로 변한다.

인용 시에서 시인은 생명이 탄생하는 분만실 안으로 갑자기 날아든 '파리떼'를 통해 일상적 삶의 영역에 내재한 불길한 죽음의 공포를 환기한다. "쫓고 또 쫓아도, 악착같이 몰켜드는 파리떼"는 "마취의 문명" 속에서 환각에 취한 채 안락한 의식에 빠져 있는 상태를 방해한다. 이처럼 고진하는 문명의 외피가 그 이면에 숨기고 있는 불온성과 추악함

을 그로테스크하고 섬뜩하게 들춰내 독자에게 일정한 미적 인식을 매
개한다. 그의 시에서 문명은 죽음의 부정성을 특징적으로 드러내는 상
징이다. 마치 마취가 생명을 죽인 죄의식이나 고통을 말끔히 잊게 하
는 것처럼 문명은 현실세계의 화려한 이면에 숨은 불온한 죽음의 부정
성을 잊게 하는 환각제이다.

고진하의 시에서 '빈들'이나 '빈집', 혹은 '골짜기'의 이미지는 단
지 농촌의 경제적인 궁핍뿐만 아니라 자연의 조화로운 운행 질서가 왜
곡되거나 상실되어버린 상태를 암시한다. 이와 마찬가지로 산업문명
에 대한 그의 시적 태도 역시 신이 부재하는 세계의 공포와 죽음, 분열
과 소외, 결핍과 상실, 불임과 불모의 문명 현실을 경험하고 확인하는
것이며, 이를 통해 현실의 부정성을 반성적으로 성찰하는 행위이다.
이를테면 농촌이나 도시문명에 대한 부정적 지각은 이에 대한 비판적
인식과 저항의지를 매개한다. 이러한 저항의지는 사물에 편재하는 근
원적 신성을 회복하려는 노력으로 이어지는데, 다음 장의 분석에서 확
인할 수 있듯이 그 중심에는 기독교적 상상력이 자리한다.

3. 기독교 영성과 신성의 편재성

고진하의 시는 세계의 불행을 인식하는 데서 예술은 자신의 행복을
갖는다[11]는 표현처럼 불우한 세계의 실상을 예민하게 지각해낸다. 그
렇기 때문에 그의 시적 주체가 보여주는 세계인식은 지극히 부정적이
다. 농촌은 희망 없는 '빈들'과 '검은 골짜기'로 표상되고, 문명의 도
시는 "질척이는 욕망과 소음의 때"(「월식」)로 인해 "황홀한 부패가 /
깊고 고요히 진행되는"(「사천」) 것처럼 부정적으로 표상된다. 요컨대

---

11 T. W. 아도르노, 홍승용 역, 『미학이론』, 문학과지성사, 1994, 363~368쪽 참조.

현실은 "인간의 사슬로부터 날 좀 풀어다오!"(「천둥소리」)라고 울부짖는 신의 절규에서 드러나듯 타락해 있다. 이처럼 세계를 창조하고 주재하는 신이 고통스러워 하는 현실이라면, 그 현실은 심판이 임박한 최악의 사태인 것이다. 이러한 부정적 지각과 비판적 인식은 문명비판의 의미에만 국한되는 것이 아니라 부정적 현실이 고통으로 다가와도 역설적으로 세계의 불행을 극복하려는 희망을 품고 있음을 뜻하기도 한다. 말하자면 고진하의 시적 주체는 고통을 받으면서 동시에 희망을 품는 주체이다. 시적 주체가 갖는 문명의 황폐함에 대한 부정적 지각과 인식은 세계에 대한 절망의 시적 절규이면서 동시에 세계 변혁에의 희망을 포기하지 않는 태도로 볼 수 있다.

현실에 대한 부정과 비판, 그리고 희망에의 성찰이라는 틀은 고진하 시의 주요한 인식론적 틀이다. 이것은 마치 예술은 세계의 모든 어둠과 죄를 자신의 내부에서 떠맡으면서 부정적 경험세계가 변화되었으면 하는 희망을 말없이 말한다[12]는 아도르노의 전언과 유사한 의미의 맥락에서 이해할 수 있다. 이를테면 인간의 폭력과 패악이 적나라하게 드러나는 폐허와 죽음의 상징적 장소인 '골고다'에서 "여전히 신생아들의 울음소리"를 들으며, 그것을 생명 탄생의 '우주배꼽'(「장마」)으로 받아들이는 역설적 인식과 같은 것이다. 그러므로 고진하의 시적 주체는 부정적 현실에 고통을 받으면서도 역설적으로 희망을 갖는 주체이다. 이러한 시인의 부정적 현실에 대한 고발과 반생명적 문명에 대한 비판은 기독교 영성에 토대를 둔 상상력에서 발원한다. 그의 시에서 기독교 영성은 부정적 현실에 대한 비판적 인식과 반성적 성찰을 통해 대안적 항체를 형성하는 토대를 이룬다.

---

12 T. W. 아도르노, 홍승용 역, 앞의 책, 364~368쪽 참조.

아들아, 여기가 네가 견뎌야 할 빈들이란다…….
서서히 사그라드는 숯불을 머리에 인 외딴 마을을 지나며
문득 피할 수 없는 고통의 불덩이 하나가
시뻘건 부적처럼 내 가슴에 옮겨와 붙는다

—「夕陽의 수수밭」 중에서

아니 그런데
당신은 누구십니까.
아무도 들려 하지 않는 빈들
빈들을 가득 채우고 있는 당신은

—「빈들」 중에서

모세가 광야의 시련을 통해 그의 민족에 대한 하나님의 사랑과 구원을 확신하였듯 시인은 '빈들'의 황폐한 불모지에서 오히려 구약의 선지자처럼 '당신'[13]으로 호명된 신의 존재를 발견한다. "아무도 들려하지 않는" 불모의 황폐한 빈들에서 시인은 선지자처럼 역설적으로 생명의 씨앗과 구원의 확신을 본다. 그의 시에 빈번하게 출현하는 '빈들', '빈집', '골짜기' 등과 같은 이미지는 공허한 무의 상태, 즉 신이 부재하는 죽음의 땅을 상징한다. 여기에서 생명과 창조의 힘은 찾아볼 수 없다. 이 '빈들'은 죽음의 상태로 신의 부재와 신성의 상실을 뜻한다. 그런데 시인은 오히려 여기에서 신성의 생명과 구원의 빛을 본다. 이러한 인식은 신의 부재나 단절이 불러온 "죽음은 종말"이 아니라 "오히려 그리스도교적으로 말한다면 죽음 그 자체가 삶으로의 옮아감"[14]이라는 의미로서 죽음은 곧 생명의 이행이라는 역설적인 인식과 흡사

풍경의 감각

---

13 이 점은 릴케가 『기도시집』에서 이웃인 하나님을 '당신'으로 호칭하여 가까우면서도 멀리 계시는 모습을 나타낸 것과 일맥상통한다.
14 S. A, 키에르케고르, 임춘갑 옮김, 『죽음에 이르는 병』, 다산글방, 2007, 32쪽.

하다. 이때 신의 부재가 불러온 종말의식은 부활과 재생의 이미지를
포함하는 것으로 고통스런 현실을 초극할 수 있는 힘이다.

　시인은 희망도 미래도 없는 타락한 현실에서 구원의 빛을 본다. 이
러한 역설적 인식에 의하여 고진하의 시적 주체는 부정적 현실이 고통
으로 다가와도 이 현실을 극복하려는 희망을 버리지 않는다. 이것은
황폐한 '빈들'에서 '당신'을 발견하거나 "아들아 여기가 네가 견뎌야
할 빈들이란다"라는 진술에서처럼 숨은 신의 목소리를 듣고, 그 뜻을
헤아려 읽는 데서 잘 나타나 있다. 즉 희망 없는 현실을 감내하는 시적
주체의 모습은 마치 타락한 세계를 기독교적 영성으로 감수하는 선지
자의 자세처럼 보인다. 부재하는 듯 보이지만 역설적으로 "아무도 들
려 하지 않는 빈들"은 그가 견뎌야 할 광야와 같은 곳이다. 빈들을 "가
득 채우고 있는" 숨은 '당신'의 목소리는 현실을 기독교적 영성으로
감수하는 시인의 의식을 단적으로 드러낸다. 빈들을 가득 채우고 있는
'당신'의 존재는 마치 구약의 선지자들이 보여주는 현실인식으로서 심
판이 임박한 타락한 현실의 묵시록적 상황에서 신의 사랑과 구원을 내
다보는 태도와 유사하다. 말하자면 현실에 대한 고통스런 인식과 예언
자적 상상력은 현실세계를 종말의 현상으로 읽는 기독교적 관점에서
기원한 것이다.

　　　말발굽 같은 유혹과 끈끈한 욕망이 물결치는
　　　홍등가에서 흘러나오는 현란한 불빛,
　　　저 불빛은
　　　헐떡거리는 짐승의 시간, 마취의 시간을 가리킨다
　　　온갖 괴로움의 시간은 끝났다 아직도
　　　혹 전갈에 쏘인 사람들처럼 부질없는 괴로움에
　　　붉은 혀를 깨무는 사람들은
　　　황홀하게 멈춰 선 지상의 마지막 시계탑을, 어둠 속에
　　　더욱 눈부시게 빛나는 저 하얀 소금 기둥들을 바라보라 지금이

바로 구원의 시간이요 짜, 짜릿한
해탈의 시간이다!

쿵, 하는 소리도 없이 무너질 날만 기다리던 바로 그날……

—「소금기둥」 중에서

인용 시는 성서의 소돔성(城) 이야기(「창세기」 19:1~29)를 소재로 하고 있다. 소돔은 성적으로 타락한 추악한 죄악의 도시이다. 화자가 보기에 현실은 "저마다 가슴에 소돔城 한 채씩 품고", "홍등가로 몰려"드는 형국이며, 탐욕스러운 욕망의 유혹에 이끌려 '소금기둥'이 된 형상을 하고 있다. 현실은 "말발굽 같은 유혹과 끈끈한 욕망"으로 들끓는 "짐승의 시간, 마취의 시간"으로 소돔성이 무너지듯 "소리도 없이 무너질" 종말의 '그날'을 향해 치닫고 있다. 화자는 "현란한 불빛"으로 빛나는 타락한 현실을 "짐승의 시간, 마취의 시간"으로 보고 심판이 임박한 세계의 종말에서 선지자처럼 "구원의 시간"을 전망한다. 이와 같이 현실에 대한 고통스러운 인식과 예언자적 감수성은 기독교적 영성에서 비롯한 것으로 볼 수 있다.

고진하의 시적 주체는 황폐한 현실에서 신의 목소리를 듣는 강력한 종교적 주체이다. 현실의 구원이 현실을 고통으로 인식하고 감내하는 데서 출발하는 것처럼, 고진하는 부재하는 듯 보이지만 역설적으로 세상의 도처에 "편재하는 모든 신성의 존재를 발견하고 만나며, 그들과 적극적으로 소통"[15]하려고 한다. 이러한 소통의 자세는 이를테면 어느 평자의 적절한 지적처럼 "사물의 형상이나 속성과 교감하는 태도"[16]

---

15 유성호, 「신이 부재한 시대의 '신성' 발견」, 『유심』, 만해사상실천선양회, 2001년 겨울(7호), 316쪽.
16 이경호, 앞의 글, 96쪽.

이다. 나아가 부정적 현실을 끌어안고 감수하면서 그러한 부정성을 극복하려는 의지의 정신적 자세를 말한다. 그런데 타락한 삶의 양식과 욕망에 대한 부정의 변증법은 "짐승의 시간"을 "구원의 시간"으로 인식하듯이 희망에 대한 성찰을 함유하는 것이다.

> 어제 말갛게 닦아놓은 항아리들을
> 어머니는 오늘도
> 닦고 또 닦으신다
> 지상의 어느 성소인들
> 저보다 깨끗할까
> 맑은 물이 뚝뚝 흐르는 행주를 쥔
> 주름투성이 손을
> 항아리에 얹고
> 세례를 베풀 듯, 어머니는
> 어머니의 성소를 닦고 또 닦으신다
>
> —「어머니의 聖所」 중에서

　자본주의적 삶의 양식과 문명의 욕망이 "죽음의 속도로 / 어디론가 미친 듯이 달려가는"(「어머니의 총기」) 현실에 대한 부정적 지각과 비판적 인식은 고진하 시의 시적 주체로 하여금 "마주치는 물(物)들과 이야기를 나누는 희한한 버릇"(「장군죽비」)을 갖게 한다. 그 "희한한 버릇"은 다름 아닌 희망에 대한 성찰로서 부재하는 듯 보이지만 역설적으로 '빈들'을 가득 채우고 있는 '당신'을 발견하듯 도처에 편재하는 신성을 감득하고 교감하는 것이다. 이렇게 고진하는 사물의 내면에 응얼거리는 신성의 편재성을 발견한다. 그런데 그 신성은 일상과 격절된 천상의 신성도 아니고 역사의 한가운데서 싸우는 참여적 신성도 아니다. 신성은 우리의 일상적 삶과 주변에 존재하는 사소한 것들이다. 그는 신성의 숨결을 평범한 사물과 일상사에서 발견하여 의미화한다. 그것은 "파란 하늘빛을 뺄에 비벼 쉴새 없이 퍼먹는 저 몸짓은 성스럽기까지 하다"(「붉은발농게」)는 진술에서처럼 모든 사물에 편재하는 신성을 감득하는 감각과 상통한다. 이때 "어머니의 聖所"인 장독대는 일상적 삶의 현장으로서 "이미 지상에서 사라진 / 聖所를 세우고 싶은 곳"(「즈므마을」)이 된다. 우리의 삶의 현장에서 신성이 사라진 것은 "질척거리는 物慾의 어둠"(「장님굴새우」) 때문인데 시인은 잃어버린 신성을 매우 사소한 어머니의 "주름투성이 손"놀림과 같은 평범한 일상과 사소한 것에서 찾는 것이다.

　「어머니의 聖所」에서처럼 세계의 도처에 편재하는 신성을 지향하고 발견하며 일상의 성소화(聖所化)를 추구하는 고진하의 시 정신은 그로 하여금 신의 존재를 계속하여 의식하도록 만든다. 그렇기 때문인지 그의 초기 시에는 기독교에서 말하는 신의 존재가 지속적으로 등장한다. 그의 시에는 '빈들'이나 '골짜기', '골고다'와 같은 성서적 이미지[17]가 자주 등장하는데 그곳은 죽음과 상실, 시련과 고난의 장소이기도 하지만 역설적으로 부활과 재생의 장소이기도 하다. 신성의 편재성으로 말미암아 그곳은 성소이며 세상의 만물이 신전이라는 의미가 된다.[18] 성소란 거룩하고 성스러운 장소로서의 의미를 지니지만 고진하의 시에서는 신의 편재성으로 말미암아 일상에서 마주치는 사물과 삶

17　그러나 그렇다 하여 그의 시를 종교시니 기독교시니 규정짓는 것은 바람직하지 않아 보인다. 만약 그렇게 규정해 버리면 그의 시가 내장하고 있는 의미나 가치를 종교적으로 한정해버리지 않을까 염려스럽기 때문이다. 그보다는 그의 세계관과 시 정신에서 신의 존재가 중요한 영향력을 행사하고 있다는 말이 타당하지 않을까 생각된다.

18　가령 성서에서 모세는 호렙산 가시떨기나무 불타던 곳에서 하나님을 만난다. 이 사건에서 불에 타지 않고 불꽃을 피워 올리던 가시떨기나무가 우거져 있던 장소는 단순히 하나님이 자신을 드러낸 배경으로서의 의미만을 지니는 것이 아니다. 또한 강가에서 돌베개를 하고 있던 야곱이 "여기에 하나님이 계신 줄 몰랐구나!" 했는데, 그 보잘것없는 돌멩이는 곧 하나님을 드러낸 '성스러운 매개'이다. 성서에 이러한 예는 수도 없이 많은데, 이것은 도처에 신성이 존재한다는 사실을 상징적으로 드러내준다.

의 공간이 곧 신성이 발현하는 성소이다.

> 에라! 이놈도
> 우리 하느님 지으신 생명인데
> 우리집 큰일 도맡아 하는 한식군데
>
> … (중략) …
>
> 사람들이 우습게 여기는 짐승의 생명조차
> 돌보시는 하느님의 은혜!
> 그 후론 풀 한 포기 벌레 한 마리도
> 하느님이 돌보심을 믿게 되었지요
>
> —「부활하는 소」 중에서

> 활처럼 굽은 등에
> 새파랗게 자란 못짐을 지고
> 좁은 논두렁을 아슬아슬하게 걸어가시는
> 당신
>
> —「농부 하느님―내 아버지는 농부이시다(요한복음 15:1)」 중에서

　절망적인 공간 '빈들' 에도 '당신' 이 존재하듯이 병든 소가 누워 있는 외양간에도 하느님이 있고, "풀 한 포기 벌레 한 마리"에도 하느님은 존재한다. 또한 "좁은 논두렁을 아슬아슬하게 걸어가시는 / 당신"인 늙은 농부에게도 하느님의 신성이 존재한다. 화자는 농부에게서 하느님을 보고, 하느님에게서 농부의 모습을 보는 것이다. 부제인 "내 아버지는 농부이시다"라는 요한복음 15장 1절에 등장하는 구절의 인유(引喩)가 의미하듯 화자는 농부와 하느님이 별개의 존재가 아니라 이형동체임을 드러낸다. 그럼으로써 세상 만물의 도처에 신성이 편재한다는 사실을 암시한다.

　고진하의 시에서 신성의 편재성은 만유재신론적 사유로까지 확대되

어 있다. 신성은 사마귀가 "기도하듯 하늘을 향해 / 다소곳이 앞발을 모아 곧추세우고 있는"(「사마귀」) 들판에도 있고, 아내와 적, 오징어, 다람쥐, 도둑괭이 같은 동물들과 잡초와 같은 생물과 똥장군(「챙 넓은 모자」)에도 깃들어 있다. 말하자면 걸어 다니는 짐승들과 꽃피고 지는 식물들, 더 나아가서는 아주 보잘것없는 미물들 속에도 하나님의 숨결이 깃들어 있다는 생각이다. 이처럼 고진하의 시에서 신성은 만물에 편재한다.[19] 그렇기 때문에 세상 만물이 곧 신전이며 성소이다. 이러한 신성의 편재성은 만물이 하나의 생명체로서 상호 유기적으로 연결되어 있다는 인식을 암시한다. 고진하의 시에 등장하는 자연 생명의 세목들은 참으로 다양한데, 이러한 세목들은 신성을 드러내는 일종의 성스러운 매개물인 동시에 생명세계의 유기적 전체성을 연결하는 거룩한 매개물이라 할 수 있다.

고진하는 만물에 내재한 신성의 발견을 통해 훼손된 생명의 근원적 법칙이 회복되기를 꿈꾼다. 빈들과 빈집, 폐가와 텅 빈 구유, 텅 빈 마당과 검은 골짜기로 표상된 농촌과 종말이 임박한 묵시록적 상황의 도시문명에서 고진하는 아직도 그 속에 남아 있는 "청정한 우주생명"(「낙타무릎의 사랑 1」)의 신성을 발견한다. 그것은 "죽음을 받아들이는 힘으로", "신생의 꿈"(「흰줄표범나비, 죽음을 받아들이는 힘으로」)을 꾸며, "늙은 어미의 자궁이 부욱, 찢어"지는 죽음의 고통에서 생명이 퍼져나가는 "사랑의 빅뱅"(「봉숭아 씨앗」)을 감득하는 것이기도 하다.

고진하는 황폐한 현실에서 자신이 받들어야 할 생명이 남아 있음을 인식하고, 그 생명을 통하여 자신이 고통스러운 현실을 견딜 수 있는 근거를 마련한다. 현실의 부정성을 반성적으로 성찰하는 행위로부터

---

19 이와 같은 고진하의 사유는 그의 「소통과 성숙의 교회 문화를 위해」(「기독교사상」 제48권 제4호, 대한기독교서회, 2004. 4)를 참고하면 유용하다.

출발한 고진하의 시는 본래적인 삶을 회복하려는 노력으로 이어지는 것이다. 이때 본래적인 삶이란 세상의 만물에 신성이 깃들어 있다는 생명에 대한 사랑과 존중의 세계관에 바탕을 둔 삶이다. 시인은 기독교적 관점을 통해서 부정적 현실을 바라보면서 현실비판의 거점을 삼는 동시에 타락한 현실을 극복할 수 있는 대안적 항체를 형성하는 것이다.

4. 종교다원주의와 유기체적 세계관

고진하의 시에서 황폐한 농촌 현실이나 타락한 문명세계에 대한 비판과 성찰은 기독교 영성에 기초한 것이다. 문명의 현실을 바라보는 시인의 비판적 시각은 예언자적 감수성과 기독교적 소명의식의 작동에 의해서 비롯한다. 왜냐하면 타락한 현실을 종말론적 세계로 인식하는 태도나, 이와 동시에 신이 부재하는 궁핍한 현실에서 예언자적 자세로 신성의 편재성을 확인할 수 있었던 태도는 바로 시인의 의식이 기독교 정신에서 발원하고 있기 때문이다.

기독교 영성에 의해 견인되는 고진하의 상상력은 특정한 관념으로 세계를 표상하려는 일종의 근대적 주체의 의식과 유사하다. 근대적 사유체계의 기획이 주체를 이성중심으로 설정하는 관점이나 이성의 자리에 기독교적 신을 중심으로 내세우는 설정방식은 세계를 특정한 관점으로 표상한다는 차원에서 동일하기 때문이다. 고진하의 시는 이렇듯 신의 뜻으로 기획된 신앙 주체의 강력한 의지에 의해 작동한다. 그러나 기독교 신앙 주체의 의지에 의해 추동되던 고진하의 상상력은 세번째 시집 『프란체스코의 새들』을 기점으로 견성(見性)[20] 혹은 관상(觀

---

20 이에 대해서는 시집 『프란체스코의 새들』에 실린 이경호의 해설 「'견성(見性)'의 시학」을 참조하기 바람.

想)의 세계로 침잠하면서 사물세계 전체를 자신의 내면으로 수렴하려
는 태도를 보이며 변화하기 시작한다.

> 나의 내면 아닌 만물은 없구나.
> 햇살에 그을릴까봐
> 챙 넓은 모자를 좋아하는
> 아내와 적(敵)들,
> 바리사이와 부처,
> 별들의 장엄에 눈뜨게 해준
> 어린 왕자와
> 똥장군,
>
> … (중략) …
>
> 외계인,
> 잡초……오,
> 나의 내면 아닌 존재는 없구나
>
> —「챙 넓은 모자」 중에서

　　인용 시에서 시인은 장황하다싶을 정도로 길게 열거하는 수사를 통
해 모든 사물과 존재를 자신의 내면으로 수렴하는 태도가 잘 드러나
있다. 즉 화자는 열거된 모든 물상과 존재를 "나의 내면"으로 받아들여
동일화한다. 이러한 태도의 변화는 세계를 기독교적 관점의 중심에서
재편하거나 사물을 기독교적 신앙으로 형성된 주체의 관념 표상의 대
상으로 삼는 것이 아니라 사물을 있는 그대로 상호 수평적으로 인정하
려는 시각의 출현을 예고하는 것이다. 이러한 예고는 결국 기독교 신
앙의 중심에서 "그 동안 나는 하늘의 말을 담아내는 / 맑은 영소(靈所)
가 되기를 바랐"(「범종소리」)던 의식을 물리치고, "그렇다, / 당신이 날
사랑한다는 것은 / 나를 풀어 놓아 준다는 뜻이다 애시당초 / 내 안에

없는 족쇄를 풀어주기 위해 / 당신은 죽었다."(「예수」)고 자신의 중심이었던 '예수' 의 죽음을 선언하기에 이른다. 이와 같은 의식의 변화는 기독교 신앙과 주체 중심의 사유에서 종교적 영성을 사물세계 전체로 개방하는 종교다원주의적 세계관으로의 변화를 뜻한다.

기독교 중심의 신앙과 의식에 귀속되었던 세계관과 시 의식의 변화는 "내 앞에 있는 물상이나 소리를 그 있음 자체로 보거나 듣기"[21] 위해서 자신의 내면을 자유롭게 개방하는 것을 뜻한다. 이것은 주체의 관점에 따라 세계를 수직적 위계질서로 파악하는 태도가 아니라 상호수평적이며 의존적 관계의 유기적 전체성으로 인식하는 행위이다. 이러한 변화의 조짐은 예컨대 앞 장에서 살펴본 일상의 성소화에 이미 마련되어 있었던 것이다. 일상의 성소화 역시 내면의 개방을 통하지 않고서는 이루어질 수 없는 결과로 볼 수 있기 때문이다. 일상의 모든 영역을 성소화하고 모든 사물에서 신성의 편재성을 발견하는 성스러움의 개방과 '만유재신론'[22]적인 입장은 기독교적 관념에 사로잡혀 있던 의식의 해방을 의미한다. 이러한 세계인식의 확장된 변화는 다음과 같은 시에서 선명하게 나타난다.

대보름달만한 징을 들고 나타난 보살 할머니의
징소리를 따라
달을 향해 꾸벅꾸벅
절을 하고 있었다

---

21 고진하, 『나무신부님과 누에성자』, 세계사, 2001, 46쪽.

22 종교 간 소통의 문화를 강조하는 「소통疏通과 성숙의 교회 문화를 위하여 」(『기독교 사상』, 대한기독교서회, 2004. 4.)에서 고진하는 그 대안으로 메튜 폭스의 만유재신론을 제시한다. 그러면서 만유재신론의 개념을 하나님은 모든 것 안에 있고, 모든 것은 하나님 안에 있다는 신성의 편재성으로 설명한다.

새우처럼,
혹은 태아처럼
온몸을 웅크려 절을 하는 아낙들이
출렁이는 은파 속으로
몇번씩 가라앉았다 떠오르곤 했다

더 이상

낮아질래야 낮아질 수 없는
인간들의 下心…

—「아름다운 下心」 중에서

늦가을
예배당 빈 터에 나무를 심는 늙은 양씨는
누런 앞니만 두어 개 남아 있고
건들거리는 실업자다

… (중략) …

나무를 하느님처럼 사랑하니.
양씨가 죽으면
품 큰 목신(木神)이 기꺼이 품어줄 게다

—「木神」 중에서

초기 시에서 고통스럽고 궁핍한 현실을 표상하기 위해 등장하던 인물이나 그들의 삶은 인용 시에서는 아름답고 자족적이며 성스러운 대상으로 변화되어 나타나고 있다. 화자는 "낮아질래야 낮아질 수 없는" '아낙들'이나 "누런 앞니만 두어 개 남아 있"는 "건들거리는 실업자" '양씨'와 같은 인물과 그들의 삶에서 성스러움을 발견하는 것이다. 특히 "보살 할머니의 / 징소리를 따라 / 달을 향해 꾸벅꾸벅 절을 하"는 '아낙들'의 모습에서 감지되는 민간신앙, "양씨가 죽으면 / 품 큰 목신

(木神)이 기꺼이 품어줄" 것이라는 범신론적 믿음, 그리고 기독교에서 공식적으로 사용하는 '하나님'이라는 용어를 구태여 '하느님'이라 쓴 것에서 짐작할 수 있듯이 기독교에 국한되었던 영성이 통(通)종교적 영성으로 확대 개방되고 있음을 볼 수 있다.

일상의 인물이나 삶의 주변에서 신성의 편재성을 발견하고 일상의 영역을 성소로 인식하는 태도는 자연스럽게 종교다원주의와 연결된다. 즉 기독교 의식에 제한되었던 영성은 통종교적 영성으로 개방되면서 사물세계를 바라보는 견성의 지평은 넓어지고 구원의 가능성이 확산된다. 이러한 양상은 법정 스님과 김수환 추기경의 만남에서 "저마다 가는 길이 다른" 종교 간의 "벽이 허물어지는 아름다운 어울림을 보"(「연꽃과 십자가」)는 것, 성당의 '목조예수상'에서 "오른쪽 다리 들어 왼쪽 무릎에 올려놓"은 '미륵반가사유상'을 연상하고는 목조예수상을 "한 몸뚱이에 붓다와 예수가 동거"(「합장」)하는 상(像)으로 인식하는 것 등은 종교다원주의자로서의 의식세계와 면모를 명징하게 담아내는 사례이다.

> 중세의 늦가을이 다시 돌아왔던가, 마른 하늘에 천둥 번개 치듯, 때 아닌 파문이 있었다, 그 잘난 종교 간의 담벼락을, 이젠 훌쩍 뛰어넘을 때가 되지 않았느냐, 아니 그 두터운 담벼락에 바늘귀 같은 구멍이라도 뚫어야 하지 않느냐, 고 한 老교수의 파문이 있었다. … (중략) … 그래, 늙으면 어린아이가 된다고 했지, 까만 등짝이 유난히 번쩍거리는 조그만 물방개 한 마리가 고요한 연못을 헤엄칠 때 무수한 겹동그라미 생겨나며 한 없이 번져가는 물살의 파문처럼, 파문당한 老교수의 호호거리는 웃음의 정겨운 물살…… 꼭 어디선가 본 듯한…… 아, 그래…… 저 인도의 어떤 화가가 그린, 강하고 습한 몬순풍에 떨며 펄럭이는 연꽃잎 위에 부처처럼 가부좌 틀고 앉아 잔잔하게 미소 짓던 예수의 천진한 웃음……그 희끗희끗한 웃음소리 속에 파문의 슬픔마저 다 녹인, 老교수의 크고 흰 손에, 늦가을 불타는 단풍 한 그루 안겨 드리고 돌아왔다.
>
> ―「예수 曼茶羅」 중에서

인용한 시는 '모든 종교에 구원이 있다.'는 주장으로 교계에서 파문당한 변선환 교수의 이야기를 소재로 다루고 있다. '예수'는 기독교의 상징이고 '만다라'는 불교의 상징이다. 시인은 두 종교가 지닌 상징적 의미의 낱말을 합성해 사용함으로써 "중세의 늦가을"로 은유된 이 시대의 "종교 간의 담벼락을, 이젠 훌쩍 뛰어넘"어 상호 배척과 단절을 극복하여 서로 소통하려는 의지를 표백한다. 이러한 시인의 의도는 "연꽃잎 위에 부처"와 "예수의 천진한 웃음"을 동일화하는 데에서도 드러난다. 종교적으로 파문(破門)은 성직자에게는 사형선고를 의미한다. 그런데 시인은 그것을 "겹동그라미 생겨나며 한 없이 번져가는 물살의 파문처럼, 파문당한 老교수의 호호거리는 웃음의 정겨운 물살", 즉 '파문(破門)을 파문(波紋)'이라는 동음이의어로 표현한다. 그럼으로써 파문(破門)이 연상하는 분열과 직선의 이미지를 화해의 의미인 둥근 파문(波紋)으로 형상함으로써 종교 간의 소통과 화해라는 시적 의미를 효과적으로 구현한다. 아울러 "까만 등짝"과 "흰 손"의 색채 대비, "파문의 슬픔"과 "천진한 웃음"의 희비(喜悲) 대비와 반어적 통합은 이와 같은 의미 실현을 적절히 보조한다. "종교 간의 담벼락을", "훌쩍 뛰어넘"으려는 의지, "아니 그 두터운 담벼락에 바늘귀 같은 구멍이라도 뚫어" 경계의 벽을 허물려고 시도하는 시 정신은 종교적 영성의 개방에서 비롯한 종교다원주의자의 것이라 할 수 있다.[23]

　　수녀님들도 지금
　　성당

---

23 따라서 고진하의 상상력과 시는 기독교라는 특정한 종교에서 발원하고 있지만 모든 종교의 속성을 아우르려는 이른바 통(通)종교적 성격을 강하게 띠고 있으며, 모든 생명체에서 신성의 흔적을 발견하려는 일종의 범신론적 충동으로 나아가고 있다는 유성호의 평가는 마땅한 지적이다. 유성호, 앞의 글, 316쪽.

딱딱한 마룻바닥에 엎드려

한 끼 영혼의 식사를 위해

하늘에

구멍을 뚫고 계신다.

헛참!

벌레 한 마리 잡기 위해

천지가 진동을 하는데,

밥상을 차리기는 차릴 수 있을까.

없는 하늘에 구멍을 뚫느라

고생스럽기는

수녀님들도

딱따구리 신세와 다를 바 없구나!

　　　—「수도원의 딱따구리—하늘이 하늘을 먹다〔以天食天〕—海月」 중에서

　인용한 시 역시 종교마다 구원의 길은 달라도 그 본질은 같다는 의식이 잘 드러나 있다. 성당의 수녀님을 소재로 한 인용 시의 화자는 이천식천(以天食天)[24]이라는 동학의 해월 최시형이 남긴 법문을 연상하며 "한 끼 식사를 위해" 딱따구리가 "죽은 나뭇가지에 구멍을 뚫"는 행위나 수녀님들이 "성당 / 딱딱한 마룻바닥에 엎드려" 기도하는 행위가 서로 다른 것이 아님을 노래한다. 동학에서 말하는 이천식천의 교리를 떠올리며 수도원의 수녀님들의 삶과 나무을 쪼는 자연의 딱따구리를 동일화하는 이 같은 시적 발상은 곧 종교다원주의적 의식에서 나온 것이라 할 수 있다.

---

24 이천식천은 하늘을 가지고 하늘을 먹는다는 뜻으로 해석할 수 있다. 이는 천도교에서 우주 전체를 한울로 보아 사람이 동식물을 음식물로 섭취하는 것을 이르는 말이다. 즉 모든 사물에 한울님이 깃들어 있으니 인간이 음식물을 섭취하는 것은 한울인 우리가 한울인 음식물을 섭취하는 것이나 다름없다는 것이다. 이를테면 한울이 한울을 먹는다는 이야기로 우주 전체가 한울님이 되는 셈이며, 한울이 한울 자체를 키우기 위한 자율적 운동이라는 뜻이다.

자본주의 문명의 현실에 대한 비판을 가능하게 한 기독교 영성에서 종교다원주의자로서의 인식론적 변화는 민간신앙을 비롯한 불교에 이르기까지 다양한 동양적 사유에 근접하는 데에서도 도드라지게 나타난다. 이와 같은 예는 가령 봄날 "돌을볕에 기대어 뾰족뾰족 연둣빛 잎들을 토해 내는" 라일락에서 "천 개의 눈과 천 개의 손을 가졌다는 / 천수관음보살"(「라일락」)을 연상하며 중생의 고통을 자비로 구제하는 보살의 공덕을 노래하는 것, 신선사상에 기초한 듯 "어떤 형상과 문법과 경계도 고집하지 않는 / 구름 속을 드나들"(「구름과 놀다」)며 어디에도 구속되지 않고 자유로운 삶을 향한 의지의 표백 등은 그 대표적인 사례들 가운데 일부이다. 이와 같이 경계의 "벽이 허물어지는 아름다운 어울림"(「연꽃과 십자가」)을 지향하는 유연하고 포용력 깊은 고진하의 통종교적 상상력은 살아 있는 유기체적 세계관의 우주적 생명의식을 함유하는 것이다.

푸른 솔과 내 숨결이, 때로 솔 아래
묻힌 이와 내가
바람의 정다운 끈으로
하나로 이어져 있음을 느낄 때

나는 그이들이 내뿜는
숨결보다 훨씬 더
큰 숨결에 닿아 있는 것은 아닐까

— 「진흙 붕대」 중에서

골고다
(우주배꼽?)
거기,
여전히 신생아들의 울음소리도

들린다지?

—「장마」 중에서

　범박하게 말하자면 종교다원주의의 관점에서 구원과 해방은 모든 종교가 동등한 효력과 타당한 가치를 지니는 것이다. 저마다의 존재가치를 지닌 모든 종교가 서로 공존한다는 인식은 사물들 사이에는 차별적 경계나 분리가 없다는 불가적 세계관과 모든 사물들은 상호 유기적 관계의 그물망으로 연결되어 있다는 생태학적 상상력[25]과 맥락을 같이 한다. 이 점에서 고진하의 시는 자연을 소재로 하여 생태학적 상상력을 보여주는 대개의 시들이 지향하는 미적 세계와 흡사하다. 그러나 고진하의 시에서 생태학적 상상력은 기독교 정신에서 비롯하여 통종교적 영성의 세계로 확장해나간다는 점이 여타의 시인들과는 다른 점이다.

　인용 시 「진흙 붕대」는 세계를 분리된 사물들의 집적으로 보지 않고 "근본적으로 상호 연결되어 있고 상호의존적인 현상들의 연결망(network)"[26]이라는 생태학적 세계인식과 불교적인 불일이불이(不一而不二)의 세계관을 선명하게 드러내고 있다. 화자는 "푸른 솔과 내 숨결", 그리고 "솔 아래 / 묻힌 이"와 '나'는 "바람의 정다운 끈으로 / 하나로 이어져 있음"을 노래한다. 그럼으로써 자연 생명의 법칙이 하나의 그물망으로 서로 연결되어 있음을 드러낸다. 그 그물망 안에서는 삶과 죽음도 하나로 연결되어 있다. 이 모든 사물을 이어주는 매개체는 '바람'인데, 이 '바람'은 같은 의미 계열체로서 '숨결'과 연결되면서 모든 사물들이 우주적인 하나의 "큰 숨결" 안에 연결되어 공존한다는 사실을 적

25　고진하 시의 생태주의적 특성과 관련한 내용은 장영희의 논문에서 비교적 상세하게 다루어졌다. 장영희, 「한국 현대 생태시의 영성 연구」, 부산대학교 박사학위논문, 2008 참조 바람.
26　F. 카프라, 김용정·김동광 역, 『생명의 그물』, 범양사, 1998, 32쪽.

절히 환기한다. 이처럼 고진하의 시에서 자연의 사물세계는 상호 수평적이며 의존적 관계의 유기적 전체성으로 연결되어 있다.

　고진하의 시에서 절망은 희망, 죽음은 생명으로 전환하는 역설적 인식은 우주적 순환의 세계관과 밀접하게 관련되어 있다. 죽음이 생명의 끝이 아니라 새로운 생명의 시작이라는 인식은 불이(不二)의 유기체적인 우주적 생명의식을 그대로 표백하는 것이다. 이것은 「장마」에서 나타나듯이 폭력과 죽음의 상징인 '골고다'에서 생명의 시원을 감득하는 태도에서도 확인할 수 있다. '골고다'는 죽음의 공간이면서 생명 탄생의 공간이다. 이러한 시적 발상은 흙과 함께 살다가 돌아가신 할머니를 "우주배꼽으로 / 돌아가"셨으며 '무덤이 곧 우주배꼽'(「영혼의 흔적」)이라는 인식이나, 까맣게 타버린 숯을 "미래의 불꽃만 간직한 채 숯으로 변한 / 순교자"(「숯의 미사」)로 비유하는 것, 그리고 "제 몸보다 몇 배나 되는" 호랑나비의 날개를 물고 "기우뚱 기우뚱"(「호랑나비돛배」) 기어가는 개미의 모습에서 오히려 호랑나비 날개가 돛배가 되어 개미를 태우고 가는 것으로 인식하는 것은 불이의 유기체적 생명의식을 잘 나타내준다.

　근대 서구의 기계론적 세계관을 극복하고자 하는 전환적 사유의 하나가 바로 유기체적 세계관을 토대로 하는 생태학적 사유이다. 이 생태학적 사유의 근저에는 종교적 상상력이 흐른다. 그것은 생태주의적 사유나 종교적 상상력이 "인간과 우주의 근원에 대한 궁극적 관심으로부터 출발"[27]한다는 상호 친연성의 관계에 있기 때문이다. 또한 이 둘은 근대의 전개과정에서 배제되고 소외된 이성의 타자들이라는 공통성을 지니고 있다. 이러한 맥락에서 고진하의 시는 종교적 영성의 세

27　유성호, 「현대문학과 종교적 상상력」, 『문학과 종교』 15권 2호(통권39호), 한국문학과종교학회, 2002. 130쪽.

계를 새롭게 확장해 나감으로써 물신이 지배하는 자본주의의 타락한 욕망에서 비롯한 생명의 위기의 현실을 진단하고, 이를 반성적으로 성찰하며, 이에 대한 대안을 일정하게 제시해 준다는 점에서 중요하게 평가할 만하다.

5. 부정의 변증법

고진하의 시는 인간중심적인 도구적 이성과 과학기술의 기계론적 세계관을 비판적으로 성찰하면서 근대 극복으로서의 대안명제를 이성의 타자인 종교적 세계관을 통해 모색한다. 이러한 반성적 성찰은 이성중심의 사유체계와 근대문명의 억압적 질서에 대한 비판적 인식을 통해 대안을 모색하는 부정의 변증법으로 이해할 수 있다. 이는 궁극적으로 이성중심의 근대적 세계관이 파생시킨 문명 현실의 모순과 부조리, 억압과 결핍, 소외와 분열을 극복하고 새로운 세계의 피안에 도달하고자 하는 시적 고투로 이해할 수 있다. 이것은 부정적 경험세계로부터 희망의 세계로 나가려는 탈주의 상상력으로서 근대적 질서와 문명, 물신의 타락한 욕망과 풍속, 생명의 위기에 대한 반성적 자각이며 저항으로서의 의미를 지니는 것이다. 그러므로 그의 시 정신의 핵심을 관통하는 종교적 영성은 근대사회에 대한 비판적 대안명제로서의 성격을 갖는다.

고진하는 시대의 지배적 경향인 물질적 진보와 풍요를 경멸한다. 말하자면 시대가 즐기고 있는 물신 욕망의 모조신화 앞에서 전율한다. 그는 산업문명의 신화를 추악함과 섬뜩함, 그로테스크와 과장, 낯설게 하기와 충격주기 등의 표현 기법을 통해 현실의 피폐성에 대한 비판적 인식을 강도 높게 전경화한다. 그는 산업문명의 신화에 대한 비판적 인식을 통해 궁극적으로 생명이 회복된 세계를 부정의 변증법을 통해 추구하는 것이다. 즉 대상을 부정적으로 지각하고 그 결과를 자신의 내부에서 성찰함으로써 도달 가능한 비판적 인식의 차원은 자아는 물론이거니와 경험세계에 대한 반성적 성찰로서의 의미를 갖는다. 하지만 이 같은 반성 행위는 경험세계의 부정성을 탈피하여 세계 변혁의 희망을 표현하는 것이며, 신성이 부재하는 부정적 현실에 대한 안티테제로서의 대안명제를 종교적 영성을 통해 탐색하는 것으로 볼 수 있다.

고진하의 시에서 농촌은 신이 부재하는 불모와 불임, 상실과 소외의 공간으로 표상된다. 시인에게 지각된 농촌은 신성한 생명의 가치가 훼손된 채 방치된 불임의 공간이며, 신이 부재하는 궁핍한 공간이다. 현실의 황폐성은 비단 농촌뿐만 아니라 도시도 마찬가지로 표상된다. 그에게 문명의 도시는 외피의 화려함과 풍요로움에도 불구하고 종말이 임박한 묵시록적 상황의 공간으로 인식된다. 이러한 현실에 대한 부정적 지각과 비판적인 인식은 비단 문명비판의 의미에만 국한되지 않는다. 고진하의 시적 주체는 부정적 현실을 고통으로 지각하면서도 역설적으로 세계의 고통과 불행을 극복하려는 희망을 포함하는 자아이다. 그는 황폐한 현실에서 역설적으로 도처에 편재하는 신성 발견한다.

환언하면 고진하의 시적 주체는 부정적 현실에 고통을 받으면서도 구약의 선지자처럼 역설적으로 희망을 갖는 자아이다. 부정적 현실에 대한 고발과 반생명적 문명에 대한 비판적 인식은 기독교 영성에 토대를 둔 것이며, 그의 초기 시는 이로부터 비판적 인식과 대안적 항체를 제공받는다. 그런데 기독교적 신의 뜻으로 기획된 신앙 주체의 의지에 의해 작동되던 시적 상상력과 사유는 이후 사물세계 전체를 자신의 내면으로 수렴하려는 태도를 보이면서 변화한다. 이러한 태도는 종교적 영성을 사물세계 전체로 확장 개방하고 경계를 초월하는 종교다원주의적 세계관으로 나타난다. 문명 현실에 대한 비판을 가능하게 한 기독교 영성에서 종교다원주의자로서의 인식론적 변화는 곧 부정의 변증법적 과정과 다를 바 없다. 즉 그의 시가 보여주는 부정의 변증법적 과정은 궁극적으로 우주적 신성과 생명이 회복된 세계로의 지향을 지시하는 것이다.

고진하의 시는 인간중심의 산업문명이 불러올 수 있는 파국에 대한 시적 인식을 보여준다. 그의 시는 산업문명이 야기한 불행과 파국을 고통스럽게 지각하면서 그 부정성을 비판적으로 인식한다. 이러한 시인의 반응 형식은 현실에 대한 반성, 더 나아가 미래에 대한 성찰의 기회를 제공하는 것이다. 그의 시는 인간이 자연의 생명에 대해 저지른 죄의 패악한 흔적을 고통스럽게 내보인다. 그럼으로써 그는 궁극적으로 인간이 저지른 잘못의 구체적인 산물인 경험세계가 변화되었으면 하는 희망을 드러낸다. 이와 같은 맥락에서 고진하의 시는 자연 생명에 깃든 신성 파괴를 가속화하고, 또한 물신의 욕망과 신화가 지배하는 현실세계에서 시의 존재 근거와 의미를 새롭게 해석할 수 있는 가능성을 시사해 준다.

비극적 실존의 시간 현상학
― 기형도론

1. 문학의 시간 현상학

문학의 시간은 주관적 시간으로 인간의 경험구조 속에 포함되어 있는 시간에 대한 의식이다. 문학의 시간은 "사적이고 주관적이며 심리적 차원의 것이다."[1] 이러한 맥락에서 문학은 인간의 시간 경험을 근본적으로 전제한다. 태어나서 삶을 살고 죽음에 이르는 과정에서 겪는 인간의 경험과 의식은 문학을 통해서 표현되기 때문이다. 시간에 대한 의식은 공간에 대한 의식처럼 인간의 의식을 형성하는 요소로 작용한다. "우리가 어떤 존재인지 오직 확실한 점은 우리가 시간 속에서 존재하고 시간을 통하여 존재한다는 것뿐이다."[2] 그러므로 인간의 경험과 의식의 반영이라 할 수 있는 문학작품에서 시간은 세계와 존재에 대한 인식의 내적 질서를 긴밀하게 형성하는 요소

---

1 소광휘, 『시간의 철학적 성찰』, 문예출판사, 2001, 443~548쪽 참조.
2 한스 마이어호프, 김준오 역, 『文學과 時間現象學』, 심상사, 1979, 62쪽.

로 기능한다.

우리는 일반적으로 시간을 과거, 현재, 미래로 구분하여 말한다. 이러한 물리적 시간은 선조적 질서에 따라 계기적으로 흐르기 때문에 가역성을 갖지 못한다. 그러나 문학작품에서 시간의 계기적 "선조성은 파괴될 여지가 다분한 관념"3)이다. 문학의 시간에서 시인은 현재 자기의식을 기점으로 과거와 미래의 간극을 주관적으로 재정립할 수 있으며, 이때 시간은 가역화된다. 따라서 문학의 시간은 자연의 물리적 시간이라기보다는 '주관적 경험의 인간적 시간' 4)이다. 시간의 가역성으로 말미암아 시인의 의식 속에서 과거, 현재, 미래라는 시간은 새로이 조합되고 재구될 수 있다. 말하자면 자아의 의식이 과거와 미래를 넘나들며 현재화하는 등 시간이 혼재할 수 있으며, 또한 직선적 시간의 흐름이 정지된 채 영원성의 '초월적 시간' 으로 진입할 수 있다.

시간은 앞서 말했던 것처럼 불가역성의 물리적인 시간과 문학적 주체가 개별적으로 경험하는 가역성의 주관적 시간으로 구분할 수 있다. 시간은 과거, 현재, 미래라는 구체적 양상으로 인식된다. 그런데 주관적 시간은 이를 통합적으로 보거나 계기적 질서를 무화하는 태도를 보인다. 시간은 시간을 인식하고 시간을 반성적으로 대하려는 자아에 의해 존재의 의미를 부여받게 된다. 그런데 이때 시간에 대해 지니고 있는 인식의 태도가 시간성을 생성하게 된다. 따라서 시간성은 시간의 성격, 의미 등을 뜻할 수 있다. 그러므로 시에서 시간성이란 과거, 현재, 미래의 시간이 시로 형상화될 때의 특징적 성격과 의미를 일컫는다. 이러한 시간성은 그것을 대하는 시인의 태도와 결부되어 시인이

---

3 미셸 뻬까르, 조종권 역, 『문학 속의 시간』, 부산대 출판부, 1998, 17쪽.
4 한스 마이어호프, 김준오 역, 앞의 책.
　조르주 뿔레, 김기봉 외 역, 『인간의 시간』, 서강대 출판부, 1998.

시간을 어떠한 방식으로 인식하고 대하는가에 따라 그 성격과 의미는 달라지며, 이때 시간의식이 나타난다. 환언하면 시간의식이란 시간성에 대한 의식, 또는 시간성을 대하는 인식의 양상이라고 할 수 있다. 이를테면 시에 있어서 시간의식이란 시간과 시간성을 대하는 시인의 주관적인 방식과 태도, 인식과 판단으로 결정된 시간관을 말하는 것으로 이해할 수 있다.

시간의식이 시인의 세계에 대한 주관적인 인식태도나 방식과 결부된 문제이므로 그것은 시인이 추구하는 '지향된 작가적 의식'을 뜻하기도 한다. 즉 시에서 시간의식은 시적 주체가 지향하는 세계에 대한 어떤 의식을 포함하는 것이다. 그러므로 시인이 지향하는 시간의식은 시에 나타나는 실존적 자의식은 물론이거니와 세계인식 내지는 현실 파악의 양상을 보여준다. 시에서 과거, 현재, 미래는 보통 현재의 계기 속으로 수렴된다. 이것은 시인의 상상력이 과거의 체험뿐 아니라 미래의 상상력까지도 언제나 현재화할 수 있다는 것이다. 왜냐하면 시간의 중심은 현재에 있기 때문이다. "시간 체험이란 현재를 중심으로 과거와 현재와 미래의 균열을 극복하고 통합하려는 정신의 긴장으로 나타나며, 균열을 통합하려는 의지로 시간 체험이 생긴다."5) 시간의 체험은 항상 현재에서 일어나는 지각된 경험이며, 관념의 산물이다. 그럼에도 불구하고 과거 시간에 대한 기억과 미래 시간에 대한 기대에 의하여 의미 있는 시간 연속체를 구성한다. 과거란 과거사에 대해 현재 일어나고 있는 기억 경험이며, 미래란 미래사에 대한 현재의 기대나 예상된 경험인 것이다.

베르그송은 시간을 자연과학적인 시간인 동질적 시간과 의식이 침투되어 있는 참다운 시간인 순수 지속으로 구분한다. 순수 지속의 시

---

5 김한식, 「리쾨르의 이야기론」, 『외국문학』 제4호, 열음사, 2002, 162쪽.

간은 직관[6]에 의해 파악되는데, 이때 시간의 순수 지속이란 "우리의
의식 상태가 취하는 모습이며 현재의 상태와 그 이전의 상태 사이의
분리가 더 이상 존재하지 않는 것으로 의식 사실들이 실로 연속적이며
서로서로 침투하는 가운데 그 사실중의 가장 단순한 것에서도 영혼 전
체가 반영"[7]되는 시간성을 갖는다. 따라서 시간의식은 시적 주체의 실
존적 자의식은 물론이거니와 현실인식의 양상을 반영한다. 이러한 시
간의식에 대해서 마이어호프도 유사한 사유를 펼치는데, 그는 시간적
인 지속의 경험 속에서, 그리고 그것을 통해서 지속적이고 동일적인
자아라는 관념을 획득한다고 보았다. 자아 내부에서 이루어지는 모든
문학적 재구성의 연속성에 대한 지각은 시간 속에서의 연속성이나 지
속의 측면과 상관적이라는 것이다. 이에 따라 문학작품 속에서 지속에
대한 시간의식은 곧 자아가 지향하는 의식과 동일성을 이루며 시세계
를 형성하게 된다.[8]

　　이 평문은 기형도 시[9]에 나타나는 시간의 양상과 의식을 고찰하고

---

6 베르그송에 따르면 직관이란 "대상이 지니고 있는 유일하고, 따라서 표현하기 어려운 것과 일
　치하기 위하여 대상의 내면으로 스스로를 옮기려 할 때 생기는 공감"으로 현실과 내부를 직접
　파악하려는 인간의 의식 능력을 말한다. 김형효, 『베르그송의 철학』, 민음사, 1991, 16쪽.
7 조경옥, 「시간에 관한 연구―베르그송의 시간관을 중심으로」, 고려대 석사학위논문, 1991,
　53쪽.
8 한스 마이어호프, 김준오 역, 앞의 책, 35~37쪽.
9 기형도 시에 대한 연구는, 첫째로 80년대 끝에 생을 마감했지만 90년대 시의 특징적 징후를
　보여준다는 시사적 위치에 대한 것, 둘째로 그의 비극적 세계인식과 죽음의 문제에 초점을
　둔 논의, 셋째로 죽음 속에서 희망찾기, 넷째로 화자나 어조, 이미지 등의 특징에 대한 논
　의로 진행되어 왔다. 첫 번째 유형으로는 김춘식, 남진우, 강진호, 이영섭 등의 논의가 있
　으며, 두 번째 유형의 논의는 김현, 박철화, 장석주, 정효구, 박성찬 등의 논의가 있다. 세
　번째 유형으로는 박해현, 김경복, 남진우, 문관규 등의 논의가 있고, 마지막으로는 김준오,
　송정화, 이광형, 목선균, 최해영 등의 논의가 있다. 이 글의 분석 텍스트는 사후에 미발표
　작을 포함하여 간행한 『기형도 전집』(문학과지성사, 1999)으로 한다. 시 인용은 모두 여기
　에서 가져온다.

자 기획되었다. 기형도 시에는 과거와 현재와 미래에 대한 자의식이 어느 시인보다도 비교적 뚜렷하게 나타나 있다. 그의 시에는 현실적 시간 속에서 고통받는 자아가 절망하고 고뇌하는 시간과 그 시간을 초월한 세계로 진입을 시도하는 모습이 나타나 있다. 말하자면 시적 주체가 지닌 유년의 불우한 기억과 현재의 비극적 시간의식, 그리고 미래 시간에 대한 절망적 인식이 지배적인 시세계를 형성한다. 그의 시에서 기억으로 연결된 과거와 현재는 미래의 예기로 연속되는 것이다. 따라서 유년기의 비극적 체험, 청년기의 절망적 현실의식, 그리고 미래 시간의 노년과 죽음에 대한 부정적 인식이 상호 중첩 교직되어 나타난다. 또한 시간의 흐름이 정지된 채 동화나 환상세계의 '초월적 시간'으로의 진입이 그의 전체적 시세계를 규제하는 요소로 기능한다. 그런 점에서 이 글은 기형도 시의 시적 주체가 인식하는 세계는 과거, 현재, 미래가 시간적으로 재구성될 수 있다는 시간의식에 의해 표출되는 동시에 초월적 시간의식이 나타나고 있으며, 이러한 시간의식은 시적 주체의 실존적 자의식과 현실인식을 형성한다는 점에서 출발한다.

모든 일은 현재 시점에서 일어난다. 그것은 항상 현재에 일어나는 지각 경험이다. 과거의 기억은 현재 일어나고 있는 경험이며, 미래의 예기는 현재의 기대나 예상의 경험이다. 기형도의 시는 현재를 매개로 하여 양 방향으로 시간이 침투한다. 이것은 단일한 시간의 양상으로 나타나는 것이 아니라 시간이 혼재된 양상으로 나타난다. 이러한 양상은 과거의 현재화와 미래의 현재화로 나타난다. 과거나 미래의 현재화와 더불어 시간의 선조적 흐름을 거부한 순환적인 시간이 등장하기도 하는데, 이때의 시간은 과거, 현재, 미래를 아우르는 신화적이고 원형적인 영원의 초월적 시간양상을 띤다. 이와 같은 점에 따라 유년의 불우한 기억과 청년으로서의 시인이 지각하는 현실인식, 죽음과 조로(早老)에 대한 시인의 비극적 전망, 초월적 시간의 양상 등을 고찰하여 그것이 어떻게 기형도의 비극적 시세계를 구축하는지 규명하고자 한다.

2. 기억, 과거 시간의 비극적 현재 지속

주관적인 경험의 시간에서 과거를 현재에 현속시키는 고리는 기억이다.[10] 후설에 따르면 과거와 현재를 이어주는 기억은 실제의 과거 그 자체가 아니다.[11] 기억은 과거와 현재를 연속시킨다. 기억 속의 과거는 일종의 추상화된 과거로서 실제로 일어났던 사건의 재현이 아니라 의미화되고 변형된 정서의 상태로 재현되는 것이다. 베르그송에 따르면 기억은 사건의 한 가지 측면만 가지고 이루어지는 것이 아니라 사건의 여러 가지 측면이 골고루 작용하여 이루어지는 것이다.[12] 말하자면 기억은 단순히 현재 지각된 대상의 사물에 지배되지 않고, 능동적으로 대상에 작용하여 보다 많은 의미를 부여한다는 것이다.

과거와 현재의 연속은 인간적 시간의 가역성에서 비롯하며, 주관적인 경험적 시간에서만 찾아볼 수 있다. 시간의 본질은 흘러간 시간으로 존재하는 것이 아니라 부단히 생성하고 있는 현재 가운데에서만 존재한다. 과거와 현재는 현재 시점에서 병존하여 지속된다. 지나간 시간을 현재 시점으로 다시 떠올려 재구성하는 과정은 지속되는 시간 속에서 과거를 현재로 되돌려 놓는 과정이다. 기형도의 시에 드러나는 시간의 양상은 과거를 현재로 끌어들이려는 시도가 동기로 작용한다.

---

10 시간의 중심을 현재성에 둔 아우구스티누스는 과거를 '기억으로서의 현재', 미래를 '기대로서의 현재', 현재를 '지각으로서의 현재'로 보았다(김한식, 앞의 글, 162쪽). 말하자면 과거의 것의 현재는 기억이며, 현재의 것의 현재는 직관이고, 미래의 것의 현재는 예기이다(오세영, 『문학연구방법론』, 시와시학사, 1993, 108쪽).

11 E. 후설, 신오현 역, 『현상학적 심리학 강의』, 민음사, 1992, 380쪽.

12 H. 베르그송, 홍영실 역, 『물질과 기억』, 교보문고, 1991, 181~182쪽 참조.

시에 과거를 확장시켜 놓으면서 그 과거의 기억과 추억이 현재의 시적 주체의 상황과 동일하다는 의식을 보여준다. 말하자면 과거가 현재화 되는 양상을 통해 과거가 현재를 허구적으로 재구하고, 또 과거를 현재 속에서 재구하는 양상을 띤다.

> 그래, 고향에 가고 싶어
> 지금보다 훨씬 더 어렸지만
> 사과나무는 나를 사로잡았어
> 그 옆에 은박지 같은 예배당이 있었지
> 틀린 기억이어도 좋아
> 멀고먼 길 한가운데
> 알아? 얼음자루 꽉찬 바다야
> 이 작은 성냥불이 어떻게 견딜 수 있겠어
> 어머니는 나보고
> 소다가루를 좀 먹으라셔
> 어디선가 통통 기타 소리가 들려
> 방금 문을 연 촛불 가게에 사람들이 몰려 있어
> 참, 그런데
> 오늘은 왜 아까부터
>
> ──「聖誕木 ── 겨울 版畵 3」 중에서

인용 시에서 화자는 지금 "자꾸만 기침"을 하며 "크리스마스 트리" 를 보고 있다. 자꾸만 나오는 기침은 어두운 방에 있는 자신의 몸이 "얼음으로 꽉찬 모양"으로 상상하도록 유도한다. 화자가 위치한 방의 밖은 또 "한 달 내내 숲에 눈이 퍼부었던" 것처럼 춥다. 화자는 그 추위 를 "참으려 애"쓰다가 성냥불을 긋는 행위를 반복했던 과거를 떠올린 다. 성냥불을 긋는 행위는 유년시절의 "크리스마스 트리", "사과나무", "은박지 같은 예배당", "기타 소리"와 같은 유년의 기억과 연결되면서, 그 속에서 어머니(모성)에 의한 치유를 갈망한다.

　그런데 현재의 "크리스마스 트리"와 과거 어린 시절의 "크리스마스 트리"는 동일시되고 있다. 화자는 크리스마스에 대한 추억을 떠올리며 멈추지 않는 기침으로 은유된 현재의 아픔을 견디려는 의지를 보인다. 그러나 결구에 "참, 그런데 / 오늘은 왜 아까부터"라고 끝맺고 있는 것처럼 2연의 첫 행에 설정되었던 기침이 그치지 않고 지속되고 있다는 점을 암시한다. 기침과 한기는 치유되기 어려운 과거와 현재의 동일적인 아픔으로 과거의 아픔이 현재에도 지속되고 있음을 뜻한다. 여기에서 유년시절에 대한 화자의 기억은 비록 그 형태는 과거의 것일지라도 내용은 현재의 것이다. 말하자면 유년시절에 대한 성인 화자의 기억은 현재적인 성격을 지니는 것이다.

　과거 유년시절의 "얼음자루 꽉찬 바다"로 은유된 아픈 상황에 대한 기억은 현재까지도 지속적으로 남아 있다. "정황의 유사성에 의한 과거로의 삼투 현상"[13]은 기형도 시에 빈번하게 나타나는데, 과거 기억이 현재 상황과 유사하게 겹치면서 화자의 내면적 고통의 깊이가 보다 절실하게 환기된다. 이처럼 화자는 "틀린 기억이어도 좋"은 과거를 현재와 유사하게 재구성한다. 그럼으로써 아픈 유년시절의 과거 기억은 "현재의 감각 속으로 끼어들어 작용"하면서 현재를 더욱 아프게 지각하도록 한다. 그렇기 때문에 화자의 유년시절에 대한 기억은 "현재의 과거에로의 후퇴에 있지 않고 정반대로 과거의 현재에로의 진전"[14]에 있는 것이다. 이것은 과거의 아픔이 현재가 되었음을 의미한다. 기억이 단순히 현실도피의 수단이 아니라 현실을 인식하는 작용이 될 수 있다는 것을 뜻한다.

　화자의 기억은 현재의 지각에 한기나 기침 같은 고유한 이미지를 보

13　문관규, 「기형도 시 연구」, 서울시립대 석사학위논문, 1997, 58쪽.
14　H. 베르그송, 홍영실 역, 앞의 책, 260쪽.

내거나 혹은 이와 유사한 종류의 이미지나 회상, 가령 그의 시에서 빈번하게 나타나는 '겨울', '밤', '안개', '죽음' 등과 같은 이미지를 지속적으로 보냄으로써 현재의 고통스러운 지각을 더욱 배가시킨다. 그럼으로써 유년시절의 기억, 이를테면 과거 체험을 재구함으로써 현재의 절망적 체험을 더욱 실감나도록 생산적으로 기능한다. 이렇게 기형도의 시에서 지나간 과거는 현재화되면서 "현재적인 것보다 훨씬 현실적이고 더 견고하게 지속"[15]함으로써 현재의 비극적인 실존적 상황을 보다 뚜렷하게 부조한다.

> 열무 삼십단을 이고
> 시장에 간 우리 엄마
> 안 오시네, 해는 시든 지 오래
> 나는 찬밥처럼 방에 담겨
> 아무리 천천히 숙제를 해도
> 엄마 안 오시네, 배춧잎 같은 발소리 타박타박
> 안 들리네, 어둡고 무서워
> 금간 창 틈으로 고요히 빗소리
> 빈방에 혼자 엎드려 훌쩍거리던
>
> 아주 먼 옛날
> 지금도 내 눈시울 뜨겁게 하는
> 그 시절, 내 유년의 윗목
>
> ―「엄마 걱정」 전문

　　인용 시는 현재 시점의 화자가 과거를 회상하는 형식을 취하고 있다. 성인 화자는 어린 시절의 어둡고 외로운 방을 기억해낸다. 그 방

---

15 앞의 책, 114~115쪽.

안에서 한 소년이 "찬밥처럼 방에 담겨" 훌쩍거리며 울고 있다. 해가 저물어 밤이 왔는데도 시장에 간 엄마는 오지 않는다. 소년은 "빈방에 혼자 엎드려" '훌쩍'이고 있다. 어린 시절 어머니의 부재와 모성의 결핍이 현재까지도 지속되는 상황을 바라보는 화자의 아픈 시선을 느낄 수 있다. 유년시절의 기억은 현재 성인 화자의 "눈시울을 뜨겁게" 할 정도로 생생하고 강렬한 것이다. 성인이 된 현재의 화자가 느끼는 과거의 어머니 부재가 가져다 준 단절감과 고립감의 강도는 어린 시절의 것과 다르지 않다. 그는 여전히 불행하고 외롭고 두려워하는 존재이다. 즉 화자의 시간은 아직 돌아오지 않는 엄마를 기다리는 데서 멈춰서 현재의 시간이 되어버린 것이다. 이것은 과거의 현재화, 즉 과거가 현재화되어 지속되고 있음을 의미한다.

과거의 현재적 지속은 "시간을 연속적으로 체험하는, 시간의 본질적 요소이다. 이것은 단순한 흐름을 의미하는 것이 아니라 영원한 생성으로서의 연속이다."[16] 또한 "순수 상태에서의 내적 경험이 우리에게 하나의 실체—그 본질은 지속함이며, 그 결과 그것은 파괴 불가능한 과거를 끊임없이 현재 속으로 연장"[17]시킨다. 그러므로 기형도의 시에서 과거는 영원히 현재를 생성한다. "지금도 내 눈시울을 뜨겁게 하는" 과거의 현재적 지속에 대한 화자의 지각은 매우 선명하다. 과거 기억의 현재화는 "자신이 아직도 그 빈방에서 홀로 어머니를 기다리고 있는 중이며, 상당한 세월이 흐른 지금에도 그 시절과 별로 달라진 게 없음을 토로"[18]하는 것이다. 이와 같이 화자는 과거와 현재를 동일시한다. "(현재가 지나가는 반면) 과거는 그 자체로(자기 자신 안에) 보존"[19]되

---

16 심재휘, 『한국 현대시와 시간』, 월인, 1998, 36쪽.
17 질 들뢰즈, 김재인 역, 『베르그송주의』, 문학과지성사, 1996, 71~72쪽.
18 남진우, 「숲으로 된 푸른 성벽」, 기형도 추모문집 『사랑을 잃고 나는 쓰네』, 솔, 1994, 138쪽.
19 질 들뢰즈, 김재인 역, 앞의 책, 85쪽.

기 때문에 화자의 어린 시절은 현재까지도 지속적으로 남아 현재의 시
적 주체의 비극적 실존성을 강화하는 것이다.

> 눈길 위로 사각의 서류 봉투가 떨어진다, 허리를 나는 굽히다 말고
> 생각한다, 대학을 졸업하면서 참 많은 각오를 했었다
> 내린다 진눈깨비, 놀랄 것 없다, 변덕이 심한 다리여
> 이런 귀가길은 어떤 소설에선가 읽은 적이 있다
> 구두 밑창으로 여러 번 불러낸 추억들이 밟히고
> 어두운 골목길엔 불켜진 빈 트럭이 정거해 있다
> 취한 사내들이 쓰러진다, 생각난다 진눈깨비 뿌리던 날
> 하루종일 버스를 탔던 어린 시절이 있었다
> 낡고 흰 담벼락 근처에 모여 사람들이 눈을 턴다
> 진눈깨비 쏟아진다, 갑자기 눈물이 흐른다, 나는 불행하다
> 이런 것은 아니었다, 나는 일생 몫의 경험을 다 했다, 진눈깨비
>
> ―「진눈깨비」 중에서

인용 시에서 화자의 현실적 상황은 지극히 '불행'하다. 화자는 진눈
깨비 내리는 귀갓길에서 "대학을 졸업하면서" 다짐했던 "참 많은 각
오", 언젠가 "어떤 소설에선가 읽은 적이 있"는 진눈깨비 내리는 저녁
의 귀갓길, "구두 밑창으로 여러 번 불러낸 추억들", 이런 날 "하루종
일 버스를 탔던 어린 시절" 등 과거사를 떠올리다가 갑자기 울음을 터
뜨린다. "그 울음은 현재 화자가 처해 있는 지난한 삶의 조건에 대한
무의식적 반응인 동시"에 "내면에 자리잡고 있는 불우한 어린 시절, 어
린 넋의 반향"[20]이라 할 수 있다. 과거와 달라지려는 많은 각오는 사라
지고, 예나 지금이나 정처 없이 낯선 곳을 떠돌고 있는 화자에게 달라
진 것은 아무것도 없다. 이렇게 불우한 과거는 현재에도 그대로 지속

---

20 남진우, 앞의 글, 171쪽.

된다는 사실을 깨닫고 화자는 울음을 터뜨리는 것이다. 불우한 과거의 현재화로 말미암아 끝내 "나는 불행하다"고 느낀다. 나아가 불우한 과거와 현재가 미래에도 지속될 것이라는 예기는 화자가 처한 현실적 상황을 더욱 비극적으로 만든다. 즉 "나는 일생 몫의 경험을 다했다"는 미래에 대한 전망부재로까지 나아가면서 화자의 절망적 현실인식은 더욱 부각된다.

인용 시는 귀가 중인 현재 상황에서 과거의 기억이 중첩되는 구조를 취한다. 진눈깨비 속에 귀가 중이라는 설정은 단순히 집으로 돌아가는 상황이 아니라 화자의 의식이 과거를 현재로 불러와 과거와 현재, 심지어는 미래까지 등가하는 것으로 이해할 수 있다. 화자가 갑자기 눈물을 흘리는 이유는 과거의 시간에서부터 현재, 그리고 미래에까지 연결된 비극적 세계인식 때문이다. 화자는 절망적인 과거와 현재와 미래가 동시에 지속되고 있음을 경험한다. 즉 과거는 현재나 미래 속에 항상 존재하는 것이다. 이런 연유로 화자의 영혼은 "검은 페이지가 대부분"(「오래된 書籍」)인 절망적 상황으로 빠져들고, "인생을 증오"(「장밋빛 인생」)하며, 허망하게도 "이런 것은 아니었다"는 것을 절망적으로 깨닫는 것이다. 결국 과거의 현재화라는 재구의 과정은 화자가 처한 비극적 현재 상황을 더욱 부각한다.

기형도의 시는 과거에서 현재로 이어지는 현실의 부정성을 시간 흐름의 지속을 통해 효과적으로 드러낸다. 그런데 현재 시점에서 과거를 현재화하는 수법은 기억의 회상이라기보다는 현재를 생성 가능하게 하는 과거를 허구적으로 재구한다는 관점으로 보는 것이 타당한 듯하다. 왜냐하면 과거 회상은 "항상 회상의 시점에서의 재구성이며 일종의 해석"[21]이기 때문이다. 과거의 현재화, 즉 과거의 현재적(허구적)

---

21 성민엽, 「부정성의 언어, 그 사회적 의미」, 『오늘의 시』, 현암사, 1989년 하반기, 234쪽.

재구는 과거를 현재의 현실로 만드는 과정이다. 기형도의 시에서 현재
의 시적 주체의 상황과 과거의 상황은 달라진 것이 없다. 시적 주체가
느끼는 현실의 비극성은 오히려 과거의 현재화를 통해 더욱 강화되어
있다. 현실의 부정성은 과거에서 이어져 미래로까지 지속되기 때문에
시인이 인식하는 부정적 현실의 비극성은 더욱 극대화되는 효과를 낳
는다. 과거의 비극적 현재화는 현재의 시적 주체의 상황이 그만큼 부
조리하고 폭력적이며 부정적인 현실임을 환기하는 것이다.

3. 죽음, 미래 시간의 절망적 현재 예기

기형도의 시에서 미래는 과거와 마찬가지로 현재로 수렴된다. 과거,
현재, 미래는 현재의 계기 속에 수렴된다. 시인의 상상력은 과거의 체
험뿐만 아니라 미래의 상상력까지도 현재화할 수 있다. 기형도의 시에
서 미래 혹은 죽음의 현재화 양상은 대부분 절망적 미래나 죽음에 대
한 의식을 내포한 비극적 시간관에서 연유한다. 그가 "경력은 출생"뿐
이고 "미래가 나의 과거이므로 / 나는 존재"하며, 그러므로 "나의 영혼
은 / 검은 페이지가 대부분"(「오래된 書籍」)이라고 미래를 절망적으로
진술할 때, 그의 시는 전망부재의 미래를 현재 속에 끌어들여 현재의
폭력적 비극성을 절실하게 드러내는 효과를 발휘한다. 이를테면 미래
뿐만 아니라 미래의 죽음을 현재화함으로써 현재를 죽음의 상황으로
인식하는 것은 과거의 현재화가 그랬듯이 절망적 현실의 부정성을 효
과적으로 부각하는 수법인 것이다.

대체로 기형도의 시는 "죽음이라는 인간의 허구적인 사건, 혹은 관
념에 밀착"[22]되어 미래의 죽음을 현재 속에 부단히 끌어들이는 작품들

<hr>

22 이광호, 「묵시(默視)와 묵시(默示)」, 『환멸의 신화』, 민음사, 1995, 99쪽.

이 많다. 유년기나 청년기의 상실 체험과 연관되는 도저한 부정성과 압도적인 죽음의 이미지로 인하여 기형도의 시는 삶의 길 없음의 인식을 그 창조적 원천으로 한다. 그리고 그 길 없음의 배경은 인간 실존의 근원적 조건으로서의 부조리성과 무의미성을 이끌어낸다는 평가가 그것이다.[23] 이렇게 그의 시는 죽음의 편향성, 혹은 '죽음의 미학화'[24]를 통해 비극적 세계인식을 드러내며, 동시에 실존의 부조리성과 현실의 폭력성을 절실하게 담아낸다.

> 아주 오랜 세월이 흐른 뒤에
> 힘없는 책갈피는 이 종이를 떨어뜨리리
> 그때 내 마음은 너무나 많은 공장을 세웠으니
> 어리석게도 그토록 기록할 것이 많았구나
> 구름 밑을 천천히 쏘다니는 개처럼
> 지칠 줄 모르고 공중에서 머뭇거렸구나
> 나 가진 것 탄식밖에 없어
> 저녁 거리마다 물끄러미 청춘을 세워두고
> 살아온 날들을 신기하게 세어보았으니
> 그 누구도 나를 두려워하지 않았으니
> 내 희망의 내용은 질투뿐이었구나
> 그리하여 나는 우선 여기에 짧은 글을 남겨둔다
> 나의 생은 미친 듯이 사랑을 찾아 헤매었으나
> 단 한번도 스스로를 사랑하지 않았노라
>
> ―「질투는 나의 힘」 전문

　화자는 "아주 오랜 세월이 흐른 뒤"의 미래를 가정하고 자신이 살아온 날을 회고적으로 기록한다. "힘없는 책갈피는 이 종이를 떨어뜨리

23 장석주, 「기형도 혹은 길 위에서의 중얼거림」, 『현대시세계』, 청하, 1989년, 9월호.
24 김춘식, 「조각난 시간」, 『불온한 정신』, 문학과지성사, 2003.

리”라고 예언적으로 말하면서 아직 오지 않은 미래를 가정한다. 화자는 “오랜 세월이 흐른 뒤”의 어느 먼 미래의 지점에 이미 가 있다. 먼 미래의 지점에 서서는 과거형 어미로 현재의 상황을 옛날로 가정하고 돌아보듯 시적 진술을 펼친다. 여기에서 화자가 가정한 미래는 현재의 상황이 된다. 화자가 현재 받고 있는 ‘사랑’의 고통은 미래에도 어김없이 일어날 일이다. 그렇기 때문에 화자가 말하는 미래의 사건과 감정은 결국 현재의 시적 주체가 느끼는 것과 동일하다. 미래는 현재의 감각적 경험들이 지각되면서 순간적으로 바뀌어가는 부단한 의식 활동이기 때문이다.

화자는 미래 시간의 현재적 예기를 통해 미래를 현재의 상황과 동일시한다. 그러면서 자신이 처한 현재의 실존적 고통을 극대화한다. “미래는 현재의 지속이고 공존”[25]이라 할 때, 미래는 현재 상황을 그대로 보여주는 선재(先在)된 양상을 갖는다. 화자는 아직 오지 않은 미래의 어느 시점에서 “나의 생은 미친 듯이 사랑을 찾아 헤매었으나 / 단 한 번도 스스로를 사랑하지 않았노라”고 아프게 자신의 삶에 대해 평가적으로 기록한다. 이러한 예언적이며 평가적인 기록은 미래가 현재와 다를 바 없을 것이라는 것을 예감한 현재의 정서적 반응일 것이다.

이와 같은 미래의 현재화 양상은 시적 주체가 희망 없는 현실에 대해 절망을 느끼고 있으며, 다가올 미래의 시간에 대해서도 부정적 전망을 내리는 것으로 볼 수 있다. 화자는 먼 미래의 자신이 처한 상황을 예언적 단정으로 기록한다. ‘현재의 사랑에서 “나 가진 것 탄식밖에 없”다는 점을 “선험적으로 깨닫고 있으면서도 그것에 대한 추구를 단념하지 못하는 데”[26]에 기형도 시의 비극성이 자리하는 것이다. 이러

---

25 질 들뢰즈, 김재인 역, 앞의 책, 81쪽.
26 남진우, 앞의 글, 178쪽.

한 미래의 현재화는 미래뿐만 아니라 미래의 늙음과 죽음에 대한 비극
적 인식을 바탕으로 하고 있는 시들에서도 뚜렷하게 나타난다.

> 감당하기 벅찬 나날들은 이미 다 지나갔다
> 그 긴 겨울을 견뎌낸 나뭇가지들은
> 봄빛이 닿는 곳마다 기다렸다는 듯 목을 분지르며 떨어진다
>
> 그럴 때마다 내 나이와는 거리가 먼 슬픔들을 나는 느낀다
> 그리고 그 슬픔들은 내 몫이 아니어서 고통스럽다
>
> 그러나 부러지지 않고 죽어 있는 날렵한 가지들은 추악하다
>
> ―「노인들」 전문

　기형도에게 미래의 시간은 "허기의 바람을 펄럭이며 다가오고"(「廢
鑛村」), "잃어버려야 할 것들을 점검"(「종이달」)하는 시간이다. 이와 같
이 미래는 "또 다시 어리석은 시간"(「오후 4시의 희망」)일 뿐이며 "나
는 이미 늙은 것"(「정거장에서의 충고」)으로 인식된다. 인용 시에서도
미래에 대한 비극적인 시간의식은 현재의 모습으로 "내 나이와는 거리
가 먼" 미래를 예기하는 모습에서 잘 표명되어 있다. 이렇듯 기형도의
시에서 미래의 시간은 현재에 이미 와 있는 것이다.

　인용 시에서 봄날의 약동하는 생명성과 희망적인 풍경과는 대조적으
로 "부러지지 않고 죽어 있는 날렵한 가지"들로 형상화된 노인의 모습
은 화자에게 '추악' 하게 느껴진다. 늙음에 이르기에는 아직 젊은 육체
를 지닌 화자에게 노인이 되는 것은 미래 시간의 일이다. 이렇듯 젊은
현재의 육체에 추악한 노년을 끌어들이는 것은 미래에 대한 전망이 부
재한다는 것을 의미한다. 화자는 의식적으로 노년과 죽음을 현재에 앞
당겨 실현시킴으로써 현재 자신이 처한 현실의 부정적이고 비극적인
고통을 표현하는 것이다. 이러한 비극적 시간관이 시적 주체로 하여금

"나는 인생을 증오한다"(「장밋빛 인생」)고 탄식하게 만드는 것이다.

죽음이란 미래의 시간에 속한다. 하지만 죽음에 대한 인식이야말로 인간에게 자기 존재의 의미를 부여하는 것이다. 왜냐하면 "죽음의 예상이 필수불가결하고 불식할 수 없는 부분으로서 인간의 삶 속에 개입하기 때문이다."[27] 죽음은 삶의 시간적 흐름의 종말로서 아직 실현되지 않은 상태의 것이다. 죽음의 실현은 시간의 흐름이 직선적으로 이어져 나간 끝에 가능하기 때문에 현재를 살고 있는 우리에게는 육체적 체험으로 일어나지 않은 가능태일 뿐이다. 그러나 기형도는 미래의 죽음을 현재에 허구적으로 실현시킴으로써 현실의 비극성을 극대화한다.

> 장마비, 아버지 얼굴 떠내려오신다
> 유리창에 잠시 붙어 입을 벌린다
> 나는 헛것을 살았다, 살아서 헛것이었다
> 우수수 아버지 지워진다, 빗줄기와 몸을 바꾼다
>
> —「물 속의 사막」 중에서

> 金은 블라인드를 내린다, 무엇인가
> 생각해야 한다, 나는 침묵이 두렵다
> 침묵은 그러나 얼마나 믿음직한 수표인가
> 내 나이를 지나간 사람들이 내게 그걸 가르쳤다
> 김은 주저 앉는다, 어쩔 수 없이 이곳에
> 한번 꽂히면 어떤 건물도 도시를 빠져나가지 못했다
> 김은 중얼거린다, 이곳에는 죽음도 살지 못한다
> 나는 오래 전부터 그것과 섞였다, 습관은 아교처럼 안전하다
> 김은 비스듬히 몸을 기울여본다, 쏟아질 그 무엇이 남아 있다는 듯이
> 그러나 물을 끝없이 갈아주어도 저 꽃은 죽고 말 것이다, 빵 껍데기처럼
>
> —「오후 4시의 희망」 중에서

---

27 한스 마이어호프, 김준오 역, 앞의 책, 103쪽.

「물 속의 사막」에서 "나는 헛것을 살았다, 살아서 헛것이었다"는 진술은 표면적으로는 아버지가 했던 진술이면서 현재 화자가 바라본 아버지의 삶에 대한 부정적인 평가이기도 하다. 그러나 그 심층적 의미는 현재 화자가 자신의 삶에 아버지의 삶을 비유해 평가한 진술로 해석할 수도 있다. '헛것'이었던 아버지의 삶과 자신의 삶이 중첩되면서 미래 자신의 삶에 대한 평가 역시 살아서 '헛것'인 평가로 귀결된다. 「오후 4시의 희망」 역시 "물을 끝없이 갈아주어도", "빵 껍데기처럼", "저 꽃은 죽고 말 것"이라는 예기적인 진술에서도 '빵 껍데기'나 미래의 어느 시점에 '죽고 말 꽃'은 시적 화자의 현재가 투영된 모습이다. 이처럼 기형도의 시에서 미래 시간의 죽음은 허구적으로 현실화된다. 현재화된 미래의 죽음, 말하자면 미래의 시간은 현재를 더욱 분명히 하고 현실적 실존을 본질적으로 투시하고자 하는 의도에서 비롯하는 것으로 볼 수 있다.

그런데 죽음에 대한 불길한 전망은 "하나의 작은 죽음이 얼마나 큰 죽음을 거느리는가"(「나리 나리 개나리」)에서처럼 과거에서부터 지속되어 현재와 섞이고, 이것은 미래에 대한 시간의식을 결정하는 데도 연관되어 있는 것이다.[28] 이것은 과거의 기억이 연속되어 현재를 규정하고 미래와도 섞이는 것이기도 하다. 이와 같은 문맥에서 시적 주체가 "미래가 나의 과거"(「오래된 書籍」)라 말할 때, "미래는 근본적으로 과거에서 규정된다."[29]는 명제를 상기하게 한다. '현재의 지각 속에는 기억이나 회상의 연속적인 흐름에 의한 과거의 재생이 있는 한편, 이 지각과 재생의 힘에서 나아가 예상이나 기대를 선인식하는 예기의 힘

---

28 이와 같은 관점은 많은 논자들이 그의 시를 유년시절에 경험한 죽음의 모티프와 연관하여 고찰하는 데에서 확인할 수 있다. 누이의 죽음을 비롯하여 삼촌의 죽음, 아버지의 병과 죽음 등과 연관한 많은 작품들이 이러한 논의를 가능하게 한다.

29 소광희, 앞의 책, 490쪽.

곧 미래까지도 포함'[30]되어 있기 때문이다. 또한 "현재를 통해 지속되는 시간의 범위는 기억과 기대를 다 포함한다."[31]고 할 때, "이파리 하나 피우지 못한"(「나리 나리 개나리」) 누이의 죽음이나, "마른기침은 가장 낮은 음계로 가라앉"(「삼촌의 죽음」)는 유년의 죽음 체험은 현재에도 "망자의 혀가 거리에 흘러넘"(「입 속의 검은 잎」)치며 공포스럽게 지속된다. 이러한 기억의 현재적 지속은 미래의 죽음까지도 현재화하며, 여기에서 죽음이라는 허구적 기표는 전망 없는 현실의 비극성을 드러내는 기의가 된다.

기형도의 시는 미래의 시간에 예기된 죽음을 현재적으로 허구화하여 부단히 재구한다. 그럼으로써 독자는 지속적으로 화자가 허구적으로 현실화한 죽음을 경험하고, 그 죽음이 절망적인 과거의 현실적 지속에서 비롯하며, 그것이 미래의 시간에까지 연속한다는 것을 깨닫게 된다. 이러한 맥락에서 기형도 시가 보여주는 "상징적 죽음의 형식"은 "전망 없는 시대를 사는 우리들의 실존적 갈증과 연결"[32]되어 있는 것이다.

4. 초월, 영원한 시간의 본질적 무시간성

시인은 현실의 원칙이란 이름으로 기각된, 말하자면 현실과는 다른 세계를 탐색하고 창조하는 자이다. 이러한 믿음을 가진 시인은 시가 현실을 닮을 것이 아니라 현실이 시를 닮기를 희망한다. 이럴 때 시는 현실원칙이 강제하는 가치들을 물리치고 일상적 경험을 초월한 초역

30 김준오, 「시론」, 문장, 1987, 179쪽.
31 위의 책, 175쪽.
32 이광호, 앞의 글, 108쪽.

사적 시간에 대한 관심으로 나아간다. 아울러 시는 미지, 즉 피안의 세계를 지향하는 만큼 일상적 시간의 경험을 괄호에 묶어두고 영원의 본질적 시간의 세계로 나아가고자 한다. 이때 본질적 시간으로서의 "영원은 무한한 시간이 아닌, 무시간성, 즉 물리적 시간을 초월하고, 이 시간 밖에 있는 경험의 한 성질"[33]을 의미한다.

기형도의 시에서 초월적 시간의 영원성은 현실적 고통과 부조리와 모순 등 모든 부정적 요소가 제거된 동화적 동일성의 세계[34]로 나타난다. 동화의 환상세계에서는 시간의 선조적 흐름을 거부한 순환적인 시간이 등장하기도 하는데, 이때의 시간은 과거, 현재, 미래를 아우르는 신화적이고 원형적인 영원의 초월적 시간양상을 띤다. 그의 시는 이미 여러 논자들이 수차례 언급하고 있듯이 유년의 넋과 꿈으로서의 세계에서 출발하여 폭압적인 현실세계에 귀착한다.[35] 이때 낙원을 상실했다는 상실의식과 '안개'에 갇혀 있는 자신을 발견하고는 영원의 시간, 그 잃어버린 낙원의 시간으로 돌아가려는 회귀의식을 보인다.[36] 그리하여 그가 시적 허구로 창조한 세계는 동일성이 오롯이 확보된 동화적 환상의 세계이다.

---

33 한스 마이어호프, 김준오 역, 앞의 책, 91쪽.

34 문관규는 기형도 시의 동화적 시세계와 신화적인 통과제의 및 이야기 시의 세계를 살피면서, 현실의 부정성이 동화와 신화, 그리고 이야기의 원형이 살아 있는 원초적 행복의 세계를 추구하게 만든다고 한다.(문관규, 앞의 글).

35 박철화, 「집 없는 자의 길 찾기 혹은 죽음」, 『문학과 사회』, 문학과지성사, 1989년 가을호.

36 이런 의미에서 기형도의 시가 대부분 절망과 부정의 세계관을 극단적으로 보여주지만 절망할 수 없는 것조차 절망하지 않기 위하여 절망과 싸운다는 점에서 기형도의 시에서 희망의 징후를 읽을 수 있고(박해현, 「정거장에서의 추억」, 『문학정신』, 열음사, 1989), 또 유년의 가난과 성년의 실연으로부터 벗어나 유년에 대한 순수한 퇴영(退嬰)을 지향하며, 그 퇴영을 통해 절망의 시학이 희망의 시학, 행복의 시학으로 전이될 수 있다(김경복, 「유배된 자의 존재 시학」, 『문학과 비평』, 문학과비평사, 1991년, 3월호).

저녁노을이 지면
神들의 商店엔 하나둘 불이 켜지고
농부들은 작은 당나귀들과 함께
城안으로 사라지는 것이었다
성벽은 울창한 숲으로 된 것이어서
누구나 寺院을 통과하는 구름 혹은
조용한 공기들이 되지 않으면
한걸음도 들어갈 수 없는 아름답고
신비로운 그 城

어느 골동품 商人이 그 숲을 찾아와
몇 개 큰 나무들을 잘라내고 들어갔다
그곳에는…… 아무것도 없었다, 그가 본 것은
쓰러진 나무들뿐, 잠시 후
그는 공터를 떠났다
농부들은 아직도 그 평화로운 城에 살고 있다
물론 그 작은 당나귀들 역시

—「숲으로 된 성벽」 전문

인용 시는 "그로테스크 리얼리즘"[37]이라는 기형도의 시적 경향과 사뭇 다르다. 지극한 고요와 평화, 안정과 신비로움으로 말미암아 '성' 안의 세계는 동화적인 환상적 분위기로 가득하고, 존재의 충만한 동일성을 한껏 느낄 수 있다. "울창한 숲"으로 둘러싸인 "아름답고 / 신비로운 그 城" 안에는 '농부들'과 '당나귀들'이 평화롭게 살고 있다. "골동품 商人"이 사는 현실적 세계와는 전혀 다른 '성' 안의 세계는 일체의 비본질이 제거된 순수 상태이자 현세적 시간의 분열과 모순이 해결된 초시간의 영역이다.

---

37 김현, 「영원히 닫힌 빈방의 체험」, 『입 속의 검은 잎』 해설, 문학과지성사, 1989, 135쪽.

시간성이 인간 존재의 근본적인 구조라면 인간은 시간을 살면서 동시에 그러한 일상적 시간을 넘어서 진정한 시간의 본질적 세계로 나아가고자 한다. 그런데 이 시에서 그곳은 바로 '성' 안의 세계이다. '성' 안은 단순히 시간의 계기적 질서가 무화된 것이 아닌 본질적인 것이 집약된 형태로서의 세계이다. 초월적인 영원의 시간이 지배하는 '성' 안의 세계에서 시간은 변하지 않는 진리와 순수를 내재하고 있다. 이것은 언제나 영원한 현재로 존재한다. 그러므로 현실적 시간을 초월한 숲으로 둘러싸인 '성' 안의 시간은 영원의 봉인된 시간이 된다.

물리적 시간의 계기적 질서가 무화된 "숲으로 된 성벽"의 안은 일상적 경험세계의 시간을 이탈한 초역사적 시간의 영역이다. 이와 같이 "시인에 의해 체험되는 영원은 무한의 시간, 영원의 생명이 아니라 지상의 한 순간 속에서 파악되는 '영원의 지금', 즉 무시간성의 체험"[38]으로 이것이 현실성을 갖도록 표현되려면 연대기적 질서로부터 해방된 것 같은 무시간적 체험으로 나타난다. 이러한 무시간성은 신화적 시간과 관계가 있다. "왜냐하면 신화세계에는 역사로서의 시간은 존재하지 않고 오직 영원한 원형만이 존재하기 때문이다."[39] 신화가 지닌 과거·현재·미래의 동시성, 혹은 영원한 시간의 지속과 반복이라는 시간성은 결국 원형적 무시간성을 의미한다. 성 안에서의 시간은 현세적 시간과는 대비되는 '영원한 지금'으로서의 봉인된 현재이다. 이 봉인된 현재의 무시간성에서 화자의 혼이 "물살, 고기떼, 물새, 구름, 비"(「시인 1」)로 재생되거나, "인간과 짐승과 무생물이 서로의 영역을 자연스럽게 넘다드는 것"(「시인 2」)처럼 끊임없이 순환하고 반복한다.

---

38 조신권, 「文學에 있어서의 時間問題」, 『문학사상』, 1976. 1, 344쪽.
39 오세영, 앞의 책, 152쪽.

모든 풍요의 아버지인 구름
모든 질서의 아버지인 햇빛
숲에서 날 찾으려거든 장화를 벗어주어요
나는 나무들의 家臣, 짐승들의 다정한 맏형

… (중략) …

나는 즐거운 노동자, 항상 조용히 취해 있네
술집에서 나를 만나려거든 신성한 저녁에 오게
가장 더러운 옷을 입은 사내를 찾아주오
사냥해온 별
모든 사물들의 圖章
모든 정신들의 장식
랄라라, 기쁨들이여! 過誤들이여! 겸손한 친화력이여!

—「집시의 詩集」 중에서

인용한 시는 동화적 상상력에 의해 환상의 세계가 구축된다. 기형도
의 시 가운데는 동화적 상상력에 의해 환상적인 세계가 창조되는 경우
가 다수 있다. 그 가운데 앞서 살펴본 「숲으로 된 성벽」이 '성 안'과
'성 밖', '농부'와 '골동품 상인'이라는 대비적 관계에서 영원의 시간
이 드러나는 것처럼, 인용 시도 역시 마찬가지로 "神의 공장"인 손을
가진 "떠돌이 사내"와 호통을 치는 어른, 환상의 신성한 저녁 시간과
어른들의 공리적 시간을 대비하면서 동화적인 환상의 세계를 구축한
다. 동화적 상상력에 의하여 인용 시는 현실에서의 해방, 말하자면 "우
리들에게 호통"을 치고, 또 "참된 즐거움을 두려워"하며, "세상을 자물
통으로 만들고 싶어"하는 어른들의 공리적인 현실원칙으로부터 초월
해 있다. "떠돌이 사내"는 동화의 세계에서 온 사람이다. 그가 부르는
노래 역시 환상적이며 신비롭고 비현실적이다. 동화의 세계에서 "떠돌
이 사내"는 신비로운 인물이며 "신의 공장"인 손을 가진 '마법사'로서

현실적 시간을 초월한 존재이다.

　기형도가 현실적 시간을 초월해 구축한 동일성의 세계는 "인간과 자연만물이 서로 자유롭게 교통하며 연대하는 물활론적 공동체이자 경험 현실과 상관없이 자족적으로 존재하는 동화적 공간"[40]이다. 여기에서 "숲으로 된 성벽"으로 둘러싸인 아름답고 신비한 성이나, "신성한 저녁"과 같은 공간과 시간은 현실세계에서는 도달할 수 없다. 왜냐하면 연대기적 시간과는 무관한 영원한 지속의 시간인 "무시간은 시간이 어떤 상관성도 띠지 않는 곳, 곧 추상적 실체들과 관계되고, 일반적 진리들이 표현되거나, 몽상 속에서처럼 어떤 현실적 상황과도 단절된 채 순수한 관념들이 예상되는 자리에서 사용"[41]되기 때문이다. 따라서 기형도 시에서 영원의 무시간성은 물리적 시간 질서에 대한 반성적 인식에서 비롯하는 것이다. 기형도는 의식적으로 무시간의 영원성을 지향함으로써 시의 주제의식을 강화하려는 시간의식을 표출하는 것이다. 이를테면 현실의 폭력성과 부조리성, 도시에 대한 환멸과 부정적 의식을 극단까지 밀고 나가는 동시에 한편으로는 신비, 영원, 동일성의 초월적 시간을 허구적으로 창조함으로써 참된 시간성과 단절된 근대의 직선적 시간에 대한 저항을 드러내는 것이다.

　　가끔씩 어둡고 텅 빈 방에 홀로 있을 때 그 기타에서 아름다운 소리가 난다. 나는 경악한다. 그러나 나의 감각들은 힘센 기억들을 품고 있다. 기타 소리가 멎으면 더듬더듬 나는 양초를 찾는다. 그렇다. 나에게는 낡은 악기가 하나 있는 것이다. 그렇다. 나는 가끔씩 어둡고 텅 빈 희망 속으로 걸어 들어간다. 그 이상한 연주를 들으면서 어떨 때는 내 몸의 전부가 어둠 속에서 가볍게 튕겨지는 때도 있다.

40　남진우, 앞의 글, 166쪽.
41　수잔 K. 랭거, 이승훈 옮김, 『예술이란 무엇인가』, 고려원, 1982, 243쪽.

먼지투성이의 푸른 종이는 푸른색이다.

어떤 먼지도 그것의 색깔을 바꾸지 못한다.

— 「먼지투성이의 푸른 종이」 중에서

　인용 시에서 시적 주체는 "어둡고 텅 빈 방에 홀로 있을 때" 들려오는 기타의 아름다운 소리에서 영원의 무시간을 체험한다. 끊어진 기타에서 소리가 나면서 텅 빈 방은 환상적 공간으로 변화하고 시간은 멈춰버리는 것이다. 환상적 공간에서는 시간의 흐름을 감지할 수 없기 때문이다. 그리고 '푸른 종이'의 본질은 '먼지'의 덧칠에도 불구하고 본질로서의 '색깔'을 바꾸지 못한다. 여기에서 본질로서의 푸른 종이의 색깔은 아마도 동일성이 오롯이 확보된 영원의 시간과 공간일 것이다.

　본질적 시간과의 만남을 화자는 "어둡고 텅 빈 희망"이라고 부른다. 그러나 그것은 더 이상 현실이 될 수 없는 영원의 무시간이다. '아름다운 기타 소리'는 "농부의 성"(「숲으로 된 성벽」)이나, "떠돌이 사내"(「집시의 詩集」) 등과 같이 한때 존재했으나 이제 더 이상 그의 것이 아닌 절대적 지향점, 말하자면 동일성이 상상적으로 실현되는 영원의 초월적 시간에 대한 각기 다른 표현으로 볼 수 있다. 그것은 부재하지만 강렬하게 시인의 정신을 사로잡고 있으며, 부재하기 때문에 항상 시인의 상상력을 매혹시키면서 또 좌절시킨다. 그의 시를 압도하는 지배적인 비극성은 바로 여기에서 발원하는 것처럼 보인다.

　기형도의 시에 나타나는 초월적 시간의 무시간성은 시인의 시간의식과 밀접한 관련을 맺고 있다. 자기 동일성이 확보된 초월적 시간의 영원성은 시간에 대한 전통적 인식 체계를 거부할 때 가능하다. 직선적 시간을 거부하고 초월적 시간으로의 진입은 자아와의 참된 만남을 가능하게 한다. 여기에서 "자아와의 참된 만남이란 결국 현실적 시간

의 구속으로부터 해방된다는 것을 의미한다."42) "안개"(「안개」)에 의
해 은폐된 현실의 폭력적이며 부정적인 구조를 의식한 기형도는 일상
적 경험의 현실적 시간에서 이탈하여 희망을 찾고자 하는 것이다.

그러나 이러한 '희망 찾기'는 역설적으로 시인이 처한 현재 상황의
비극성을 더욱 강화하고 전망을 더욱 어둡게 한다. 왜냐하면 환상의
세계는 부재와 결핍, 말하자면 현재 상태에 대한 불만과 그로 인한 현
실의 부정의식에서 비롯하기 때문이다. 이를테면 폭력적 현실의 시간
을 떠나 동화적 상상력을 통한 동일성의 세계로 나아가고자 희망할수
록 현실의 비극성은 더욱 극대화되고, 이러한 양상은 기형도 시를 압도
한다. 예컨대 "잔인하게 죽어간 붉은 세월이 곱게 접혀 있는", "반 토막
영혼"(「病」)의 "황폐한 내부"(「길 위에서 중얼거리다」)에서 발생하는 자
기 동일성에 대한 심각한 회의가 짙으면 짙을수록, 또 그의 시에서 '안
개', '어둠', '밤', '검은 구름', '비', '겨울', '눈', '진눈깨비' 등 일기
상태43)의 이미지로 은유된 현실의 폭력성과 허위성에 대한 인식은 동화
적이고 환상적인 세계로 시인을 이끄는 것이다. 그것은 일종의 도시적
삶의 추악함과 허망함을 비정하게 드러내는 방식이며, 폭력적 현실의
구조에서 느끼는 실존적 고통과 공포의 다른 표현이기도 하다.

5. 비극적 실존의 시간미학

문학의 시간은 주관적 시간으로 사적이며 심리적 차원의 성질을 지
니고 있다. 일반적으로 시간은 과거, 현재, 미래로 구분하여 말한다.

---

42 이승훈, 『시론』, 태학사, 2005, 304쪽.
43 기형도는 「詩作 메모」에서 "이 땅의 날씨가 나빴고 나는 그 날씨를 견디지 못했다."고 술
　회하고 있다. 여기에서 '날씨'는 현실의 폭력성과 허위성에 대한 은유이다.

이러한 물리적 시간은 선조적 질서에 따라 계기적으로 흐르기 때문에 가역성을 갖지 못한다. 그러나 문학작품에서 시간의 계기적 선조성은 해체되어 혼재된 양상으로 나타난다. 문학의 시간에서 시인은 현재 자의식을 기점으로 과거와 미래의 간극을 주관적이며 허구적으로 재정립하여 구성한다. 따라서 문학의 시간은 주관적 경험의 시간으로서 가역성을 갖는다. 이로 인하여 시인의 의식 속에서 과거, 현재, 미래라는 시간은 새롭게 조합되고 재구될 수 있다. 말하자면 현재를 기준으로 자아의 의식이 과거와 미래를 넘나들며 현재화하는 등 시간이 혼재할 수 있으며, 또한 직선적 시간의 흐름을 거부하고 환상 세계의 초월적 시간으로 진입할 수 있다.

기형도 시의 시간의식을 조명하면서 중심적으로 살피고자 했던 내용은 주관적인 시간의식이 나타나는 양상과 의미였다. 일반적으로 시는 시간성을 내재하고 있지만, 시간성이 기형도의 시에서 보다 의미 있게 작용하는 이유는 현실과 자아의 실존에 대한 철저한 회의와 인식이 있기 때문이다. 기형도의 시는 현재 상황에 대한 대응방식으로서 과거와 미래를 현재화하는 과정에서 현재의 부정적이고 절망적인 삶을 부각시킨다. 또한 어두운 현실의 시간의식에 대한 도피처로서 그는 직선적 시간을 초월한 동화와 환상세계로의 진입을 시도한다. 이때 초월적 시간의 환상세계에서 시간은 영원의 본질적 시간으로 나타난다. 기형도의 시에서 시간은 현재를 기점으로 과거와 미래의 시간을 현재화하는데, 과거의 일을 현재처럼 허구적으로 재현하고, 또 미래의 전망을 현재처럼 허구적으로 재구성한다. 이러한 시간의 혼재는 현재의 현실적인 시적 주체가 처한 비극적인 상황을 극대화하는 기능적 효과를 발휘한다. 이것은 과거의 결핍과 상처에서 벗어나지 못한 시적 주체가 미래의 시간 역시도 변함없이 불행하게 결정되리라는 전망을 지시하는 것이다.

자기 동일성을 구현하는 문학의 시간에서 시인은 현재의 자기 의식을 기점으로 과거와 미래를 주관적이며 허구적으로 재구성하고 시간을 가역화시킬 수 있다. 이러한 이유로 유년의 기억에서 출발한 절망적이고 부정적인 기형도의 시간의식은 성인이 된 현재의 시인에게 그대로 영향을 미쳐 과거와 현재의 구분을 불가능하게 만든다. 현재를 중심으로 과거를 회상하는 작품들은 과거의 사실과 반드시 일치하지 않더라도 과거가 현재의 시점에서 다시 구축되어 현재에 지속적으로 영향을 미치는 것을 의미한다. 과거의 불우한 기억은 현재에 더욱 악화되어 현재의 실존적 비극성을 더욱 절실하게 부조한다.

기형도의 시에서 미래 역시 과거의 기억이나 현재의 의식에서 완전히 독립되거나 분리되어 있지 않다. 그렇기 때문에 미래에 대한 전망은 비극적으로 예기된다. 기형도의 시는 아직 실현되지 않은 미래의 노년과 죽음에 대해 상당히 부정적인 인식을 보여준다. 이것은 과거의 기억과 현재의 실존적 비극성으로 말미암아 미래의 예기 역시 부정적으로 현재화되는 것으로 볼 수 있다. 미래 시간의 끝인 죽음의 현재화는 미래의 시간을 현재로 앞당겨 실제적인 죽음 못지않게 살아 있는 죽음으로 인식하는 것이다. 이렇게 미래의 시간이 현재화됨으로써 시인의 부정적이고 비극적인 세계관의 형질은 더욱 뚜렷하게 부각된다.

기형도의 시는 또한 직선적 시간의 흐름에 대한 탈주로서 시간의 초월, 즉 영원의 본질적 시간과 무시간성으로 진입하는 양상이 나타난다. 이 영원의 무시간성은 시간을 초월하여 보편적인 진리와 본질적인 순수의 세계를 보여주는데, 기형도의 시에서는 그것이 동화와 환상의 세계로 형상화되고 있다. 이러한 영원의 본질적 시간에서는 시간의 선조적 계기성을 느낄 수 없는 초월적 시간으로 나타난다. 그런데 기형도의 시에 나타나는 초월적 시간의 무시간성은 과거와 미래의 현재화와 마찬가지로 시인의 비극적인 현실인식과 밀접한 관련을 맺고 있는 것이다. 자기 동일성이 확보된 초월적 시간으로의 진입은 자아와의 참된 만남을 가능하게 한다. 그러나 이러한 초월적 시간으로의 탈주는 역설적으로 시인이 처한 현재 상황의 비극성을 더욱 강화하고 전망을 더욱 어둡게 한다. 이를테면 폭력적 현실의 시간을 떠나 동화적 상상력을 통한 동일성의 세계로 나아가고자 희망할 때, 현실의 비극성은 더욱 극대화된다. 결국 과거와 미래의 현재화, 그리고 초월적 시간으로의 진입은 실존적 고통과 공포, 도시적 삶의 추악함과 허망함을 비정하게 드러내는 하나의 시적 방식으로 해석할 수 있다.

민중미학의 서사적 구현

— 신경림의 『남한강』론

1. 민중정서의 서사시학

신경림은 첫 시집 『농무』를 출간한 이후 한국 시단에서 비교적 많은 주목을 받아온 시인이다. 그의 시적 특성은 주로 민중성과 서사성, 그리고 민요양식의 시적 수용과 서민정서의 시적 육화 등으로 요약할 수 있다. 이러한 점은 "그에 이르러 전통적인 서정시가 민중적 정서의 노래로 전화될 수 있었고, 그의 노력으로 민족적 유산인 민요가 민중문학의 새로운 형식으로 도입되어 탁월한 시적 변용을 이룩했다."[1]는 평가에서 확인할 수 있다. 이를테면 민중성과 서사성은 신경림 시의 내용과 형식을 규제하는 핵심적인 요소로 기능한다. 이러한 측면들은 특히 연작 장시[2] 『남한강』을 통해 보다 깊이 있게 구현되고 있다. 이 글

---

1 임헌영, 「신경림의 시세계」, 『남한강』 해설, 창작과비평사, 1987, 205쪽.
2 신경림은 시집 서문에서 『남한강』을 연작 장시라 언급하고는 있지만 명확한 장르 규정을 밝히고 있지는 않다. 이 점은 『남한강』의 장르 귀속 문제에 대한 논의의 대상이 되기도 한

은 『남한강』의 미적 특수성으로 거론되는 민중성과 서사성이 획득되는 방식을 서술기법의 차원에서 접근하여 규명하고자 하는 의도에서 출발한다.

신경림의 문학적 관심은 사람들이 살아가는 모습에 대한 애착으로부터 출발한다. 그는 한국 근대사의 파행적 산업화라는 현실의 어두운 그늘 속에서 "가난하고 억눌린 사람들의 보편적 느낌과 의지와 저항"[3]의 표현을 통해 공동체 의식과 민중적 정서를 확보하고자 한다. 신경림이 본격적으로 시작(詩作) 활동을 전개하는 70년대는 주지하다시피 정치 사회적 현실이 문학적 상상력을 자극하는 시대였다. 이러한 문학적 환경 속에서 그의 시는 산업 도시화가 파생하는 사회 전반적인 구조적 모순과 부조리에 적극적인 관심을 보인다. 따라서 그의 시는 역사 현실에 대한 실천적 저항과 응전의 산물이다. 그는 소외되고 피폐한 농촌뿐만 아니라 도시빈민에 이르기까지 우리 주변에 소외된 계층의 삶과 기층민의 노래인 민요를 소재로 민중성을 전경화하였다. 이러한 이유로 신경림을 흔히 민중문학 계열의 대표적 시인으로 꼽는데, 그것은 민중문학이 "산업화와 도시화 속에서 소외 계층의 사람들이 벌이는 집단적 성격과 전통 보존의 문학"[4]이라는 개념적 요소를 내포하고 있기 때문이다.

한편, 신경림의 창작방법은 이미지 중심의 전통적인 시작방식에서 벗어나 인물 행위의 표출과 사건의 진술 등 서사적 요소를 시 속에 적

다. 이와 관련한 논의에 대해서는 김종길(「한국에서 長詩의 가능성」, 『김종길 시론집』, 민음사, 1996), 염무웅(「서사시의 가능성과 문제점」, 『혼돈의 시대를 구상하는 문학 논리』, 창작과비평사, 1995), 오세영(「長詩의 개념과 가능성」, 『상상력과 논리』, 민음사, 1991)의 논의들을 참고하면 유용하다.

3 신경림, 「시와 민요」, 『삶의 진실과 시적 진실』, 전예원, 1983, 69쪽.

4 A. 하우저, 황지우 역, 『예술사의 철학』, 돌베개, 1983, 281쪽.

극적으로 수용하는 특징을 지닌다. 이것은 시 속에 사회 현실을 반영하려는 시인의 전략적 의도와 밀접한 관련을 맺고 있다. 이를테면 서사적 요소의 시적 수용은 삶의 현장에서 벌어지는 체험을 직관적 인상이 아닌 서사 체험의 형식으로 표출함으로써 삶의 구체적인 경험을 현실감 있게 그려보려는 시적 욕망에서 비롯한 것이다. 그의 시의 서사성은 "산업사회 소외계층의 열악한 삶의 조건과 삶의 과정"[5]을 그림으로써 현실을 인식하고 삶을 이해하며 현실 대응력을 확보하기 위해 도입된 것으로 볼 수 있다. 이러한 시적 특징이 응축된 작품이 『남한강』으로 억눌린 자들의 삶과 역사를 시간적 경과에 따른 행동의 변천과 그것의 의미에 대한 객관적 탐색을 서사적으로 시화한다.

민중성과 서사성은 신경림 시의 핵심적인 미적 지배소이다. 예컨대 신경림 시는 이야기의 뼈대를 담고 있으며 가난한 사람들의 슬픔과 설움의 정서를 절실하게 표현하고 있다[6]거나, 이미지 중심의 시작 방법에서 벗어나 서사적 요소를 리듬감과 절묘하게 교직시켜 서정양식의 독특한 모델을 창출했다[7]는 평가는 민중성과 서사성이 그의 시의 형식과 내용을 기율하는 지배적인 미적 가치로 작용한다. 이러한 긍정적 평가와 더불어 인간사 위주의 소재주의적 편향, 과도한 서사로 말미암은 서정성의 약화, 미학적 거리를 일탈한 직정적 토로라는 한계를 노출하고 있다[8]거나, 또는 가난한 계층에 대한 감상적 동정이나 선동으로 일관해 시대상황이 변한 오늘날 시적 호소력과 감동을 불러일으키지 못한다[9]는 몇몇 부정적 견해도 제출되어 있다. 이와 같은 상반된

---

5 김준오, 「서술시의 서사학」, 현대시학회 편, 『한국 서술시의 서사학』, 태학사, 1998, 40쪽.
6 유종호, 「슬픔의 사회적 차원」, 『동시대의 시와 진실』, 민음사, 1982.
7 고형진, 『한국 현대시의 서사지향성 연구』, 시와시학사, 1995.
8 황정산, 「민중성, 현실성, 그리고 서정시」, 『작가세계』, 1998년 봄호.
9 이경수, 「70년대 한국시의 방향」, 『상상력과 부정의 시학』, 문학과지성사, 1986.

견해에도 불구하고 신경림의 시가 역사의 그늘에 가려진 민중들의 한과 설움을 결곡하게 풀어냈고, 또 시의 장르적 변용과 확대를 적극적으로 모색해 서정시의 영역을 탈영토화했다는 점은 부정하기 어렵다.

『남한강』은 서사적 요소의 도입과 민요양식의 수용을 통해 민중성과 서사성이라는 그의 시적 특성을 더욱 전경화한 작품이다. 이 작품에는 그의 시의 지배소로 거론되는 민요가락과 서사성, 서민정서와 민중성 등이 총체적으로 구현되고 있으며, 창작방법론의 측면에서 이미지에 의하지 않고 사건과 행위를 연결하는 서사적 방법으로 시적 구조를 형상하고 있다. 이 글은 『남한강』의 민중성과 서사성을 구현하는 표현방식으로서 서술주체의 변화와 서정화자의 개입, 삽화적 구성과 독백적 서술, 민요의 차용과 재문맥화라는 서술기법의 차원에서 분석하여 그 의미를 조명하고자 한다. 그동안 『남한강』에 대한 논의는 대체로 민중성과 서사성에 공통적으로 초점을 두고 있지만, 표현방법이나 구성방식에 대한 구체적인 분석 없이 피상적인 수준에서 내용에만 편중되어 온 것이 사실이다. 이와 같은 소박한 문제의식에 의하여 이 평문은 내용을 드러내는 방법적 장치, 즉 서술의 표현기법과 구성방식의 특성에 대한 구체적인 분석을 통하여 『남한강』의 문학성을 의미화하고 그 가치를 가늠하고자 한다.

2. 서술주체의 변화와 서정화자의 개입

『남한강』은 1부 「새재」, 2부 「남한강」, 3부 「쇠무지벌」 등 3부작으로 구성되어 있다. 1부에서는 '돌배', 2부에서는 '돌배'의 연인 '연이', 3부에서는 '우리'라는 집단적 인물을 등장시켜 구한말 국권 상실의 격동기에서부터 식민지 시대, 그리고 분단 시대를 관통하는 역사적 대립과 갈등의 이야기를 초점화하여 그것을 현재적 의미로 가치화한다. 1

부의 '돌배'와 2부의 '연이', 3부의 익명의 집단화된 '우리'는 모두 텍스트 각 부의 주인물이며 주행위자로서 모든 스토리 사건을 그들의 시각으로 보고, 그들의 의식으로 제시한다. 서술의 주체로서 이들은 한결같이 역사의 현재적 가치화를 위해 서술을 이끌어나간다. 이들이 펼치는 이야기의 서술은 "사건을 의미로 대체하는 작업으로 인간적 삶의 무질서와 혼란에 대해 질서와 가치를 부여하는 행위이며, 삶을 이해하고 전체성을 회복하고자 하는 행위"[10]로 볼 수 있다.

> 누가 알리 그들의 원한을
> 누가 말하리 그들의 설움을
>
> 언덕으로 뻗어 올라간
> 탱자나무 울타리
> 가시 덮인 돌무덤
> 저것은 도적의 무덤이라.

—「서장」 6~7연

인용한 대목은 1부의 도입부인 서장 가운데 일부로서 실제 서사시인의 화행에 의한 서술이다. 작품의 공간적 배경이 되는 남한강 주변의 나루터와 새재 근방의 마을을 둘러본 실제 시인이 위치한 현재 시점에서 자신의 심경과 감회를 서정적 어조로 서술하면서 작품에 임하는 태도와 서사대상, 그리고 서사의식을 표명한다. 실제 시인은 자신이 이야기하고자 하는 서사대상이 역사의 그늘에 가려진 민중들의 원한과 설움이라는 것을 암시하면서 이들의 원한과 설움의 삶을 역사적 의미

---

10 H. 화이트, 전은경 역, 「리얼리티 제시에서의 서술성의 가치」, 『현대서술 이론의 흐름』, 솔, 1997, 177쪽.

로 재구하려는 의도를 내비친다. 즉 1913년 새재 근처에서 싸우다 죽어간 한 "젊은 도적의 무덤"과 무덤의 비문을 제시하면서 은연중에 이것을 서사대상으로 삼겠다는 뜻을 내비친다.

서장이 끝나면 각 부의 서술주체는 '돌배', '연이', '우리'라는 인물화자로 변화한다. 하지만 이들은 이름만 달리했을 뿐 성격적 특성은 동일하다. 이를테면 서술시점이 주인물로 바뀌어가지만 민중을 대변하는 이들의 성격적 특성은 그대로 지속된다. 이들은 모두 민중을 대표하는 의식화된 전형적 인물성격을 지니고 있다. 이들 화자의 어조는 공통적으로 토착 언어의 신선한 구사를 통해 평이하게 민중들의 삶과 세계를 묘사하며 역사 현실의 그늘에 소외된 민중계층의 정서와 의식을 표출한다. 예컨대 '돌배'의 빈곤감과 소외의식에 의해 촉발된 울분과 분노, 원한과 설움의 정서는 이후에도 '연이'와 '우리'로 지속되면서 전형화된 민중정서를 표백하고, 시인은 이들에게 일어난 역사적 사건을 현재적 문맥으로 가치화한다.

> 왜놈들 다시는 이 땅에
> 발 못 붙이게 하라.
> 양반님네 다시는 이 고장에서
> 이 헛기침 못하게 하라,
> 그 거짓 웃음 못 웃게 하라.
>
> ——「새재」, 〈빈쇠전 1〉 끝 연

> 저기 저게 무슨 소리
> 줄바위 열두 굽이
> 다람쥐가 뛰는 소리
> 저기 저게 무슨 소리
> 정참판네 중대문에
> 왜놈 청놈 나드는 소리
>
> ——「새재」, 〈어기야디야 1〉 1연

　　인용한 대목은 1부의 화자인 '돌배'의 독백이다. 독백의 내용은 "왜놈들"로 대표되는 외세와 "양반님네"로 상징되는 지주에 대한 적개심과 투쟁의식이다. 말하자면 '돌배'는 억압 받는 민중의 표상인데, 이러한 전형적 인물성격은 2부의 '연이'와 3부의 익명의 '우리'라는 인물의 성격특성으로 지속된다. 그럼으로써 외세와 지배계급에 대한 저항이라는 주제의식을 지속해 나간다. 이들 각 부의 중심인물이 변할 때마다 적대적 갈등관계의 역행위의 인물들도 정참판으로 대표되는 '지주', 2부에서는 '친일계급', 3부에서는 '새 양반' 계급으로 변하며 역행위자로서의 부정적 성격특성을 지속한다. 이처럼 『남한강』은 각 부의 주인물을 중심으로 제국주의의 침략과 지배계급에 맞서 항거하는 과정을 따라 이야기가 전개된다. 그럼으로써 "우리들이 오늘날 그 속에서 살고 있는 비상사태라는 것이 예외가 아니라 상례"[11]라는 점을 환기하고, 이에 대한 저항정신을 되새기자는 계몽적 권고에 서술의 초점을 모은다.

　　계급적으로 전형화된 인물들의 삶을 시적 세계로 다루는 『남한강』의 서술특성은 앞서 언급한 것처럼 각 부마다 주인물을 중심으로 서술주체인 화자가 전환해간다는 점이다. 실제 시인의 목소리로 들리는 서장에 이어 『남한강』 전편은 모두 주인물을 중심으로 사건이 펼쳐진다. '돌배' → '연이' → 익명의 '우리'로 전이하는 각 부의 주인물은 화자로서의 역할을 수행하는데, 이들은 사건을 중개하는 이야기꾼이면서 동시에 서술 대상을 인지하는 의식이며 정신이다. 그런데 이들의 의식을 지배하고 통제하는 것은 서장에서 등장했던 전지적으로 보이는 서정화자이다. 이 서정화자는 텍스트 곳곳에서 주인물들의 의식과 행동을 통제할 뿐만 아니라, 사건에 개입하여 논평하거나 또는 작품의 전

---

11 발터 벤야민, 반성완 역, 『발터 벤야민의 문예이론』, 민음사, 1983, 347쪽.

체적인 분위기를 서정적으로 창출한다.

> 흰 모래밭 나루에 장꾼을 풀고
> 마지막 어머니가
> 떡함지 이고 내리면
> 더딘 봄날 푸진 햇살만
> 등줄기에 따스운데
>
> 모래밭을 지나 언덕에 오르다
> 장터는 아직 일러 스산하고
> 외팔이네 큰 가마에서
> 아침 국밥이 끓는다.

— 「새재」, 〈이무기 1〉 4~5연

『남한강』은 서정화된 주인물들의 독백적 서술에 의해 사건이 중재된다. 그런데 인용 시에서 드러나는 특징은 주인물 '돌배'의 독백이면서도 그와는 다른 차원의 의식, 즉 사건을 재현하는 '돌배'의 목소리가 아닌 제3의 의식이 작용하고 있음을 느낄 수 있다. 엄격히 말해서 사건을 초점화하여 바라보는 눈은 '돌배'의 시선이지만 그것을 중개하여 재현하는 목소리는 '돌배'의 것이 아니다. 바라보는 눈은 '돌배'지만 말해지는 입은 '돌배'의 것이 아니다. "더딘 봄날 푸진 햇살만 / 등줄기에 따스운데"라고 독백하는 것은 '돌배' 같은 성격의 인물이 포착하기에는 너무나 섬세하고 감각적이다. 이것은 스토리 밖의 의식, 말하자면 서정적이며 감각적인 다른 의식이 인식 대상에 작용하고 있기 때문이다.

> 누구인가, 그 치마소 바위 위에
> 지금 넋잃고 서 있는 그는.
> 해말간 이마에 별빛이 박히고

　　결 고운 무명적삼
　　감싸안은 두 어깨.

―「남한강」, 〈소나무 1〉 4연

　인용한 대목은 익명의 '우리'로 처리된 보조인물이 2부의 주인물 '연이'의 근거리에 밀착해서 그녀의 모습을 묘사한 대목이다. 이때 '연이'와 동질적 성격을 지닌 보조인물의 시점은 '연이'의 가까이에서 그녀의 행동을 묘사하기도 하고, 어떤 때는 자신들의 이야기를 하기도 하는 전지적 서정화자로서 "그러나 우리는 본다, / 온 누리에 새 힘이 솟구치고 있음을."(〈단오〉)에서처럼 '우리'로 호명되기도 한다. 민중집단의 전형화된 역사적 삶에 서정화자가 개입함으로써 "과거에 의하여 현재를 설명하고, 현재에 의하여 미래를 설명하여 어느 개인이나 집단은 단절된 어느 시기에 고립되어 있는 존재가 아니라 길게 연결된 하나의 고리라는 연대의식과 유대감"12)을 갖게 하는 효과를 발휘한다. 그리하여 민중적 결속력을 강화하고, 이를 바탕으로 궁극적으로 공동체적 삶의 질서가 회복된 세계를 지향하는 것이다.

　인물을 중심으로 하는 서술주체의 변화를 통해 신경림은 다양한 시각으로 동시대의 가난한 이웃과 공동체적 연대의식 및 미래 전망을 담아낸다. 이러한 시점의 이동은 시인의 의도적인 방법13)으로 삶의 현실적 조건에 대한 자각을 일깨우고, 그 토대를 바탕으로 미래 사회에 대한 전망 제시와 함께 민중들의 의식계몽을 위한 서술전략으로 볼 수 있다. '돌배'와 '연이'라는 인물에서 집단화된 인물로 화자가 변화하는 것은 '돌배'라는 개인 주체가 민중집단의 전형으로 변화해가는 과

---

12 레비스트로스, 왕빈 역, 『신화학입문』, 금란출판사, 1982, 21쪽.
13 신경림은 시집의 서문에서 "세 편의 연작 장시는 모두 때와 곳과 나오는 사람", 그리고 "기술방법도 세 편이 모두 다른데, 의도적으로 그렇게 했다."고 피력하고 있다.

정을 따르는 것이다. 이러한 과정을 통해 시인은 공동체적 삶에의 의지와 저항의 정신을 전경화한다. 환언하자면 국권 상실기에서 일제 강점기를 거쳐 해방기에 이르기까지의 삶과 세계의 주체가 '돌배'와 같은 민중집단이라는 서술의식의 표현이다.

3. 삽화적 구성의 독백적 서술

『남한강』의 초점화자는 각 부의 주인물이다. 서사양식의 근원적 상황을 "화자가 일어났던 어떤 일을 청자에게 이야기하는 것, 즉 서술되는 스토리와 청자를 중개해주는 것"[14]이라 정의했을 때, 일어났던 어떤 일이란 현재의 일이 아닌 과거의 일임을 뜻한다. 그런데 『남한강』은 일어났던 이야기를 '내'가 말하는 형식을 취한다. 행위자 본인이 화자일 경우에는 자신이 경험한 지나간 일을 회고하는 형식이 되어야 한다. 아니면 제3자인 화자의 눈과 목소리로 행동이 서술될 수밖에 없다. 이것은 서사양식의 근원적 서술상황이기 때문에 『남한강』은 '돌배, 연이, 우리'가 자신들의 행동을 회고적 독백으로 재현하는 한편, 이들과 의식이 동일한 전지적 서정화자가 사건에 개입하여 다양한 사건의 삽화들을 연쇄적으로 구성하는 방식을 채택하고 있다.

실제 서사시인의 목소리로 들리는 서장에 이어 『남한강』 전편은 모두 초점인물을 중심으로 사건이 펼쳐진다. 각 부의 주인물은 앞서 밝혔듯 동일하지 않다. 이들은 직접 행동과 서술을 동시에 겸하고 있기 때문에 텍스트는 회고적 방법에 의해 서술하는 것이 서사기법상 자연스럽다. 그런데 『남한강』은 텍스트 전체 사건의 서사적 계기를 이루는 주요 장면의 순간에서 전지적인 서정화자나 인물화자의 독백과 주요

---

14 W. 카이저, 김윤섭 역, 『언어예술작품론』, 대방출판사, 1982, 310쪽.

사건의 삽화들을 연쇄적으로 삽입하는 형식을 통해 사건 이해에 필요
한 정보를 제공한다. 그리고 구한말에서부터 해방기까지 긴 시간에 걸
쳐 일어난 사건을 다루기 때문에 연대기적으로 제시되는 사건들 사이
의 시간은 필연적으로 요약되거나 생략될 수밖에 없다. 이러한 이유로
전지적인 서정화자나 인물에 의한 독백적 진술을 통해 사건을 요약하
거나 생략된 시간의 공백을 메운다.

> 무심하구나 십년 세월
> 원한도 설움도 잠재우는 것
> 강물은 도도히 흘러가누나
> 물 위에 잔 물놀이만 일구면서
>
> 이곳은 고구렷적 옛 싸움터
> 밤마다 물 위에 일렁이는 아우성
> 비오면 누웠던 넋들 일어나
> 모래밭에서 자갈밭에서 즐펀한 호밀밭에서
> 굿거리장단에서 깨끼춤 추는 곳.

— 「남한강」, 〈단오 1〉 3연과 4연

> 초생달도 힘겨워 지고 말면
> 수만개 별들이 쏟아질 듯
> 강물 위까지 내려와 박히고
> 바람소리 노랫소리에 물결은 흥겨워
> 목청을 뽑아 함께 노래한다.
>
> 물 속의 저 별이
> 내 사내의 넋이라,
> 원통하게 목잘려 죽은
> 내 남편의 넋이라.

— 「남한강」, 〈소나무 1〉 1~2연

첫 번째 인용 시는 전지적인 서정화자의 독백으로 '돌배'가 죽고 십 년이 흐른 뒤 2부의 사건이 전개되는 남한강변을 소개하는 대목이다. 여기에서 전지적인 서정화자는 서정적인 어조로 사건이 전개될 배경을 묘사적으로 서술한다. 이처럼 연쇄되는 사건의 삽화들 사이에는 스토리 내에서는 상당히 긴 시간적 거리가 존재함에도 텍스트 내에서는 생략되어 서술된다. 따라서 독자는 자신의 재능을 발휘하여 가속되거나 생략된 시간을 감지하고 삽화들 사이의 서사적 인과성을 재구성해야 한다. 『남한강』은 구한말에서 해방기까지라는 스토리 시간을 다루고 있다. 그렇기 때문에 사건들 사이의 시간을 생략하거나 아니면 요약하여 주요 장면만을 삽화적으로 연쇄하는 수법을 쓸 수밖에 없다. 이러한 삽화적 구성, 그리고 생략에 의한 시간의 가속과 장면의 독백적 요약은 이야기를 서정적이며 집약적으로 전달하도록 기능한다.

두 번째 인용 시는 '돌배'가 죽고 십여 년이 지난 뒤 2부가 시작하는 서두이다. 2부는 주인물 '연이'를 중심으로 서사가 펼쳐진다. '돌배'를 잃은 '연이'의 통곡어린 울부짖음에 가탁되어 작게는 지아비를 잃은 아녀자의 애끓는 슬픔을, 크게는 국권을 상실한 식민 상황을 절실하고 비감하게 노래한다. 중심인물이자 서술주체로서 '연이'는 그녀가 소속된 집단적 삶을 서사적 개인의 입장에서 서술하면서, "원통하게 목 잘려 죽은" '돌배'의 원혼을 위해 투쟁을 다짐하는 장면의 일부이다. 여기서 그녀는 자신의 입으로 "원통하게 목 잘려 죽은" '돌배'의 투쟁정신을 계승하겠다는 의지의 표명을 독백적으로 전달한다. 그런데 각 삽화들은 인용한 부분처럼 시인 자신이 시집의 서문에서 "세 편의 시는 서로 이어진 내용을 가지고 있지만, 한 편의 장시로 읽어도 좋고 따로 떨어진 시로 읽어도 좋다."[15]고 밝히고 있듯이 그 자체로 완결

---

15 신경림, 「책 앞에」, 『남한강』 서문, 창작과비평사, 1987, 3쪽.

된 한 편의 독립된 시로 보아도 손색이 없다. 이처럼 『남한강』은 그 자체로 완결된 의미를 가진 독립된 이야기들이 유기적으로 연쇄되면서 작품의 전체적 의미를 결속한다.

　독립된 삽화들은 대개 일정한 시점과 서술 상황에서 펼치는 행위자인 인물화자나 전지적 서정화자의 독백으로 이루어진다. 일정하게 꾸며진 상황에서 인물화자나 전지적 서정화자의 독백이라는 점에서 연극에 근접해 있다. 특히 『남한강』은 전체 3부로서 각 부는 각 장으로, 각 장은 일련번호가 붙은 삽화들로 구성되어 있다. 마치 연극의 대본처럼 각 부는 막에, 각 장의 나누어진 삽화들은 장에 비유될 수 있다. 그러니까 해설자가 직접 나서 관객 내지 청중에게 말하는 막이 오르기 전 서막으로서 서장, 그리고 이야기꾼에 의해 제시되는 장면 장면의 독립된 삽화들로 연쇄되면서 사건이 전개되는 것이다.

> 흰 모래밭 나루에 장꾼을 풀고
> 마지막 어머니가
> 떡함지 이고 내리면
> 더딘 봄날 푸진 햇살만
> 등줄기에 따스운데
>
> 모래밭을 지나 언덕에 오르다
> 장터는 아직 일러 스산하고
> 외팔이네 큰 가마에서
> 아침 국밥이 끓는다.
>
> — 「새재」, 〈이무기 1〉 4~5연

　인용 시의 장면은 화자인 뱃사공 '돌배'가 남한강가의 이른 아침 장터의 정경을 묘사한 대목이다. 장터의 정경을 바라보는 '돌배'의 심정이 서정적으로 감지된다. 이 부분은 텍스트 전체의 문맥을 떠나서도 한 편의 독립된 서정시로 여겨도 좋을 만큼 서정적으로 완결된 형식을 갖추고 있다. 그렇기 때문에 표면적으로 서사적 이야기를 전달하면서도 짙은 서정성이 이야기 밑에 흐르고 있음을 알 수 있다. 형식적으로 완결된 이러한 서정성을 갖춘 독립된 노래들은 텍스트 전체에서 빈번히 삽입되어 작품을 형상하는 주요 요소로 쓰이고 있다. 이러한 독립된 부분 부분의 서정적 노래들은 텍스트 전체의 구조에 삽입되어 있으며, 텍스트의 전체적인 분위기와 의미를 결속하는 데 기여한다.

『남한강』에서 인물화자의 서정적 독백은 자신의 심경과 사건에 대한 인식을 독자에게 전달하는 기능을 한다. 그리고 전지적으로 보이는 서정화자는 이야기를 전개하는 중간 중간에 서정민요의 변형으로 보이는 독립된 노래들의 삽입을 통해서 서정성을 강화한다. 특히 전지적인 서정화자가 제시하는 다양한 주변 인물들의 삽화뿐만 아니라 '치마소 전설', '대추나무 시집 보내기', '두레풍장', 그리고 민요나 굿 등의 민속놀이, 제의, 구비전승의 전통시가에 포함된 다양한 삽화들의 삽입은 작품구성의 주요한 원리로 쓰인다.

> 장터 싸전 마당에는 장정들
> 중씨름에 신명이 났고
> 젊은 아낙네들은
> 내 사내 닮은 돌을 찾아
> 강가에서 키들댄다.
> 오늘은 대추나무 시집보내는 날.
> 이것이 더 크지
> 내 것이 더 크지
>
> — 「남한강」, 〈단오 3〉 5연

"대추나무 시집 보내기"는 대추나무와 "내 사내 닮은 돌" 사이의 성적 결합에 의한 풍요와 다산을 기원하는 제의이다. 위의 시는 오월 단오에 대추나무 가지에 생채기를 내고 돌을 끼우는 풍습을 통해 성적 에너지가 생활 세계로 이어지길 기린다. 아울러 암줄과 숫줄의 결합으로 상징되는 "정월대보름 줄다리기"(「남한강」, 〈꽃나루〉)나 '열림굿'(「쇠무지벌」)의 형식을 차용한 삽화들도 마찬가지이다. 시인은 이러한 제의나 놀이가 포함하고 있는 삽화를 통해서 '새 세상'으로 가는 힘을 제시한다. 즉 대동놀이가 지닌 제의적 의미를 통해 공동체적 동일성을 확보하고, '새 세상'으로 나가려는 변혁적 의지를 제의의 축제성을 통해 이룩하는 것이다. 이와 같이 『남한강』은 다양한 이야기의 삽화들을 연쇄적으로 결합하는 구성방식을 통해 일제 식민지 시대와 해방 직후의 역사적 상황 속에서 민중적 응전력의 형성과정을 형상화한다.

민중의 수난과 저항을 그리는 『남한강』은 서정과 서사를 유기적으로 결합하는 서술방식을 취한다. 그런데 이때 중요하게 기능하는 요소가 삽화적 사건 전개와 인물화자나 전지적 서정화자의 독백적 서술이다. 이와 같은 서술방법은 서사적 구조에 적합하게 변용되어 사건의 전개와 인물행위의 서술 요소 요소에서 독특한 기능을 발휘한다. 이를테면 삽화적 구성방식과 독백적 서술은 작품 전체의 서사적 전개를 축약 또는 비약시키거나 자칫 단조로울 수 있는 이야기에 서정성을 부여하여 정서적으로 공감대를 형성하도록 기능한다.

4. 민요 양식의 차용과 재문맥화

『남한강』은 항간에 구비 전승해오는 전통 민요를 생산적으로 수용한다. 그럼으로써 일차적으로는 민요가 포함한 서민정서로서의 비애와 설움을 통해 민중적 삶의 애환을 표현한다. 이와 함께 전통 민중예술이 근본적으로 함유하고 있는 신명의 낙관성·역동성·집단성을 현재적 의미로 재구성하는 시적 특성을 지니고 있다. 신경림은 민요양식의 수용을 통해 그가 줄곧 지향해오는 민중성을 구현하고자 한다. 왜냐하면 민요는 민중의 생활, 감정, 사상을 나타내는 노래이며 문학이기에 그 성격도 당연히 민중적이기 때문이다. 이와 같은 문맥에서 『남한강』은 민요의 리듬, 후렴구 및 노래체 어구의 교체, 반복, 병렬, 관용구 등과 같은 형식적 특성은 물론 내용이나 정서까지도 적극 차용한다. 그럼으로써 친숙하고 오래된 민요를 현대시에 새롭게 재문맥화한다.

> 소올개야 소올개야 어어디서 와았니
> 가앙건너 바다건너 왜놈나라에서 와았다
> 무얼하러 무얼하러 조선땅엘 와았니
> 병아리 먹고 애기 먹고 사알찌러 와았다
> 가아거라 가아거라 네 나라로 가거라
>
> — 「남한강」, 〈단오 3〉 7연

> 떼이루 떼이루 떼이루얏다
> 돌밭의 잡초는 뽑지도 못하면서
> 이마의 솜털은 잘나도 뽑네
> 떼이루 떼이루 떼이루얏다
> 소금배 노는 잡지도 못하면서
> 이내 손목은 잘도나 잡네
> 떼이루 떼이루 떼이루얏다
>
> — 「남한강」, 〈아기늪에서 1〉 3연

첫 번째 인용 시는 어린이들의 전통 놀이 가운데 '꽃찾아 가기 놀이'를 할 때 부르는 집단 동요가 원텍스트이다. 두 번째 인용 시는 전통 악기의 의성과 장단을 통해 "담배장수 나가야마"를 조롱하는 부분이다. 『남한강』의 율문 형식에는 인용 시에서와 같이 우리의 귀에 익숙하게 경험된 민요가락, 전통 장단, 집단동요가락 등이 다양하게 수용 삽입되어 있다. 이것은 이 작품이 드러내고자 하는 주제의식과 맥을 같이 한다. 즉 민중의 집단 공동체적 삶을 형상화하고자 하는 의식과 결부되어 민중적 정서를 환기하도록 기능한다. 그리고 사건의 전개에 있어서 그러한 표현은 인용 시에서처럼 외형적으로 민요의 선후창 형식을 그대로 차용한다. 화자는 대구와 대조의 민요적 선후창 표현수법을 지배와 피지배의 대립적 관계로 등가해 서술한다. 이러한 등가적인 서술방식은 결국 반민중 계급이 현실 상황의 구조적 모순을 심화시킴에 대응하여 대립과 갈등을 전경화하고, 이를 통해 민중의 계급적 자각을 환기하기 위한 전략으로 볼 수 있다. 이처럼 서술방법으로서 서정적 민요의 수용은 작품 전체를 지배하는 핵심적 서술원리로 작용한다.

> 뗏목은 뜨면 오백리
> 임은 품으면 한닷새
> 어야디야 내 가걸랑
> 수수깡바자 반만 열고
> 어야디야 시어미 몰래
> 당버들 아래로 나오소
> 귀밝은 시어미 몰래
> 버선 발로 나오소
>
> ― 「남한강」, 〈단오 1〉 6연

　인용 시는 「남한강」 제1장 〈단오〉에서 "도도히 흐르는" 남한강이 간직한 역사성을 서정적으로 노래하는 부분 가운데 일부이다. 그런데 이 대목은 서정적 노래와 같은 삽화로 노래 속에 이야기를 포함하고 있다. 이 서정적 노래에는 패망한 고구려의 망국한에 대한 이야기를 포함하고 있으며, 화자는 이를 통해서 현재의 나라 잃은 망국한을 환기한다. 즉 『남한강』의 서사적 이야기는 구전민요와 같은 노래들과 유기적으로 결합하면서 전개된다. 이때 화자는 "얘기 속에 노래를 섞기도 하고 노래 속에 얘기를 섞기도 하면서 줄거리를 이끌어나가는 뛰어난 애기꾼이요 노래꾼"16)으로 기능한다. 이야기꾼이며 노래꾼으로서의 성격을 공유한 화자가 전통 민요의 가락을 차용하는 방법은 사건진행보다는 주로 주제를 암시하고 사건의 분위기를 창출하며, 집단적 흥취를 불러일으키고 사건의 진행에서 긴장과 이완의 심리적 효과를 주도록 기능한다.

저기 저게 무슨 소리
줄바위 열두 굽이
다람쥐 뛰는 소리
저가 저게 무슨 소리
정참판네 중대문에
왜놈 청놈 나드는 소리

—「새재」, 〈어기야디야 1〉 1연

인용 시는 민요의 문답식 교환창 형식을 차용해 쓰고 있다. 『남한강』의 전통 구비문학 양식의 차용은 비단 민요에만 그치지 않고 굿, 잡가류, 타령 등에 대한 차용도 생산적으로 수용하고 있다. 인용 시에서 나타나듯이 율격의 측면에서 역시 민요의 형식을 변형해 차용한다. 이와 같이 민요양식의 특성을 저변에 깔고 있는 『남한강』은 대부분 2음보나 3음보 내지는 4음보를 근간으로 율격상의 변화 없이 차용되고 있다. 즉 민요의 기본 율격을 다양하게 차용하는 양상을 취하고 있는데, 위 시는 2음보의 율격을 통한 교환창을 바탕으로 서술되고 있다. 또한 반복·병렬되어 동일하게 전개되는 어미의 형태로 배열된 민요의 관습적 어구가 문답식으로 반복되는 특징을 볼 수 있다.

---

16 위의 책.

원수로세 원수로세 총 잡은 놈이 원수로세

가랑잎처럼 살얼음 위해 가볍게 떠서

원수로세 원수로세 바다 건너 온 놈 원수로세

동그라미 한복판에 정참판 서아들도 깨끼춤

원수로세 원수로세 갓쓴놈이 원수로세

— 「남한강」, 〈눈바람 3〉 2연

인용 시는 수미 상관식 시행의 배열을 보이고 있는데, 병행구조가 전경화되어 장중한 분위기와 정조를 창출한다. 동일한 음운과 음절, 즉 반복 중첩되는 통사구조의 병행구문을 통해 일본과 정참판에 대한 화자의 원망스런 감정을 고조시켜 나간다. 이러한 병행·반복적 회기의 힘은 곧 이에 호응하는 의미의 회기성을 자아내는 것이며, 구조상의 병립성이 구성원리로써 배열에 투영되면 불가피하게 의미의 등가성[17]을 촉진시키기 때문이다. 우선 인용 시에 깔려 있는 4·4(4·3)조의 4음보의 율격은 민요의 가장 흔한 율격이다. 4음보를 통해 표출되는 정서는 장중한 느낌을 주는 성향이 강하다. 삶의 밑바닥에 깊숙이 자리 잡은 정신적 실체로서 한의 정서가 화자의 목소리를 통해 서럽고 장중하게 감지되는 점은 바로 이 때문이라 할 수 있다. 즉 4음보의 율격이 내포하고 있는 장중한 맛과 음송에 적합한 율격으로 형태상의 별다른 변형 없이 화자의 심정을 안정감 있게 표출하고 있다. 대체로 4음보격은 음영민요의 율격 형태로 연속체인 서사민요에 흔하게 보인다. 음영민요는 사설조로 나열하거나 장황하게 읊조리는 것이 특징이기에 장중하고 안정감[18]을 주는 것이 일반적이다. 이 시가 매끄럽게 읽히는 이유는 바로 장중한 가락 때문으로 보인다.

---

17 R. Jacobson, 권재일 역, 「언어학과 시학」, 『일반언어학이론』, 민음사, 1989, 222쪽.
18 성기옥, 『한국시가율격의 이론』, 새문사, 1986, 167쪽.

민요의 중요한 형식적 특징은 일정한 반복구조에 있다. 『남한강』은 음절, 어구, 관용적 표현, 시행의 반복과 병렬을 기본구조로 하는 민요의 형식적 특징을 계승한다. 인용 시에 보이는 '~로세 ~로세 이/가 ~로세'는 "민요의 대표적인 aaba의 관용적 반복구조"[19]이다. 인용 시는 이러한 가창의 되풀이되는 반복을 통해 수미상응·병렬구조에 의한 미적 효과를 구현하고 있다. 이러한 민요의 노래체 형식을 통해서 얻고 있는 미적 효과는 무엇보다 시 전체에 깔려 있는 비애의 정서와 2음보의 급격한 리듬에서 오는 역동적인 가락의 창출이다. 말하자면 신경림은 민중적 삶의 현실적 조건으로서 비애·설움·한의 정서를 민요의 양식을 통해 드러내면서 동시에 역동적인 리듬을 통해 이를 극복하고자 하는 태도를 효과적으로 구현한다.

민요는 또한 일정하게 호응하는 조사와 어미의 활용을 통한 관용적 표현의 독특한 문장구조가 있는데,[20] 이 시에서는 '~로세 ~로세 ~이/가 ~로세'로 통사구조를 반복하는 관용적 표현을 활용하고 있다. 이를테면 관용적 어구, 시행의 병열과 교체 반복을 통해 민요체의 노래를 듣는 듯한 일정한 리듬감을 느낄 수 있다. 그리고 계속 반복되는 내적 문법구조는 각운을 형성해 리듬을 형성하고 있다. 인용한 부분은 민요의 기본 율격인 4·4조 2음보를 밟는데, 2음보는 급격한 맛과 이를 통해 표출되는 정서는 집단적 성향이 짙다. 뿐만 아니라 감정의 흐름이 급박하고 직정적이면서도 단일한 방향으로 지속되는 안정된 느낌을 준다. 아울러 이러한 느낌은 동시에 4·4조 2음보의 기본 율격을 변형시킴 없이 배열하여 급박함과 직정적인 특징을 계속 이어나가면서 빠른 동작으로 이어지는 놀이의 유희성까지 발현한다. 즉 2음보를

---

19 김대행, 『한국시의 전통 연구』, 개문사, 1980, 43쪽.
20 박혜숙, 「한국 민요시의 전개양상 연구」, 건국대 박사학위논문, 1987, 250~253쪽.

통해 급격한 동작으로 비교적 짧은 시간 동안 진행하는 놀이에 있어서의 리듬을 창출하면서 미적 쾌감을 불러일으킨다.

민요의 양식을 차용함으로써 『남한강』이 얻고 있는 미학적 성과는 시에 전통 율격을 접목시키고 소재 수용의 다변화를 이룩했다는 데서 찾을 수 있다. 또한 신경림 시를 논의하는데 있어서 민중성과 서사성은 곧 민요 등 전통 민중예술에 근본적으로 포함된 서사성에 크게 영향 받아 형성되었다는 점이다. 민요가 지닌 민중적 정서와 공감에 기대어 대중적 친화력을 확보하는 『남한강』은 우리 민족이 경험한 보편적 정서를 토속어로 노래했기 때문에 낯설지 않다. 환언하면 보편적인 정서를 귀에 익은 가락에 담아 폭넓은 공감을 불러일으킨다. 이러한 공감은 나약하고 체념어린 전대의 민요시 정서를 극복하고 민요가 근본적으로 함유하고 있는 능동적이고 역동적인 미적 자질을 복원하고 있기 때문이다. 민요의 가락이나 다양한 전통 민중예술이 지닌 미적 요소들의 수용은 역사적 현실에서 피지배계층으로서의 민중의 소외의식과 슬픔을 담아내는 장치로 기능하며, 무엇보다 민중적 정감을 제고하기 위한 방편으로 사용되고 있다. 따라서 『남한강』의 민요 수용은 우리 민족의 기층 민중문화를 반영함으로써 민족 민중적 전통의 계승과 동질성의 회복에 초점이 있는 것이다.

5. 저항과 응전으로서의 민중미학

신경림의 『남한강』은 '돌배'라는 개인 주체가 민중집단의 전형으로 변화해가는 과정을 통하여 공동체적 삶에 대한 의지와 의식적 통제를 보여준다. 아울러 『남한강』은 일제 식민지 시대와 해방 직후의 역사적 정황 속에서 민중적 응전의 형성과정을 형상화시킴으로써 역사적 현실의 동시대성과 민중집단의 공동체 의지를 서사세계와 서사정신의 근간으로 삼고 있다. 따라서 『남한강』의 서사세계와 시정신은 민족의 수난과정에 대한 문학적 응전의 의미를 내포한다. 이를테면 『남한강』의 서사성은 과거 역사의 단순한 재현이 아니라 현재와 미래의 암유적 관계에 놓여 있다. 신경림은 당대의 지난한 현실을 역사를 통해 이해하고 또 이를 통해서 미래에 대한 역사적 전망을 획득하려 한다. 그는 『남한강』을 통해 역사를 총체적으로 통찰하고 이를 바탕으로 현재를 정당하게 파악하고 비판하면서 미래를 전망한다. 이러한 문맥에서 『남한강』은 역사 현실에 대한 저항과 응전으로서의 민중미학을 결곡하게 구현한 작품으로 평가할 수 있다.

　『남한강』을 구성하고 있는 세 편의 작품은 지속적으로 동일한 주인공을 내세우지 않는다. 이는 식민지 직전과 식민지 시대, 그리고 그 이후의 분단 시대를 3부로 나누어 '돌배'와 '연이'를 포함한 모든 사람들에게 역사적 과거의 대립·갈등 양상을 오늘의 현재적 의미로 재생하려는 시인의 의도에서 기인한 결과이다. 현실을 직설적으로 표현하지 않더라도 역사적 과거의 현재화를 통해 오늘의 현실을 말하지 않으면서 현재의 실상과 미래에 대한 전망의 메시지를 전달할 수 있기 때문이다. 『남한강』은 현실의 역사적 과거화 혹은 과거의 역사적 현재화를 통해 현실의 단면을 우회적으로 재생·제시한다.

　『남한강』은 단수의 주인물에서 복수의 주인물로 서술주체가 변화하는 양상을 보인다. 이들 서술주체들은 공통적으로 역사 현실의 그늘에 소외된 민중 계층의 정서와 의식을 표출하는 데 주력한다. 말하자면 주인물은 바뀌지만 민중을 대변하는 이들의 성격적 특성은 그대로 지속된다. 그럼으로써 이들을 둘러싸고 일어나는 역사적 사건을 현재적 의미와 미래적 가치로 문맥화한다. 이러한 시점의 이동은 시인의 의도적인 방법으로 역사적 과거를 현재와 미래의 문맥으로 가치화함으로써 삶의 현실적 조건에 대한 자각을 일깨워준다.

『남한강』은 각 부마다 주인공을 중심으로 서술주체인 화자가 전환해 간다. '돌배'와 '연이'라는 인물에서 집단화된 인물로 화자가 변화하는 것은 '돌배'라는 개인 주체가 민중집단의 전형으로 변화해가는 과정을 따르는 것이다. 환언하면 '돌배'의 삶, '돌배'가 '연이'나 '우리'와 같은 인물로 객관화된 집단적 삶, '돌배'와 같은 민중집단이 주체가 되는 계급적으로 전형화된 인물들의 삶을 시적 세계로 다루면서 국권 상실기에서 일제 강점기를 거쳐 해방기에 이르기까지의 삶과 세계의 주체가 '돌배'와 같은 민중집단이라는 서사의식을 드러낸다.

『남한강』의 민중의 공동체 의식을 굿과 민요라는 전통 민중예술양식에서 차용하여 그들의 한의 정서와 밀착시키고 있다. 즉 서민적 정서로서의 비애와 설움, 그리고 신명의 낙관성이 항상 함께 한다는 점이야말로 우리 전통 민중예술의 삶과 세계에 대한 태도의 중요한 면모인데, 『남한강』은 이를 창조적이며 생산적으로 수용 계승하고 있다. 신경림은 이러한 민요의 시적 수용을 통해서 전통적 민중정서를 확보하고, 민요의 시적 접맥을 통하여 민족 공동체적 세계와 동질성의 회복이라는 가치를 실현한다.

결국 신경림은 『남한강』에서 이야기를 전개할 수 있는 서사적 양식을 시에 도입하여 식민지 시대를 관통하는 황폐한 민중의 현실에 대한 깊이 있는 탐색을 이루었다. 지금까지 논의한 것처럼 『남한강』의 미적 특수성과 효과는 이야기의 서사성과 민요적 가락의 결합에서 발생하는 것이다. 그런데 이야기의 서사구조상 결말에서 미래에 대한 좀 더 명확한 대안적 메시지를 보이지 못하고 추상적으로 끝맺고 있는 점은 한계로 지적할 만한 부분이다. 그리고 민중성에만 집착한 나머지 민요의 세계로 과도하게 몰입하거나 계몽적 이념과 계급의식이 여과 없이 전면에 노출된 점은 한계로 지적해야 할 사항이다.

단절과 연속으로서의 자기갱신
— 김규동론

1. 부정의 문법

김규동(1925~2011)은 함경북도 종성(鐘城)에서 태어나 1946년 연변
의과대학을 수료하고 1948년 『예술조선』지에 「강」이 입선되면서 문단
에 나왔다. 이후 시인은 전후(戰後) 모더니즘을 전략적으로 표방하는
《후반기》 동인으로 활동하면서 모더니스트로서의 시세계를 보여준다.
김규동[1]의 초기 시는 도시적 감수성에 토대를 두면서 자연 대상에 시
적 상상력의 수원을 두는 전통적 서정문법을 부정하고 새로운 문명의
현실과 시대에 걸 맞는 시적 문법을 개척하려는 모더니스트로서의 성

---

1 김규동의 시집으로는 시선집을 포함하여 첫 시집 『나비와 광장』(1955), 『현대의 신화』
(1958), 『죽음 속의 영웅』(1977), 『깨끗한 희망』(1985), 『하나의 세상』(1987), 『오늘 밤 기러기
떼는』(1989), 『생명의 노래』(1991), 『길은 멀어도』(1991), 『느릅나무에게』(2005)가 있다. 2011
년 9월에 시인이 작고하기 전 창작과비평사에서 그간 발표한 시와 미간행 시를 포함하여
『김규동 시전집』(2011)을 간행하여 그의 시세계를 전체적으로 살펴볼 수 있게 되었다.

향을 보여준다. 그러던 그는 1958년 두 번째 시집을 낸 후 10여 년간 시적 침묵을 지키다 1972년부터 활동을 재개하기 시작하면서 이전의 시세계와는 현격하게 차별화된 리얼리스트로 변신한다. 말하자면 《후반기》 동인이라는 모더니스트로서의 면모는 사라지고 민중적 현실인식에 토대를 둔 작품을 제작하면서 리얼리스트로서의 시적 방향전환을 이룩한다.

잘 알려진 대로 한국 시단에서 모더니즘의 미적 방법론이 전경화되는 시기는 1930년대의 일이다. 이후 1950년대 전후(戰後)의 《후반기》 동인을 거쳐 1960년대 '현대시' 동인으로 그 계보를 잇는다. 그들은 주로 "현실 생활의 충실한 반영보다는 미적 가공"과 "시인의 내면성을 추구"2)하는 경향을 보인다. 말하자면 그들은 미적 자의식과 반재현주의적 입장을 전면에 내세운다. 이는 시대의 혼돈에 대한 미적 반응의 형식이며, 문명이 야기한 혼돈과 파괴, 세계 자본주의와 산업화의 증대, 무의미와 부조리 속에 던져진 실존 등과 관련된다.3) 서구의 새로운 예술양식으로서 모더니즘의 미학적 태도는 리얼리즘을 부정하고 미적 자의식을 전면에 내세운다. 이러한 미적 방법론에서 출발한 김규동의 시는 그가 거부했던 현실의 반영과 재현에 충실한 리얼리즘으로 귀화한다는 점이 이채롭다.

김규동의 시적 여정을 살필 때 무엇보다도 두드러진 점은 단절적 변신의 폭이 어느 시인보다도 크다는 사실이다. 그의 시세계는 대체로 전반기와 후반기의 시기로 나누어 볼 수 있겠는데, 이러한 도식적인 구분을 가능하게 하는 요인은 모더니즘을 지향하는 초기의 시적 태도에서 긴 공백기를 거친 뒤 민중의식을 기반으로 하는 리얼리즘적 세계

---

2 서준섭, 「모더니즘과 문학의 신비화」, 『감각의 뒤편』, 문학과지성사, 1995, 119쪽.
3 M. Bradbury, J. McFarlane, ed., *Modernism*, Penguin Books, 1976, p.22.

로의 뚜렷한 변화에서 비롯한다. 한 시인의 시세계가 변화한다는 점은 지극히 자연스러운 일이다. 그럼에도 불구하고 그의 시적 변모가 특별히 관심을 끄는 이유는 모더니즘의 시와 민중의식에 기반한 리얼리즘 시의 단절적이며 이질적인 차이 때문이다. 이러한 연유로 그동안 김규동 시에 대한 평가는 대체로 양방향에서 이루어져 왔다. 이를테면 모더니스트로서 주지주의나 쉬르리얼리즘의 경향에 대한 관심과 1970년대 이후부터 사회 현실 내지 역사의식을 토대로 하는 사회성 짙은 리얼리즘의 시에 대한 관심이 그것이다.

김규동의 초기 시는 대개의 당대 모더니스트들이 그러하듯 내면의식의 추구를 기반으로 하고 있다. 이후 긴 시적 침묵을 깨고 발표하는 시들은 민중의식 및 분단의식에서 비롯한다. 이 글은 이러한 시적 변화를 연속적 단절, 혹은 단절적 연속의 맥락에서 김규동의 시를 전체적으로 규명하려 한다. 김규동의 시에 대한 평가는 대개 서평 형식의 단편적인 것들에 불과한 실정이다. 이러한 언급들도 대개는 초기 시에 집중하여 모더니스트로서의 시적 특질을 밝히거나, 아니면 이후 리얼리스트로서의 면모에 초점을 둔 논의가 대부분이다. 즉 그의 시가 보여주는 단절적 연속 혹은 연속적 단절이 내포하는 의미를 규명하거나, 이를 통해서 전체적인 시적 특질과 의미를 밝힌 글은 아직 제출되지 않은 상태이다. 따라서 김규동의 모더니스트로서의 면모와 리얼리스트로서의 상반된 면모에서 발생하는 연속적 단절 혹은 단절적 연속의 의미를 이끌어냄으로써 그의 시의 전체적인 의미를 구성하는 작업은 시의적절한 일이다. 이는 김규동의 시적 변화의 궤적과 그것이 포함하는 의미를 전체적으로 조망하는 작업과 다르지 않다.

이 글은 그의 시적 갱신의 궤적을 따라가면서 소략하게 그의 전체적인 시적 면모를 단절적 연속 혹은 연속적 단절의 맥락에서 살펴볼 것이다. 특히 초기 모더니스트의 면모와 후기 리얼리스트로서의 변신이 함유하는 의미를 범박하게나마 조명하고자 한다. 김규동 시인은 어느 시인보다도 시적 변모의 보폭을 크게 보여주지만, 방법을 달리 할 뿐 모순과 부조리의 현실에 대한 비판적이며 부정적인 태도에서는 동일한 포즈를 취한다. 이를테면 전후의 황폐한 문명 현실에 대한 모더니스트로서의 관심과 분단의 현실을 비판적으로 지각하고 이를 극복하려는 리얼리스트로서의 태도는 동일하게 시대의 재난과 비극, 현실의 모순과 부조리, 인간 실존의 소외와 불안으로부터 출발하는 부정의 문법에서 기원한다.

2. 시적 자각과 변신의 논리

전후 피폐한 사회적 분위기 속에서 김규동은 박인환, 조향, 김경린, 이봉래, 김차영 등과 《후반기》 동인으로 활동하면서 1930년대 모더니즘의 정신을 계승 극복하려는 활동을 펼친다. 그는 《후반기》 동인들이 그랬던 것처럼 과거의 낡은 시적 문법과 결별하고 새로운 스타일의 시를 제작하려 시도한다. 주지하다시피 《후반기》 동인들이 전면에 내세운 시적 방법은 재래의 서정문법의 배격이었고, 그 극복 대상은 청록파 시인들의 시적 방법과 태도였다. 그런 만큼 김규동은 청록파가 보여주는 과거의 전통적 서정문법을 과감하게 배격하고 도시문명의 변화된 삶의 조건에서 파생하는 불안한 내면의식과 전후 인간의 존재론적 문제에 대한 즉물적인 탐구를 창작의 중심에 둔다.

《후반기》 동인에서 주도적인 역할을 담당했던 김규동은 전후 모더니스트로서 시 창작뿐만 아니라 다수의 평론을 통하여 그가 주창하는 '새로운 시'의 탄생을 역설한다. 특히 재래적인 서정문법을 고수하는 청록파에 대한 시적 저항과 반발에서 비롯한 시론집 『새로운 시론』은 《후반기》 동인들의 미적 자의식과 지향점, 시적 태도와 창작방법을 가장 명료하게 드러내준다. 즉 현실의 충실한 반영과 재현이 아닌 미적 자의식과 도시적 감수성, 그리고 주체의 내면탐구를 변화한 시대의 '새로운 시'로 옹호하고, 이를 전략적으로 추구한다. 현실이 야기하는 모순을 행동으로써가 아닌 시로써 극복함으로써 모순된 현실에 도전하고자 했던 김규동은 청록파로 대변되는 지배적인 시적 방법론을 배격하고 심층의 내면의식과 문명의 도시성 탐구에 매진한다. 그러나 《후반기》 동인들을 비롯한 김규동의 노력은 새로운 시대의 시에 대한 모색과 실험을 관념적으로 추구했다는 비판적 평가에서 또한 자유롭지 못하다.

초기의 김규동 시는 《후반기》 동인들의 시에서 공통적으로 발견되고, 또 개별 동인들 사이에 차이를 달리 하지만 그들의 공통된 지향점이라 할 수 있는 반전통성, 도시적 감수성, 그리고 서구 모더니즘의 기법을 수용하려는 정신이 짙게 투영되어 있다. 이러한 측면은 고등학교 재학시절 은사인 김기림의 영향이 크다. 김기림의 영향에 의한 것—사실 그의 『새로운 시론』은 1930년대 김기림의 그것과 별반 다르지 않다—이라고도 볼 수 있는 그의 초기 모더니즘의 시는 전쟁으로 인해 황폐해진 도시와 불안한 실존의 정신세계가 시적 문맥을 구축하는 데 주요하게 기능한다. 다음의 인용은 모더니스트로서의 시적 출발을 시작하는 데 있어서 김규동의 시적 입장은 물론이거니와 《후반기》 동인의 입장을 분명하게 가늠해볼 수 있게 해준다.

> 오늘날 한국시단의 선진적 주류를 형성하여 나가고 있는 계층을 새로운 시인 즉 모더니스트들의 활약이라고 본다면 이와 정반대로 현실의 암흑을 피하여 지나간 과거의 낡은 전통속에서 쇠잔한 회상의 울타리 안으로만 움츠러들려는 유파들이 또하나 다른 흐름을 형성하고 있다는 사실은 한국시단만이 가지는 슬픈 숙명인 동시에 참을 수 없는 비극이 아닐 수 없다. 「청록파」를 중심으로 한 시인들의 순수시운동이 그것이었다.
>
> —『새로운 詩論』

김규동을 비롯한 《후반기》 동인은 자신들을 "한국시단의 선진적 주류를 형성하여 나가고 있는 계층"이라 평가하면서 스스로를 "새로운 시인 즉 모더니스트들"이라 규정한다. 그는 "청록파를 중심으로 하는 시인들의 순수시운동"을 정면으로 비판하면서 자신들의 논리를 뚜렷하게 부각한다. 말하자면 과거의 재래적 서정과 감성에 의지한 창작방법에서 벗어나 전통적인 서정문법과는 다른 모더니즘의 수법에 입각한 '새로운 시'를 제작하고자 하는 태도가 명료하게 드러나 있다. 그가 말하는 '새로운 시'란 전통적 서정성에 기반한 시의 창작방법이 아니라 서구 모더니즘의 전략적 창작방법을 말하는 것으로 이해할 수 있다. 그에 따르면 시는 현실감각을 기초로 해야 한다는 것이고, 재래적 서정성을 거부하는 부정의 정신을 바탕으로 해야 한다는 것이다. 청록파의 전원지향 내지는 고전지향의 창작방법은 낡은 것이어서 청록파가 입각한 시적 태도는 시대착오이다. 따라서 이를 부정하고 도시적 감수성과 문명의 현실적 감각에 충실한 '새로운 시'를 제작해야 한다는 논지이다. 김규동은 이러한 청록파의 낡은 방법에서 벗어나 모던한 도시적 감수성과 표현기법을 추구하고자 한다.

《후반기》 동인으로 활동하며 모더니즘 운동에 참여했던 김규동의 초기 시들은 전후(戰後)의 피폐한 인간상과 불안한 실존의 내면의식, 야만적인 물질문명에 대한 비판과 휴머니즘의 회복을 주지적이고도 감각적으로 표현한다. 그러던 그는 1960년대 들어서 시보다는 생업에 충실하면서 한동안 시적 침묵을 지킨다. 신문사와 출판사에 근무하며 지내던 시인은 군사정권의 폭압이 절정으로 치닫던 70년대부터 시국에 관심을 가지며 시단에 다시 등장한다. 그가 시단에 다시 돌아온 것은 1974년의 일이다. 그해 그는 백낙청, 고은 등과 '자유실천문인협의회' 결성에 적극적으로 참여하면서 군사독재정권의 폭압에 저항하는 실천을 펼친다. 이후 시인은 '자유실천문인협의회', '민족문학작가회의'

고문을 역임하고, 시적으로는 민중의식과 남북분단에 대한 역사의식의 자각, 그리고 변혁에의 의지를 담아내는 데 주력한다.

> 젊어서는
> 발레리도 읽고 릴케와 에세닌도 애독했으나
> 정신분석이니
> 쉬르레알리즘 선언 따위도 흥미로웠으나
> 지금은
> 쌀을 안치고 불을 켜
> 군말없이 밥 짓는 일에 애정을 바친다
>
> —「하나의 세상」 중에서

민중과 역사의식의 자각에 의한 시적 변신의 이유는 위의 인용 시에서 분명하게 드러나 있다. 부언하면 과거 젊은 시절 그가 지향했던 모더니즘의 미적 세계에서 떠나 "지금은 / 쌀을 안치고 불을 켜"서 "밥 짓는" 민중의 구체적 삶에 관심을 두고 있다는 진술이다. 관념적 추상이 아닌 삶의 구체, 즉 "쌀을 안치고 불을" 지펴 "밥 짓는 일에 애정을 바친다"는 진술을 통해 확인할 수 있듯이 시인은 민중의 구체적 삶에 애정과 관심을 둔다. 이러한 시적 자각과 변신은 민중의 구체적이며 개체적인 사람살이의 형상과 정서에 육박해가겠다는 시인의 의지의 표명이다. 이를 계기로 김규동은 그간의 모더니즘적 세계에서 벗어난다.

8·15 해방 이후 50년대의 10여 년에 걸쳐 나는 모더니즘이 이 땅의 시를 위해 낡은 전통주의를 극복하고 인류의 새 세계와 만나는 길이라는 신념 밑에 쉬르를 중심한 문학운동에 경도된 바 있다. 그러나 이것은 세계사와의 막연한 접촉과 교류라는 흐름에 있어서 어떤 의미를 지녔는지 몰라도 내가 사는 당면한 민족현실과 거리가 멀다는 것을 깨달음과 동시에 우리의 모더니즘이 절름발이 구실밖에 못 했다는 사실을 아울러 느끼게 되었다. 이 땅의 시인인 이상 분단이라는 다급하고 절실한 문제를 떠나서는 존재의의를 찾을 수

없다는 생각과 목을 조이는 분단의 사슬을 문제삼지 않고는 시의 문제를 해
결할 수 없다는 자각을 갖게 된 것이다. 이후 나의 시의 방향은 억압에 저항
하여 싸우는 이 땅의 민중과 더불어 있게 되었으며 나는 이것을 무한한 영광
으로 생각하고 있다.

— 『깨끗한 희망』의 자서

위의 인용은 초기의 모더니즘에 입각한 시적 입장을 부정하고 시적
자각을 통해 민중적 역사의식으로의 방향전환을 이루는 단절적 계기
가 피력되어 있다. "모더니즘이 이 땅의 시를 위해 낡은 전통주의를 극
복하고 인류의 새 세계와 만나는 길이라는 신념 밑에 쉬르를 중심한
문학운동에 경도"되었던 김규동은 이것이 "내가 사는 당면한 민족현실
과 거리가 멀다는 것"을 반성적으로 깨닫는다. 여기에서 당면한 민족
현실이라는 것은 "분단이라는 다급하고 절실한 문제"에 대한 자각이
다. 이러한 자각은 그의 시의 미적 규범이었던 모더니즘이 사실은 우
리가 당면한 구체적 현실과 삶을 떠나 "절름발이 구실밖에 못 했다"는
부정적 자각에서 비롯한다. 이후 그의 시의 방향은 "억압에 저항하여
싸우는 이 땅의 민중"과 함께 하게 되었다는 고백에 잘 나타나 있듯이
분단의 민족 현실에 시적 관심을 집중한다.

김규동의 현실에 대한 반성적 자각은 민족, 역사, 현실, 분단모순에
대한 비판적 인식인 동시에 억압적 현실에 대한 저항을 포함한다. 이
러한 모순의 역사 현실에 대한 자각은 당면한 민족 현실에 관심을 집
중하게 만들며, 이로써 민중의 개체적 삶이나 삶의 구체적 체험에서
비롯하는 정서가 서정의 밑변을 형성하게 되는 것이다. 이것은 모더니
즘의 미적 규범에서 리얼리즘의 미적 규범으로, 세계사 대신에 민족사
를, 문명 대신에 당면한 민족 현실에 대한 관심으로의 이동을 뜻한다.
비극적 민족 현실에 대한 관심은 단절된 역사의식의 회복으로서 "억압
에 저항하여 싸우는" 민중의식에 대한 자각이다. 이러한 자각은 당면

한 현실에서 문명의 위기와 불안이 아닌 민족적 상황의 위기와 모순에 대한 인식으로의 전환을 함축하는 것이다. 이로부터 김규동은 모더니즘의 미적 세계관과 인식 방법을 버리고 당면한 민족적 역사 현실과 맞서는 리얼리스트로 변신한다.

3. 실존의 불안과 미적 자의식

척박한 전후의 풍토에서 김규동은 《후반기》 동인들과 더불어 전통 서정파의 대척점에서 모더니즘의 미학적 세계관과 창작방법을 주창한다. 하지만 그들이 추구한 모더니즘의 내용은 미적 자율성이나 자의식, 반재현주의와는 다소 차이가 있다. 그가 모더니즘의 시론으로 내세우고 있는 '새로운 시론'은 전후 현실에 대한 맹목적인 저항과 전통 서정파들에 대한 반발과 비판적 성격이 강하다. 이승훈의 적절한 지적처럼 김규동을 비롯한 《후반기》 동인들은 반전통성, 도시성, 그리고 서구 모더니즘 기법의 수용과 창작을 기치로 삼았지만 그 시적 실천의 측면에서는 피상적인 수준에 머무는 것이었다. 말하자면 시대가 야기한 혼돈과 문명의 파괴적 양상, 무의미와 부조리 속에 던져진 실존 등에 관련[4]하여 다소 맹목적인 실천에서 벗어나지 못하고 있다.

김규동이 모더니즘에 입각해 내세운 '새로운 시론'은 서구 모더니즘의 미적 인식과 세계관의 구체적 실천이라기보다는 청록파에 의해 계승되던 전통 서정미학을 부정하는 태도에서 비롯한 측면이 강하다. 모더니티에 대한 갈망과 태도에도 불구하고 "오늘도 나는 이 거리에서 / 도대체 어디로 가는 것인가."(「하늘과 태양만이 남아있는 도시」)에서처럼 길을 잃고 방황하는 자아의 내면에서 우러나오는 탄식과 고독한

---

4 M. Bradbury, J. McFarlane, ed., *Modernism*, Penguin Books, 1976, p.22.

개인의 내면풍경을 여과 없이 풀어내는 수준에 머물러 있다. 이렇듯 그의 모더니티는 도시적 감수성에서 출발하고 있지만 다분히 통속적이며 애상적인 시적 기교의 수준을 벗어나지 못하는 것이었다. 그것은 전후 피폐한 현실적 상황과 시인이 고향에 가족을 남겨두고 단신으로 월남해 온 이산의 이력에서 기인하는 것으로 보인다.

현기증 나는 활주로의
최후의 절정에서 흰나비는
돌진의 방향을 잊어버리고
피 묻은 육체의 파편들을 굽어본다

… (중략) …

하얀 미래의 어느 지점에
아름다운 영토는 기다리고 있는 것인가
푸르른 활주로의 어느 지표에
화려한 희망은 피고 있는 것일까

신도 기적도 이미
승천하여버린 지 오랜 유역—
그 어느 마지막 종점을 향하여 흰나비는
또 한번 스스로의 신화와 더불어 대결하여본다.

—「나비와 광장」중에서

첫 시집 『나비와 광장』의 표제작이기도 한 인용 시는 김규동의 초기 시의 세계를 비교적 분명하게 보여준다. 문명과 도시의 어두운 그늘 속에서 방황하는 현대인의 불안한 실존을 주지적인 감각으로 형상화하는데 치중하는 인용 시는 현기증 나는 현실의 광장에서 나약한 흰나비에 불과한 화자의 모습이 불안하게 표상된다. 바다는 현실의 광장과 대비되는 공간으로 나비의 지향처일 텐데 현실에서는 도달할 수 없는 곳이다. 주요 소재인 나비는 날개의 자유가 있지만 그 꿈의 지향처를 향해 "돌진의 방향을 잊"고 "피 묻은 육체의 파편을 굽어"보는 나약하고 불안한 존재이다. 나비는 "작은 심장을 축일 만한", "한 모금의 샘물도 없는" 불모의 공간인 광장에서 방향을 상실한 채 불안에 떠는 것이다. 그 허망한 광장에서 나비는 다만 "이즈러진 날개를 퍼덕"일 뿐인 나약하고 가엾은 존재이다. 광장은 "아름다운 영토"의 "화려한 희망"이 사라지고, "신도 기적도 이미 / 승천하여 버린 지 오랜 유역"으로 활력을 잃은 채 황폐하게 남아있을 뿐이다. 광장으로 은유된 피폐한 현실에서 나비는 미래의 희망과 전망과 방향을 상실한 채 상처를 입고 떠돌 뿐이다. 전후의 피폐한 현실은 그만큼 궁핍하고 쓰라리며, 그 안에서 불안한 실존은 나약한 나비처럼 방향을 상실하여 정처를 잃고 만 형국이다.

이경수는 김규동의 초기 시세계를 '불안과 충돌의 시학'[5]이라 이름 붙인 바 있다. 그의 말마따나 위의 인용 시에서 두드러지게 표백되는 정서는 실패의 예감, 이상과 동경의 좌절, 그리고 상실과 패배의식에서 오는 고독한 개인의 불안감과 공포감이다. 미래에 대한 방향도 전망도 상실한 채 방황하는 나비는 불안한 실존의 모습을 그대로 표상한다. 불안은 바로 전후 피폐한 현실에서 미래에 대한 전망과 방향을 상실한 데에서 비롯한다. 김규동의 초기 시에서 전쟁 체험은 시적 문맥을 형성하는 데 주요하게 작용한다. 불안은 바로 여기에서 연유하는 듯하다. 가령 "戰爭의 언덕을 올라오는 / 어린 나비들은 / 검은 影像속에 마구네슘처럼 / 透明한 아침을 暴發시키는 것이었다."(「전쟁과 나비」)에서처럼 폭력을 상징하는 전쟁과 여린 생명체인 나비가 형성하는

---

5 이경수, 「불안과 충돌의 시학」, 조남현 외, 『1950년대의 시인들』, 나남, 1994.

대립되는 이미지는 시 전체에 불안의 정서를 배가한다. 나비는 여기에
서도 역시 미래를 지향하지만 전쟁의 현실적 폭력 앞에 좌절할 수밖에
없는 존재로 부각되어 있다. 그의 초기 시에 빈번히 등장하는 '나비' 의
이미지는 그의 은사인 김기림의 '나비' 가 그랬던 것처럼 현실의 폭력
앞에 상처입고 패배할 수밖에 없는 불안한 실존의 상징이다.

> 갈수록 괴로워지는 현실 때문에
> 말이 없는 청년과
> 숱한 피곤한 얼굴을 붙안은 그림자
> 모두가 제각기
> 붙잡히지 않는 행복을 서글피 여기며
> 밤의 어둠 속을 굴러가고 있을 때
> 안전에 어른거리는
> 내 가난한 가족의 헐벗은 정경이
> 황폐한 지평에 쓸쓸히 남는다.
>
> … (중략) …
>
> 나는 나일 수가 없다
> 그렇다고 좀더 안온한 시대에 살았던
> 어린 정신의 귀족인 프루스트처럼
> 흘러간 시대의 시간에 목메어 울 수도 없어
> 이 밤은
> 차창에 불어드는 훈훈한 바람이
> 오히려 불안하기만 하다.
>
> —「危機를 담은 電車」 중에서

　　모더니즘의 미적 인식과 창박방법을 지향하는 김규동의 시에 표상되
는 불안의식은 전쟁과 이산, 죽음과 상실의 체험에서 비롯한다 해도 과
언이 아니다. 전후 사회에서 불안한 의식은 개체적 차원에 머무는 현상

이 아니라 사회 전체적이며 집단적인 보편적 심리 정황을 반영하는 증상으로 볼 수 있다. 불안정한 정신의 건강하지 못한 심리상태로서 불안을 유발하는 요인과 조건은 다양할 것이다. 말하자면 불안은 개인적 조건과 상황에 의해서 유발되는 경우도 있겠지만, 역사 사회적인 현실상황에 의하여 조성되고 유발될 수도 있다. 그런 만큼 불안의 증상은 개인적 차원의 것이면서도 동시에 사회문화적인 현상이기도 하다. 특히 전쟁, 재난, 죽음, 가족의 이산 등 극단적인 체험은 개인의 불안한 심리를 조성하고 유발하는 데 결정적인 요인으로 기능하기 마련이다. 김규동의 경우도 이러한 문맥에서 크게 벗어나기 않는 것처럼 보인다.

인용 시는 "갈수록 어두워지는 현실" 속에서 불안에 떠는 자아의 내면의식이 표백되어 있다. 화자는 어두운 현실 앞에서 말이 없고 피곤한 얼굴을 하고 있다. 또한 그의 내면은 우울하고 정신은 피폐해 있다. 피곤하고 지친 불안한 표정의 내면의식은 물론 화자의 것만은 아니다. "내 가난한 가족의 헐벗은 정경이 / 황폐한 지평에 쓸쓸히 남는" 현실에서 사람들은 "모두가 제각기", "숱한 피곤한 얼굴을" 하고 있으며, 그 얼굴 위로 "불안은 그림자"로 떠오른다. 게다가 덜컹거리며 어둠을 달리는 전차의 속도는 불안한 의식을 더욱 가중시킨다. 화자는 물론이거니와 전철 안의 사람들은 모두 다 "붙잡히지 않는 행복을 서글피 여기며 / 밤의 어둠 속을 굴러가고" 있을 뿐이다. 이를테면 "숱한 피곤한 얼굴"은 곧 불안한 시대의 초상이기도 하다. 그러므로 이 불안한 시대의 초상은 전후 사회의 보편적인 심리적 정황을 의미한다.

전후의 황폐한 현실에서 비롯하는 불안의식은 화자를 실존적 위기의식으로 이끄는 동인이다. 말하자면 "학문과 직업과 생활 / 또는 애정"조차도 화자의 의식에서는 불안하고 음울한 표정으로 인화된다. 불안정한 심리로 인해 화자는 "목메어 울 수도 없어" 그저 "정신의 쇠잔한 흐느낌"으로 나직이 속으로 울뿐이다. 시대는 밤이고 나아갈 길은 보이지 않고, 하여 화자의 내면세계는 암울하고 불안하기만 하다. 이러한 불안은 전차의 속도와 굉음으로 인해 더욱 두렵게 느껴지기만 한다. 헐벗은 광장과 전쟁의 포화 속 나약한 나비처럼 가중되는 공포 속에서 화자는 실존적 위기의식을 느끼는 것이다. 밤의 표상은 어쩌면 불안하고 어두운 시대에 대한 알레고리로 전후의 피폐한 현실에 대한 인식을 반영한다.

무거운 하늘의
회색 뚜껑을 열어 제끼고
모든 신들은
세기의 종말 위에
검은 화환을 뿌리며
地上의 희극 앞에
눈을 감는다.

—「검은 날개」 중에서

검은 육체와
죽음의 폭풍 속에서
머리카락 날리며 사랑하는 숙녀는
아다린처럼 희어간
그 영상을 잊을 수 없었다
유서를 쓸 아무런 필요도 없기에
까뮈의 虛妄을 테이블위에 놓았다는
청년의 자살이 보도된
신문지의 경사면에
오늘도 밤은 콜로타이프처럼
찬란히 켜지고
애정과 증오에의 회상마져
死 되어가는 불모의 땅에서

—「밤의 계단에서」 중에서

김규동의 초기 시에서 빈번하게 사용되는 무정형의 밤과 어둠, 그리고 검은색의 이미지는 불안한 실존의 내면을 투사하는 은유이다. 위의 인용 시들은 당시 모더니스트들이 즐겨 사용하는 소재와 감상풍의 시어들이 즐비하게 나열되어 있다. 황폐한 도시문명의 "비인간화 또는 통합된 개인의 붕괴"[6]된 내면탐구를 관념적이고 애상적인 시어들을 과도하게 동원하여 사용한 나머지 다소 생경하게 느껴진다. 특히 이러한 유행적인 감각은 '검은색'이나 '밤'과 같은 이미지들과 어울리면서 불안한 시적 자아의 내면의식을 더욱 두드러지게 표상한다. 한결같이 어둡고 우울한 내면의식을 발산하는 이러한 이미지들은 도시적 감수성을 기반으로 하면서도 외부로 시선을 돌리기보다는 세계로부터 고립되고 단절된 자아의 내면으로 눈을 돌리고 있음을 볼 수 있다.

세계로부터 고립된 시적 자아의 내면 풍경은 대체로 고독하고 절망적이며 암울하다. "모든 신들은 / 세기의 종말 위에 / 검은 화환을" 뿌린다거나 "죽음의 폭풍", "청년의 자살", "死 되어가는 불모의 땅" 등 관념적이고 생경한 시어들은 퇴폐적이며 허무주의적 감상을 자아낸다. 이와 같이 시적 무의식을 이루는 고독과 불안의 심리적 풍경이 밤과 어둠, 죽음과 종말, 검은색과 회색 등의 관념적이며 암울한 시어들로 치장되면서 불안한 시적 자아의 내면의식이 고스란히 드러난다. 세계로부터 고립된 자아의 불안과 절망적 의식에서 언어의 형상화를 꾀하다 보니 당연히 흐리며 어둡고, 그 어둡고 흐린 이미지는 밤과 죽음이라는 시어로 응축된다. 고독과 불안의 절망은 그의 시에서 밤이라는 시어로 상징화된다. 이렇듯 시적 자아의 내면의식을 불안하고 우울한 심정으로 이끄는 것은 그가 실향민으로서의 단절함과 고립감, 전쟁으로 인한 피폐한 현실, 이로 인한 전망의 상실과 불안의식 등이 결합되

---

6 앞의 책, 142쪽.

어 나타난 현상이라 할 수 있다.

그러나 한편으로 김규동은 《후반기》 동인들 누구보다도 사회적 자아를 엷게나마 간직하고 있는데, "포대를 지키고 선 / 이국병사"(「포대가 있는 풍경」), "나는 언제까지 / 기관단총의 표적이 되어야만 하는가"(「밤의 계제에서」), "창백한 문명의 위기에 / 서글픈 진단서"(「위기를 담은 전차」) 등에서 보이는 바와 같이 당대 현실과 우리 민족이 직면한 현실적 모순에 대한 알레고리에서 그러한 단초를 발견할 수 있다. 《후반기》 동인은 물론이거니와 김규동이 모더니즘에 대한 지향에도 불구하고 그의 시가 관념적이며 애상적이고 피상적인 수준에 머물러 있다는 비판은 적절한 것이다. 그러나 그러한 평가에도 불구하고 사실 김규동은 언제나 현실에 민감하게 반응하는 시인이었다. 이 지점에서 그의 변신은 단절적 연속 혹은 연속적 단절로 이어진다.

4. 변신, 분단의 현실과 역사의식의 자각

김규동은 1962년경부터 약 10여 년을 시적 침묵으로 일관하다가 1970년 이후부터 다시 활동을 재개하기에 이른다. 이때부터 그는 종래 자신이 추구해오던 모더니즘적 미의식과 방법론을 과감하게 버리고 사회 현실과 분단의 역사에 대한 관점으로 시적 관심의 방향을 획기적으로 전환한다. 이를테면 정치적 부조리를 비판하고 사회정의와 민주주의를 실현하려는 문학 외적 운동에의 적극적 참여가 그것이고, 시집 『깨끗한 희망』의 자서에서 "내가 사는 당면한 민족현실과 거리가 멀다는 것을 깨달음과 동시에 우리의 모더니즘이 절름발이 구실밖에 못했다는 사실을 아울러 느끼게 되었다."는 고백에 잘 나타나 있듯이 자신의 창작방법에 대한 비판적 성찰을 통해 시적 변신을 이룩한다. 즉 정신본질은 외면한 채 표현본질에만 급급한 모더니즘의 한계를 자각하

고 민중의식을 자각했다는 시인의 고백은 시적 변신의 계기가 무엇인
지를 말해준다.

긴 침묵의 시간을 깨고 간행한 세 번째 시집 『죽음 속의 영웅』(1977)
은 김규동이 모더니즘적인 시세계에서 민중적 현실인식의 세계로 전
환하는 과도기적 면모를 살필 수 있다. 이 과도기적 성격의 시집은 죽
음에 대한 시인의 자세와 태도, 현실감각에 기초한 역사의식, 일상의
창에 비친 사적 사유의 편린과 삶에 대한 사색이 주조를 이룬다. 그런
데 중요한 점은 전체적으로 흐르는 비애와 자기소외의 정서, 사변적이
며 현학적인 태도에도 불구하고 「북에서 온 어머니의 편지」, 「노을과
시」, 「4월의 어머니」, 「재회」, 「길」 등 여러 작품에서 분단의 역사 현실
에서 시제를 취하고 있다는 점이다. 앞서 「노을과 시」에서 살펴본 것처
럼 이 시집에서부터 개인과 민족, 오늘의 현실과 역사, 분단의 상처와
고통, 실향과 이산의 비극이 절절하게 관류하기 시작하면서 김규동의
시세계는 초기 시와는 현격하게 다른 변모를 보인다. 한 마디로 민중
적 현실에 대한 자각 내지는 역사의식으로의 시적 갱신과 전환이 그것
이다. 이러한 면모는 이후 김규동 시의 정신을 규제하고 미적 자질을
구축하도록 기능한다.

> 혼자만 와서 불타는 저녁 노을은
> 내게 있어 고통거리다
> 가슴을 헤치고
> 혼자만 와서 불타는 저녁 노을을
> 원망하며 바라본다
> 노을 속에서는
> 언제나 우렁찬 만세 소리가 들리고
> 누님의 얼굴이 환히 비친다
> 이러한 때
> 노을은 신이 나서 붉은 물감을

함부로 칠하며
북을 치고 농부들같이 춤을 춘다
한 컵의 냉수를 마시고
오늘도 빈손으로 맞는 나의 저녁 노을
저녁 노을을 처다보는 사람은 벌써
도시에 없다.

—「노을과 시」 전문

　분단의 아픔과 비극을 짙은 서정성과 명징한 이미지를 통해 드러내는 인용 시는 모더니스트를 자처하는 그의 시적 면모를 의심하게 하는 작품이다. 세 번째 시집 『죽음 속의 영웅』(1977)에서 가져온 「노을과 시」는 실향민의 정신적 풍경과 분단현실에 대한 비극적 인식을 엿볼 수 있게 한다. 모더니스트를 자임하면서 보여준 이전의 다른 시들과는 전혀 다른 짙은 서정성에 토대를 두고 전개되는 시상은 분단으로 인한 이산의 비극과 불안한 현실에서 우리 민족이 겪고 있는 고통을 진솔하게 느낄 수 있게 한다. 예컨대 붉게 물든 저녁 노을 속으로 북쪽 고향에 두고 온 "누님의 얼굴이 환히 비"치면서 화자의 심경은 분단과 이산의 아픔에 빠져든다. 분단과 이산으로 인해 고통 받는 자신의 내면과는 상관없이 "노을은 신이 나서 붉은 물감을 / 함부로 칠하"고, 노을은 또 "북을 치고 농부들같이 춤을 춘다"는 표현에서 알 수 있듯이 서정적 풍경은 화자의 내면을 더욱 고통스럽게 만든다. 분단과 이산이 초래한 고통스런 현실은 아름답게 채색된 저녁 노을의 서정적 풍경조차도 슬픔으로 맞아들이게 하는 것이다. 이와 같이 화자의 의식은 현실에 대한 암울한 인식으로 말미암아 비극적으로 채색되어 있다. 결국 어둠이 밀려오는 노을의 저녁은 민족의 염원을 등진 채 고정된 분단과 이산의 비극적 상황을 암유한다.

어느만큼 더 기다려야

어느만큼 더 떠나 살아야

길은 열리고

앞은 보일 것이냐

어느만큼 더 싸워야

어느 만큼 더 저주하고 신음해야

길은 뚫리고

해는 어둠의 한가운데 솟아

소리칠 것이냐

— 「새벽」 중에서

시인의 검은 치욕의 검이거니

가장 합리적인 웃음과 눈짓을 거부하고

자유를 가두는 운동을 미워하며

체제를 또한 믿지 않으리라

날개가 아니며

형태가 아니며

관념이 아니리

숨쉬는 자유와 만나는 자유를

백두산에서 한라산 끝까지

하나 되어 솟구칠 통일의 강을 노래하리라

피 흐르는 화목을 이뤄가리라

시인의 검은

묶인 것을 자르는 바람결이거니

화살보다 빠른 뇌성이거니

육중한 기름진 것을 모조리 불태우리

억압을 푸는 날랜 손이다.

— 「詩人의 劍」 중에서

인용 시에서 살필 수 있듯이 도시적 감수성으로 무장한 채 불안한
내면의식에 침잠해 들어갔던 시세계는 사라지고 민족적 역사 현실에

눈을 주고 있음을 발견할 수 있다. 인용 시는 특히 분단 상황과 체제의 정치적 억압에서 통일과 자유에 대한 염원과 투쟁을 가시화한다. 이로써 오늘의 암흑을 노래하는 시인은 새로운 '현대의 신화'와 같은 관념적이며 추상적인 세계와 결별한다. 화자는 "시인의 검"이 "날개가 아니며 / 형태가 아니며 / 관념이 아니리니"라고 술회하면서 시대의 비극인 암흑의 현실을 초극하고자 하는 날카로운 정신을 보여주는 것이다. 자유를 속박하는 현실의 체제에 대한 미움과 역사에 대한 불신에서 비롯하는 현실인식을 통해 "숨쉬는 자유와 만나는 자유를 / 백두산에서 한라산 끝까지 / 하나 되어 솟구칠 통일"을 염원하며, "길은 뚫리고 / 해는 어둠의 한가운데 솟아 / 소리칠"(「새벽」) 새벽의 여명을 염원한다. 이때 새벽의 빛은 짙은 어둠을 물리친 이상적 세계의 지향태를 은유한다.

　민족의 분단 상황에 대한 인식과 체제에 대한 부정과 저항의식은 초기 모더니즘을 지향했던 시와 다르더라도 "어린 나비"가 "투명한 광선의 바다"(「바다와 광장」)를 욕망했던 것처럼 "지적 이상주의의 변형"(최동호)이라는 점에서는 크게 다르지 않다. 말하자면 다소 추상적이며 관념적이었던 세계에서 삶의 구체 속으로 투신이 보여주는 시적 변신은 연속적 단절이라는 의미를 함유한다. 연속적 단절의 차이가 있다면 현실에 보다 깊이 천착해 있다는 점이다. 인용 시는 분단의 아픔과 체제의 억압에 대한 역사적 현실을 직시하면서 통일과 자유의 회복을 위한 실천의지를 엿볼 수 있다. 이러한 염원은 "두 마리 나비가 / 너훌너훌 날아갑니다 / 한 마리는 남에서 백두산 향해 날고 / 다른 한 마리는 북에서 / 한라산으로 날"(「나비들의 전설」)아가는 꿈을 통해서도 나타나듯이 분단을 초극하려는 의지에서도 발견된다. 이와 같이 김규동의 후기 시는 분단의 고통과 민족 통일에의 열망이 결합하면서 민중의식으로 무장한 새로운 시적 변신을 이룩한다.

어머니
조금 쉬세요
가을 옥수수대같이
가느다란 모습 하시고
무슨 일 그리도 많이 하시나요
백두산 가까운 곳
멀리 두만강이 흐르고
바라뵈는 것은 산과 하늘뿐인 고향마을
그곳에
어머니 그저 계시니 집 나간 아들 기다려
백세까지도
살아 계시니
넘지 못하는 휴전선을 사이에 두고
언제나 서 계시는 어머니를
일 그만 하시라고 만류 못 하는 게 쓸쓸하여
40년 동안
허공에 대이고 덧없이 어머니를 외었다

—「대신할게요 어머니」 전문

50년 전 작별한 나무
지금도 우물가 그 자리에 서서
늘어진 머리채 흔들고 있느냐
아름드리로 자라
희멀건 하늘 떠받들고 있느냐
8·15 때 소련병정 녀석이 따발총 안은 채
네 그늘 밑에 누워 자던 나무
우리 집 가족사와 고향 소식을
너만큼 잘 알고 있는 존재는
이제 아무 데도 없다

—「느릅나무에게」 중에서

이산과 실향의식에서 비롯하는 분단 초극의 의지는 어머니를 소재로 하는 시에서도 두드러지게 나타난다. 당대 민족민중시인들이 반독재와 분단현실을 목청 높여 고발할 때 김규동은 실향민의 아픔과 염원을 절실하게 노래함으로써 그들과는 다른 변별적 위상을 갖는다. 인용시는 『길은 멀어도』(1991)와 『느릅나무에게』(2005)의 표제 시에서 가져온 것인데, 실향민으로서 느낄 수밖에 없는 어머니에 대한 그리움과 분단의 아픔 내지는 슬픔이 절절하게 표현되어 있다. 그러면서 한편으로는 어머니와 느릅나무로 상징되는 무한한 모성과 생명성을 통해 낙관적 전망을 획득해내는 것을 볼 수 있다. 이러한 시적 공감을 통해 그는 분단을 초극하려는 개인적 의지를 민중적인 것으로 확대한다.

모더니스트를 자임하면서도 김규동의 초기 시가 《후반기》 동인들의 시와 다른 면모를 보이는 점은 현실에 천착하고 있다는 점이다. 《후반기》 동인들의 시가 관념과 추상을 통해 기법상의 모호성을 모더니티라 믿고 있었던 점과는 차이가 있다. 이런 점에서 기법이 아닌 현실인식의 층위에서 리얼리즘의 그것과 꽤 닮은꼴이다. 그는 모더니즘을 표방하면서도 전후 현실의 모순과 부조리에 저항하는 지식인의 정신적 풍경을 잘 담아내고 있다. 특히 자유를 선택해 가족을 북쪽 고향에 남겨두고 월남했지만, 그가 직면한 오염된 현실은 역사에 대한 비판정신을 내면화하는 계기로 작동한 것으로 보인다.

5. 단절적 연속의 시적 분단서사

김규동은 모더니스트로 출발하여 역사 현실을 의식을 토대로 하는 리얼리즘적 시세계로 시적 갱신을 이룩하는 독특한 시인이다. 모더니즘이 단순히 도시적 감수성이나 미적 자의식을 시작의 모토로 삼는다고 하지만 그것은 또한 자본주의적 문명 현실에 대한 부정과 저항에서 비롯한 것이다. 이렇게 볼 때 김규동의 시는 《후반기》 동인들 가운데 가장 현실에 민감하게 반응한 시인이며, 이러한 점이 후에 리얼리즘적인 현실인식으로 전환하는 단절의 연속적 고리를 제공한 것으로 이해할 수 있다. 그는 당대의 시적 동지였던 박인환이나 조향 등과 일정 부분 시적 공통성을 함께 공유하고 추구했다. 그러나 그들과의 변별적 위치는 전쟁으로 인한 황폐한 풍경과 내면적 상처, 고통을 진솔하게 표현했다는 점이다. 이와 같이 왜곡된 전후의 현실에 민감하게 반응하면서 현실부정과 비판적 의식을 전면에 내세웠다는 문맥에서 그의 시는 새롭게 조명되어야 할 것이다.

김규동은 분단 극복을 줄기차게 노래하는 한편 실향민과 체제의 권력에 억압받으며 살아가는 민중들의 삶에 따스하고 애정 어린 관심을 보인다. 그럼으로써 그는 1970년대 이후 시대의 지배적 경향이었던 민중민족 계열의 대표적 시인으로 변신한다. 정치적으로는 반독재와 저항하는 동시에 통일에 대한 염원을 담은 시들을 주로 창작한다. 그는 통일에 대한 윤리적 실천의지를 전면에 내세우고 관념적 통일이 아닌 실향민으로서의 절실한 아픔과 슬픔의 체험을 통해 여타의 민중민족 문학 계열의 시인들과는 다른 변별적 특질을 획득하였다. 또한 한편으로는 개인적 체험에서 우러나오는 실향민으로서의 의식을 낮은 목소리와 언어의 세련된 조탁, 그리고 고도의 서정성과 시적 상징성을 추구함으로써 일정한 미적 자질을 구축한다. 아마도 그가 줄곧 꿈꾼 것은 분단으로 인한 고향상실과 어머니의 부재를 궁극적으로 회복하고자 하는 정신이었는지 모른다. 그의 시는 민족적 동질성을 회복하고자 하는 단절적 연속의 시적 분단서사이다.

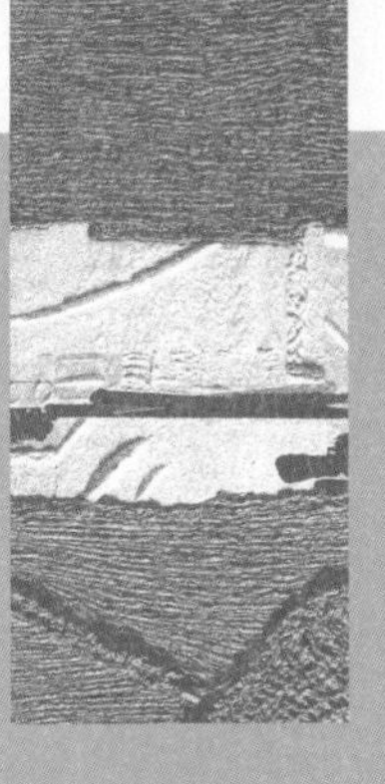

제3부

낯선 익숙함

풍경의 감각

— 유홍준 『저녁의 슬하』

저녁 혹은 밤은 아침이나 낮의 시간만큼이나 매혹적이다. 왜냐하면 낮의 세계가 근면성과 확실성, 물질적 생산을 위한 노동의 시간이라면 저녁과 밤의 세계는 그러한 생산의 목적성과 능률성을 폐기한 고독하고 공허한 몽상의 시간이기 때문이다. 잘 분배된 목적에 따라 일하고 노동하는 낮의 이성적이고 합리적인 '나'는 물러나고 내 안에 숨어 있는 타자인 '나'를 발견하는 시간, 생의 배후에 있는 불편한 뒷면이 전면으로 출현하는 시간이 저녁의 밤이다. 저녁은 이성적으로 사고하고 합리적으로 행동하던 현실원칙의 활동을 정지시키고, 이런 것들을 전부 무(無)로 돌려놓는다. 저녁의 '나'는 불확실하고 막연하며 불온하고 위험하다. 하여 정신이나 이성, 질서나 조화, 의식이나 합리의 현실원칙이 지배하는 일상 너머에 존재하는 삶의 심연을 반성적으로 성찰하도록 하며, 삶의 이면에 웅크린 죽음을 감각하게 한다. 저녁은 고독한 시간, 마음을 깊게 하는 시간, 죽음에의 매혹에 이끌리는 시간이다.

현재적 삶에서 가장 확실한 전망은 죽음뿐이다. 딜란 토머스의 유명한 시구가 말해주듯 "맥박 그것은 제 무덤을 파는 삽질 소리"이다. 삶에 있어서 죽음에 대한 확실성은 누구도 비껴가거나 거부할 수 없는 필연의 조건이다. 삶과 죽음은 동전의 앞뒷면과 같이 누구도 분리할 수 없는 하나의 짝패이다. 삶에 들러붙어 있는 죽음, 혹은 죽음에 들러붙은 삶은 서로가 서로를 비추어주는 거울과 같은 것이다. 죽음의 현존성에도 불구하고 사람들은 보통 삶에 들러붙은 죽음을 말하고 싶어 하지 않는다. 그것은 우리의 일상에 편재해 있지만 항상 낯선 것이다. 죽음은 불길하고 불온하며, 공포스럽고 두려운 존재이다. 그러나 죽음에 대한 의식은 누구도 죽어본 경험이 없기에 미지의 영역이며 탐구의 대상이 되기도 한다. 또 그런 만큼 매혹적인 시적 사유의 하나가 되기도 한다.

맥박이 무덤을 파는 삽질소리인 것처럼 삶은 죽음을 기른다. 삶이 끝나면 죽음이 오는 게 아니다. 삶과 함께 비롯해서 삶 속에서 삶과 함께 자란다. 죽음은 삶 속에 내재해 있다. 삶이 없으면 죽음도 없다. 마찬가지로 죽음이 없으면 삶도 없다. 릴케는 『말테의 수기』에서 임신한 여인의 태 속에 죽음이 싹트고 있다고 비유했다. 딜란 토머스가 태 속의 아기가 어머니의 두 다리를 가위 삼아 장차 자신이 입을 수의를 마름질하는 재단사라고 전율스러울 정도의 무시무시한 비유를 쓴 것도 이런 이유에서일 것이다. 사람은 자신에게 죽음이 올 것이라는 사실을 알고 있는 존재다. 인간은 죽음을 사유하는 존재이다. 태초에 종말이 있다. 죽음은 이미 맥박 속에 깃들어 있는 것이다. 죽음은 목숨이 잉태되는 순간부터 그 목숨과 함께 비롯하는 것이다. 삶과 죽음의 이 관계를 생각할 때 삶 그 자체가 이미 큰 아이러니임을 알게 된다.

유홍준에게 있어서 죽음은 삶과 아주 가까이서 동거하고 있다. 아니 한 몸으로 살아간다. 그런 의미에서 그에게 삶은 죽음을 사는 것이나 다름 없으며, 죽음은 삶의 진실이다. 그렇기 때문에 시인은 죽음으로부터 탈주하려 하거나, 죽음으로부터 오는 삶의 한계와 종말론적 의식으로부터 영원을 꿈꾸거나 애써 구원받으려 하지도 않는다. 메멘토 모리(memento mori), 죽음을 기억하며 죽음을 살 뿐이다. 저녁이 거느린 슬하에 죽음과 소멸, 그리고 실존적 부조리와 결핍에 고통 받는 자아가 서성이고 있다. 저녁은 유홍준을 삶의 깊은 심연으로 이끌어 삶의 배면이 함유하는 비극과 치욕, 절망과 역겨움을 바라보게 하며, 한편으로 새로운 가능성에 대한 기대와 탐색을 불러일으키게 한다. 그런 차원에서 저녁은 희망적이기도 하다.

사실 우리의 삶에서 가장 확실한 전망은 죽음뿐이다. 저녁의 슬하로 우리를 이끌어 삶의 확실성을 전복하고 삶에 조종(弔鐘)을 울리며 죽음이라는 일상적 삶의 바깥으로 초대하는 이가 유홍준이다. 시적 대상의 핵심을 선택하여 압축적인 묘사와 정갈하고 간결한 언어의 맛, 그리고 여백의 미가 일품인 유홍준의 세 번째 시집 『저녁의 슬하』는 존재의 쓸쓸한 저녁 풍경에 바쳐진 시집이다. 그 풍경은 "일몰 끝"(「일몰 앞에서」)의 "해거름 내리는 못둑에 서서 / 멍하니 / 그저 멍하니 / 저 먼 곳이나 한참 바라보"(「유월」)면서 느끼는 텅 빈 존재의 비의와 죽음의 풍경을 슬하에 거느리고 있다. 모든 것을 무로 돌려놓는 저녁의 일몰 앞에 펼쳐지는 죽음과 소멸의 풍경들은 그러나 물리적 현실의 어떤 구체적 정황을 지시하거나 어떤 선명한 정보를 위한 디테일을 향해 열려 있는 것이 아니다. 그것은 오히려 삶의 형식 혹은 운명의 구조에 대한 환유적 감각의 해석에 가깝다. 그리하여 그가 감각해낸 존재의 저녁 풍경에 대한 해석은 다분히 쓸쓸하고 고독하고 처연하다.

유홍준에게 있어서 저녁은 존재의 심연을 탐색하는 저녁, 인간의 존재방식을 묻는 자리이다. 그 자리에는 삶의 형식에 대한 환멸과 회의로 채색된 풍경이 짙게 드리워져 있고, 외롭고 쓸쓸하고 서러운 존재의 모습을 "아직 마르지 않은 눈으로"(「저녁」) "하염없이 바라보"(「나무눈동자」)는 자의 붉은 응시가 있다.

> 다섯 개의 오뎅을 먹고
> 꼬챙이를 세고 구겨진 돈을 냈네
>
> 푸른 가빠는 쓸쓸하고
> 아늑하고
> 푸른 가빠는 왠지 국물처럼 서러워,
>
> 커다란 돌덩이로 끄트머리를 눌러놓은 것 같은 청춘이 있었네
> 바람이 불면 그래도 들썽거리던 청춘이 있었네
>
> 푸른 가빠의 저녁
> 붉은 당근과
> 비릿한
> 오이와 매운 양파조각을 씹으며 나는 울었네
>
> 등받이가 없는 플라스틱 의자에 앉아 울었네
> 맑은 소주잔처럼 엎드려 울었네
>
> ―「푸른 가빠의 저녁」 전문

처연하고 아름답다. 저녁은 기억을 되돌아보며 쓸쓸하고 아늑하며 서러운 주체의 현존성을 확인하는 자리이다. 청춘의 기억에 대한 주관적인 토로에서 느낄 수 있는 감흥은 시적 주체가 간직하고 있는 심리적 상처의 흔적이다. 행복했던 청춘에 대한 기억이 드문 것처럼 청춘에 대한 기억의 환기는 행복의 시학이 되기 어렵다. "~있었네"와 "~울었네"로 반복되는 종결어미를 통해 시적 주체의 회한이 깊은 상실감과 슬픔으로 얼룩져 시의 분위기를 처연하게 만든다. 불을 밝힌 "푸른 가빠"의 일상적인 저녁의 풍경은 얼마나 비일상적인가. 이 "푸른 가빠

의 저녁"은 또 얼마나 처연하고 아름답고 슬픈가. "커다란 돌덩이로 끄트머리를 눌러놓은 것 같은 청춘"에 대한 기억의 회한은 화자를 울게 한다. 기댈 등받이도 없는 차갑고 쓸쓸한 "플라스틱 의자에 앉아", "맑은 소주잔처럼 엎드려" 그는 지금도 운다. 이 쓸쓸하고 서러운 저녁의 풍경은 낮의 노동 뒤에 오는 건강한 휴식의 자리가 아니다. 시인에게 저녁은 차라리 일상적 세계를 비애로 돌려놓는 시간이다. 그것은 또한 "욕을 바가지"로 먹고도, '바가지로 대가리를 딱', '등골짝을 딱 맞으면서도' "아무런 대꾸도 없이 고개를 처박고 후루룩후루룩 밥을 먹는"(「짐승에게도 욕을」) 짐승의 시간, "어디선가 찢어지는 비명소리가 들"려도 "아랑곳없이", "또 한 덩어리의 밥을 밀어넣는"(「구름」) 치욕의 시간, 그러나 군말없이 견뎌내야 하는 시간이다. 삶은 그렇게 치욕을 겪다가 끝내 사라지는 것이다.

『저녁의 슬하』는 특히 사물을 바라보는 견성(見性)에서 출발한다. 그의 시집은 "지나치도록 무엇을 오래, 하염없이 바라보"는 자의 "눈동자에 옹이가 박힌"(「나무눈동자」) 시선이 있다. 그런데 그 바라봄의 시선은 보통 불교에서 말하는 견성(見性)의 의미와는 다르다. 불가에서 그것은 외부의 세계에 대한 관심을 단절하고 스스로의 본성을 깨달으려는 방식이라면, 유홍준의 그것은 외부의 사물과 교감하고 관통하려는 자세를 견지한다. 이 바라봄의 교감은 대개의 경우 죽음의 이미지에 직결해 있으며, 우리 삶의 운명적 구조가 모순과 치욕과 환멸의 쓰라림으로 결국 사라져버린다는 사실을 고통스럽게 관통하는 종류의 것이다. 엘리아데를 고쳐 읽으면 그는, "울음이 없는 개가, 성대가 잘려나간 개가 / 더럽게 눈꼽 낀 개가 / 지는 해 아래 / 석양 아래 / 어디 먼 데를", "아직 마르지 않는 눈으로 바라보는"(「저녁」) 무언중에 혹은 자신도 모르는 사이에 삶과 세계와 실존적 심층을 관통, 때로는 위험스러울 정도로 정면으로 관통해가는 것이다. 그 지점에서 이 시집의 미적 구조는 구축되고 미적 공감은 내밀해진다.

시집에 무수히 등장하는 '바라본다'는 동사들과 그로부터 파생하는 이미지들의 변주는 확인해보면 어렵지 않게 알 수 있다. 가령 "조금씩 조금씩 / 녹아 없어지는 것이나 바라보아야겠다"(「소설(小雪)」), "요즈음의 내 낡은 / 저수지의 둑에 오래 앉아", "저수지의 웃음을 / 가만히 들여다보는 것"(「저수지는 웃는다」), "깜깜한 밤에", "깔 것도 없이 찬 바닥에 누워 바라보면"(「밤의 등성이」), "마루 끝에 걸터앉아 오래 끝나도록 지켜보았다"(「작약」)는 등의 표현에서와 같이 주체의 바라봄은 시적 발상의 시초이며, 그것은 대개 사멸의 이미지로 연쇄된다. 이를테면 "늙은 인부 홀로 저 모래밥 다 비벼 먹고 저승길 간다"(「모래밥」)거나 "대성통곡의 한세상 / 다섯 폭 싸구려 병풍 후딱 집어 치우고"(「신위」) "死北死北 死北死北"(「사북」) 떠나고 싶다고 함으로써 죽음과 가까워지려 한다.

계단 아래
꽃밭 있다 거기
허튼 목숨들 살다가 진다 계단처럼 죽음이
차곡차곡 쌓인다 나는 본다 모든 죽음은 계단처럼 빳빳하다
죽음이란, 구부러지지 않는 무릎으로
계단을 올라가는 것
세상의 마지막 계단 나는
너의 발 아래
맨가슴을 디민다 등짝을 디민다
당신의 발은 내 머리 위에 있다
인조대리석 차가운 몸 위에
누군가 육신을 쌓고 또 쌓길 바라는 나는

계단 아래 계단이다

꽃의 소멸도 계단이 진다,라고 읽는 계단이다

― 「당신의 발은 내 머리 위에」 전문

죽음이란 무엇보다 세계와의 단절이다. 인간의 삶에서 가장 확실하고 분명한 사실은 죽음뿐이다. 죽음은 인간이 세상에 홀로 내던져진 존재라는 사실을 가장 확실하게 증명하는 사건이다. 죽음보다 분명한 삶은 없다. 그것은 피할 수 없는 진실이다. 차라리 삶은 죽음의 징후, "허튼 목숨들 살다가" 질 것이고, 삶은 죽음을 계단처럼 "차곡차곡 쌓"는 일이다. 시인은 빳빳한 계단으로 은유된 죽음을 본다. 죽음은 항상 "내 머리 위에", 생의 다음에 분명하게 있으므로 주저 없이 죽음에 자신의 "맨가슴"과 "등짝을 디"미는 것이다. 그러므로 죽음은 우리의 삶 속에 내재한 삶의 근원적 얼굴이다.

시인은 죽음의 얼굴을 건조하게 묘사한다. 그럼으로써 우리의 삶 속에 내재한 죽음의 맨얼굴을 증식하여 죽음으로서의 삶을 해석하는 것이다. 죽음을 차곡차곡 쌓아가며 살아가는 계단의 이미지는 일상 속의 안락한 의식에 충격을 가하고, 우리의 삶 자체가 죽음으로 "차곡차곡 계단을 쌓아서 / 만들어진"(「계단 위에 앉은 사람」) 것임을 고통스럽게 느끼도록 한다. 일상의 배후에 자리한 죽음은 그래서 "문을 열면 곧바로 / 죽음의 역한 냄새가 쳐들어"(「도축장 옆 아침」)와 시적 자아의 의식을 후벼놓는다. 그리하여 "물렁한 살의 슬하에는 구더기, 구더기, 구더기가 살고 있"(「슬하」)다는 충격적인 시적 인식에 이르는 것이다. 삶에 대한 이와 같은 그로테스크한 인식은 삶이 결국은 죽음의 틀 안에 갇혀 있다는 사실을 섬뜩하게 지시한다. 그것은 일상적 삶과 세계의 논리, 현실의 원칙, 자동화된 일상적 사고의 틀을 전면적으로 뒤흔드는 치열하고 아슬아슬한 시적 모험이다.

또한 그것은 "주검의 / 액체 위에", "누군가 확 뿌려놓고 간", "반짝

제 3 부　낯선 익숙함

이는 금모래 빛 모래 두어 삽"(「뜰에는 반짝이는 금모래 빛」)에서처럼
죽음을 비정하고 냉혹하게 제시함으로써 일상적인 삶과 세계에 균열
을 낸다. 특히 이러한 죽음의 모습은 일상 속의 죽음이며 '주검의 액체
위에 누군가가 금모래를 홱 뿌린다'는 진술에서 드러나듯 죽음은 타인
들에 의해 철저히 타자화되면서 죽음이 일상의 사소한 사건에 불과하
다는 것 이상으로 인식되지 않는 현실을 냉혹하게 환기한다. 그리하여
죽음의 흔적인 액체 위에 누군가가 아무렇지도 않게 동요를 흥얼거리
듯 홱 뿌린 "반짝이는 금모래 빛"은 타자의 죽음을 자신의 죽음으로 받
아들여지지 않는 비정한 현실을 환기한다. 죽음의 흔적 위에서 반짝이
는 금모래 빛의 이미지는 현실의 냉혹함과 차가움과 익명성을 상징하
면서 동시에 죽음의 일상성과 친근성을 중첩하여 상징하는 것이다.

그러나 유홍준 시의 가장 빼어난 부분은 남루한 세속적 삶의 근원과
비애의 뿌리를 껴안는 가락, 말하자면 어떤 인위적이며 지적인 조작과
거리가 먼, 그러니까 "세상을 뚫어지게 바라"(「유리창의 눈꺼풀」)보고
마음에서 직접 우러난 가락의 울림에 있다. 주관적 경험과 관찰의 느
낌을 고백처럼 들려주는 듯 하지만 사실 유홍준의 시야말로 세상의 불
우에 마음을 주고 그것과 깊이 공감한다. 그에게 저녁은 세간의 자잘
한 불우와 마음의 질곡이 드러나고 그 드러난 비애와 쓸쓸함이 자신과
타자의 처연한 실존적 고통을 따뜻이 비비고 다독이며 어루만지는 시
간이다. 그리고 그의 시집이 일몰의 저녁과 밤과 죽음을 노래한다지만
그것은 피할 수 없는 인간의 실존적 고통과 운명의 구조를 직시하는
것이다. 그래서 저녁의 형이상학은 외롭고 쓸쓸하며 처연한 풍경이다.

그리하여 '저녁의 슬하'가 품은 풍경은 그냥 그대로 있는 것이지만,
그것은 아주 내밀한 깊이가 있는 것이어서 스스로 무언가를 말하는 밀
도 높은 기호로 작용한다. 거기에 그것을 바라보는 주체의 주관적인
시적 인식이 개입하면 풍경은 차라리 하나의 의식이 되어버린다. 말하

자면 메를로퐁티가 그의 『현상학과 예술』에서 풍경은 내 속에서 자기 자신을 사유하고 있는 것이며, 그리고 내 자신은 풍경의 의식이 되어 버리는 것이나 다를 바 없다. 침묵의 형식인 저녁의 풍경은 하나의 의식 내지 어떤 의미의 기호로 작용하며, 시인의 의식은 그것의 기호 작용 내지는 의미 작용을 해독해 낸다. 그 해독은 물론 미적 해독이며 외롭고 깊고 처연한 실존적 의식을 환기한다. 따라서 저녁의 풍경은 곧 그 자체로 하나의 의식이고 기호이며 풍경의 감각이다.

서정의 역사적 차원
— 정희성 「저문 강에 삽을 씻고」에 대한 단상

서정의 아버지 자연

시는 서정의 언어이고 서정의 아버지는 자연이다. 시의 서정성은 예술로서의 시의 원형적 자질을 획득하게 하는 원초적 원소이며 질료이다. 서정의 원형적 자질을 획득하는 데 있어서 자연 대상은 제재적으로 월등하게 기능한다. 고대가요에서부터 현대시에 이르기까지 자연은 시인들의 시적 감흥을 드러내는 가장 중요한 객관적 상관물로 활용되어 왔다. 자연은 근원적으로 창작 주체의 경험과 의식 속에 광범위하게 녹아 흐르며 시인들에게 시적 상상력을 제공하는 원천이다. 자연은 자꾸만 퍼내도 마르지 않는 무진한 시적 보고이다. 서정시인들에게 자연은 가장 위대한 가르침을 주는 스승이다. 예나 지금이나 서정시인들은 그들의 상상력의 중요한 수원(水源)으로 자연에 입을 대고 있으며, 그 자연에 대한 체험으로부터 시를 쓴다. 자연은 시적 영혼을 양육하는 젖줄, 삶의 위대한 잠언, 정현종의 표현대로 자연은 '비유의 아버지'이다.

　이와 같은 비유에 걸맞게 우리 전통 시에서 서정성은 대개 인사(人事)와 자연에 대한 관계에서 파생하는 문제로 핵심을 짚을 수 있다. 정병욱은 실제로 고전시가를 살피며 전통 시가에서 가장 빈번하게 나타나는 시어는 '님'이며, 다음으로 '달', '꽃', '물' 등이라는 사실을 밝힌 바 있다. 자연 대상의 이러한 시적 이미지는 주로 인간의 정서와 결부된 기쁨이나 슬픔, 그리고 그리움의 정서를 주로 표상한다. 전통 시가에서 발견되는 이와 같은 특성은 현대시에 이르러서도 계승되고 있으며 변함없이 한국 현대 서정시의 지배적 양상으로 나타나고 있다. 현대시에서 인간의 정서적 현상과 자연적 요소로서 달, 강, 하늘, 구름, 별 등등의 이미지는 서정적 정서의 원형질을 형성하는 요소로 기능하고 있는 것이다. 이러한 서정시의 전통적 특질과 맥락은 현대시에서 하나의 원형적 지형을 형성하고 있다. 그런 점에서 서정의 정신 혹은 서정시에서 자연의 제재는 현대시의 밑변을 흐르는 하나의 저류이다.

　현대의 서정시인들이 노래하는 시적 형상 가운데서 자연이 차지하는 비중이나 위상은 단연 절대적이라 할 만큼 우세종으로서의 지위를 확보하고 있다. 가령 근대시의 형성과정에서 빼놓을 수 없는 소월의 경우 자연은 정한(情恨)의 대상으로서 그에게 자연은 산, 강, 꽃, 새, 나무이고 그것들은 진달래꽃이 흐드러지게 피어 있는 영원한 고향으로 형상화된다. 물론 현대시에서 자연의 형상화 양상은 다양한 스펙트럼을 형성하고 있다. 그것은 보편적 생명과 사랑의 추구, 도시적 삶과 인공적 문명에 대한 비판, 형이상학적 관념의 투사, 서정 주체의 감정이입, 즉물적 묘사, 물아일체를 지향하는 원초적 동일성의 시학 등 여러 층위의 창작 태도와 방법이 있다. 창작 태도나 방법이 어떻게 다르든지 간에 자연은 서정과 깊이 관계하고 있음은 부인할 수 없는 사실이다. 그렇기 때문에 현대 서정시의 전통적 문법에서 자연은 서정의 깊이와 넓이를 더해주는 원천임에 분명하다.

한 시대는 그 시대에 알맞은 감수성과 가치관을 지니게 마련이다. 종래에 음풍농월하던 전통 서정시의 맥락을 두고 원형적인 서정성 또는 단순성의 서정에 의지하던 현대시는 분단의 극복이라는 시대적 명제와 민주화 및 산업화에 따른 전환기의 시대정신에 걸맞은 능동적인 내용으로 전환될 수밖에 없었다. 파행적으로 진행된 근대화와 졸속적으로 진행된 산업화로 인한 계층 간의 갈등과 소외, 경화된 정치 현실과 그것을 돌파해보려는 민주화 운동의 첨예한 대립 현상이 70년대의 지배적인 이념적 기류임은 주지하는 바이다. 이러한 계몽의 실천적 윤리학이 대세를 이루던 시대 상황에서 사회 전반의 갈등과 소외를 날카롭게 의식하면서 민중에 대한 애정과 신뢰를 부여하려는 시대적 소명의식을 전례 없이 강하게 표출하게 된다. 그것이 하나의 운동으로 나타난 것이 민중시이며 진보적인 문학 진영에서 추구하고자 했던 가치였다. 그것은 실천적 지식인의 윤리처럼 여겨졌다.

1978년, 그러니까 유신 말기에 씌여진 「저문 강에 삽을 씻고」도 마찬가지로 삶의 현장과 보다 밀착되고 현실과 역사적 지평으로 문제의식을 확대해나간 경우이다. 전통적인 서정시와 마찬가지로 물·강·달·마음 등 서정적인 원형 심상이 등장하고 있지만, 이 시는 종래의 시에서 자주 발견되던 회화적이고 목가적인 농촌 풍경이 사라지고 가난하고 곤궁한 노동자의 모습과 삶이 잔잔한 어조와 태도로 제시되고 있다. 고요하고 회화적인 이미지를 통해 교직하는 작법은 이전의 서정시와 유사해보이지만 그 내면에 흐르는 정서는 전혀 다른 것이다. 강이나 달 등은 우리의 서정시에서 빼어놓을 수 없는 자연의 소재이다. 이것들은 한국 문학의 소재적 전통에서 가장 빈번하게 등장하고 우리에게 친밀하게 다가오는 것들 중의 하나이다. 따라서 이러한 자연 소재는 우리 민족정서에 깊이 닿아 있고, 낭만적 정서를 함축하는 객관적 대상물로 쓰여 왔다. 정희성의 「저문 강에 삽을 씻고」에서도 동일하

게 그러한 자연 소재를 동원하고 있지만 낭만적이며 목가적인 이전의
정서와는 전혀 다른 변별적 분위기를 창출하고 있다.

자연 서정의 역사적 심미화

정희성은 감정적 노출이 절제된 담담한 태도와 지사적 어조로 시대
의 아픔을 제시하는 시인으로 알려져 있다. 시인은 주로 노동의 세계에
관심을 기울였는데, 「저문 강에 삽을 씻고」 역시 노동을 마치고 귀가하
는 어느 노동자의 심경을 잔잔하고 담담한 어조로 시화한 작품이다. 분
단 이래 특히 1970년대 민주화 운동과 산업화 시대로 접어들면서 이 땅
에서 전통적인 서정시의 주된 성격은 크게 변모하기 시작한다. 예컨대
사랑시라든가, 전원시가 보여주던 원형적인 서정성이 차츰 삶의 구체
와 생활에 뿌리박은 역사적 서정으로 탈바꿈함으로써 서정시의 개념
은 물론 시 자체에 대한 개념과 의의가 새로워지기 시작한 것이다. 「저
문 강에 삽을 씻고」는 이러한 역사적 맥락에 위치한 시이다.

「저문 강에 삽을 씻고」는 1978년 『문학사상』에 발표했다가 같은 해
에 상재한 그의 두 번째 시집의 표제 작품이다. 이 시집에는 '밑바닥
인생' 들에 대한 애정과 연대의식이 고스란히 깃들어 있다. 이 시집에
주로 등장하는 인물들은 밑바닥 인생의 전형을 이루는 여공, 노동자,
광부, 농민 등 사회의 주류에서 소외된 계층이라 할 수 있는 민초들이
주류를 이룬다. 이와 같은 문맥에서 이 작품에서도 역시 밑바닥 인생
의 전형이라 할 수 있는 곤궁한 노동자가 화자로 등장한다.

　　흐르는 것이 물뿐이랴
　　우리가 저와 같아서
　　강변에 나가 삽을 씻으며
　　거기 슬픔도 퍼다 버린다

일이 끝나 저물어

스스로 깊어가는 강을 보며

쭈그려 앉아 담배나 피우고

나는 돌아갈 뿐이다

삽자루에 맡긴 한 생애가

이렇게 저물고, 저물어서

샛강바닥 썩은 물에

달이 뜨는구나

우리가 저와 같아서

흐르는 물에 삽을 씻고

먹을 것 없는 사람들의 마을로

다시 어두워 돌아가야 한다

화자인 '나' (노동자)의 눈에 비친 자연 대상들은 다분히 서정적이며
동시에 서경적이다. 화자는 자연 대상에 감정을 이입하여 절제된 어조
로 시적 정서를 전달하고 있다. 일반적으로 선경후정의 방법은 어느
서정시에서도 가능하다. 말하자면 자연 사물에 시인의 감정을 이입하
여 시적 주체의 내면의식을 투사하는 방식은 서정시에서 일반적인 창
작방법이다. 그런데 이 시에서 전통적인 서정시와는 다른 점은 이런
객관적인 정물의 묘사나 시적 대상이 주는 아름다움에 대한 찬미, 그
리고 그것과의 동일성을 지향하는 데에 그치지 않는다는 점이다. 만약
전통적 소재로서 달, 강 등의 아름다움을 그저 아름답게 형상화하거나
그것을 예찬하는 데 그쳤다면, 이 작품은 전래의 자연 서정을 노래하
는 시와 미적 변별성을 획득하지 못했을 것이다.

화자는 노동자이다. 그는 노동자라는 현실적 삶의 조건으로 인하여
내적으로 통일되거나 안정된 심리를 가진 인물이 아니다. 화자의 눈은
강물에 비치는 달빛을 아름답게 바라볼 만큼 심미적이지 못하며, 내면
의 의식 또한 세계를 평화롭고 조화롭게 인식할 만큼 귀족적이지 않

다. 그의 현실적 삶은 불안하고 소외되어 있기 때문에 달빛이 비치기 시작하는 저문 강의 풍경을 아름답게 바라볼 수 없다. 사물과 현상은 바라보고 의식하는 자의 정서적 태도와 세계관에 의해 인화되며, 정서적 태도와 의식을 형성하는 주된 요건은 그가 처한 현실적 삶의 물질적 토대와 조건에 영향을 받을 수밖에 없다. 그러므로 저문 강의 저녁 풍경은 노동자라는 계급적 정체성을 드러내는 하나의 의식되어버린다.

소외된 노동자의 눈과 의식으로 세계를 바라보기 때문에 이 시는 울분과 서러움이 감지되는 비극적 정조가 주조를 이룬다. 문학작품은 특정 문맥 안에서 특정 화자에 의해 청자에게 수행된 발화로서 소통행위의 한 국면이다. 이와 마찬가지로 한 편의 시는 화자와 청자라는 관계를 설정한 담화양식이다. 시를 형상하는 지배소로 시인에 의해서 내세워진 화자의 의식과 정서는 시의 의미내용의 형성과 전달에 중요하게 작용한다. 잘 알려져 있듯이 시의 소통은 발신자에 의해서 수신자에 전달되는 소통의 과정이다. 시인의 정서적 태도는 이를 중개하는 화자를 전제로 한다. 이러한 인식은 담화 내의 구조적 장치로서 화자의 중요성을 강조하는데, 노동자로서 화자의 정체성은 이 시를 이해하는 데 중요한 기능을 한다. 소통의 과정에서 시인은 '나'와 '우리'로 표현된 공동체적 연대의식과 집단화된 서민정서의 전달에 있다.

노동자로서의 화자는 텍스트 내의 의미내용을 독자에게 전달하는 문제에 있어서 시인에 의해 설정된 양식 또는 관점을 의미하게 된다. 다시 말해 노동자라는 특수한 신분의 화자 채택은 단순히 텍스트의 의미내용을 전달하는 기법과 관련된 문제뿐만 아니라 시인이 허구적인 중재를 통하여 독자에게 자신의 태도와 가치를 전달하는 문제와 관련되어 연대의식이라는 공동체적 심의를 표출한다. 따라서 시를 진술하는 화자의 의식과 목소리는 말하고 인지하는 사람들의 계급적 정체성, 그들 상호간의 관계, 그들의 담화와 수신자와의 관계에서 공통체적 심의를 표백하는 데 모아진다. 그리고 화자의 계급적 정체성은 그들의 태도·지위·인격·신념 등을 포함하는 만큼 이 시가 내세운 노동자로서의 화자는 시를 전체적으로 비극적 정조와 억눌린 자의 울분으로 이끈다. 그렇기 때문에 이 시의 배경이 되는 저녁이라는 시간은 시대적 어둠을 자연스레 상징하게 된다.

그런데 이 시에서 중요한 점은 화자가 처한 어둠, 즉 시대의 비극적 현실로부터 탈출하려 하지 않는다는 점이다. 시인은 노동자로서 삶에 부대끼며 살아가는 밑바닥 인생의 모습을 발견하고 그것으로부터 도피하고자 하거나 현실적 삶을 외면하지 않는다. 시적 화자가 인식하는 세계 혹은 정서는 매우 비극적이지만 비극성에 좌초하지 않고 다시 "먹을 것 없는" 시대적 가난과 '어두운' 역사 현실에 참여하는 정신이야말로 소월의 한 맺힌 서정이나 청록파의 목가적이며 낭만적인 전원시와 변별되는 이 시의 가장 큰 미덕이 아닐 수 없다. 이 시의 배경은 목월의 "술 익는 마을"의 풍요로운 현실도 아니고, 주인공은 "구름에 달 가듯이" 유유자적하며 "가는 나그네"도 아니다. 정희성의 달은 "썩은 물에" 뜨고, 마을은 "먹을 것 없는 사람들의" 가난하고 궁핍한 고향이다. 정희성은 어둡고 가난한 시대적 고통을 애써 아름답게 포장하거나 풍요롭게 가장하지 않는다. 다만 그는 그 궁핍한 현실 안에 깃든 서정을 절제된 수법으로 드러낼 뿐이다.

정희성은 달, 물, 강 등 전통적 표상과 서민 정서를 적절히 계승하면서 그것을 기존의 서정과는 다른 감각과 정서로 결합하는 성취를 보여준다. 달이나 강, 그리고 물, 여기에 투사된 시적 화자의 정서적 태도는 이전의 것들과는 다르다. 날이 저물어 교교한 달빛에 은은히 비추는 강물의 이미지는 찾을 수 없다. 한 마디로 은은하고 호젓하게 달빛에 비친 강물의 낭만적이며 미적인 생성력은 간 데 없고, 또 그것을 아름답게 바라보는 시적 화자의 미적 감동도 없다. 섬세하고 부드러운 감각이 돋보이지만 안온하고 호젓한 분위기는 이 시에서 창출되지 않는다.

낭만성은 거세되고 거기에 삶의 애환과 시적 화자의 역사적 서정을 개입해 넣는 것이다. 그것은 이전의 낭만성과는 거리가 먼 것이다. 따라서 아름다운 한 폭의 수채화를 연상하기보다는 노동에 지쳐 힘겨운 한 인물이 초라하게 그려진 둔탁하고 질박한 한 편의 판화를 연상시킨다. 어떤 낭만적 신비감과 강물이 감싸 도는 전원의 풍요로움도 달빛의 호젓함도 달빛이 교교하게 비치는 강변의 아름다운 서정도 느껴지지 않는다. 낭만성은 철저하게 후경으로 제쳐 두고 시인은 그 자리에 노동하는 민중의 삶을 전경화시켜 놓는다. 그럼으로써 목가적이며 전원적인 낭만의 서정이 아닌 삶의 구체를 토대로 하는 역사적 단계로 서정을 끌어올리는 것이다.

절제된 슬픔의 역사적 서정미학

문학작품은 현실의 객관적 진실을 작가나 시인의 주관, 즉 세계관을 통하여 형상화하거나 또 다른 현실의 객관적 진실을 형상화한 것이다. 특히 서정 장르인 시는 다른 장르에 비하여 시인의 주관과 세계관의 영향을 보다 더 직접적으로 받는 특성을 태생적으로 지닌다. 시는 다른 어떤 장르보다 주관성이 강한 장르이다. 따라서 시는 보통 시인의 직접적인 진술, 그러니까 시적 화자의 직접적인 감정과 사상의 진술로 이해되기도 한다. 그리고 서정시가 성공하기 위해서는 이러한 주관성을 얼마나 효과적으로 극복하여 이를 객관적으로 형상화하느냐에 달려 있다. 서정시가 태생적으로 지니는 주관성을 긍정적으로 극복할 수 있는 방법은 그것이 주관적 세계관과 정서에 기초한다지만 이러한 측면을 집단적 정서로서의 삶의 진실과 총체성을 결곡하게 드러낼 때 가능하다고 여겨진다.

서정시에서는 서정을 표현하는 주체의 성격이 창조되는데, 이 인물은 반드시 창작자인 시인이라기보다는 엄밀한 의미에서 작품 속의 화자로 보아야 마땅하다. 이 서정적 화자는 다른 말로 서정적 주인공으로 고쳐 부를 수도 있겠는데, 시를 형상하는 데 있어서 시인이 전달하고자 하는 의미내용의 핵심은 서정적 주인공이 체현하기 때문에 시를 이해하는 데 중요한 역할을 한다. 왜냐하면 서정은 서정을 느끼는 집단들의 성격과 밀접한 관련을 맺고 있기 때문이다. 노동자의 서정과 인텔리의 서정은 다른 만큼 시에서 어떤 전형적 인물성격의 화자를 택하느냐에 따라 작품의 내용은 달라지게 마련이다. 따라서 이 시에 등장하는 노동자로서의 인물화자는 비약이 될 수도 있지만 집단적 계급성을 띤다.

노동자로서 집단의 계급성을 대표하는 화자는 정처 없이 유랑하는 낭만적 감정이나 목가적 풍경의 제시를 목표로 하지 않는다. 척박한 시대를 살아가는 노동자의 현실생활 체험이 핵심이며, 그 고달픔과 어려움에서 오는 좌절감과 비애의 비극적 정서가 주조를 이루고 있다. 가난한 노동자의 삶에 대한 비애와 연민의 정서는 이 작품의 시적 분위기를 지배하는데, 이는 주로 "슬픔", "저문 강", "어둠", "썩은 물" 등의 부정적이며 소멸의 시간을 나타내는 어의를 내포한 시어와 "버린다", "뿐이다", "뜨는구나", "어두워 돌아가야 한다"는 다소 체념적이며 감정의 여운을 길게 남기는 어미처리로 나타나고 있다. 그러나 흐르는 강물을 통해 한 노동자의 가난한 삶을 비춰보는 비극적 정서와 삶의 슬픔은 극도로 정제된 어조와 절제된 감정을 통해 형상화함으로써 절제된 미학적 성취를 이룩한다.

억압받는 노동자의 삶을 다루는 유형의 시는 흔히 분노나 증오의 정서를 동반하는 것이지만, 이 시에서 화자는 그저 낮고 잔잔하고 담담한 태도로 내면에 쌓인 서러움만 드러내 보이고 있다. 그러나 김종철이 시집의 발문에서 밝히고 있듯이 시집 도처에는 숨겨진 분노가 번뜩이고 '밑바닥 인생'에 대한 애정이 깃들어 있다. 서러운 삶의 애환을 "저문 강"에 "퍼다 버린다." 그 서러움마저 "강변에 나가 삽을 씻으며 / 거기 슬픔도 퍼다 버린다"는 시구에서 확인되듯, 화자는 가능한 한 그러한 분노나 증오의 정서를 배제하는 절제미를 보여준다. 화자는 절제된 감정처리를 통해 고단한 노동자의 귀갓길을 그린 고전적 품격의 작품으로 끌어올리는 것이다. 거기에는 슬픔에 빠지지 않고 그것을 딛고 다시 일어서려는 결연한 의지가 내포되어 있다. 이러한 시적 태도는 기존의 서정시에서 많이 만날 수 있었던 슬픔과 설움을 대하는 태도와 일정한 거리를 갖는다. 시적 화자의 정서는 슬픔에 빠져 있고 체념어린 듯하지만 소월처럼 현실을 인정하지 못하고 그저 비탄에 빠져 울부짖거나 목월처럼 암울한 현실을 애써 외면하고자 하는 태도와는 변별되는 자질을 함축하는 것이다.

화자의 어조가 체념어린 듯하고 비극적 관조의 정서 때문에 혹 이 시에서 패배주의나 순응주의의 결점을 지적할지도 모른다. 그러나 이러한 혐의는 마지막 결구에서 말끔히 해소된다. "먹을 것 없는 사람들의 마을로 / 다시 어두워 돌아가야 한다"라는 마지막 결구는 시적 화자가 삶의 현장이나 공동체적인 연대감을 망각한 것이 아님을 증거해 보여주기 때문이다. 이는 위에서 언급했듯이 시적 분위기가 전반적으로 비극적 의미를 표출하고 있지만, 그러한 화자의 내면 감정이 극도로 자제된 절제의 미학을 통해서 극복된다. 이렇게 절제된 슬픔과 연민의 감정으로 인하여 마지막 두 행에서 나타나듯이 역설적으로 민중들의 강한 생명력을 느끼게 한다. 그것은 도피나 외면, 체념이 아니다. 그것은 그럼에도 불구하고 현실생활로 돌아가야 한다는 강한 전언을 함축하는 진술로 읽혀진다.

　그렇다면 이 시의 서정성은 앞서 잠깐 언급했듯이 내용과 형식면에서 전시대의 것과 사뭇 다르게 변화되었음을 알 수 있다. 서정성이 탐미적이거나 낭만적 성향으로부터 현실적 삶 모습을 사실적으로 형상화함으로써 탄력성을 확보하고 있는 것이다. 다시 말해 전통 서정시에서 흔하게 나타나는 님에 대한 그리움이나 인륜도덕의 강조 또는 상사연을 노래하는 단순성과는 다른 형질의 것이다. 즉 자연 사물에 깃든 원형성으로부터 삶과 현실의 문제를 절실하게 끌어안고 고뇌하는 현장성과 복합성이 이 시를 재래의 서정과 변별되도록 하는 면모이다. 그리고 역사 현실의 도식적인 소재와 제재, 이런 유의 시가 지닌 명백한 결점으로 흔히 지적되어온 동어반복에 그치는 공허한 분노와 저항의 목소리, 또는 어떤 정치적 이념을 시의 표면에 내세우는 선전적이며 구호적인 시들과는 경우가 다른 미적 차이를 갖는다.

　정희성의 「저문 강에 삽을 씻고」는 자연을 바탕으로 한 서정을 절제된 미학으로 노래한 시이다. 이 작품에서 자연은 시적 상상력을 제공하는 원천이다. 대개 서정은 인사(人事)와 자연에 대한 관계에서 비롯한다. 그러나 자연 속에 깃든 잠언을 깨닫는 대신 정희성은 그것을 현실적 삶과 역사적 지평의 위치로 치환하여 놓는다. 정희성의 서정은 자연 대상과 내통하는 동시에 중요한 점은 체험적 삶의 형상과 관계하는 측면에 있다. 화자의 시선은 자연이라는 대상과 현상에 닿아 있으며, 그 자신의 삶 속에서 우러나온 비극적 정서를 자연 대상과 서경을 통해 슬프고도 정갈한 어조로 노래한다. 시의 문면에 흐르는 비극적인 정조는 비극적 심경을 배태한 현실을 초월하여 지금 여기라는 차안의 현실을 떠나 피안의 세계로 비상하려 하지 않고 역사 현실, 구체적 삶으로 다시 돌아가는 서정 주체의 의지적 모습이 이 작품을 여타의 자연 친화적이며 자연 대상물과 원초적 동일성을 지향하는 이전 시들의 전원적이며 목가적이고 낭만적인 서정과는 다른 변별적 가치를 갖도록 한다.

서정과 현실의 긴장

우리는 온전한 의미로서의 서정으로부터 너무 멀리 멀리 와 있다. 우리는 다만 상상계의 질서 안에서 황금시대의 행복한 가락에 몸을 맡겨 춤을 출 뿐이다. 밤하늘의 별을 보며 길을 찾던 서정자아의 순결하고 충만했던 눈과 의식은 자본과 문명의 풍요로운 외관 안에 깃든 불길한 징후와 인간 소외 앞에서 불안에 떤다. 신성이 사라진 시대에 주체와 객체, 자아와 세계의 조화로운 일체감과 동일감은 상상의 언어와 유토피아적 상상력의 자력 안에서만 맴돈다. 산업화 시대의 우리 서정시란 바로 이러한 불협화음의 삶 가운데서 상실된 세계와의 행복한 일치의 시간으로 돌아가려는 서정적 자아의 힘겨운 자기반성이거나 울림 없는 메아리, 고립된 경계의 말이다. 그것은 급속한 산업화의 일상에서 느끼게 되는 어쩔 수 없는 감수성의 서정이다.

남진우는 자연 취향의 시를 크게 보아서 소박한 의미의 자연 예찬 및 전원적 꿈을 추구하는 '감상적 목가주의'와 자연과 도시문명의 상호 역학관계를 탐구하는 현대적인 경향의 '복합적 목가주의'의 경향으로 나뉜다. 가령 청록파는 해와 달, 산과 나무 등 자연을 중요한 시적 소재로 삼고 있다. 박두진의 경우는 좀 다르지만 극단적으로 청록집에 실린 박목월과 조지훈의 시에는 제재와 내용에서부터 우리 생활 현장에 직결되는 작품은 찾아보기 쉽지 않다. 예컨대 전원시인이니 목가시인으로 일컬어지는 목월의 경우 「閏四月」, 「靑노루」, 「나그네」의 무대가 되고 있는 곳은 깊은 산속, 사슴이 노니는 골짜기나 강나루를 건너 밀밭의 풍경이 평화롭게 펼쳐진 자연 공간이다. 이들의 자연 친화적 취향은 절대로 사회, 역사, 현실에 대해서는 발설하지 않는다는 특징을 지닌다. 역사적 삶은 투영되지 않은 채 목가적 전원의 이상향만이 그려질 뿐이다. 그런 점에서 정희성이 「저문 강에 삽을 씻고」에서 보여주는 서정세계는 현실을 외면하고 도피하고자 했다는 혐의로부터 자유로울 수 없는 자연친화적 시인들과는 다른 서정적 태도로서의 변별적 특성을 지닌다.

1960년대 이후 우리 사회는 산업화와 공업화로 규정할 수 있는 사회이다. 급격한 산업화와 도시화로 인하여 인간 소외, 물화에 따른 물신의 지배, 자연 생태계의 파괴와 같은 문제를 급속하고도 광범위하게 파생시켰다. 이러한 변화한 환경은 서정시로 하여금 새로운 문제의식을 갖도록 요구한다. 가령 인간의 순박성이 상실되어 가고 있는 현대의 문명에 대한 비판적 입장을 취하는 김광섭의 「성북동 비둘기」는 복합적 목가주의의 한 예이다. 현대 기계문명과의 위화감을 드러내는 이 작품은 산과 사람, 곧 자연과 인간 모두를 잃게 된 비둘기의 소외현상을 통해 현대문명은 사랑과 평화와 축복의 메시지마저 전달할 수 없는 관계성의 파괴를 고발하는 소박한 복합적 목가주의의 전형을 보여준다.

복합적 목가주의는 자연에 대한 낭만적 이상화를 거부하고 자연과 문명 양자 간의 긴장관계를 문제 삼는다. 이와 같은 문명비판 시인들이 도시화와 산업화가 파생하는 생명파괴와 인간소외 등의 문제에 천착했다면 같은 맥락이지만 좀 다른 차원에서 정희성은 자본주의적 생산구조에서 배태할 수밖에 없는 노동과 소외의 문제에 천착한다. 그의 시는 민중시대의 민중의 정서에 의한 민중 서정의 대변이라 할 만하다. 이러한 문맥에서 정희성의 「저문 강에 삽을 씻고」는 서정과 현실의 치열한 긴장을 획득해가는 현대 서정시의 과정에서 교두보적인 역할을 담당한다.

자타불이, 관계의 시학

— 이은봉의 시

관계성, 불이(不二)의 시론

이은봉은 1984년 등단 이후 첫 시집 『좋은 세상』을 시작으로 지금까지 일곱 권의 시집과 한 권의 시선집을 선보이고 있는 시인이다. 25여 년이 넘는 긴 시적 편력이 함축하고 있는 시인의 시세계를 축소시킬 수 있다는 무리를 무릅쓰고 축약한다면, 그는 사회 현실에 대한 깊은 사유와 성찰, 그리고 근대 자본주의와 이성을 앞세운 문명의 부정성에 대한 비판적 인식의 과정을 통해 생명에 대한 구경적 탐색으로 이어지는 과정에 있다. 즉 초기 시에서 보이는 사회 현실에 대한 비판적 인식은 근대 자본주의와 산업문명의 질서에 대한 비판적 인식으로 진화하는 것이다. 이러한 시적 진화에는 궁극적으로 근대적 질서가 야기하는 억압과 폭력, 소외와 분열, 모순과 부조리를 부정 극복하고자 하는 시 정신이 밑변을 흐르고 있으며, 근원적 생명현상에 대한 탐구와 그것의 상상적 복원이라는 시적 원형질이 중핵을 이루고 있다.

시선집 『알뿌리를 키우며』 해설은 이은봉의 시세계를 전체적으로 조감할 수 있는 글이다. 해설에서 유성호 교수는 시인의 시적 편력이 함축하고 있는 미학적 형질을 간추리면서, "1980년대 일정하게 이념적 배타성과 순결성을 담은 시를 쓰기 시작하여 최근에 문명 비판적 생태 의식, 탈(脫)자본의 시원성으로 자신의 시적 범주를 넓혀가고 있"으며 "죽임의 정서로 가득 차 있는 근대 자본주의를 발본적으로 비판하고 성찰해온 우리 시대의 대표적 시인"으로 "근원적 생명 탐구를 통한 근대 극복의 시정신을 지속적"(「근원적 생명탐구를 통한 근대 극복의 시정신」)으로 우리에게 제출하는 시인으로 평가한다. 이와 같은 평가에 화답이라도 하듯이 시선집을 엮은 후 새로이 선보인 시집 『책바위』는 근대 자본주의와 문명 비판, 그리고 시인이 말하는 '죽음의 정서'를 부정하고 극복할 수 있는 대안적 사유로서 불교적 세계관과 이에 기댄 생태학적 사유의 정점을 보여준다.

이은봉 시인의 시적 편력에서 두드러지게 나타나는 우리의 사회 현실과 근대 자본주의의 질서에 대한 통찰, 그리고 그로부터 발원하는 현실비판적 인식은 결국 우리가 사는 세상이 결코 '좋은 세상'이 아니라는 역설적 현실인식을 내포하고 있다. 시인의 이러한 현실인식은 따라서 근대 자본주의적 현실의 부정적 지각과 비판적 인식, 그리고 부정적 현실에 대한 변혁에의 희망이라는 변증법적 구조의 틀을 따라 부챗살처럼 다양하게 펼쳐진다. 말하자면 경험적으로 확인 가능한 외부 세계의 대상에 대해 체험하고 의식하게 되는 시인의 시적 지각은 지극히 부정적이다. 이러한 부정적 지각의 결과로써 그의 시는 필연적으로 비판적 인식을 동반한다.

보통 인식은 개념적으로 근거 세울 수 있는 진리를 발견하기 위한 목표를 내포하지만, 대상에 대한 가치판단을 수행한다는 철학적 개념으로도 사용할 수 있다. 이와 같은 전제가 받아들여진다면, 부정적 지각은 외부 세계의 의미나 내용에 대한 가치 판단과 반성적 성찰의 행위라는 비판적 인식을 동반하게 마련이다. 이에 따라 이은봉의 비판적 현실인식은 결과적으로 부정적 현실의 극복과 변혁에의 희망을 내포할 수밖에 없는 동인으로 작용한다. 그런데 변증적인 시적 자기갱신 과정의 정점, 최근 그의 시정신의 핵심과 동향을 엿볼 수 있는 시집이 『책바위』라 할 수 있다. 이 시집의 중심을 이루는 기둥은 시인이 말하는 소위 '죽음의 정서'를 배양하고 증식하는 근대적 질서에 대한 비판과 이성중심의 사유체계와 과학기술의 산업문명의 부정성을 극복할 수 있는 대안으로서 불교적 세계관에 기초한 생명 탐구이다. 환언하면 궁극적으로 근원적 생명의 회복이라 할 만한데, 시인의 말을 빌리면 그것은 '생명의 정서', '불이의 정서'로서의 철학이며 윤리학이다.

특히 근대 자본주의적 질서와 인간중심의 현실원칙에 대한 비판, 그리고 이를 극복할 수 있는 대안적 사유로서의 자타불이의 동양적 정신 혹은 불교적 사유에서 비롯한 근원적 생명의 탐색과 회복은 『책바위』의 주제와 시정신의 내용을 규제하는 전략적 거점으로 기능한다. 이러한 내용은 시집을 상재하면서 피력한 시론적 입장에 잘 표명되어 있다. 「죽음의 정서들 밖으로 내는 쬐그만 창」이라는 제목으로 자신의 인터넷 홈페이지에 게재한 글에서 시인은 후기자본주의 시대에 자아는 과잉 조장되어 타자를 폭력적으로 억압하고 있으며, 이러한 인간중심적이며 물신주의적인 사유는 생명의 통합된 정서보다는 분열되고 해체된 '죽음의 정서'를 배태하게 마련이라고 피력한다.

이은봉은 후기자본주의가 배태한 '죽음의 정서'를 의인화 내지는 우화의 수법을 통하여 적절하게 드러내는데, 그 이유는 자연 생명의 현상을 왜곡하고 파괴하는 '죽음의 정서'적 증상이 후기근대에 만연한 사회적인 병적 증상이며 질병이라는 인식에서 기인하기 때문이다. 궁극적으로 시인은 후기근대가 야기한 '죽음의 정서'를 극복하기 위한 대안적 사유를 불교라는 동양정신, 특히 자타불이의 생명 사랑과 존중

의 사유, 모든 존재를 수평적으로 평등하게 바라보는 동체대비(同體大
悲)적 윤리관에서 찾는다. 이러한 시적 인식은 자아/타자, 주체/객체,
인간/세계, 유정/무정, 정신/감성, 문명/자연 사이의 관계에서 전자 지
배와 후자의 억압, 요컨대 이성과 정신, 주체와 인간중심의 우월적 차
이와 분별을 넘어선 자타불이의 전일적 세계관을 지향한다.

　이은봉은 후기자본주의 시대에 팽만한 '죽음의 정서'를 끊임없이 문
제 삼으며, 이것을 전일적이며 통합된 '생명의 정서'로 전환하고자 노
력한다. 시인이 말하는 '죽음의 정서'가 분리, 분열, 폐쇄, 소외, 환멸,
결핍, 부재의 부정적 정서라면, '생명의 정서'는 통합된 정서로서 행
복, 충만, 기쁨이라는 긍정적인 전일적 생명의 감정이다. '생명의 정
서'는 충족의 정서로서 시인의 말에 따르면 "하나됨의 정서, 곧 일치의
정서이다. 이들 감정의 경우 실제로는 하나이면서 둘인 형태로, 둘이
면서 하나인 형태"(「죽음의 정서들 밖으로 내는 쬐그만 창」)로서 불일
이불이(不一而不二)의 감정세계를 일컫는다. 시인은 이것을 '불이(不二)
의 정서', '생명의 정서'라 부른다. 이것과 저것, 주체와 타자, 자아와
세계는 서로 독립된 존재가 아니라 상호의존적 관계에서 생겨난 존재
이다. 내가 고정적이고 독립적인 존재가 아니라는 생각은 주체와 타자
의 절대적 평등을 전제로 한다는 자타불이(自他不二)의 세계관이 시인이
말하는 '불이(不二)의 정서', 곧 '생명의 정서'이다.

타자성, 익숙한 낯섦의 자아

　그런데 이번에 스스로 뽑은 자선 대표시 다섯 편과 근작 시 세 편도
역시 마찬가지로 위와 같은 범주의 맥락, 특히 자타불이의 관계성을
통해 자아와 타자를 인식하려는 시인의 의식을 읽을 수 있는 작품들로
모아져 있다. 여기에 모아진 대표시나 근작 시는 모두 시인의 특별한

의도가 배려되어 있는 것처럼 보이는데, 그것은 바로 자아의 타자성 혹은 타자의 자아성에 대한 관계적 의미의 추적이다. 중요한 점은 일정하게 시인의 시쓰기의 근원적 욕망 내지는 창작상의 가장 궁극적인 심연을 살필 수 있는 가편으로 추려져 있다는 것이다. 대표시 다섯 편은 스스로 일곱 권의 시집을 통틀어 가장 내세우고 싶은 작품을 자선했다는 점에서 그의 시의 순금의 영지(靈地)이며, 그의 시를 읽을 때 기점이 되는 영도(零度)의 자리를 차지한다고 구태여 의미를 부여할 수 있겠다.

또한 자선 대표시는 그의 시의 육체가 간직한 가장 깊고 은밀한, 그래서 가장 희고 깊은 속살로 볼 수 있다. 어쩌면 자선 대표시는 시인의 전체 시가 출발하는 영도의 기점, 그의 시가 육체성을 부여받는 탄생의 근원적 지점을 지시한다고 볼 수 있다. 말하자면 이은봉 시를 여러 줄기의 갈래로 파생시키는 산맥의 본령과도 같은 시들이라 할 수 있을 터이다. 그 영도의 기점, 그 탄생의 지점, 그 순금의 영지는 바로 시인의 최근의 시적 동향을 살필 수 있는 풍향계이기도 하다. 왜냐하면 영도의 기점, 그 시적 세포의 유전자가 흐르고 있는 순백의 속살에서 시적 세포의 분열과 증식이 이루어지고, 시적 자기갱신을 거듭하고 있다는 판단 때문이다. 그 자리를 자타불이라는 자아의 타자성 혹은 타자의 자아성에 대한 성찰과 탐구가 채우고 있다. 나는 그것을 자타불이의 관계성의 시학이라 부르고 싶다.

이은봉은 확고부동한 자아의 정체성이라는 것이 과연 존재하기나 할까라는 의문에서부터 시쓰기를 시작한다. 근대사회는 개인의식, 말하자면 자아의 발견으로부터 시작되었다 해도 과언이 아니다. 중세의 봉건적 억압에서 해방되어 근대적 인간으로 거듭 태어나기 위해서 인간은 필연적으로 자아의 정체성이라는 개인의식을 확립할 수밖에 없었다. 인간은 근대적 계몽의 기획에 따라 주체와 객체, 자아와 타자,

인간과 세계, 이성과 감성, 의식과 무의식을 이분법적으로 분리하고는 빗금 안쪽의 자아, 주체, 인간, 이성, 의식중심의 우월적 차이와 분별을 강조해 왔다. 이러한 노력에도 불구하고 과연 자기 자신의 확고부동한 동일자로서의 정체성이나 주체성이 존재하느냐는 물음 앞에서 속 시원하게 당당히 '이거다' 라고 대답할 수 있는 사람이 몇이나 될까 의문이다. 결론적으로 이 물음에 대한 이은봉의 시적 대답은 지극히 부정적이다. 이러한 이분법적 구분은 인간, 주체, 자아, 이성, 의식이라는 빗금 밖의 실체에 대한 강제적 구속이고 폭력이라는 것이다.

달걀이 운다 제 껍질 속에서
날더러 쪼아 달라고 운다

저도 제 부리로
제 마음 가로막고 있는 껍질
쪼조족쪽쪽, 쪼아대며 운다

조금만 더 기다리거라
나도 네 마음 따라
찌지골찍찍 장단을 맞추고 있다

조금만 더 쪼아대거라
나도 네 부리를 좇아
네 껍질 쪼조족쪽쪽, 쪼아대고 있다

어느새 병아리로 태어난
너, 찌지골찍찍 노래하고 있다

— 「달걀이 운다」 전문

자아의 주체성를 정립하고 근대적인 자아로 태어나기 위해, 사회가 요구하는 현실원칙을 따르기 위해, 주체의 정체성과 확실성을 보장받기 위해 우리는 내 안에 존재하는 감성의 영역, 이성 외의 타자들을 이성과 의식, 과학과 합리의 이름으로 배척하고 억압해 왔다. 그것들은 금기의 대상이다. 근대는 과학적이고 이성적이며 합리적인 인식이 지배한다. 이러한 인식은 데카르트의 코기토(Cogito)와 칸트의 선험적(a priori) 이성이 제출되면서 이성과 과학, 논리와 합리의 그물에 포획되지 않는 대상들을 철저히 배척하는 억압의 논리로 기능한 것이 사실이다. 인간 이성에 대한 절대적인 믿음에 기초한 근대는 이성적 인간을 주체로 설정하고 객체로서의 대상들을 비이성적인 것으로 평가절하한다. 그래서 내 안에 존재하는 비이성, 비현실, 무의식, 욕망, 감성 등과 같은 것들은 타자화하여 억압하고 금기시해야 한다. 이것들은 세계와 인간 주체의 정체성을 위협하고 불확실성을 조장하는 유령이나 괴물 같은 낯선 존재로 여겨지며, 우리는 그것이 우리의 또 다른 초상이라는 것을 긍정하지 않는다. 그러나 시인은 그러한 근대성이 억압하고 금기시하는 타자의 얼굴을 우리의 한 초상이라 인정하고 "나도 네 마음 따라", "나도 네 부리를 좇아" 껍질을 깨고 나오도록 억압으로부터 해방시킨다.

　단단하게 "제 마음 가로막고 있는 껍질" 속에 갇힌 '나'를 구성하고 있는 타자, 그것은 분명 나와는 다른 낯선 존재이다. 그래서 그것은 밖으로 출현해서는 안 될 금기의 존재이다. 그러나 시인은 제 안의 어두운 껍질 속에 웅크리고 있는 타자의 얼굴을 빛의 세계로 적극 불러낸다. 즉 단단한 "껍질 속에" 갇힌 병아리는 화자인 "날더러 쪼아 달라고" 우는데, 화자는 그러한 요구를 외면하지 않고 기꺼이 받아들이는 것이다. 주체의 정체성을 온전히 보존하기 위해서, 자아의 확실성을 보장받기 위해서, 나아가 주체가 존재하는 세계의 확실성을 해치지 않기 위해서 그것은 억압되고 금기되어야 할 것이다. 하지만 화자는 "나도 네 마음 따라 / 찌지골찍찍 장단을 맞추"며 쪼아대며 "병아리로 태어"나게 하고는 "찌지골찍찍 노래"하도록 해방시킨다. 내 안, "제 마음 가로막고 있는 껍질" 속에 억압된 타자의 존재를 긍정하며 화자는 그 것과 화응하고 교감하며 그 실체를 오롯이 인정하는 것이다. 이은봉 시인이 보기에 주체나 자아는 혼돈 그 자체이며, 근대의 이성은 질서라는 이름으로 다양하게 존재하는 인간의 자유를 근본적으로 억압하는 기제인 것이다.

> 내 몸에는 뱀이 살고 있다
> 날개 돋친 뱀! 이놈, 이놈, 함부로
> 혓바닥을 날름거리며
> 내 몸속을 돌아다닌다 도무지
> 어찌 할 수 없는 놈!
> 참 징그러운 놈! 걱정이다 너무도 멋진 놈!
> 이런 싸가지 없는 놈이
> 내 몸속에 나와 함께 살고 있다니!
>
> ― 「날개 돋친 뱀」 중에서

화자는 "내 몸속에 나와 함께 / 살고 있는 놈", 또 다른 '나'인 어떤 '이놈'에 대해 쓴다. 익숙한 낯섦의 이놈은 "날개 돋친 뱀"으로 "혓바닥을 날름거리며" 제멋대로 "내 몸속을 날아다"니는 놈이다. 이놈은 "어찌할 수 없는 놈"이고 "참 징그러운 놈"이며, 동시에 "멋진 놈"이기도 하고 "싸가지 없는 놈"이기도 하다. 이놈은 "걸핏하면 내 피를 / 뒤흔드는 놈"이고 "어지럽게 꼬리를 치는 놈"이며, "끊임없이 나를 유혹하는 놈"이고 "모처럼 운 좋게 잡아먹어도", "다시 살아나 제멋대로 날아다니는 놈"이다. 또 "겁 없이 아무데나 싸돌아다니는 놈"을 생각하면 화자는 "아프고 괴롭"지만 "내 몸속에 깊이깊이 똬리를 틀고 있"어 어찌 할 수 없는 놈이다. "날개 돋친 뱀"은 동일자와 다른 낯선 얼굴을 하고 있는 익숙한 얼굴이다. 그 타자는 내 몸속의 또 다른 '나' 처럼 보인다. "밖으로 빠져나갈 생각"을 하지 않는 "어찌할 수 없는" 이놈은 무엇일까? 그것은 아마도 '나' 라는 동일자 속에 단단히 틀어박혀 빠져나오지 않는 또 다른 '나', 내 몸의 또 다른 타자, 즉 동일자의 경계선에 위치한 또 다른 나의 얼굴이 아닐까.

내 몸속에 똬리를 틀고 있는 '뱀' 처럼 자아 안에는 항상 이질적으로 느껴지는 낯선 타자가 존재한다. 때문에 자아는 언제나 양가적이며 복합적인 혼돈의 실존으로 존재한다. 그것은 '뱀' 의 상징적 의미처럼 카오스, 무정형의 상태로 존재한다. 마치 뱀의 이미지가 저주받은 짐승으로 금기의 위반을 통해 카오스의 세계로 회귀를 음모하며 질서를 교란하고 파괴하는 변칙적인 장애물로서 혼돈의 자질을 가지고 있는 것처럼 말이다. 그러나 화자는 그 무정형과 무질서의 혼돈 상태를 부정하지 않고 내 안의 타자를 타이르듯, 또는 친한 친구를 데리고 놀 듯한다. 시인은 내 안에 다른 얼굴의 '나' 인 무정형의 카오스와 질서를 교란하고 파괴하는 변칙을 순순히 인정한다. 말하자면 시인은 이성이나 의식이 구성하는 자아뿐만 아니라 그 너머에 존재하며 상황에 따라 몸을 바꾸는 또 다른 나의 얼굴을 수용한다. 타자로서의 뱀은 자아가 지닌 정체성으로서의 질서를 교란하고 위반하는 존재이지만 동일자인 '나' 와 함께 엄연히 공존하는 존재이다. 화자는 그러한 타자를 거부하거나 배척하지 않고 함께 화응(和應)하고 교감한다.

생각이 문제다 생각이 나를,
늘으로, 사막으로, 초원으로, 숲으로, 거리로, 사무실로, 시장으로 몰고 다닌다
질척이는 늪에 빠져 있다는 생각!
거친 사막에 내던져 있다는 생각!
드넓은 초원에 버려져 있다는 생각!

더러는 아무런 생각도 없이 숲의 그늘에 자리를 펴고 누워 졸고 있다는 생
각이 들 때도 있다
그런 때는 어지럽지 않다
그런 때는 아프지 않다
그런 때는 슬프지 않다
생각은 제비의 날개를 갖고 있다 수직을, 수평을, 원을 그리며 나를 데리고
이곳저곳으로 날아다닌다

— 「생각」 중에서

위의 시도 「날개 돋친 뱀」과 유사하게 읽힌다. 다만 '뱀'이 '생각'으
로 얼굴을 바꾸었을 뿐이다. 이처럼 동일자와 그 몸의 내부를 구성하
는 또 다른 타자로서의 '나'는 사뭇 다른 천의 얼굴을 하고 있다. 주체
의 의식으로서 '생각'의 밖에서, 말하자면 내 안에 단단히 자리 잡은
'생각' 밖의 '생각'은 늘 제멋대로이다. 내 속에서 동일자와 화해하지
못하고 갈등하고 분열하는 또 다른 타자로서의 '나'는 '나'와는 전혀
다른 생각을 하고 움직인다. 내 안의 타자는 도대체 얼굴을 알 수 없
는, 그래서 아무리 애써도 의식으로서는 통제할 수 없는 존재들이다.
하지만 이것은 '나'로부터 따로 분리할 수 있거나 구분할 수 있는 것이
아니다. '나'는 '너'이고 '너'는 '나'인 자타불이의 관계인 셈이다. 그
관계성의 맥락에서 주체의 의식 밖의 '생각'은 주체의 의지대로 움직
이지 않는다. 즉 "제비의 날개를 갖고 있"는 '생각'은 뜻하지 않게 "나
를 데리고 이곳저곳으로 날아다"니지만 서로 떼어낼 수 있는 관계나
분리할 수 있는 관계가 아니다. 왜냐하면 자아의 메커니즘이 그러하듯
타자 없이는 자아의 동일성이라는 어떠한 주체도 발생하지 않기 때문
이다. 그런 점에서 이 둘은 한 몸, 동전의 양면으로서 짝패를 이루는
관계성을 갖는다.
그렇기 때문에 그 '생각'은 갑자기 나타나는 것도 아니다. 동일자인

'나'와 항상 엄연히 공존하는 존재이다. 주체의 의식 밖에서, 즉 "생각 밖에서 늘 제멋대로 떠돌고 있는 생각"은 "나를 / 늪으로, 사막으로, 초원으로, 숲으로, 거리로, 사무실로, 시장으로 몰고 다"니는 무서운 타자이다. 타자로서의 생각은 안정되고 평화롭게 "숲의 그늘에 자리를 펴고 놀고 있"을 때도 있고 "내 방 침대에 누워 시집을 읽고 있"을 때도 있지만, 생각이 "나를 숲이 아니라 도시의 거리, 사무실이나 시장으로 끌고 갈 때는 조금 버겁고 힘들" 때도 있다. 이처럼 '나'라는 존재는 천의 얼굴을 하고 매번 상황에 따라 얼굴을 바꾼다. '뱀'이나 '생각'처럼 시 속의 자아는 매번 얼굴을 수없이 바꾸는 존재로 등장하는데, 이러한 행위는 어쩌면 '나'라는 주체를 타자를 통해 수없이 반성하고 성찰하는 과정을 통해 '나'를 상승시키고 자아를 끊임없이 연마하는 과정으로 이해할 수 있다. 왜냐하면 시쓰기란 어쩌면 타자라는 대상을 통한 자기 발견과 자기 찾기의 한 방법일 수 있기 때문이다.

타자성, 환대의 윤리학

내 몸속에는 '뱀'이나 '생각'과 같이 제멋대로 얼굴을 바꾸어 변신하는 수많은 존재들이 동거중이다. 그렇기 때문에 내 안은 혼란스럽고 무질서한 무정형의 상태이다. 자아의 정체성 혹은 주체의 의식으로 안정되게 고정할 만한 것이 존재하지 않는다. '나'는 끊임없이 움직이고 변신을 거듭하는 유동적인 혼돈 그 자체가 되어버린다. 보통 자아라는 주체의 의식은 무질서를 질서의 체계로, 혼돈을 안정된 조화의 질서로 바꾸려는 동일성의 원리에 따라 움직인다. 근대적 이성은 자아, 주체, 의식 이런 것들을 이분법적으로 중심을 세우고 그것들 밖의 이질적 타자의 존재를 인정하려 하지 않는다. 그것은 낯설고 이질적인 존재이며, 그래서 두려움과 공포의 대상이고, 적대적인 존재로서 존재 그 자

체가 악한 것이다. 왜냐하면 그것들은 '나'의 동일성을 위협하고, '나'
와 동일한 질서의 문법규칙을 공유하지도 않는 괴물이나 유령으로 인
식되기 때문이다.

그러나 시인은 그러한 무정형과 무질서의 혼돈의 세계를 정형의 질
서로운 세계로 변화시켜 자아로서의 조화로운 동일성의 세계를 획득
하려 하지도 않으며, 이질적 타자를 동일성의 원리에 따라 동일화시키
려 하지도 않는다. 시인은 자아가 낯설고 두려운 공포의 대상으로 여
기는 타자를 관용과 환대, 사랑과 동감의 윤리에 따라 받아들이고,
'나'라는 존재성을 구성하는 한 요소, 말하자면 '생각 밖의 생각', 내
안의 익숙한 낯선 얼굴이라는 타자성을 인정한다. 생각 밖의 생각으로
서 타자는 마치 내 안에 존재하지만 적대적인 존재로서 밖으로 내쳐질
수밖에 없다. 내 몸속에 똬리를 튼 '뱀'이나, 나를 이리저리 이끄는
'생각'이라는 내 안의 다른 타자는 마치 레비나스의 전언처럼 "타자는
타자로서 고귀함과 비천함의 차원을 스스로 지니고 있"고 "타자는 가
난한 자와 나그네, 과부와 고아의 얼굴을 하고 있으며, 동시에 나의 자
유를 정당화하라고 요구하는 주인의 얼굴을 하고 있다"라고 했을 때의
윤리적 언명을 따르는 것처럼 보인다. 환언하면 주체 밖에 존재하는
'나'의 자유를 요구하는 타자의 얼굴을 주인의 얼굴로 환대하고 인정
한다.

이처럼 이은봉 시인의 대표 시에서 자아는 주체중심적으로 단일하
거나 안정된 개념으로 정리할 수 있는 것이 아니다. 말하자면 근대적
인간인 우리가 믿고 있는 것처럼 자아는 결코 질서롭게 통일되거나 조
화롭게 고정된 개념으로 규정될 수 있는 개념이 아니다. 그것은 항상
혼돈의 무질서와 무정형의 세계로 이루어진 것이다. 그렇기 때문에
"내 안에는 지금도 / 뭇 생명과 함께 뭇 죽음이 자라고 있"으며 "어제
와 오늘과 내일이 / 어지럽게 뒤엉킨 채 자라고 있"(「오늘치의 죽음!」)

는 무정형과 무질서의 상태에 있다. 그러나 시인은 무질서와 무정형의 카오스를 질서와 정형의 코스모스로 환원하지 않는다. 근대적 질서의 체계가 그러하듯 시인은 주체중심의 '나'라는 질서의 정형성은 '나'를 자유롭게 하기보다는 오히려 구속하고 억압하는 폭력으로 인식하는 것이다.

그렇다고 해서 이은봉 시인이 타자를 대상화한다거나 동정한다는 의미는 아니다. 가라타니 고진의 말을 빌리면 타자에 대한 윤리는 타자를 대상화하지 않을 때 발생한다. 이러한 전언을 잘 알고 있는 듯 시인은 내 안에 존재하는 타자를 동정과 연민, 배제와 차별의 대상으로 간주하지 않으며, 또 타자를 동일화하지도 않는다. 오히려 시인은 두려움과 공포의 대상인 타자에 대해 적의를 느끼기보다는 그를 환대한다. 이럴 때 타자와 진정하게 만날 수 있겠는데, 그 혼돈스럽고 무질서한 무정형의 타자를 통해 자타불이라는 관계성의 시학을 구현하는 것이다.

<blockquote>

해와 별, 운행을 바꾸고 있다 섣달이다
조금만 참아라 달 넘어간다
섣달이라 올해도 어김없이
해코지하는 놈들 있다 섣달은, 섣달 중에서도 오늘은, 너무도 지쳐 삶의 길
함부로 뒤틀리는 날이다
한순간 저도 모르게 요동을 치며
아득바득 지랄을 떠는 것들!
한바탕 야단을 떠는 것들!

… (중략) …

우정이니
신의니, 정의니 하는 것들
한꺼번에 다 잊어버리고

</blockquote>

<blockquote>
타오르는 질투의 화신이 되어

혼돈의 이름으로, 무질서의 이름으로, 저희들 사이의 따뜻한 관계, 다 깨뜨

려버린다 이것을

뭐라고 하나 이 고통을

해와 별, 운행을 바꾸기 전

잠시 삿된 기운들, 몰려다니며 만드는 이 지랄을 어쩌나!

―「이 지랄을 어쩌나!」 중에서
</blockquote>

시인은 섣달이 지닌 신화적 제의의 시간, 카오스의 상태를 쓴다. 섣달은 "해와 별, 운행을 바꾸"는 시간으로 일상의 세속적 지속이 "너무도 지쳐 삶의 길 함부로 뒤틀리는", "삿된 기운들"이 "요동을 치며", "지랄을 떠는", 몽니를 떨고 발광을 하는 시간이다. 그 시간은 바로 엘리아데의 의견을 빌리면 일상적이며 세속적인 시간의 지속으로부터 새로운 질서로의 이행을 위한 고통의 시간, 혼돈의 시간이다. 섣달에 출현하는 이 "나쁜 기운들은" 일상의 질서와 원칙, 제도와 규약을 위반하고 무질서와 무정형, 혼돈의 시간으로 모든 것을 무화시킨다. 그래서 "우정이니 / 신의니, 정의니 하는 것들"을 "한꺼번에 다 잊어버리고 / 타오르는 질투의 화신이 되어 / 혼돈의 이름으로, 무질서의 이름으로, 저희들 사이의 따뜻한 관계, 다 깨뜨려버"리는 파괴력을 행사하는 것이다. 이 파괴력에 의해 세계는 일순간 혼돈 그 자체가 된다. 이 시간은 원초적이며 근원적인 시간, 생명의 질서와 관계를 무화시키고 소멸시키는 시간, 끝이면서 새로운 시작인 태초의 시간, 우주적 시간을 지시한다. 환언하면 섣달은 코스모스의 세계로부터 카오스의 세계로의 퇴각이다.

그러나 이 시간은 모든 신화적 제의의 시간이 그러하듯 무(無)로 돌아간 코스모스의 세계를 다시금 정화하고 갱생시키는 시간이기도 하다. 그러기 때문에 섣달이라는 고통의 시간, 그 무질서와 무정형의 혼

돈의 시간을 화자는 아래의 시에서처럼 두렵고 공포스러운 불안의 대상으로 생각하지 않는다. 오히려 그 혼돈의 시간은 "캄캄한 행복"의 시간이다. 이 시간은 직선적으로 발전한다는 서구의 진보적 시간관으로는 생각할 수 없는 순환반복의 우주적 재생의 시간이다.

> 달이 조금씩 해를 베어 먹는다
> 밤이 조금씩 낮을 베어 먹는다
> 땅거미가 차츰 세상을 덮는다
>
> 앞을 볼 수 없다 맹인악사들이
> 나팔을 불며 거리를 행진한다
> 도시를 지키던 개들도 따라나선다
>
> 무엇이 두려우랴 구름이
> 이내 조금씩 달을 베어 먹는데!
> 무엇이 불안하랴 낮이
> 이내 조금씩 밤을 베어 먹는데!
> 두렵지 않다 캄캄한 행복으로
> 맹인악사들이 땅거미를 향해 웃는다
> 도시를 지키던 개들도 따라 웃는다.

—「일식」 전문

위의 시는 어둠(밤)의 매혹에 이끌리고 있다. 어둠은 빛의 질서와 생산성, 합리성과 확실성을 물리치고 그 자리에 혼돈과 죽음을 불러들인다. 일반적으로 저녁은 낮과 밤이 교차하는, 말하자면 질서와 정형의 세계에서 무질서와 무정형의 혼돈의 세계로 넘어가는 경계의 시간대인 것처럼, 일식도 이와 마찬가지의 의미를 갖는 것으로 볼 수 있다. 일식은 태양과 지구 사이에 달이 끼어들면서 달빛이 태양을 가려 일시적으로 어두워지며 빛과 어둠이 교차하는 순간의 현상이다. 일식은 일시적으로 낮이라는 확실성의 세계, 빛의 세계라는 질서를 해체하고 어둠이라는 혼돈의 세계로 바꾸어버린다. 우주창조의 신화에서 보이듯 밤(어둠)은 새로운 질서를 창조하기 위한 원초적 카오스의 세계이다. 따라서 카오스의 세계는 빛의 정화를 통해 질서롭게 정리되고 재창조되어야 할 대상이다. 어둠은 우주의 자궁이기도 하지만 어둠은 부정적 대상이기도 하다. 그것은 존재의 부재와 결핍, 죽음의 공포와 죽음의 재생이라는 의미를 동시에 지닌다. 밤의 어둠은 무섭고 두려운 공포의 대상이다. 그러나 위의 시에서 화자는 밤을 두려운 공포의 대상으로 여기지 않고 오히려 그 밤의 유혹에 이끌리고 있다.

신화적 사유, 거칠게 말해서 우주창생의 순환론적 사유에 의해 펼쳐지고 있는 이 시는 달이 해를 잠식하고, 밤이 낮을 조금씩 잠식하여 어둠, 즉 "땅거미가 차츰 세상을 덮"어버리는 현상에 주목한다. 이것은 다시 구름이 달을 잠식하고, 낮이 밤을 잠식하여 빛의 세계로 돌아가는 우주창생의 순환론적 법칙을 따른다. 낮(빛)은 질서와 이성의 세계로서 확실성의 세계이다. 반면 밤은 어둠으로서 이성적 질서가 해체된 혼돈의 세계이다. 밤의 세계에서는 낮이 지닌 이성적 질서로서의 '나'는 물러나고, 무정형의 원초적 카오스의 세계로 들어가는 시간이다. 따라서 일식은 낮의 빛과 밝음이 지배하는 질서의 세계를 물리치고 일시적으로 밤의 카오스라는 어둠과 혼돈과 죽음과 무정형과 무질서의 세계로 퇴각하는 현상이다. 일식은 일시적으로 질서, 정형, 코스모스, 유기적 구조를 해체하고 유동과 혼돈, 무정형과 죽음의 상태를 불러오는 현상이다. 그래서 밤의 어둠이 지닌 무정형과 무질서의 상태는 불안하고 불길한 것이 되어버린다.

그러나 화자는 그 어둠의 무질서와 무정형의 세계를 불안과 공포의 두려움으로 인식하지 않고 오히려 "캄캄한 행복", 어둠의 매혹으로 받아들인다. 이처럼 신화의 순환론적 세계관이나 카오스의 사유를 통해 화자는 낮과 밤, 빛과 어둠의 순환론적 공존을 보여준다. 밤은 빛의 타자로서 거부되거나 부정되어야 할 것이 아니라 세계를 구성하는 한 부분이다. 중심의 해체와 관계의 회복, 다원주의적 사유는 타자에 대한 환대의 윤리학을 통해 가능한 것이다.

자타불이의 시학

전작 시집에서 이은봉 시인은 불교적 사유에 기댄 후기근대의 자본주의와 문명에 대한 비판을 통해 일정하게 근대 극복의 대안으로서 생명시학에 이르고 있다. 그가 보여주었던 불교적 세계관은 직관의 지혜가 깨져나간 근대사회에서 하나가 모두이고 모두가 하나인, 이것이 저것이고 저것이 이것인 화엄적 윤리관을 통해 근대가 직면한 모순과 부조리를 극복할 수 있는 대안 탐색의 과정으로 이해할 수 있다. 대표 시와 신작 시편 또한 이와 같은 연장선에서 읽을 수 있으며, 이와 같은 맥락에서 자아성에서 타자성을 찾고, 타자성에서 자아성을 찾는 자타불이의 관계성의 시학은 이은봉 시의 핵심적 본령이라 할 만하다. 그가 이번에 보여주는 자타불이의 사유, 신화의 순환적 세계관이나 카오스의 사유는 시인의 새로운 시적 출발의 모색으로 이해하고 싶다. 혼돈의 사유가 깊고 깊어져 지극한 세계, 시인이 꿈꾸는 절대적 언어의 세계에 한발 더 성큼 다가설 것으로 기대한다.

유령학교의 우화
— 감금된 세계의 언어

한국 현대시는 식민과 분단, 전쟁과 독재, 파행적 산업화 과정의 역사적 질곡을 온몸으로 겪지 않으면 안 되는 궁핍한 상황에 놓여 있을 수밖에 없었다. 근대사의 압도적인 비극적 상황은 시인들로 하여금 현실을 어둠의 알레고리로 인식하도록 하였다. 이러한 상황은 시인들로 하여금 부조리와 모순, 억압과 결핍, 혼돈과 분열을 극복한 피안의 이상세계를 꿈꾸게 하였다. 돌이켜보건대 우리의 서정시는 시대 역사적 어둠 속에서 빛을 찾아가는 데서 출발했고, 이러한 출발점은 이후 서정시의 한 갈래를 강력하게 규정하는 영향력을 행사한 것이 사실이다.

어둠의 밤으로 상징되었던 사악한 현실은 빛에 의해 정화된 질서의 세계로 전환되어야 온당하다. 이 빛과 어둠의 소박한 알레고리가 그 언설적 위력을 발휘하고 그 실천적 계몽의 의지를 고양할 수 있었던 것은 서정시의 조건을 형성하는 역사 현실이 그만큼 사악했기 때문이다. 빛과 어둠의 선명한 이분법적 인식구조는 지금 우리가 직면한 차안의 세계를 물리치고 궁극적으로 도달해야 할 피안의 세계를 또한 선명하게 각인시켜주었다. 빛에 대한 꿈꾸기, 그 향일성의 의지, 그 빛에 대한 매혹은 많은 시인들의 세계인식의 범주와 틀을 구획 짓는 규정력을 행사했다.

— 김정란, 「어둠의 풍경」 중에서

근대화, 말하자면 개발독재에 의해 추동되는 강제된 산업화의 과정은 여러 모순과 부조리를 파생시키면서 우리의 근대사에 짙은 어둠으로 드리워져 있다. 어둠은 짙고 깊었으며 공고하고 길었다. 김정란이 야만의 시대를 회고하고 있듯이 "빛은 먼 곳에 머물러 있"고 "어둠이 점점 더 짙어"지는 현실에서 "말을 부리는 주인들의", "이익에 반하는 모든 말들은 적의 말로 매도"되고, 그러한 상황에서 "진실 따위는 중요하지 않다"는 시인의 전언은 어둠의 감금력이 얼마나 강했는지를 상징적으로 지시한다. 그런데 문제는 그러한 상황이 예나 지금이나 다를 바 없다는 인식에 있다. 시인의 인식처럼 현실의 어둠은 시간이 지날

수록 빛의 세계로 정화되기는커녕 갈수록 깊어가는 상황이다. 즉 시인의 표현대로 "말들은 짙은 안개"와 어둠 속에서 "그 본래의 힘과 아름다움을 잃"어버린 상황은 예나 지금이나 마찬가지이다. 그러나 시인은 "어둠 속에서 / 빛을 기억하는 일은 잔혹"하지만 "죽어도 사라지지 않는", "눈물의 샘 안에 뿌리박고 목숨을 부지해 온", "빛의 전망"과 "진실의 감각"에 대한 믿음을 저버리지 않는다. 여기에서 시인의 시작 메모를 잠깐 인용해보자.

> 나는 내 혓바닥을 칭칭 감고 있는 밧줄에 절망했다. '말'을 할 수 없었다. 그리고 잠깐 내 혀는 자유롭게 풀렸고, 나는 그 자유를 다시는 잃지 않을 줄 알았다. 그런데 다시 폭압의 시대가 왔다. … (중략) … 나는 나의 말이 죽은 자의 말이라는 것을 알았다. 권력자의 이익에 봉사하지 않는 내 말은 죽은 자의 말이었다. 2010년 나는 다시 유령이 되었다. 달라진 것은 아무 것도 없다. 젊은 유령이 늙은 유령이 되었을 뿐이다.

> 날개에 대한 믿음으로 이 어둠의 시대를 건널 수 있을까. 모르겠다.

시인은 어둠의 현존을 생명 없는 죽음의 세계로 인식한다. 말하자면 어둠을 "폭압의 시대"로 규정하고 그 안에 처한 자신을 유령으로 인식한다. 시인은 정의의 본질적인 매체인 말이 시대가 바뀌었음에도 불구하고 여전히 권력자의 이익에나 봉사하는 언어가 지배하는 상황을 개탄하는 것이다. 이와 같이 위선적인 세계에서 진실한 말은 유령의 언어가 되어버린 것이다. 그러나 암울한 어둠의 비극적인 역사적 환경에서 시인은 "공포의 소리에 감염되지 않"고 "빛의 전망을 진실의 감각을 키워내고"자 꿈꾼다. 시인은 빛을 꿈꾸고, 진실의 감각을 전망하며, "날개에 대한 믿음으로 이 어둠의 시대를 건널 수 있"기를 희망한다. 그러나 "이 어둠의 시대를 건널 수 있을까. 모르겠다."로 맺는 회의적 어감으로 보아 그것이 쉽지 않음을 짐작하게 한다. 어두운 역사의 폭력과 대면하면서 미래에 대한 전망을 꿈꿀 수밖에 없겠지만, 중요한 점은 시인이 "달라진 것은 아무것도 없"이 "젊은 유령이 늙은 유령이 되었을 뿐"이라는 지극히 부정적이고 절망적인 세계인식에 있다.

세월은 흐르고 문학적 조건과 상황, 그리고 인식론적 지형과 패러다임이 예전과는 현격히 달라진 오늘의 시점에서도 현실의 지형은 아직도 어둡다. 때문에 어둠이나 밤과 연관된 시적 사유들이 종종 발견되고 이다. 그만큼 우리의 현실적 지형은 어둡고 암울하다는 반증이 아닐까. 밤의 어둠에 대한 집착은 대개 실체를 잘 드러내지 않는 어떤 음습하고 불결한 죽음과 공포, 환멸과 회의, 우울과 불안, 억압과 폭력, 분열과 혼돈 등의 의미계열과 관계하고 있다. 가령 강성은이 "겨울을 저주"하고 "밤은 더 공포"스럽고 "모두들 눈 쌓인 숲 속에서 밤을 보내고 있"(「눈 속에서의 하룻밤」)다는 전언은 어쩌면 어둠의 현존성에 대한 재인식이라 할 수 있겠다. 이러한 인식은 또한 사회적 차원의 것이면서 동시에 개인의 실존적 차원의 것으로 이해하는 것이 옳을 게다.

나는 유령학교에 근무한다
이 동네에선 유령된 지 10년 지나면 자동으로 제도권 유령이 된다
나는 신참 유령들에게 수업을 한다
(이 일 때문에 도무지 잠적이란 불가능하다)
우선 머리에 책을 올리고 발을 땅에 대지 않고 걷는 연습
말해봤자 아무도 듣지 않고 설 자리 누울 자리 없고
눈밭에 제 발자국이 남지 않아도 놀라지 않도록
공중에 떠서 잠드는 법을 연습시킨다
관 속에서의 우울증 극복법이라든지
지하 시체보관실에서 더운 공기 내뿜지 않는 법
사막에 잡혀가도 미라가 되지 않는 법이라든지 하는 법은
나도 모르지만 그냥 목청 터지는 대로 한다

— 김혜순, 「유령학교」 중에서

부정적이고 절망적인 세계인식은 김혜순의 「유령학교」에도 그대로 반영되어 있다. 이 작품에서 시인은 현실의 부정적 속성을 극단적으로 과장해 우화적으로 드러내면서 미래에 대한 어떤 희망 섞인 전망도 결코 내보이지 않는다. 시인은 우리에게 미래에 대한 전망은 없고 다만 선택의 길은 오로지 절망뿐이라는 점을 강조하는 듯하다. 이러한 절망적 인식은 어쩌면 세계의 부조리함과 삶의 타락, 우리 현실의 병폐와 치부 앞에서 시인이 할 수 있는 마지막 저항의 몸부림처럼 보인다. 그러나 그 몸부림은 절망의 나락으로 끝없이 함몰해가는 것과는 다르다. 왜냐하면 압도적인 절망의 분위기에도 불구하고 이 시의 어투는 그것과는 다르게 어떤 경쾌한 탄력성을 동반한다는 것에서 확인할 수 있다. 말하자면 현실의 절망감을 보여주면서 거기에 함몰되지 않은 거리두기를 통해 그 비판력을 획득한다는 점 때문에서이다.

그렇기 때문에 이 시는 우리 시대의 병폐와 치부를 환상적인 이야기에 실어 보여주는 우화에 가깝다. 그 병폐와 치부는 현실을 유령이 지배하는 세계로 인식한다는 측면에서 생명 없는 죽음의 세계, 그리고 개인의 자유를 제도적 교육을 통해 유령화시키고 획일화시킨다는 측면에서 정치적 억압을 뜻하기도 한다. 화자는 "유령학교에 근무"하면서 "신참 유령들에게 수업을" 하는 선생쯤으로 보인다. 그런데 그가 마지막에 "유령학교 졸업하고 제도권 유령밖에 될 게 없다니, 쳇!"하고 다소 냉소적이고 부정적이며 절망적인, 그러면서 조롱 섞인 야유투의 어조로 비아냥대는 데서 우리는 제도화된 조직사회의 거대한 틀에서 지식인으로서 느끼는 무력감 내지는 절망감을 발견할 수 있다. 이와 동시에 그러한 현실에 거리를 두고 바라보는 자의 명철하고 경쾌한 비판력을 발견할 수 있다.

화자가 수행하는 수업은 엉뚱하고 비현실적인 것들이다. 그가 하는 수업이란 "머리에 책을 올리고 발을 땅에 대지 않고 걷는 연습"이라든

가 "공중에 떠서 잠드는 법을 연습"시키거나 "관 속에서의 우울증 극
복방법", "시체보관실에서 더운 공기 내뿜지 않는 법" 등과 같이 현실
에서는 전혀 쓸모가 없거나 환상적인 것들뿐이다. 이를 통해서 시인은
유령학교와 같은 현실, 너나할 것 없이 우리 시대의 모두는 "시체보관
실"에 존재하는 유령과 같은 존재라는 점을 우화적으로 드러낸다. 그
리고 너 나 할 것 없이 유령화되는 현실에서 "말해봤자 아무도 듣지 않
고", "그냥 목청 터지는 대로" 말해버린다는 점에서 말의 타락성과 소
통부재의 절망을 상징적으로 드러낸다.

　　이 하얀 세상의 문으로 들어서면서 보무도 당당히 입장하는 사람은 한 아무
　도 없다. 기다리는 사람들은 가면을 쓴 채 의젓함을 가장하지만, 구제역 발생
　속보 뉴스에 입을 벌리다가, 연평도 폭격 사건에 입을 다무는 사람들, 이 하얀
　세상 천사의 입을 통해 호명되자, 지은 죄도 없는데 끌려가듯 몸을 떠는데,

　　… (중략) …

　　언제 무너질지 모를 구멍 뚫린 석고처럼 여기저기 깨지고 잘려나가게 된
　것은, 입안의 세상에 대해 눈 질끈 감고, 입은 악다물고 버텼기 때문이다. 뼈
　가 녹아 통증을 느낄 때쯤이면, 입안의 세상을 호미로 막는 사람들, 이 하얀
　세상의 불통으로 가래로 막을 수밖에 없는 사람들, 그렇다면 입안의 인생 또
　한 입 밖의 세상처럼 답답하고, 깔깔할 수밖에,
　　　　　　　　　　　　　　　　　　— 이위발, 「입안의 인생·1」 중에서

　이위발의 시는 위선적이며 억압적인 상황을 질병에 비유해 우화적
으로 보여준다. "이 하얀 세상"은 어느 치과병원의 이름일 수도 있고,
아니면 어둡게 감금된 입안의 침묵의 세계일 수도 있고, 그것도 아니
면 입 밖의 우리가 처한 현실세계일 수 있는 중의적인 의미로 쓰이고
있다. 화자는 치과병원 "이 하얀 세상"에 내원한 이들을 찬찬히 관찰하
고는 그들의 병적 상황을 "답답하고 깔깔할 수밖에" 없는 "입 밖의 세

상"에 비유하고 있다. "이 하얀 세상"에 내원한 이들은 "가면을 쓴 채 의젓함을 가장하지만, 구제역 발생 속보 뉴스에 입을 벌리다가"도, "연평도 폭격 사건에 입을 다무는 사람들"로 정작 해야 할 말은 침묵하고 만다. 이들은 "이 하얀 세상 천사의 입을 통해 호명되자, 지은 죄도 없는데 끌려가듯 몸을 떠는" 허위적이고 나약하며 무력한 소시민들이다.

그런데 "지은 죄도 없는데 끌려가듯 몸을 떠는" 그들을 무력하게 만드는 요인은 아마도 보이지 않지만 우리 곁에 엄연히 존재하여 우리의 무의식을 지배하고 옭죄는 정치적 억압에서 기인하는 것처럼 보인다. 그러므로 "이 하얀 세상은" 반대로 어두운 세상이라는 역설을 성립하게 한다. 그들이 위기의 상황, 말하자면 결국 하얀 이가 "깨지고 잘려나가게 된 것은, 입안의 세상에 대해 눈 질끈 감고" 아프다 말하지 못하며 "입은 악다물고 버텼기 때문이다." 진실의 말을 하지 못하고 침묵으로 버티는 상황은 결국 "뼈가 녹아 통증을 느낄 때쯤이면, 입안의 세상을 호미로 막"고 또 "가래로 막을 수밖에 없는" 상황을 현실에 빗대고 있는 것이다. 이를테면 침묵의 상황은 병을 키우는 것이고 결국 불행한 결과를 초래한 것임을 환기한다. 급기야 "입안의 인생 또한 입 밖의 세상처럼 답답하고, 깔깔할 수밖에" 없는 억압적이고 부조리한 상황이 되어버린 것이다. '하얀 세상'은 감금된 어둠의 말들로 인해, 억압된 말들로 인해 검게 병든 것이다.

목젖을 뭉개고 올라오려는 말을
흰 손이 저절로 주먹이 되려는 말을
상대방을 즉시 씹새끼로 만들려는 말을
눈알에서 빳빳한 뱀대가리가 곤두서는 말을
무엇이든 손에 닿는 대로 마구 휘두르려는 말을
피가 입으로 몰려 아무 구멍이나 닥치는 대로 쑤시려는 말을
결코 근대화되지 않는 좆의 DNA에 새겨진 모든 짐승이 다 드러나는 말을

꽉 졸라맨 넥타이로 틀어막고
단단하게 채운 바지 지퍼로 틀어막고
이빨과 주름만 웃는 웃음으로 틀어막고
할 말 없을 때마다 하는 날씨 얘기로 틀어막고
닦고 조이고 기름 친 반들반들한 문장으로 틀어막고
존체금안과 고당만복과 하시옵기를 앙망하나이다로 틀어막고
제 주먹으로 제 발로 제 대갈통으로 제 심장으로 제 구역질로 꽉 틀어막고

와, 더 젊어지고 멋있어지셨네요.
늘 웃는 얼굴 따뜻한 손으로 대해주시니 곁에만 있어도 마음이 편안해져요.
— 김기택, 「살갑게 인사하기」 중에서

금지된 말, 현실원칙의 금지에 의해 억압된 채 가식적인 허위의 말들이 오가는 부자유스러운 상황은 김기택의 「살갑게 인사하기」에서도 잘 드러난다. 화자는 "목젖을 뭉개고 올라오려는" 다양한 경우의 말들이 억압되는 상황을 경쾌하고 재치 있게 들려준다. 화자는 목울대를 치밀어 오르는 말들이 현실원칙의 금지로 말미암아 '틀어막기'에 바쁜 상황을 경쾌하게 그래내고 있다. 가령 "꽉 졸라맨 넥타이로 틀어막고 / 단단하게 채운 바지 지퍼로 틀어막고 / 이빨과 주름만 웃는 웃음으로 틀어막고 / 할 말 없을 때마다 하는 날씨 얘기로 틀어막고 / 닦고 조이고 기름 친 반들반들한 문장으로 틀어막고 / 존체금안과 고당만복과 하시옵기를 앙망하나이다로 틀어막고 / 제 주먹으로 제 발로 제 대갈통으로 제 심장으로 제 구역질로 꽉 틀어막"아 억압하고 감금시킨다. 자유로운 말을 틀어막는 기제는 지배적 질서와 관습, 억압과 규칙, 권위와 엄숙, 가식과 허위 등의 폭력적 현실원칙의 금지에서 기인하는 것이다.

문면에 드러나는 시적 인식의 심층에는 허위적이며 억압적인 권위를 거부하려는 시적 기획이 숨어 있다. 이것은 결국 지배 이데올로기에 대한 전복과 해체의 의지를 드러내는 것이며, 저항의 산물로서 그

것을 탈구축하려는 화자의 감금된 욕망과 관계되어 있다. 현실의 원칙은 일정한 규범과 규칙, 금기와 금지, 권위와 관습에 의해 유지되고 지속된다. 여기에서 우리는 가식과 위선으로 포장된 채 우리를 현혹하고 억압하는 지배 질서를 해체 전복하고 그것을 재구축하려는 시적 기획을 엿볼 수 있다. '넥타이', '지퍼', '웃음', '반들반들한 문장'과 상투적인 '존체금안, 고당만복, 앙망하나이다' 등은 본성을 억압하는 허위적이며 기만적인 기제로 기능한다. 화자는 이것을 계속 반복 점층되는 수사, 그리고 억압적인 허위의식을 폭로하고 해체하는 수법을 통해 역동적이며 경쾌한 리듬을 창출해 나타낸다. 이로 인해 "와, 더 젊어지고 멋있어지셨네요. / 늘 웃는 얼굴 따뜻한 손으로 대해주시니 곁에만 있어도 마음이 편안해져요."라는 결구는 역설적 의미의 상황으로 받아들여야 할 것이다.

> 그래서 문자가 오면 씹는다.
> 급하다 싶으면 전화로 대답하지만, 우선은 씹고 본다.
> 처음에는 퍼런 풀 비린내가 나는 듯 찌푸리지만,
> 차츰 깊고 달큰한 맛이 난다.
> 불통의 비애와 도외시의 맛이 있다.
> 핸드폰을 열면 그 맛이 아주 밝게 보인다.
> 야금야금 씹어대면 자주 다시 오고,
> 그러면 과거의 문자의 추억인 양 되씹는다.
> 결국 문자가 아닌 소리가 소식을 물어오면,
> 나는 죄 지은 듯 미안하다고 말해야 한다.
> 핸드폰을 바꾸라는 말을 듣기도 한다.
> 소화가 잘되지 않는 말들이다.
> 염소는 나의 핸드폰 소리에 자주 흠칫대며 놀라지만,
> 내가 문자를 씹는 것과 상관없이, 당당하게,
> 여름 내내 저만치서 씹는 일을 계속한다.

— 이하석, 「문자를 씹다」 중에서

서정의 집에서 시인들은 램프를 밝히고 시를 쓰지만 그 집은 자아와 세계가 행복하게 일치하는 동일성의 세계가 아니다. 우리 시대에 인간과 세계를 총체적 질서의 체계로 파악하는 것은 무리이며, 자아와 세계가 농밀한 화학적 결합을 구가할 수 있는 조건도 아니다. 우리는 어둠 속에서 빛을 찾은 결과 형식적 민주주의를 맛본 것도 사실이다. 그러나 변화한 현실에서 이분법적 세계인식의 틀은 그 정합성을 상실한 지 오래이다. 계몽의 등대가 비추는 빛의 확실성은 의심되기에 이르렀고, 우리가 그토록 염원하던 빛의 자리에는 또 다른 층위의 처연한 어둠의 풍경이 펼쳐진 것이다. 그것은 또 다른 방식의 정치적 억압일 수도 있으며, 사회 문화적 층위, 혹은 문명사적 층위의 억압일 수도 있다. 중요한 점은 정치적 억압일 수도 있겠지만 보다 광범위하고 근원적인 차원에서 진행되고 있는 문명의 억압이며 이에 대한 불안과 공포에 대한 위기감이다.

이하석의 「문자를 씹다」는 문명의 이기가 초래한 인간과 인간, 인간과 세계가 상호 소통 불능한 상태를 비판하면서 물화된 문명에서의 천박한 인간성을 동시에 비판한다. 이 시는 문명의 이기가 그 본질적 기능은커녕 오히려 소통을 불능케 하고, 도리어 인간을 구속하는 역설적인 상황을 비감하게 관찰 조감한다. 일상에서 흔히 우리는 핸드폰 문자 메시지가 왔는데 답을 하지 않는 것을 두고 속된 말로 "문자를 씹는다"고 표현한다. 그런데 화자는 '흑염소'의 반추, 즉 씹는 행위와 자신이 문자를 씹는 행위를 병치하고는 흑염소의 씹는 행위가 주는 자연스러움과 자신이 문자를 씹는 행위의 부자연스러움을 대비시킨다. 시인의 표현을 빌리자면 흑염소의 씹는 행위는 "내가 문자를 씹는 것과는 다르다." 흑염소의 씹는 행위는 "입맛을 푸르게" 하는 것처럼 "맛있어 보"이지만, 나의 그것은 "불통의 비애와 도외시의 맛이 있"으며 "소화가 잘 되지 않는 말들"로 인해 "죄 지은 듯 미안"하고 불편하게 만드는 종류의 것이다.

이하석이 보여주는 이러한 세계인식은 소통의 부재와 인간의 황폐화에 대한 고통스러운 반성처럼 보인다. 소통 부재의 인간관계와 황폐화된 인간성, 그리고 사회적 소외와 물신의 이기에 시달리는 상황은 현대인의 초상에 다름이 없다. 여기에서 흑염소와 화자 자신의 대립 병치는 이 시의 구조가 자연과 문명이라는 이원적 대립의 관계에서 출발하며, 문명의 횡포와 남용이 빚어낸 부정적 현상에 치중하고 있음을 발견할 수 있다. 그것은 일종의 원형적 자연의 질서에 대한 원망이면서 동시에 문명화가 낳은 부정적 현상에 대한 비판으로 읽힌다. 인간 삶의 풍요와 편리라는 문명의 이기가 지닌 기능성은 역설적으로 인간의 자유를 구속하는 지경에 대한 비감한 성찰이다.

세계는 변했다. 계몽의 깃발을 이끌었던 등대의 불빛은 그 막강했던 실천적 견인력을 잃었다. 이념의 우상이 철거된 유적지에 자본의 권력을 등에 업고 감각의 직접성과 동시성을 내세우는 상업적 대중문화매체들이 재빠르게 점령해나갔다. 이러한 현상을 추동한 주요 요인은 크게 보아서 대내적으로는 정치상황의 변화, 대외적으로 동구의 현실 공산주의 몰락과 냉전의 해체로 인한 신자유주의의 확산일 것이다. 이 같은 지각변동은 권력의 독점으로부터 분산으로, 거대권력(담론)으로부터 미시권력(담론)으로의 관점 이동을 수반하게 되었다. 아울러 마르크시즘의 쇠퇴, 삶의 다양한 형식과 다원적 관점으로의 변화를 수반하였다. 대내외적으로 충격된 인식론적 단절은 이후의 문화지형을 포괄하는 규정력을 행사한다. 우리는 그것들에 '후기'나 '탈'이라는 용어의 이름을 붙여 사용하기를 주저하지 않는다.

또한 간과할 수 없는 사실 중의 하나는 자본주의적 질서의 확대와 그 강력한 자기 증식력에 의한 삶의 생태적 조건 변화일 것이다. 자본의 무의식세계로의 침투와 함께 새로운 정보매체와 매스 미디어의 발

달 등으로 인한 문화적 환경 변화는 문학의 생산과 소통과 소비의 구조를 상업적으로 결정하게 되었다. 후기산업사회 혹은 탈자본주의 사회로 지칭되기 시작한 지 오래인 우리 사회는 모든 가치를 물화시키는 물신사회로의 이행을 가속화해 왔다. 감각의 직접성과 동시성이라는 무기를 앞세운 자본주의 기계문명의 압도적이고 달콤한 권력은 문화산업을 확장하고 새로운 억압기제로 부상하였다. 그것들은 우리 삶의 문화적 양식을 지배하는 새로운 권력으로 부상한 것이다.

자본의 권력은 우리의 무의식을 지배하고 정교하게 관리하기 시작한 지 오래이다. 상품 물신의 논리는 우리의 존재 가능성을 균등화하고 획일적이며 타율적으로 규정해버리는 것이다. 이때 개인은 완전히 무화되어 타자에 귀속되고 주체로서의 '나'는 사라지고 유령화된다. 하이데거는 일상의 평균율 속에서 자기 자신은 없고 타자의 의향이 현존재의 모든 존재 가능성을 임의대로 조정하는 경우를 '존재 가능성의 균등화'(『존재와 시간』)로 보았다. 중요한 점은 정치적 층위의 억압과는 다른 층위에서 일상의 무의식에 대한 억압일 것이다.

세계는 변했고, 우리는 전 시대와는 질적으로 다른 층위의 억압에 처해 있다. 얼핏 하얀 세상처럼 보이는 현실은 풍요롭고 조화로운 유토피아 세계의 정경을 제시하는 듯 하지만 그것은 진실의 말을 감추고 억압하는 유혹이며 미끼인 것이 아닐까. 마치 우리는 "자신의 무덤 곁으로, 한 발 한 발 천천히, 두려움 없는 매복의 자세로, 소용돌이치며 둥글게 흔들리는 동공 속으로, 잿빛을 향해, 울면서, 속으로 울면서, 뛰어들고 있"(이제니, 「나선의 감각―잿빛에서 잿빛까지」, 『현대문학』)는지도 모르는 일이다. 변함없이 불길한 잿빛의 나선형 방향으로.

낯선 익숙함
— 타자의 얼굴

만약 내가 존재한다면 나는 타자가 아니다.

— 로트레아몽

내 영역이 있다. 어디까지가 내 자리이고, 어디까지 네 자리인지 명백하게 선 그을 수 있는 내 영역. 그러나 분명, 내 영역과 네 영역이 공식적으로 갈라졌음에도 내 영역에서 눈 마주치는 낯섦이 있다. 내 마당 안에 있지만 내 것이 아닌, 그것. 북반구와 남반구의 틈, 식물과 동물의 틈, 빨강과 주황의 틈에서 머뭇거리는 어떤 그림자. 그것은 어디에서 온 이방인인가.

경계선에서 출현하는 것들은 당혹스럽다. 소속이 분명하지 않은 것들이 아무렇지 않게 내 공간을 침범한다. 나의 단면에서 흘러나온 듯 낯익기도 하고 오래 전에 잃어버린 신발처럼 낯설기도 한 그것은 천천히 그러나 급작스럽게 우리 주위에 출현한다. 우리는 이것을 뭐라고 불러야 하는가. 보이지는 않지만 내 손톱과 맞닿아 있는 이것은 자아인가 타자인가.

나는 유일하지만 고유하지 않은 이름. 불행한 동명인들을 가지고 있다. 대머리 노파는 폐가를 맴돌았다. 거리는 인기척으로 소란하지만, 사람들은 서로 버려질 것을 염두에 두느라 서로에게 다가서지 못했다. 몽유병자들. 너는 야속한 궤적들이 버거워 나날이 야윈다. 못 박힌 추억 때문에 십자가를 버리지 않는다. 파열음이 뒤섞인 낡은 파이프 오르간 소리가 들려오고. 어려서부터 길러온 전래동화를 오늘 버렸다. 사랑을 알게 된 창녀는 엇갈린 상징이 되었다. 네게서 반납 받은 기억을 태웠다. 무덤 속을 더듬어 걸어가는 만큼의, 깊은 가사(假死). 암흑이 해부되어 있을 때 불면은 밝았다. 지금 너와 나는 판이하게 비슷하다. 밤이면 요괴들이 램프를 든 채 거리를 활보했다. 가난뱅이들은 가발을 구겨 쓰고 도둑이 모든 뒤를 앞당기겠다고 결심한다. 네 이름은 유령을 애도하지 않는다. 미망인들은 콧수염을 달고 한데 묻혔다. 잠드는 일이 가장 눈물겨웠다.

— 이이체, 「연혁」 전문

시는 상식적인 명제를 탈피한다. 시인은 보편적인 것에 눈을 감는다. 그러다가 "유일하지만 고유하지 않은 이름"과 같은 부분에 도착해 눈을 뜬다. 타인들이 '너'라고 부르는 익숙한 나를 지나쳐 나의 모습을 한 "동명이인들"에 도달해 시인은 실눈을 뜨고 환대한다. 화자는 나로 변장한 많은 모습을 본다. 그러므로 나는 해체된다. 노파가 된 이름도, 몽유병자가 된 이름도, 미망인인 이름도, 창녀의 이름도 모두 한 이름 안에서 하나의 종족으로 살고 있다. 하나지만 해체된 모습으로. "지금 너와 나는 판이하게 비슷하다."와 같이 지구를 뒤집어 남극과 북극의 명칭이 달라진대도 전혀 이상할 것이 없는 물렁한 경계. 항상 그곳에서만 나를 바라보는 눈동자들. 「연혁」에 출현하는 다른 이름들은 나인가 타자인가.

거울에 손을 넣자 손톱이 깨졌다
나는 내가 아닌 것들과 함께
부드러운 것을 만지다 놓쳤다

번개가 치는 날은
거울 속에서 한 번씩 내 손이 나오는 날
분홍타이즈를 신은 아이가 제물대에 올라가는 날
어머니 신전에 있는 거울이 한순간에 꺼지는 날

저곳,
손대기만 해도 깊숙이 열리는 누이
같은 검은 숲
흑백의 코끼리가
거울 속 자기 모습을 이상하게 바라볼 때
우리는 한 번쯤 지구로 여행을 가자
그곳에 박제된 모습으로 나를 기다리는 누가 있다

트럭에 실린 거울 속에서
손톱이 혜성처럼 떠다니는 광경
번개가 치는 날은 내가 아닌 것들이 내린다
어디선가 만난 적 있는
낯선 폭우

— 손미, 「누가 있다」 전문

　　장님 예언자 테이레시아스는 두 살 된 나르키소스의 손을 잡으며 말했다. "네가 너를 아는 날 죽을 것이다." 그리고 정말 나르키소스는 샘에 비친 자신의 모습을 사랑하다가 죽었다. 샘, 즉 거울에 비치는 내 모습은 나이지만 내가 아니다. 거울 속의 나와 거울 밖의 나, 손미의 시는 그 경계에 우주를 들여놓았다. 너와 나를 불통케 하는 얇은 우주. 그것은 매우 멀지만 "어디선가 만난 적 있는 낯선 폭우"다. 손미의 시에서 화자는 거울 속의 다른 세계를 매일 만지지만, 놓친다. 우주보다 먼 사이지만 잠시 느낄 수 있는 사이. 화자가 있는 '여기'는 거울 속의 '저기'이다. 당연히 시적 화자가 있을 것이라 생각했던 지구를 일컬어 시인은 "그곳에 박제된 모습으로 나를 기다리는 누가 있다."고 말함으로써 자신의 공간이 아주 먼 곳에 존재함을 알게 한다. 이 모호한 겹. 과연 나르키소스가 사랑한 샘에 비친 상(像)은 나르키소스였을까.

> 스칸디나비아 클럽 정원의 위성류는 열한 그루다. 아닐 수도 있다. 잔디밭 상공을 곤줄박이가 횡단했다. 딱새일 수도 있다. 월요일이라 한적했다. 모텔 로제에는 악상이 빠졌다. 모든 건물의 골조가 보일 때가 있다. 사철나무는 빨간 열매를 달기 시작했다. 산수유도 그렇고 어쩌면 구기자도 그럴지 모른다. 산책로의 수크령은 점점 진한 색을 띤다. 개꼬리 같다. 원조 족발집은 봤어도 시조 족발집은 처음 봤다. 신라 호텔 입구의 영빈관 글씨는 누가 썼을까. 으루나무는 삼나무이고 고지새는 밀화부리이고 티티새는 개똥지빠귀이다. *rocambole*은 마늘의 일종이기도 하지만 소설의 주인공이기도 하다.
>
> — 이준규, 「오늘의 날씨」 전문

이준규의 시를 읽으면 나는 어느새 낯선 정원 속에 들어와 있다. 이 정원에는 잘 가꿔진 나무들이 있고, 새들도 있다. 그러나 확실하지 않다. 비트겐슈타인은 말했다. 확실성과 앎의 범주는 다르다고. 이 정원에 "위성류는 열한 그루다. 아닐 수도 있다." 알고는 있지만 확실하지 않다. 그래서 "잔디밭 상공을 곤줄박이가 횡단했다" 그러나 확실치 않다. "딱새일 수도 있다." 이렇듯 모든 상황이 이중적이고 모호하다. 이 정원은 언제나 몽롱한 "월요일"같다. 시인은 무엇 하나 단정 짓지 않는다. "그럴지 모르"는 사건이 많기 때문이다. 결국 시는 단정을 거부함으로써 확장된 세계로 나간다. 동일성을 거부하고 어딘가 숨어 있을 다른 이름을 찾아간다. 그 자리에 존재하는 것이 정말 있는 것인가? 끊임없이 오해하면서. 그렇다면 과연 내가 어제 만났던 사람이 너지만 확실히 너인가. 그러므로 "으루나무는 삼나무이고 고지새는 밀화부리"인가. 정말, 오늘의 날씨는 "월요일"인가.

눈 내린 습지의 흙들이 얼어붙고
봄이 왔다 추위 속에서 굶주린 가족들이
팅팅 불은 국수를 삶아 먹으며
손바닥을 비비고 있었다

어머니 이것을 심으세요 자라면 잘라서 팔면 되니

머리카락은 심자마자 고지대를 향해 뻗어 갔다
아버지는 머리카락을 한 자루씩 잘라
가발 공장에 내다 팔았다 자투리로
밧줄을 엮고 이불을 만들어도
머리카락은 하루만 지나면 온 들판을 뒤덮었다
이것들을 뽑아야 감자라도 심을 텐데
뽑아내도 머리카락은 흙 속에서 다시 싹을 틔우고
질기디질긴 넝쿨이 되어
나무를 휘어 감고 언덕을 언덕을 기어올랐다

무더위가 습지를 덮치자 사람들은 웃옷을 벗고
자신의 머리카락을 자르기 시작했다
가발 공장 불빛들이 습지를 둘러싸고
머리카락에서 과일이라도 열렸으면……
이불은 올이 풀려 밤마다 식구들의 목을 조였지만
겨울밤은 너무나 따뜻해
아무도 꿈속에서 헤어나지 못했다

말라죽은 나무 위로 눈이 내리고 또다시
봄이 왔다 누가 처음 머리카락을 심자고 하였던가
사람들은 눈동자가 횃불처럼 타오르고
얼어 죽은 새들의 날갯죽지가
흙바닥에 붙어 떨어지지 않던 날
머리카락처럼 끌려다니는 소녀를 바라보며
성난 자들은 언덕을 기어오르기 시작했다

툭툭 끊어지는 밧줄을 악착같이 붙잡으며
굽은 손가락으로
눈송이가 날려 보이지 않는
한 번도 가 보지 못한 습지 너머의 땅을 찾아서

— 김성규, 「저습지」 전문

　김성규의 시에서 머리카락, 그것은 행복인 동시에 불행이다. 천사인 동시에 악마이고, 현실인 동시에 비현실이다. 이 시에서 머리카락은 다양하게 전환된다. 하지만, 분명한 것은 명백하게 머리카락은 타자라는 것, 아니 타자였으면 하는 것이다. 한때는 강렬히 소망했던 것이 점점 "목을 조"여 올 때가 있다. 그 갈망들은 모두 어디로 갔을까. 간절히 원하던 어떤 것이 원망의 씨가 되는 시점에서 당혹한 사람들의 "눈동자가 횃불같이 타"오르기도 한다. 그럼에도 "성난 자들은 언덕을 기어오르기 시작"한다. 머리카락이 울창한 저습지를 벗어나기 위하여. "한 번도 가 보지 못한 습지 너머의 땅을 찾"기 위하여. 그러나 그들이 열망하는 저습지 밖의 새로운 습지는 또 다른 머리카락이 되어 얼마 후 그들의 목을 조를 것이다. 늘 얼굴을 바꾸며 찾아오는 낯선 타자의 방문 앞에서.

누나는 종이 피아노로 레퀴엠을 연습해요
엄마 나이 쉰일곱 내 나이 스물일곱
처녀가 잉태하여 신을 낳을 무렵
엄마는 잉태하여 죽음을 낳으려고 해요
나는 무서운 동생을 갖고 싶진 않아요
손자를 낳아 드릴 테니 몇 년만 기다리세요
아빠의 신혼 첫날밤을 엿본
나는 혼이 날까 꼭꼭 숨어요
형님은 마당에서 세발자전거를 타며
나를 찾아 헤매고 있어요
못 찾겠다 꾀꼬리, 날 위해 울어주렴

할머니가 내 머리카락을 발견하곤 소리쳐요

힘을 다해 퉤, 남김없이 뱉으세요

간호사님 주사기를 빌려주세요

볼록한 엄마 배를 찔러

더러운 양수를 빼내야만 해요

정자 한 마리라도 남기는 날에는

은하수를 빨아먹은 별이

엄마를 죽일지 몰라요

— 김사람, 「잔혹한 플롯」

이중 삼중으로 싸인 겹겹의 언어들. 이 시는 사건의 순서가 얽혀 있다. 독자들은 순서의 미로 안에서 길을 잃기도 한다. 화자가 들여다보는 이미지는 객관적인 실재일 수도 있고, 객관적인 실재의 환원일 수도 있다. 겹겹의 언어 속에서, 겹겹으로 다가오는 고통스러운 관계들 속에서 화자는 자신을 어디에서 찾아야 할지 혼란스러워한다. 그러나 이러한 플롯의 뒤엉킴은 자기 부정이면서 동시에 자신을 볼록하게 한다. 위의 시와 다르게 「잔혹한 플롯」에 등장하는 타자를 향한 시인의 애정이 비친다. 타자들은 자기 자리에 있었을 뿐. 자기 자리를 지키느라 타자가 됐을 뿐이다. 그렇다면 화자 자신도 이 자리에서 부동의 자세를 지키는 것이 또 다른 타자를 만드는 것임을 직시한다. 결국 화자는 "볼록한 엄마 배를 찔러 / 더러운 양수를 빼내야만 해요."라며 탄생을 거부하고자 한다. 그러나 이 거부는 현미경을 대보면 결국 '자기에게로의 귀의'라 볼 수 있다. 내 존재의 부정이 가장 큰 렌즈로 자신의 모습을 비추는 일이듯이.

주체와 타자를 대립적인 관계로 설정하는 사유는 타자의 절대적 차이를 이해할 수 없는 것으로 간주함으로써 두려움과 공포의 대상으로 규정한다. 내 안의 또 다른 얼굴인 '나'는 '나'와 동일한 문법규칙을 공유하지 않는 위험한 타자이다. 그는 자아의 주체성과 동일성을 위협

하는 공포의 대상이다. 리처드 커니의 지적처럼 자아와 타자의 실체화
된 대립구도는 선을 자아정체성 및 동일성의 개념과 등가시키고, 악의
경험은 정체상을 위협하는 이질적 존재와 연결시킨다. 그러면서 동일
자의 시선과 정체성이라는 보편 가치에 의해 이질적 차이는 폭력적으
로 우리 안에서 배제한다. 이질성에서 생긴 차이를 무시하고 획일적인
기준으로 이를 동일화시키려거나 배척하고 금지하는 동일자의 논리에
의해 타자는 차별적인 폭력으로 상처받을 수밖에 없다. 동일자의 정체
성에서 분열하는 타자들, 불현듯 자아를 헤집고 나와 나의 정체성에
위협을 가하는 낯선 얼굴은 누구인가. 그는 어쩌면 내 몸의 진정한 주
인이 아닐까.

제4부

황홀한 고통

다락(多樂) 마을의 설법

— 임보

임보 시인은 1962년 『현대문학』지를 통해 등단했다. 그는 1974년에 첫 시집 『임보의 시들 '59~64'』(한국문학사)를 상재한 이후 2007년 『장닭설법』(시학)까지 모두 열두 권의 시집을 냈다. 이렇게 많은 시집을 냈고 또 지금도 활발한 시작을 펼치고 있는 한 시인의 시세계를 어느 유형화된 범주에 포함하려는 우를 무릅쓰고 그의 시세계를 요약해 말한다면 대체로 문명(사회)비판, 자연친화적 서정성, 동양적 사상, 기법적으로 서사적 설화성과 운율의 가락을 중시하는 태도로 집약할 수 있다.

임보의 시가 문명비판과 사회비판적 저항성을 지닌다는 것은, "겨울, / 시민들은 / 새의 깃털을 뽑아 / 두터운 외투를 만들어 입고 / 두더지처럼 / 지하로 내린다."(「청둥오리」, 『황소의 뿔』)든가, 또는 "간교한 정치인들의 발바닥을 핥으며 / 나라의 돈을 쓸어다 기업을 만들고", "더러운 재벌의 꽁무니에 붙어 / 기업의 돈을 쓸어다 정당을 키"(「스스로 자결하라」, 『사슴의 머리에 뿔은 왜 달았는가』)운다든가, 또는 "총장, 학장, 교수라는 자들까지 / 제 얼굴 봐 달라고 / 법석을 떨고들 있다"(「인물」, 『사슴의 머리에 뿔은 왜 달았는가』)는 등에서 확인할 수 있다. 그의 시가 이렇게 다소 직설적으로 부정적 현실의 문명과 세태를 비판할 때는 야유 섞인 풍자와 조롱으로 이어진다.

자연친화적 서정성은 시집 『자연학교』에서 보이는 자연의 리듬에 동화하면서 사랑과 긍정의 힘을 발견하는 데서 찾을 수 있으며, 운율의 가락을 강조하는 것은 그의 연작시 「律」에서 독특하게 드러나는 바이다. 가령,

> 윤삼월 진달래는
> 저것들이 환장했제.
> 맨 몸으로 마실나선
> 初更 터진 미친년이제.
> 산마루 골짝마다
> 강물지는 떼웃음
> 산도 타고 솔도 타고
> 저것들이 환장했제.

> —「律」, 『우이동』 중에서

라고 노래할 때이다. 윤삼월 산골짜기에 만발하는 진달래에 빗댄 자연 생명의 약동하는 모습과 경이를 2음보의 경쾌하고 속도감 있는 리듬으로 표상하는 데서 잘 드러나고 있다. 자연친화적 서정성, 그러니까 활달하고 역동적인 자연의 생명이 품은 경이로운 활동을 2음보로 처리하면서 운율과 시적 의미의 상관성을 조화롭게 안배하고 있는데, 특히 「律」 연작시는 시인의 운율에 대한 남다른 감각과 의식을 엿볼 수 있게 한다. 구조상의 구성원리로서 운율을 고려하고 활용함으로써 시적 의미의 등가성을 확보하는 데서 그의 운율에 대한 감각이 독특하게 드러난다.

동양적 사상은 지상의 인간적 한계를 초월하여 신선들이 살 법한 세계, 즉 구름 위의 이상세계라 해도 좋을 상상의 세계 '다락마을'을 시화한 『구름 위의 다락마을』, 동양적이며 불교적 선풍의 세계를 느끼기에 부족함이 없는 『운주불천』, 이야기를 시에 도입하여 시적 전언을 재미있게 전달해주는 『장닭설법』 등에서 독특하게 구현되어 있다. 이들 시집에는 유가적인 풍모와 선이나 신선사상, 노장사상, 그리고 풍류의 정신이 혼융되어 있다. 특히 『장닭설법』은 이야기 형식, 즉 일화나 전통 설화 등을 동원하여 동양정신이나 사상을 흥미롭게 구성해 독자에게 정신적 깨달음을 전달한다.

> 물통을 메고 산을 내려오면서 곰곰이 생각해 보니 그 스님 말씀이 옳다. 그동안 자구(字句)에 매여 번거로워 했던 내가 얼마나 어리석었던 것인가. 시끄럽기만 한 아무 쓸모도 없는 세상의 그 말들 — 그 한 구절이 빠졌으면 어떻고 더 있으면 어떻단 것인가. 그리고 법구가 아니라 이구(李句)이면 어떻고 장구(張句)면 어떻단 말인가.
>
> ―「법구경」, 『장닭설법』 중에서

인간은 언어를 통해 사물에 이름을 붙이고, 그 안에 어떤 관념을 덧씌운다. 말하자면 말이란 어떤 대상이나 행위에 인간의 관념을 입혀 이름을 붙인 것이다. 때문에 어떤 대상을 그 이름으로 지칭한다는 것은 그 대상의 실상이나 본질을 드러내는 것이라기보다는 오히려 본질을 추상화해버리고 감추어버리는 일이기도 하다. 노자의 "도가도비상도(道可道非常道) 명가명비상명(名可名非常名)"이라는 말처럼 이름 붙여진 것은 이미 도가 아니라는 말과 통한다. 언어는 사물이나 대상을 드러내는 수단이기도 하지만 일단 언어로 명명되면 그 사물의 본질은 다시 숨어버리는 것이다. 이러한 깨달음을 이야기하듯 노래하는 「법구경」은 있는 그대로의 본질을 보기 위해서는 말의 미혹으로부터 벗어나야 한다는 시인의 통찰을 엿볼 수 있다. 도(道)는 장닭의 울음소리에도 있는 것처럼 어떤 진리나 실상의 본질을 일컫는 '법구'는 먼 곳에 있지 않고 '마음'에 있다는 깨달음이 그것이다. 시인은 "그동안 자구(字句)에 매여 번거로워 했"고 "시끄럽기만 한 아무 쓸모도 없는 세상의 그 말들"에 얽매여 온 자신이 "얼마나 어리석었"는지 하나의 일화를 통해 깨우친다.

이와 같은 시적 특성을 지닌 임보의 시세계는 그의 근작 시를 읽는 데도 일정하게 도움을 준다. 가령 다음과 같은 근작 시는 하나의 일화를 통해 이야기하듯이 시상을 전개하면서 그 일화가 품고 있는 의미를 담담하게 전달하면서, 은연중에 사회에 대한 날카로운 비판적 인식을 드러내고 있다.

> 눈을 비비며 잠에서 깨어난 사람들은 경악했다
> 피가 끓는 젊은이들은 울분의 눈물을 흘렸고
> 덫을 놓았던 무리도 꼬리를 움츠리고 잠시 숙연해졌다
> 간악한 패들은 그 속에서도 이해타산의 머리를 굴리고
> 배가 나온 족속들은 코웃음을 날리며 술집을 돌았다
>
> —「지구를 받은 바보」 중에서

시인은 얼마 전 고향 "마을의 뒷동산 부엉이 바위에 올라" 투신한 노무현 전 대통령의 죽음을 시적 소재로 취하고 있다. 그의 죽음, 그 죽음을 받아들이는 세간의 태도와 반응, 망자의 간단한 생애와 이력, 은퇴 후 그를 추종하는 집단의 세력화, '적'들의 간악한 음모의 덫, 그에 따라 선택된 죽음으로 이어지는 이 시는 한 편의 조시(弔詩)라 할 만하다. 그런데 이 죽음을 바라보는 화자의 시선은 연민에 차 있으며, 그 죽음을 불러온 정치권력에 대한 야유가 주조를 이룬다. '발본색원(拔本塞源)의 그물을 치고 투망을 던진' "간악한 패들은 그 속에서도 이해타산의 머리를 굴리고 / 배가 나온 족속들은 코웃음을 날리며 술집을 돌

았다"는 표현은 그 점을 깊이 시사한다.

　이 죽음을 통해서 시인은 어쩌면 '바보 대통령' 이라는 세간의 지칭에서처럼 사실 그것은 바보스럽지 못하게 사는, 아주 영악스럽게 사람들과 자신의 이익을 위해서는 약삭빠르고 간교한 세태에 대한 비판을 담아내고 있다. 바보는 순진함/간교함, 단순함/영악함, 모자람/우월함, 정상/비정상, 어리석음/현명함 사이에서 전자의 바보스러움이 오히려 도덕적인 우위성을 갖게 함으로써 현우(賢愚)의 역설을 맛보게 하는 인물이다. 사람들은 때로 현명하고 영악한 삶보다 어리석은 바보의 삶을 동경하고 그러한 삶을 예찬한다. 세간에서 바라 마지않는 영악스럽고 현명한 삶 속에는 독선이나 간교함, 이기(利己)나 허위가 내재되어 있다. 그러나 세간에서 바보 같다고 폄하하는 어리석음은 역설적으로 가치의 전도화에 의하여 겸양과 순진, 자연스러움과 인간다움이 내재되어 있다. 그래서 순진한 바보와 어린이를 흔히 성자와 비유하기도 하는 것이다. 바보는 이기적인 악인이 아니라 본질적으로 선한 인간이다. 그에게는 타인을 해롭게 하는 간교함이나 독선적 위선이 없다. 자연스러운 인간미가 느껴지며 순박해서 남의 조롱과 놀림감은 될 수 있을지언정 남을 기만하지도 않으며 술수와 잔꾀로 타인을 곤경에 처하게 하지도 않는다. 그는 순진하고 가면을 쓰지 않은 인간이다. 시인은 결국 간교한 계략에 의해 '바보' 가 희생당할 수밖에 없는 현실을 조롱하면서 그의 죽음을 애도하는 것이다. 그리고 이러한 애도를 통해 순진하고 순박한 삶이 바보가 될 수밖에 없는 현실, 바보스럽게 정직하고 순진하지 못한 현실을 우회적으로 비판한다.

　임보의 시는 설화성을 띤다. 세간에서 전해 듣거나 경험한 일화, 전통적 설화, 유명한 경전에 소재한 이야기, 시인 스스로 상상하여 허구적으로 꾸며낸 이야기들을 통해 시를 구성하는 특징을 지니고 있다. 「지구를 받은 바보」도 비슷한 사례이며, 아래와 같은 작품은 숨은 내포

독자에게 이야기를 들려주는 구연의 형식을 취하고 있다.

<blockquote>

지네가 영약이지요.

예로부터 허리 아픈 데는 이놈을 능가하는 약이 없지요.

그놈의 허리가 구절양장 정도가 아니라 90절 양장쯤 되다보니

아마 그런 효험이 있나 봅니다.

그러나 그놈에게 물리면 곤욕을 치릅니다. (각설하고)

그 독한 지네를 어떻게 잡는 줄 아세요?

간단합니다.

닭뼈만 있으면 됩니다.

항아리 안에 닭뼈를 담아 너덜겅 속에다 묻어 두기만 하면 끝입니다.

너덜겅 잘 모르시나요?

도시 양반들이야 잘 모르시겠지요.

산비탈 돌밭인데 지네들의 아지트지요.

며칠 있다 가 보면 항아리 속이 온통 수 백 마리의 지네들로 득실거립니다.

—「지네잡이」 중에서

</blockquote>

화자는 지네잡이에 관한 이야기를 들려준다. 마치 민간에 전승되는 구전설화의 구연처럼 화자가 청자를 대면하고 청자의 반응을 살피면서 이야기하듯, 또 그것을 수수께끼를 제시하고 그에 대한 답을 풀어나가듯 시를 펼쳐나간다. 화자는 민간에 전해질 법한 이야기를 내포독자에게 들려준다. 이야기는 세 층위의 단위로 이루어져 있는데, 첫째는 지네가 허리 아픈 데 효험이 있는 영약이라는 것, 둘째는 닭뼈로 지네를 잡는 방법과 이유, 셋째는 이 이야기를 통해 전하고 싶은 교훈 같은 것이다. 그런데 여기에서 특이한 점은 지네잡이에 관한 이야기를 청자를 상정하고 그에게 실제로 구연하듯 풀어간다는 것이며, 그것은 또 수수께끼처럼 질문을 제시하고 그에 대한 대답을 찾아나가는 형식을 취하고 있다는 것이다.

화자는 "예로부터 허리 아픈 데는 이놈을 능가하는 약이 없"으며, 그

것이 허리 아픈 데 영약인 이유, "그놈에게 물리면 곤욕을 치"른다고 말하며 허두(虛頭)를 꺼낸 뒤, 본격적인 지네잡이 이야기로 넘어간다. 허두 끝에 "(각설하고)"에서처럼 속으로 독백하고 있듯이 본격적인 이야기는 지네잡이에 얽힌 이야기이다. 그리고 그 이야기를 청자를 대면하고 들려주듯이 펼쳐나간다. 마치 수수께끼처럼 닭뼈로 지네를 잡는 방식에 대한 질문을 제시하고 매듭을 풀듯 숨은 이유를 알려주는 형식이다. 화자는 계속하여 질문을 하고 이에 대한 대답을 주는 수수께끼의 형식이다. "잘 모르시나요?", "왜 그러느냐구요?", "왜 닭뼈 때문이냐구요?", "그래서 어떻다는 거냐구요?" 등 계속하여 의문형으로 질문을 제시하며 이에 대한 이유, 즉 물음과 대답의 이원구조의 형식으로 이야기를 이끌어간다. 그리고 수수께끼가 원래 언어유희를 바탕으로 하듯이 말놀음 하듯 연상작용을 통해 이야기를 전개하고 있는 것을 알 수 있으며, 또 본래 수수께끼가 은유적이듯 지네와 닭이라는 비유적인 비교와 대조의 형식으로 시를 구성하는 것을 알 수 있다.

　결국 화자는 지네잡이 이야기를 통해 청자에게 들려주고 싶은 것은 대개 설화가 이야기 속에 보편적 생활경험, 의식, 가치관 등을 반영하듯이, 말하자면 교훈적인 기능이나 삶과 사물에 대한 지혜 등을 가르쳐주듯이 인과응보의 보편적 원리에 대한 깨달음을 전달해주고 싶은 것이다. 단순하게 말해 남을 괴롭히거나 죄 지을 일을 하지 말고 살자는 것이다. 그러니까 화자는 청자에게 "지네를 보면 닭들은 사족을 못 쓰고 달려"들어 지네를 잡아먹는 것과 그런 닭에게 복수라도 하듯 "죽은 닭뼈에라도 이를 갈고 달여 드는" 지네와 닭의 천적관계, 그리고 그런 '닭뼈를 가지고 지네를 잡으려는 사람들'이 "죽어서 어떻게 될지 뻔합니다."라고 말하는 데서 화자가 하고 싶은 말이 무엇인지 넌지시 짐작할 수 있다.

생물학자가
솔개의 먹이로 던져준 생생한 들쥐가
내 머릿속으로 달려들어 후벼 팠다

이놈아, 길짐승 날짐승이 어찌 같은가?
라고 생각하다가

하기야
사람도 다 같은 사람이 아니라는 생각을 하다가
매실주 한 병을 바닥냈다.

—「그러다가」 중에서

　일화나 설화 같은 것들을 차용해 시적 전언을 넌지시 들려주는 것은 임보 시의 특징이다. 원론적으로 시는 말하고자 하는 내용을 직접 드러내지 않고 의도적으로 우회하는 수법을 써서 말하는 언어양식이다. 또 세계를 구성하는 모든 사물과 현상은 하나의 일정한 모습을 갖춘 것이 아니라 할 때, 그것은 불확정적인 것이다. 그것은 인간적 가치 기준으로만 우열을 가늠하거나 평가할 수 있는 것이 아니다. 그것은 하나의 동등한 존재가치를 지니는 것으로 스스로 자재(自在)할 뿐이다. 그러나 우리는 어떠한 사물이나 현상에 인간중심적으로 이름을 붙여 거기에 어떤 관념을 덧씌운다. 시인은 그 단정적인 사유에 흠집을 내면서 인간중심적 사유에서 벗어나고 있다. 자신의 행위를 "~ 생각하다가"라고 계속 반복하면서 연상하게 되는 감정을 이어나갈 뿐이다. 시인은 단정적으로 말하지 않고 다만 이렇게 저렇게 생각하고 느낄 뿐이다. 그럼으로써 사유를 확정하거나 단정적으로 규정하지 않고 어떤 현상이나 사물이 지닌 의미의 가능성을 열어놓는 것이다.

　화자는 "병든 솔개 새끼를 구원"하는 "텔레비전 다큐멘터리를 보다가" 상념에 빠져 어떤 결과도 얻지 못하고 "매실주 한 병을 바닥"낸 사연을 들려준다. 그는 "죽어가는 한 생명을 정성으로 보살펴 살려내는", "한 생물학자의 선량한 얘기를 보다가" 자기는 "얼마나 나만을 생각하는 이기적인 삶을 살았던가 자책"한다. 그런데 "솔개의 먹이로 던져준 생생한 들쥐"도 한 생명이다. 생명을 지닌 존재로서 솔개 새끼나 들쥐는 그 존재가치의 우열을 가늠할 수 있는 것이 아니라는 사실을 화자는 문득 깨닫는다. 그것을 화자는 들쥐가 "머릿속으로 달려들어 후벼 팠다"고 표현한다. 그런 들쥐에게 화자는 "이놈아, 길짐승 날짐승이 어찌 같은가? / 라고 생각하다가", "사람도 다 같은 사람이 아니라는 생각"에 이른다. 그리고 이런 저런 생각에 그만 "매실주 한 병을 다 바닥 냈다"는 것이다.

솔개의 생명과 들쥐의 생명을 다르게 생각하고, 길짐승 날짐승을 다르게 생각하고, "사람도 다 같은 사람이 아니라는 생각"은 사실 역설적인 의미로 풀이된다. 이 말은 어쩌면 존재가치의 평가나 우열을 따지는 것은 인간중심적이며 인위적인 것일 뿐이라는 의미를 담고 있다. 말하자면 모든 존재는 수평적으로 존재하며 수직적으로 가치의 우열을 가늠할 수 없음에도 인위적으로 그것을 나누고 확정해버리는 인간중심적 사유에 대한 반성의 의미로 읽힌다. 따라서 무한한 자연의 운용과 섭리를 인간의 가치 척도에 따라 나누고 확정하는 일이 얼마나 어리석은 일인가를 시인은 역설적으로 들려주는 것이다.

임보의 시가 동양적 사유에 기대어 있다는 평가는 이에 맞물려 있다. 그는 확정적인 것보다 불확정적인 것을, 인위적인 것보다 자연스러운 것을, 가치의 평가나 우열보다는 존재의 평등을 지향한다. 좀 더 비약적으로 표현하자면 그것은 근대적 이성의 자연에 대한 태도와는 다른 것이다. 여기에서 중요한 것은 존재의 가치평가나 우열을 가늠하는 일은 인간중심적인 사유에서 비롯한 오해이며 착각이라는 의미를 환기한다는 점이다. 그것은 존재 자체보다 우선하지 않는다. 결국 시

인은 스스로 자재하는 그대로의 모습, 어떤 본질을 보기 위해서는 이
러한 인간중심적 사유의 미혹에서 벗어나야 한다는 것이다. 이러한 본
질을 보지 못하는 사유의 미혹은 다음의 시에서,

> 읍내의 보석상 쇼윈도를 기웃거리다
> 눈부신 반지의 포로가 된다
>
> 검은 얼굴로 고향에 돌아온 사내들은
> 잃어버린 사랑의 멍을 앓으며
>
> 사랑의 상대는 사람이 아니라
> 빛나는 반지라는 사실을 깨닫는다.
>
> ― 「반지」 중에서

라고 노래할 때도 확인할 수 있다. 우리가 사랑이라고 믿은 것이 사실
은 "빛나는 반지"였을 뿐이라는, 단지 "눈부신 반지의 포로"라는 전언
은 사랑의 본질, 즉 사람을 상대로 하지 않고 '반지'를 대상으로 한 사
랑이었다는 깨달음에서도 드러난다. 반지는 보석이다. 그것은 둥근 원
(圓)의 형태를 띠면서 물질 가운데 가장 빛나는 보석으로서 영원성이나
절대성, 초월성, 완전성 등의 의미를 갖는다. 사랑은 불안하고 추상적
인 기표일 뿐이며 수없는 기의가 끼어들 수 있다. 그래서 의심스럽고,
이런 사랑의 약속에 대한 불신은 반지를 통해 불식시키려 한다. 그래
서 연인들은 반지를 선물하거나 나눈다. 우리의 사랑은 절대적이고,
완벽하고, 영원히 불변하리라 믿으면서 말이다.

반지는 육체의 일부인 상대의 손가락을 둘러싸는 고리이다. 반지는
육체의 일부를 구속함으로써 마음을 소유하려는 열망의 징표이다. 그
럼으로써 사랑을 확인하고 믿고 싶다. 사랑이라는 말은 너무도 무력하
기에, 또 사랑은 수없이 스스로를 배반하기에 사랑하는 사람들은 그보

다 더 신빙성 있는 징표를 요구하게 된다. 그러나 그 사랑에 대한 약속, 그 사랑의 징표는 환상에 기초한 것이다. 사랑한다는 기표는 너무도 공허한 껍질이어서, 그것은 또 너무도 추상적이어서 사랑하는 사람들은 구체적인 증거를 통해 확인하고 또 믿고 싶어 한다. 틀림없다고, 불변하리라고, 영원하리라고……. 그런데 사랑은 사람이 아니라 반지라는 대상, 사랑하는 자신의 마음을 사랑하고, 그것은 내가 창조한 이미지요 무수한 기의가 들어설 수 있는 초월적 기표일 뿐이다. 그래서 "사랑의 상대는 사람이 아니라 / 빛나는 반지라는 사실을", "잃어버린 사랑의 멍을 앓으며" 미혹에서 깨어나는 것이다.

　임보는 긴 시적 여정을 거쳐 온 원로시인이다. 그는 아직도 활발한 창작 의욕을 보이며 시적 여정의 길을 가고 있다. 그런 노시인의 발걸음이 어디를 향할지 알 수 없다. 다만 그는 그가 여지껏 그래왔듯이 소처럼 우직하고 욕심 없이 바보처럼 천천히 시의 길을 찾아 갈 것이다. 그러면서 한평생 "누린 건 무명과 빈곤이지만" 그가 "얻은 건 자유와 평온"(「바보이력서」, 『황소의 뿔』)의 다락(多樂)이다. 그 무욕(無慾)과 무용(無用)의 다락마을에서 그윽한 시향(詩香)이 계속 번질 것이다.

씨알의 시학

— 손종호

　손종호의 다섯 번째 시집 『새들의 현관』(시와에세이, 2006)을 관통하는 시 정신은 유한한 존재이지만 그 유한성을 극복하고 절대를 지향하는 강인하고 투명하며 견고하고 순열한 구도의 정신세계를 보여준다. 그리고 그런 면에서 시인의 시는 정신주의적 경향을 지니며, 강인한 정신적 순결성과 이미지의 명징성이 조화롭게 일치를 이룬다. 근작 시 다섯 편은 그러한 점을 다시 한번 확인하고 이해할 수 있는 좋은 계기이다. 손종호의 시는 역시 투명하며, 어둠 속에서 강렬한 빛을 발하는 힘이 있다. 그렇다면 손종호 시의 강렬한 빛을 발하는 힘의 근원은 무엇인가. 『새들의 현관』은 이에 대한 대답을 들려준다. 이 시집은 근자의 손종호의 시적 출사표나 다름없는 가편들로 엮여 있으며, 따라서 시인의 근작 시를 읽는 데도 아리아드네의 실 같은 기능을 한다.

　　공중에는 길이 없다.
　　사면은 차라리 견고한 벽
　　물먹은 별들이 천장 위에 빛난다.

창은 어디에 있는가.

누 천년의 빛 아래 아래에도
드러나지 않는 고통의
견고한 뿌리.

이슬 빛나는 새벽길은

어디선가
제 홀로 맑고
제 홀로 깊어가고 있을 것을.

— 「새들의 현관 · 1」 전문

위의 작품은 시집의 표제 시인데, 손종호 시의 시적 소명이 "제 홀로 맑고 / 제 홀로 깊어가고 있"는 "이슬 빛나는 새벽길"의 '빛'을 찾아가는 과정에서 출발하며, 강렬한 '빛'의 이미지에 의해 시적 동력을 얻고 있음을 보여준다. 화자는 "물먹은 별들이 천장 위에 빛"나는 어떤 '빛'의 세계를 강렬하게 갈구하고 희원한다. 그러나 그 천상의 '빛'에 도달할 수 있는 길은 없고, "사면은 차라리 견고한 벽"으로 단단하게 닫혀 있다. 이와 같이 "견고한 벽" 안에 고립된 상황은 화자에게 "창은 어디에 있는가" 탄식하며 고통스러운 자문을 하게 만들고, 이에 대한 응답으로서 "견고한 뿌리"의 존재론적 고통을 견디어 "이슬 빛나는 새벽길"로 상징되는 궁극의 길에 진입하려는 화자의 결연한 의지를 엿보게 한다. 사면의 "견고한 벽"에 갇힌 화자로 하여금 빛의 세계로 나아갈 수 있는 창을 찾을 수 없는 이유는 "고통의 / 견고한 뿌리"가 운명적으로 너무 깊기 때문이다. 화자는 고립되어 있고 존재의 고통은 운명처럼 뿌리가 깊다. 이러한 존재론적 고통이 크면 클수록, 어둠이 깊으면 깊을수록 빛에 대한 희원은 강렬할 수밖에 없다. "견고한 벽"에 갇히고

"견고한 뿌리"로 깊숙이 박힌 고통에서 화자는 빛을 통해 자신에게 주어진 존재론적 한계와 구속을 일거에 뛰어넘고자 하는 욕망을 은밀히 표출한다.

'빛'은 손종호의 시세계에서 중요한 비중을 차지하는 핵심 이미지이다. 그러나 그가 강렬하게 찾아 헤매는, 그가 강렬하게 희원하고 갈구하며 궁극적으로 이르려는 '빛'은 실재하는 빛이라기보다는 정신적인 빛, 영성적인 빛, 생명의 빛, 아주 멀리 떨어져 있는 피안의 빛이다. 운명의 향방을 결정짓는 지침 같은 '빛'은 부재 속에 현존하는 빛, 약간의 어색함을 감수한다면 어떤 초월적인 궁극의 빛, 구원의 빛, 영적 가치를 지닌 광휘의 빛이라 할 수 있다. 그것은 일체의 세속적 때를 벗어버린 "만년설의 웅혼한 힘"(「불의 산정에서」)이 발산하는 흰빛, "허공에서 씨를 얻는" '열매'(「공중에서부터 집짓기·2」)로서의 태양빛이며, "캄캄한 천공에서", "빛나는 / 별"(「도강」)의 푸른빛이다.

그런데 그 빛은 곧잘 빛(불)과 대립되는 물(구름, 얼음, 눈)과 어둠(갇힘, 유폐, 묶임, 미망)의 이미지를 함께 동반한다. 그것이 "물먹은 별" 빛이나 "이슬 빛나는 새벽길"에서처럼 물의 모성성과 빛의 부성성이 결합할 때 그것은 "태초의 / 그 무궁한 온유"인 "어머니의 바다"(「공중에서부터 집짓기·1」)처럼 생명과 창조의 우주적 원리로 나타나기도 한다. 그리고 그러한 세계는 시인이 추구해야 할 영적 가치, 내재적 초월, 웅혼한 정신의 궁극을 의미한다. 그러나 빛과 대립되는 어둠과 갇힘은 고통의 심연을 통과하면서 거쳐야 할 빛의 시련, 고행의 길을 의미한다. 때문에 그의 시는 다소 추상화해 말하자면 존재론적 어둠의 고통과 시련의 심연을 감수하고 통과하면서 다시금 새롭게 본래의 근본 혹은 기원으로 부활하는 모습을 취한다. 즉 "어둠은 곧 빛의 자궁"(「마지막 假宿에서·3」)이라는 태양의 밝은 흔적, 생성의 씨앗을 품고 있다.

　　손종호의 시는 별과 빛, 천체, 결빙(얼음)의 산정, 물, 새벽의 이미지
등이 겨울과 어둠, 고립과 유폐, 고통과 시련, 극한의 상황 등과 대비
적으로 설정되면서 후자가 갖는 부정성을 부성성으로 상징되는 빛(별
빛, 햇빛)을 통해 극복하고자 하는 정신의 상향의식이라고 불러도 좋
을 법한 수직상승의 의지를 표출하기도 하며, 모성적인 가치로서의 물
의 이미지를 동반하여 생명과 창조의 수평적 확산을 꾀하기도 한다.
그러면서 시인은 자신의 한계와 유한성을 초월하여 우주의 비의, 존재
성의 원리에 접근한다. 그의 시는 "어둠의 심오한 / 심연" 속에서 그것
을 뚫고 나갈 빛의 '문'(「門」)을 찾아가는 순례의 도정에 있다.

　　　　여름부터 가을까지 왕대산에 올랐으나
　　　　비탈진 왼쪽 숲은
　　　　뒤틀린 욕망의 가지들과
　　　　고개를 치켜세운 잎새들로 어지러웠다.

　　　　흰 눈발이 짧은 회한처럼 볼을 스치는
　　　　숲길을 걷다보니
　　　　나무들의 요약된 골격 사이
　　　　왼쪽 산비알 아래쪽에
　　　　문득 큰 얼음장 몇 개가 빛나는 연못이
　　　　청동기의 거울처럼 떠올랐고
　　　　아침 햇살을 입에 문 새들이
　　　　줄줄이 하강하고 있었다.

　　　　내 안에도
　　　　갈 길에 지친 날개들이 잠시 깃드는
　　　　푸르름이 숨어 있을 줄이야
　　　　잎들을 버리고서야 비로소
　　　　떠오르는 심연
　　　　나뭇가지 사이로

한층
하늘이 높아졌다.

—「병(病)·2」 전문

손종호 시인이 유한한 존재로서의 한계와 고통의 극복을 위해 추구하는 전략은 상향적 의식과 정신적인 힘에의 의지이다. 위의 시는 감각을 단일하게 응축시켜 정신에 접맥시킴으로써 정신의 핵심에 접근하고 있다. 이러한 태도는 자아의 한계와 고통을 정면으로 바라보면서 정신의 핵심에 이르려는 전략으로 보인다. 그는 그가 관찰하고 경험하는 사물 속에서 강인한 힘을 발견하고 그것을 내재화한다. 그렇다면 정신의 핵심이란 무엇인가. 그것은 "문득 큰 얼음장 몇 개가 빛나는 연못이 / 청동기의 거울처럼 떠"오르는 고요함이며, "내 안에도 / 갈 길에 지친 날개들이 잠시 깃드는 / 푸르름이 있을 줄이야"라고 성찰하는, 그러니까 산을 오르는 각고의 점진적 과정을 거쳐 어느 순간 이루어지는 찰나적인 직관과 통찰의 내적 깨달음이다. 그것은 끊임없이 움직이는 가운데 순간적으로 구성되는 정신의 명징함이다.

화자는 지금 산에 오르고 있다. 산에 오르는 행위는 그 자체로 어떤 정점을 향해 끊임없이 나아가는 역동적 상향의식의 정신이다. 어떤 정신의 극점을 향해 나아가면도 화자를 사로잡는 것은 "뒤틀린 욕망"과 "고개를 치켜세운 잎새들"의 세속적 오만함이다. 화자는 산을 오르는 등반을 통해 이러한 세속적이며 지상적인 욕망과 갈등을 정화한다. 산은 세속과 초월, 속(俗)과 성(聖), 현실과 영원, 지상과 천상의 질서가 엇갈리는 공간이다. 산은 하늘을 향해 비상함으로 천상의 빛에 접근해 있으며, 계시와 영생의 신성한 공간이다. 따라서 화자에게 산을 오르는 등반은 단순한 행위가 아니라 우주적인 정화나 영성의 추구라는 의미를 지닌다. 그래서 산을 오르는 행위는 세속적 욕망과 가치를 버리는 역동적인 상승인 동시에 중심으로의 회귀이며, 인간이 도달하고자 하는 지고한 정신적 가치에로의 접근이라는 의미를 함축한다.

그렇다고 화자는 수직 상승의 가치에만 몰두하지 않는다. 오히려 지고한 정신적 가치에로의 다가섬은 잎을 버린 "나무들의 요약된 골격"이나, "산비알 아래쪽"의 얼음장 연못이나, 낮은 지상으로 "줄줄이 하강"하는 새들에게서 발견하는 것이다. 그는 자연의 묵묵한 침묵, 그러니까 버리고 얼어붙고 하강하는 죽음의 묵언 속에서 오히려 인간의 빛나는 정신이 발견될 수 있다는 깨우침을 얻는다. 그가 지닌 역동적 상향의식은 일방적으로 높음이라는 정점을 지향하는 것이 아니다. 그것은 차라리 잎새들의 추락과 아래쪽의 얼음장 연못과 새들의 하강이라는 비움에 대한, 가혹한 결빙의 시련에 대한, 지상의 낮음에 대한 사유에서 비롯하는 것이다.

산을 오르는 과정에는 세속적 욕망과 한계가 도사리고 있고, 따라서 등반은 이러한 지상적 욕망과 한계를 극복하고자 정신적 날을 세우는 고통의 통과제의이다. 정신의 날을 세우는, 자신의 정신을 단련하는 작업이 "뒤틀린 욕망"과 "고개를 치켜세운" 세속적 욕망에 의해서 끊임없이 고통받고 좌절하면서도 앞으로 나아가는 역동적 상향의식을 지닌 것이다. 이때 자신의 마음을 비우고 자연의 높은 이치에 화자는 순화된다. 말하자면 "요약된 골격의 나뭇가지", '얼음장 연못', '새들의 하강'은 정신의 강열한 경지를 결합시켜 놓은 결정체로 볼 수 있다. 그것들은 주체의 의식 속에 결집되고 응축되고 집중된 정신의 비유물이다. 그래서 산을 오르는 행위는 "고개를 치켜 세운" 지상의 세속적 욕망과 그것으로부터 연유한 정신적 '병'을 다스리고 치유하여 순열한 정신의 정점을 향한 일종의 의례처럼 보인다.

누군가 내 안에 길을 내고 있다

반쯤 묻혀 있던 큰 돌 캐어지고

덩치 큰 갈참나무가 쓰러지고
홀로 숨어 살던 늙은 쥐와
몇 마리의 바퀴벌레가 황급히 도망친다.

어디서 날아 왔는지
금빛 독수리 한 마리가 머리 위를 선회한다.

마침내 굳게 못질된
숲 속의 헛간마저 무너지고
풀풀거리며 먼지가 인다. 비닐에 싸여 버려진
목 없는 오욕, 피 묻은 침묵
얼굴 없는 비수에 등을 찔린 날선 분노,

대체 넌 어떻게 살아온 거니?

길을 내고 있는
장엄한 새벽놀 같은 음성이 내게 물었다.

—「새벽 두 시의 비망(備忘)」 전문

예부터 현자들은 어둠의 심연 속에서 빛이 발현하는 삶의 원리에 대
해 말해 왔다. 인용 시는 어둠의 심연 속에서 자신을 찾고자 한다. 어
둠의 심연, 실존적 미망의 암흑 속에서 "장엄한 새벽놀 같은 음성"이라
는 거룩하고 엄숙한 계시를 얻고자 하는 의지의 표현으로 읽힌다. 앞
서 '빛'과 같은 천상의 이미지는 손종호의 시세계에서 중요한 비중을
차지하는 핵심 이미지라 말했다. 이때 그 빛은 햇빛이기도 하지만 주
로 "새벽별의 / 찬연한"(「새들의 현관·2」, 『새들의 현관』) 푸른빛을
띠고 있는 천체의 이미지로 표상되기도 한다. 이와 연관하여 그의 시
에서 별(빛), 새벽, 하늘의 이미지는 어둠과 밤 등의 이미지와 대칭적
으로 위치하면서 그 부정성을 극복하고자 하는 수직 상승의 상향적 지

향을 드러내는 정신의 등가물로 기능한다. 왜냐하면 빛은 원형적으로 정신적이며 영적인 신성성을 의미하기 때문이다. 손종호 시에 빈번히 출몰하는 천체에서 발하는 빛의 이미지도 이와 다르지 않다.

  손종호 시의 상향의식은 "뒤틀린 욕망"과 "고개를 치켜세운" 지상의 세속적 가치에 의하여 끊임없이 갈등하고 번뇌하며, 고통받고 좌절당하는 인간적 한계에서 비롯하는 것이며, 궁극적으로 시인의 도정은 그러한 실존적 갈등과 고통을 넘어서 어떤 정신의 핵심에 이르려는 것이다. 앞의 작품 「병(病)·2」에서 산을 오르는 행위도 그 일례라 하겠다. 그것은 일종의 "나를 결박한 어둠의 사슬"과 "모진 채찍"(「도강」, 『새들의 현관』)을 뛰어넘어 정신을 고양시키고 자신의 존재 영역을 확장해나가려는 의지의 표현으로 볼 수 있다. 그러한 의지의 표현은 인용시에서도 명확하게 드러나는 바, 화자의 내면에 "길을 내고 있"는 이는 새벽놀과 같은 푸른빛의 음성이다. 화자의 내면은 "큰 돌"과 "큰 갈참나무"와 "늙은 쥐"와 "바퀴벌레"가 살고 있으며, "새벽놀"은 그것을 물리치는 계시와 같은 힘이다. 그 빛은 그러한 내 안의 어둠을 뚫고 "길을 내"는 계시의 등불이다. 계시의 빛은 "목 없는 오욕, 피 묻은 침묵"과 "비수에 등을 찔린 날선 분노"의 헛간 같은 자신에 대해 "대체 넌 어떻게 살아온 거니?" 자문하게 만든다. 이러한 자문과 반성적 성찰을 통해 화자는 자신의 정신적 날을 보다 날카롭게 갈아세운다.

  인용 시는 화자 자신의 내면을 응시하고 있다. 일종의 자신의 내면 응시를 통한 성찰이라 할 수 있겠는데, 자기 자신에 대한 관찰은 손종호 시의 한 특징이다. 그의 시에서 모든 고통과 비판의 대상은 자기 자신이 된다. 자기 자신에게 시선을 던지는 이유는 정신의 정직함과 치열함을 효과적으로 증폭시킬 수 있기 때문이다. 이럴 때 자기 자신에게 주어진 어떤 한계나 실존적 고통은 다른 대상으로 이입되지 않음으로써 희석되지 않고 치밀한 밀도로 응축되기 때문이다. 시인은 그러면서 자신의 정신적 날을 날카롭게 벼른다. 정신의 날을 날카롭게 세우고 시인은 지상적 욕망과 어둠의 미망으로부터 탈출하여 '빛'의 세계, 어떤 절대의 세계에 도달하고자 한다.

그런데 날카롭게 벼려진 고양된 정신은 인간의 실존적 욕망과 고통, 지상의 세속적 가치와 삶의 크기를 왜소한 것으로 만들어 버린다. 강인한 힘에 의해 응축되고 집중된 정신에는 세속적 가치나 삶의 자잘하고 다양한 무늬가 틈입할 여지가 없다. 설령 그것이 개입할지라도 그것은 상대적으로 왜소한 것이며, 그리 대단치 않은 것이다. 그것들이 왜소해짐으로 말미암아 그의 마음은 고요해진다. 아래의 시는 그러한 점을 잘 웅변해준다. 자연의 이치가 삶의 왜소한 가치를 버리라고, 세속을 초월하라고, 마음을 비우라고, 그리하여 더 큰 무엇을 보라고 가르쳐 주기 때문이다. 이때 발생하는 문제가 인간적 삶이나 실존적 고통이나 절망은 별다른 갈등 없이 자연의 이치에 쉽게 포섭되어 무마되거나 순화되고 만다는 점이다. 그런 점에서 삶의 구체적인 고통의 해결과정이 은폐될 수밖에 없고, 시인을 세속적 가치가 아닌 보다 높은 경지의 우주적 원리로 이끌어버린다.

아침나절 눈 큰 여치 한 마리
더 큰 눈의 개구리에게 잡아먹힌 풀밭 위에
까치독사 한 마리 한낮을 즐기고 있다.

햇빛은 그 곁에서
힘겹게 풀잎을 타고 오르는
진드기 한 마리의 등을 토닥이며 있고.

—「무심(無心)」 전문

날카롭게 벼려진 정신은 고요한 침묵 속에서 만물이 저절로 광대무변한 생명의 시원을 향해 열려나가는 원리를 가늠케 한다. 우로보로스

(Ouroboros)의 뱀을 연상하게 하는 위의 시는 그러한 점을 웅변해 준다. 인용 시에서 화자가 도달하고자 하는 정신의 핵심은 침묵의 고요, 무념무상의 무심(無心)한 지경이다. 도가적 문맥에서 말한다면 그것은 비운 것으로 가득 찬 허심(虛心)의 상태이다. 화자는 그 허심의 침묵이 품은 밀도 높은 고요의 파동, 어떤 영원한 시간의 운동 속에 포함된 우주적 원리를 느낀다. 즉 무심은 마치 침묵 속에 내재하는 무한한 탄생과 죽음, 시작과 끝, 소멸과 재생이라는 시간의 반복과 생멸을 거듭하는 파동을 감지한다. 화자는 "여치 한 마리"가 "더 큰 눈의 개구리에게 잡아먹히"고 그 개구리를 잡아먹은 "까치독사 한 마리"가 "풀밭 위에"서 "한낮을 즐기"는 현상을 탄생과 죽음을 반복하는 무한한 시간의 원리로 받아들인다. 우로보로스의 뱀처럼. 따라서 무심은 고요한 침묵의 위대함이라 할 수 있겠다.

그런데 우로보로스의 뱀처럼 끊임없이 탄생과 죽음, 생과 멸, 소멸과 재생이라는 우주적 원리의 주재자는 '햇빛'이다. 이를 화자는 햇빛이 "풀잎을 타고 오르는 / 진드기 한 마리의 등을 토닥"인다고 표현한다. 여기에서 빛은 절대자의 은총과 같아서 모든 존재에게 생명을 나누어 주는 등가물이다. 그 빛은 생명의 빛이다. 햇빛은 풀잎을 생장시키고, 풀잎은 가장 작은 생명이라 할 수 있는 '진드기'를 키우고, 그것은 여치, 개구리, 뱀으로 순환하는 연쇄적 사슬의 먹고 먹히는 관계성으로 말미암아 무한한 우주적 원리로 퍼져나가는 생명의 원리이다. 따라서 이러한 무심한 듯한 현상은 모든 것을 무(無)로 환원하는 것이 아니라 무한한 우주 섭리에의 눈뜸이라 할 수 있다. 그러므로 이 시에는 소멸을 딛고 영속하는 우주의 섭리에 대한 외경이 드러난다. 이러한 외경은 거대한 우주의 질서도 무심한 듯한 햇빛과 풀잎, 진드기와 같은 아주 작은 원인에 의해 발달된다는 깨달음을 동반하는 것이다. 마치 씨알의 원리처럼 현상세계는 보이지 않는 작은 씨앗과 같은 원인 속에 출발한다는 의미와 같은 것이다.

　　생명은 길이다. 달이 몸을 바꾸는 것도, 저 바다가 절도 있는 선비의 발걸
음처럼 때 맞춰 들고 나는 것도, 내 아버지가 흙으로 가신 것도 그것이 길이
기 때문이다.

　　눈보라에 깃든 물의 정령이 흙 속의 봄을 깨우듯 내 어머니에게 깃든 소금
기 많은 바람은 나를 키웠고 별빛을 품은 이슬은 잎새에 깃들어 열매의 꿈을
이룬다.

　　바위가 숨을 쉬는 소리를 들은 것은 백화산에서였다. 한낮의 물가에 섰던
바위가 첨벙 발을 뻗자 몇 마리의 지느러미가 흰 거품과 함께 검은 허벅지를
타고 올랐다.

　　나는 그 날 이후 바위가 알을 낳는 것을 보았다. 무한 천공을 가로질러와
죽음보다 차가운 수면 위로 하나 둘 떠오르더니 홀연 빛을 뿌리는 저 별무리
의 산란.

―「숨」 전문

　　손종호 시인이 추구하는 정신의 힘은 상승 의지와 결속되어 있으며,
상승은 "천상의 길"(「공중에서부터 집짓기 · 1」, 『새들의 현관』)로 대표
되는 투명한 빛을 지향한다. 인용 시에서도 우리는 역시 무한 공간의
열림으로 뻗어나가는 빛의 현현, 투명하고 찬란한 "별무리의 산란"을
만날 수 있다. 앞서 언급했던 천체의 이미지인 별이나 해, 그리고 그것
들이 발산하는 빛은 그의 시에 유난히 빈번하게 등장한다. 그러나 그
빛은 시인 내면의 감상적 자기 노출로서의 반영이 아니다. 그 빛들은
태양과 같이 강렬한 햇빛으로 뭇 생명을 기르거나, 세속적 때를 씻어
줄 수 있는 정제된 빛이고, 새벽빛처럼 어둠을 살라 존재를 탈각시켜
구원하는 영성의 빛이다. 그것은 차라리 우주적이며 종교적 차원의 성
격을 갖는 빛이다. 이러한 빛은 사물의 본질을 꿰뚫어볼 수 있는 파랑

게 벼려진 정신만이 포착할 수 있는 것이다. 그것은 정신의 역동적 상
향의식이 무한한 초월성을 향해 상승할 때 만나는 신비적인 빛이기도
하다.

　인용 시에서 벼려진 정신이 포착한 것은 만물에 씨앗처럼 깃들어 있
는 "생명의 길이다." 이때 생명은 한시적인 물질적 육체성을 초극한 무
한한 우주적 질서의 원리로 나타난다. 이러한 우주적 인식에는 만물은
광대무변한 시간과 공간 속에서 자발적인 생명활동을 쉼 없이 진행한
다는 의미를 내포한다. 쉼 없이 "달이 몸을 바꾸는 것도", 바다가 "때
맞춰 들고 나는 것도", "아버지가 흙으로 가신 것도" 모두 그것이 시공
을 초월하는 하나의 거대한 우주적 원리를 따르는 것이다. 모든 존재
가 우주성에 기반한 거대한 생명의 순환법칙을 따라 움직인다는 인식
은 곧 현재의 시간 속에 내재해 있는 모든 존재의 역사와 생명의 원리
를 보려는 시도이다. 만물에 깃든 씨알의 원리는 곧 생명의 길, 우주성
의 원리이다. 그래서 화자는 "눈보라에 깃든 물의 정령이 흙 속의 봄을
깨우"고 "어머니에게 깃든 소금기 많은 바람은 나를 키웠"으며 "별빛을
품은 이슬은 잎새에 깃들어 열매의 꿈을 이룬다."고 말한다. 우주의 유
기체론적 연기(緣起)의 세계를 떠올리게 하는 이러한 시적 사유는 모든
존재태가 지닌 근원적 본성이며, 이것이 만유로 뻗어나가는 생명의 길
이라는 점을 함축하고 있다. "바위가 숨을 쉬"고 "알을 낳는"다는 사유,
말하자면 현상계의 모든 존재태가 '숨'을 쉬고 생명을 잉태하고 있다
는 인식은 모든 사물에는 궁극적 실재로서의 우주성이 깃들어 있으며
모든 생명은 만유에 열려 있다는 유기체론적 인식의 발로이다. 모든 현
상계의 사물에는 우주가 깃들어 있다는 이러한 시적 인식은 우주적 통
일체로서 자아와 세계를 바라보려는 시인의 태도가 반영된 것이다.

　유한한 존재로서 "무한 천공"의 우주적 원리 앞에 선 화자는 예언자
적 목소리로 만물에 깃든 생명의 숨소리, 생명의 씨앗이 내뿜는 숨결

을 감지한다. 생명의 "빛을 뿌리는", "별무리의 산란"을 바라보는 화자의 의식은 내적 충일감으로 일렁인다. "무한 천공"에 "빛을 뿌리는", "별무리의 산란"은 무한한 생명에로의 열림을 지향하면서 마치 씨알의 원리처럼 현상세계는 보이지 않는 작은 씨앗과 같은 원인 속에서 출발한다는 전언을 함축적으로 전달하고 있다. 빛은 생명의 시원에로 열려 있는 것이다. 이러한 의식은 화자로 하여금 "바위가 숨을 쉬는 소리를" 듣고 "바위가 알을 낳는 것을" 볼 수 있는 눈을 뜨게 해준다. 이때 "별무리의 산란"은 생명을 잉태한 빛이 되며, 화자는 여기에서 영속하는 생명의 근본 원리를 발견한다.

사람이 하늘임을 잊고 사는
우리의 업보는 산을 이뤄
어느 시대를 이고 갈지라도
빛을 키우기 위해서라도 피할 수 없는
명운의 어둠은 죽음 너머까지 구비쳐
갈대들 흰 머리 푸는 낙동강 하단 지나
너른 바다에 이르러서야 비로소 멈출 것인가.
모진 겨울의 피고름 같은 봄비에
용담(龍潭)이 젖어 댓잎 푸르러 오면 알리.
높은 절망에서 낮은 희망
퇴락한 처마에서 오동나무 윗가지를 잇는
거미줄의 중심처럼
우리의 눈과 슬픔이 투명할 수 있다면
허공에라도 제 홀로 집을 짓고
사랑은 별이 되어
이미 내 안의 조선의 머리맡을 밝혔을 것을

—「최제우(崔濟愚)의 편지」 중에서

모든 인간과 사물에는 우주가 깃들어 있다는 시적 인식은 우주적 통일체로서 자아와 세계를 바라보려는 태도이다. 인용 시는 이와 같은 점을 다시금 확인할 수 있는 작품이다. 이 시는 짙은 어둠과 고뇌, 겨울과 죽음, 구름과 "피고름 같은 봄비"가 예비한 끝에 열리는 하늘과 희망, 사랑의 별에 대해 쓰고 있다. 즉 화자는 "사람이 하늘임을 잊고 사는", 그러니까 인간이 소우주라는, 최제우 식으로 말하자면 사람이 곧 하느님이며 만물이 모두 하느님이라는 이치를 잊고 사는 "우리의 업보"에 대한 고뇌 끝에서 발견하는 '내 안의 하늘'을 노래한다. '내 안의 하늘'을 발견하기 전까지의 세계는 '모진 겨울, 구름, 어둠, 죽음, 절망'이라는 암흑의 분위기로 가득 차 있다. 이러한 어둠과 겨울, 죽음과 절망의 소산은 근본적으로 "사람이 하늘임을 잊고 사는", "우리의 업보"에서 기인하는 것이다. 화자는 이러한 어둠과 겨울, 죽음과 절망, 혼돈과 미망의 상태에서 벗어나고자 하는 정신적 고투의 과정에 있다. 그리고 그 어둠의 심연 끝에서, 말하자면 "절망에서 낮은 희망"의 세계로 나아가고자 하며, 투명한 눈과 슬픔을 간직한 사랑의 "별이 되"는 세계를 꿈꾸는 것이다. 이 때 별은 손종호 시인의 시에서 끊임없이 변주 반복되는 천상적 가치로서의 별의 이미지이며, 만유의 우주 속에 깃든 신성의 빛이다. 그 별은 따라서 지상의 존재가 갈망하는 천상의 세계이며, 존재론적 한계를 넘어서게 만들고, 인간에게 깃든 어둠과 상처를 거두고 치유하게 하는 희망의 별이다. 그리고 그 별이 뿜어내는 푸른빛은 자아 상승의 지표로 기능한다.

손종호의 시는 강인한 구도의 정신을 포함하는 동시에 생명의 씨앗을 품고 있는 부드럽고 여린 모성적 힘을 지니고 있다. 빛과 어둠, 천상과 지상, 희망과 절망의 변증법적 통일의 관계로 나아가는 그의 시는 강건한 정신적 힘과 포근하게 생명을 감싸 안는 부드러움이 내재해 있다. 그의 시는 존재의 미망으로부터 탈출하여 어떤 순수하고 지고한 절대의 세계로 나아가려 자신의 정신을 끊임없이 단련하는 과정의 산물이며, 자신을 비우고 우주의 높은 정신에 순화되거나 거기에 귀의처를 마련하기 위한 도정의 소산이다. 그의 시는 이러한 가열하고 응축된 정신의 집중으로 빛난다. 캄캄한 "무한 천공", "별무리의 산란"(「숨」)처럼.

사랑, 황홀한 고통에의 홀림

— 황학주

세상의 모든 서정시는 어떤 방식으로든 사랑을 노래한다. 사랑에 대해 노래하지 않는 시인이 어디 있으며, 사랑의 갈구를 노래하지 않은 시가 어디 있겠는가. 사랑은 예나 지금이나 마르지 않는 서정의 샘이다. 누구나 사랑을 꿈꾸고 또 사랑의 상처를 확인하고 아파하며 거기서 피어나는 또 다른 생명을 확인한다. 황학주는 최근 시집 『노랑꼬리연』에서 "사랑에 대해 이야기할 시간이다"(「시인의 말」)라고 말한 적이 있다. 실제로 이 시집의 많은 시가 사랑을 노래하는 데 바쳐지고 있다. 그렇다면 그동안의 지난 시간은 사랑에 대해 노래하지 않았다는 말인가. 그런 것은 아닐 테고, 아마도 세속적인 사랑의 갈등과 고통을 포함하면서 동시에 삶에 대한 존재론적 의미와 운명을 사랑을 통해 발견하고 심화하겠다는 뜻으로 이해된다.

사랑의 불가해함, 그것은 어떤 논리의 그물에 걸리지 않는 것이다. 다만 순간순간 불타오르다 사그라지고 다시 살아나고 사그라지기를 반복하는 지극히 우연적이고 불연속적인 마음의 현상학이 사랑이다.

황학주는 무어라 설명될 수 없는 이 사랑의 불가해한 현상 속에서 삶의 존재론적 운명을 탐문해 가는 도정에 있는 것처럼 보인다. 마치 『노랑꼬리 연』에서 "사랑하니까 / 나를 뒤집어쓰고 있는 너를 알아볼 수 있"(「하늘호수」)는 것처럼 사랑은 시인에게 자아와 세계를 이어주는 고리이며 세상과 소통하고 대화하는 통로이고 자기를 확인하는 창구이다.

근작 시 다섯 편도 이와 같은 범주에서 읽을 수 있다. 존재의 깊은 심연에서 길어 올린 사랑의 서정이라고 할까. 그런데 이 사랑의 이미지들은 대개 삶의 도정에서 얻은 무어라 단정하거나 규정할 수 없는 상흔과 존재론적 죽음, 그리고 그것을 따뜻하게 수용하려는 긍정과 연민의 정서로 채색되어 있다. 그것은 또 저녁의 풍경과 어울리는 쓸쓸하고 적막하고 외롭고 슬픈 듯 하지만 아름답고 강렬한 힘을 느끼게 한다. 여기에서 사랑에 관한 실제적인 체험적 진실과 시인의 시에 드러나는 사건의 유사성은 중요한 게 아니다. 그것보다는 차라리 마음에서 일어나는 시인의 정서적 현상으로서 허구적이며 상상적인 사건, 그것을 방법적으로 운용하는 시적 태도일 것이다. 이를테면 그의 시를 이해하는 것은 사건으로서의 사랑이 아니라 마음의 현실로서의 사랑을 이해하는 일이다.

이거 어디서 멈춰야 해?
어디서 끊어?

피 흘리는 사랑
피 흘리는 게 전부인 사랑

… (중략) …

사랑한대로

사랑의 상처가 주는 사랑의 신분대로
살려고도 했던 11월

—「홀림, 11월」 중에서

　사랑은 지극히 정서적이고 육체적인 체험이다. 이성적 판단으로 제어하거나 물리칠 수 없는 영역에 위치한 것이 사랑이다. 사랑은 어떠한 정의도 배반하는 것이어서 인류 공통의 주제이며 보편적인 관심사가 된다. 그것은 "어디서 멈춰야" 할지도 "어디서 끊어"야 할지도 모르는 것이며 단지 '홀림'에 이끌리는 것이고, "피 흘리는 게 전부인" 것이 사랑이다. 그것이 사랑의 실체다. 모든 사랑은 매혹적인 황홀이지만 피를 흘림으로써 확인할 수 있는 위험한 것이기도 하다. 이 시에서처럼 화자는 피 흘리는 몸으로써 '당신'을 느낄 수 있다. 그 피 흘림은 아픔이고 상처가 되겠지만, 사랑의 존재를 지각하는 방법이고, 그 자체가 황홀이다. 화자는 사랑의 피 흘림을 통해 사랑의 느낌을 지각하고 삶의 존재를 확인하는 것이다.

　시인은 "피 흘리는 게 전부"인 "사랑의 상처가 주는 사랑의 신분" 그대로 사는 것이 삶이라고 말한다. 그리고 삶이란 "어쩌면 당신 말고는 관련된 것이 없는" 것일 수도 있다. 이렇듯 시적 주체의 시선은 '당신'이라는 타자와 서로 교섭하고 사랑하는 하나의 방법이다. 그에게 사랑은 단순히 평화의 세계에서 즐길 수 있는 한가롭고 낭만적이며 관능적인 것이 아니다. 그것은 '나'라는 주체와 '당신'이라는 타자, 두 개의 극을 따뜻한 상호적인 관계로 묶는 동질적 합일체로서의 의미를 갖는 것이다.

　당신은 왜 밖에 나가면 전화하는 걸 잊어먹지?

　당신은 안에

나는 밖에 있는데도

당신과 함께 있는 거 같은
그 느낌이 좋기 때문
　　―「파랑새 둥지 밖 파랑새와 파랑새 둥지 안 파랑새가 파랑새 말로」 전문

　사랑은 대상을 전제로 하기 때문에 언제나 타자 지향성을 지닌다. 인용 시는 '나'와 '당신'이라는 두 극의 주체와 타자가 만나 상호적 의존적인 관계로 묶어주는 사랑의 동질적 합일체로서의 의미를 절실하게 표현한다. 현실의 남녀관계에서 오갈 수 있는 평범한 진술을 토대로 장난기어린 변명처럼 들리기도 하지만 사랑의 실체를 가늠케 한다. "당신은 안에 / 나는 밖에 있는데도 // 당신과 함께 있는 거 같은" 느낌, 마치 안과 밖의 구별이 없는 클라인의 병, 혹은 시공을 초월한 사랑의 합일이 가져다주는 황홀을 상상하게 한다. 이러한 황홀감은 사랑의 대상이 발산하는 매혹에 몸 맡김으로써, 말하자면 '홀림'으로써 비롯하는 황홀감이다. 말하자면 사랑의 매혹에 홀림으로서 황홀경에 도달하는 것이다.

　　며칠이 지나도 울음소리는 나지막한 황금빛 돌들 옆에서
　　바오밥나무 몸통을 지켜주고 있습니다
　　실제만큼 있을 수도 없을 수도 있는
　　죽음의 다문 입술에
　　당신이 가느다란 손가락을 갖다 대는 것을
　　보고 있습니다 사랑이 허락된다면 초인종을 눌러도 좋은 시간

　　꼭 당신을 찾아갔다고는 말 못하겠지만 아,
　　메마른 한 이파리의 시간이 모래바람 속에 뒤척입니다
　　당신 옆에 있다 깜박 사라질 수 있지만
　　둘이서 바오밥나무 속을 파고 사는

위의 시에서 그려내는 당신을 향한 시적 주체의 사랑은 "목마름이 지나는 들판"을 지나다 만난 저녁의 노을 풍경에 가깝다. 그것은 "높다란 저녁", "수의를 입어야 할 당신", "너무 많은 죽음", "죽음의 다문 입술", '사라짐' 등으로 결속된 울음과 노을의 이미지로 인해 차라리 죽음의 풍경에 가깝다. 저녁이나 노을의 풍경은 그의 시에서 자주 시적 분위기를 지배하는 요소로 기능한다. 이 시간적 배경은 죽음과 소멸이라는 의미자질을 거느리면서 개별자로 살아가는 인간의 존재론적 슬픔과 맞닿아 있다.

이 시에서도 역시 마찬가지로 당신을 찾아 방문하는 저녁은 현실적 시공을 초월한 채로 일상의 경계가 흐릿해지는 순간이다. 흐릿하고 어두운 저녁의 무채색과 향암성(向暗性)은 운동성을 정지시키며 초자아가 욕망을 억압하던 낮 동안의 움츠려 있던 욕망을 비로소 눈뜨게 한다. 이러한 분위기는 시적 주체의 내면의식의 은유이며 풍경이 그 자체로 품은 감각의 가시화이다. 그 은유가 지향하는 지점은 바로 "둘이서 바오밥나무 속을 파고 사는" 합일의 상태를 죽음을 통해 이룩하는 것이다. 사랑은 끊임없이 님과 나의 존재론적 결합을 갈망하지만 부재와 결핍은 근원적으로 충족될 수 없는 것이다. 하여 그 죽음은 소멸일 수도 있지만 보다 더 크고 깊은 존재로의 상승일 수도 있다. 그렇기 때문에 황학주 시에서 죽음은 차라리 사랑의 완성이다.

사랑의 성질이 보통 그러하듯 황학주 시에서 사랑은 양면적인 속성을 지닌다. 사랑은 당신이라는 대상을 지향하므로 대상과 합일을 이룰 때는 충일과 환희를 주는 반면 둘 사이에 근원적으로 완전한 일치나 합일이 불가능하다는 존재론적 분리의식에 사로잡힐 경우에는 죽음으로까지 치닫는 고통과 절망을 가져다준다. 대상과의 분리와 결핍은 그 대상을 갈구하고 일치를 꿈꾸고 지향하게 만드는데, 위의 시에서 화자는 그 부재하는 당신을 찾아 방문하는 과정에 비유하고 있다. 그런데 대상과의 완전한 합일은 죽음이라는 형식을 통해서만 가능하다. 황학주에게 대상과의 완전한 합일의 방법은 죽음이다.

> 세상에 없는 아빠라도 하나 밀고 온 듯
> 내 발자국 되돌아간다 쌍그렇게
> 힘이 빠지는 걸 모르는 것은 아니지만
> 어느 아빠가 아빠에 대해 말하겠는가
> 모래는 태어나지만
> 아빠는 다시 태어나지 않는
> 아빠,
> 돌산 그림자 덮는 해안
>
> ─「돌산 그림자」 중에서

앞서 황학주의 시는 사랑의 불가해한 현상 속에서 삶의 존재론적 운명을 탐문해 가는 도정에 있는 것처럼 보인다고 했다. 이때 삶의 존재론적 운명을 탐문해나가는 주체는 주로 초로에 들어서기 시작한 중년의 시선이며, 여기에는 저녁의 풍경과도 같은 어떤 쓸쓸한 감성이 물씬 배어 있다. 그 쓸쓸한 감각은 사랑의 부재와 결핍에서 기인하는 것처럼 보인다. 이를테면 위와 같은 인용 시가 사소한 사례가 될 것이다.

「돌산 그림자」에서 화자는 해안의 모래밭을 거닐다 "모래 한 알에게 / 아빠 있냐고" 말해보고는 자기 스스로 "돌산에서 흘러내린 걸 알겠다"고 자답한다. 그 모래는 창으로 흘러내리는 파도소리인지 바람소리인지 빗소리인지가 들리는 "밤은 가고", "모래톱이 하얗게 빛"나고 있다. 그러나 그 모래는 "쑥 들어왔다 나가는" 시간으로 인해 "병치레하는 물무늬로 힘없이 밟"힐 뿐이며, 매우 쓸쓸한 모양으로 "쌍그렇게",

"되돌아가는" 모습이 처연하게 보인다. 단순하게 생각하여 "돌산의 그림자"는 중년의 자기 자신이면서 동시에 화자의 아버지 정도로 이해할수 있겠는데, 중요한 점은 바로 가족에 대한 그리움이나 자신에 대한 성찰의 질감이 쓸쓸한 정서로 표백되고 있다는 점이다. 그래서 이러한 정서적 태도는 풍선처럼 부푼 날을 추억하고 그리워하게 된다.

> 풍선 속에 몇 개의 별을 묶는 밤
> 대화를 하면 풀린다고 흔히 말하지만
> 꼭 그런 것은 아닌 세월도 있네
> 말이 나를 끌고 날아가는
> 기절할 정도로 좋았던 시절은 어디였을까
>
> ―「풍선」 중에서

이 시에서 '풍선'은 시적 주체가 처한 현실적 상황에 대비되는 아름다운 '별'과 '말'들을 간직한 잃어버린 유년 세계의 은유처럼 보인다. 화자의 시선은 "말이 나를 끌고 날아가는 / 기절할 정도로 좋았던 시절"을 추억한다. "기절할 정도로 좋았던 시절"에 시선을 돌리는 것은 화자에게 현실은 그 만큼 부재와 결핍, 상실과 아픔의 공간으로 지각되기 때문이다. 그러한 현실은 "몇 개의 별을 묶"어 둔 "색색의 풍선이" 하나씩 터져나가 상실되는 고통과 결핍으로 지각된다. 그 아픈 현실은 시적 주체로 하여금 행복했던 과거의 시간으로 이끄는데, 그것은 결코 행복의 시학이 되지 못한다. 왜냐하면 추억의 깊이로 들어가면 들어갈수록 세계는 더 어두워지기 때문이다. 그렇지만 이 시의 처연하면서도 아름다운 음색은 그러한 상실과 결핍의 시간을 어루만지는 따뜻한 손길이다.

황학주 시인이 부르는 사랑의 연가나 쓸쓸한 삶에 대한 따뜻한 성찰은 열정이 지나간 자리에 돋아나는 상처와 결핍의 풍경이면서 동시에 다시금 삶에 열정을 불러일으키는 대상으로서 존재의 의미를 부여하는 이중적인 것이다. 상처와 위안, 갈망과 상실, 슬픔과 기쁨, 소멸과 열정, 결핍과 위안, 아픔과 황홀 등으로 얼룩져 있는 사랑의 아우라로 인해 황학주의 시는 서정성 짙은 연애시처럼 읽히기도 한다. 서정성 짙은 연애시라 말해버렸는데, 그것은 서정적 주체의 감각이 서정시의 전통적 문법 아래에서 독특한 방식으로 구현되고 있다는 점과 상처의 흔적이든 황홀의 체험이든 무엇이 되었든 간에 사랑이라는 마음의 현상과 사건을 쓰고 있다는 점에서이다. 그의 시는 서정시의 관습적인 묘사적 문법을 따르는 듯 하지만 어법은 절제되어 감정을 허비하지 않는 절제의 미덕을 갖는다.

경계의 초월과 포월

— 김백겸

김백겸의 시집 『비밀정원』을 읽는 자리에서 나는 이성적 현실에 대한 아주 낯설고 새로운 경험을 통해 세속적이며 일상적인 현실의 저편에 자리한 꿈과 환상, 신비와 비의의 세계로 우리를 인도한다고 쓴 바 있다. 그러고는 그것을 '환상의 윤리학'이라 명명하고는 꿈과 무의식, 환상과 가상, 신비와 비의, 밤의 세계로의 여행을 통해 현실원칙의 토대를 제공하는 권력과 이성, 그리고 이것들이 강요하는 규율과 금지를 깨고 그 너머의 세계를 지향하는 초월적 상상력이 그의 시의 요체라 썼다. 이를테면 환상적 요소는 그의 시를 구성하는 중요한 미적 요소라는 것이다. 최근의 근작 시 역시 전작 시집에서 펼쳐온 시적 작업의 연속으로 이해할 수 있겠다. 그가 과거에 "이 세계는 우리의 오감이 인식하는 대로의 세계가 아니고 보다 신비한 세계라는 것, 우주는 신 과학자들이 이야기하는 '드러나지 않은 질서'가 '드러난 질서'와 함께 나란히 존재한다는 것. 시란 그 형식에 불문하고 드러나지 않은 질서를 드러난 질서로 표현해서 이 세계의 신비함을 독자와 나누는 일이라

는 것.”(「시인이 쓰고 고른 내 시와 삶의 다섯 장면」, 『북소리』, 2002)이
라고 말할 때, 그의 시를 관류하는 이와 같은 시관은 이번 근작 시에도
그대로 반영되어 있다.

최근 한국 시단에서 환상성에 대한 논의가 활발하게 진행되고 있음
은 췌언을 필요로 하지 않는다. 이와 함께 문학은 현실을 반영한다는
기존의 통념을 전복하는 환상이 문학뿐만 아니라 모든 예술에 있어서
중요한 미학적 핵심 요소로 기능한다는 점에 대해서도 별 다른 토를
달 필요가 없다. 우리는 현실에서는 불가능한 일들, 신비한 현상들과
연관된 것들을 형언할 때 환상적이라는 용어를 쓴다. 현실에서는 일어
날 수 없는 일을 일어날 수 있는 것처럼 상상하는 것, 현실에서는 존재
하지 않는 것이 실제로 존재하는 것처럼 보이는 것, 환상의 세계나 신
비한 비의의 세계는 실제 현실의 경험세계와는 대립되는 세계이다. 그
것은 이성의 눈으로 감지할 수 있는 세계가 아니라 초월적 직관이나
통찰을 통해 감지되는 세계이다. 이러한 비현실, 불가능, 비가시 등등
부재하는 것처럼 보이지만 현존하는 것처럼 꿈꾸는 일은 고래로부터
모든 예술에 있어 왔다. 김백겸은 드러나지 않은 질서의 신비한 세계
를 탐문하고, 그 신비하고 환상적인 비의의 세계를 표현하려는, 드러
나지 않은 세계의 질서를 엿보고 이를 표현하고자 하는 시적 욕망을
지속적으로 보여준 시인이다.

그런데 왜 이 시점에서, 극단적으로 말해 환상을 모방과 함께 문학
을 구성하는 2대 요소로까지 여기는 상황에서 환상이 다시 문제되는가
에 대한 의문이다. 보다 세세한 논의가 필요하겠지만, 거칠게 말해 그
것은 이성중심, 혹은 인간중심의 근대적 사유에 대한 부정과 비판적
성찰을 수행하는 것으로 볼 수 있다. 우리가 신비와 환상을 비현실적
이며 초자연적이고, 비정상적이며 비합리적이고, 반이성적이며 비과
학적인 것으로 규정할 때, 그것은 먼저 현실적이거나 이성적인 것과

대립된다. 현실과 환상이 구분되기 시작한 것은 근대적 인식론이 싹트면서부터이다. 근대적 사유는 과학적이고 이성적이고 합리적인 인식이 지배한다. 계몽주의 이전 신화적 세계에서 환상, 신비, 영혼, 꿈 등등은 현실을 구성하는 중요한 세목이었다. 근대는 인간의 이성에 의한 과학기술에 대한 맹신과 도구적 합리성에 기초하여 주술과 신화, 신비와 비의의 세계에서 벗어나려는 계몽주의적 기획의 산물이라는 점을 감안할 때, 인간의 이성에 기초한 근대적 인식은 환상, 신비, 영혼, 꿈 등등 이성적 현실의 그물에 포획되지 않는 것들을 과학과 합리의 이름으로 이성의 왕국으로부터 철저히 추방하였다.

　이성의 영역에서 추방된 이것들은 청결한 의식과 정신을 요구하는 이성의 빛 아래에서 뇌의 위생을 심각하게 더럽히고 해치는 음습하고 불결한 병적 바이러스로 치부된다. 그렇기 때문에 이성을 중심으로 빗금 바깥의 불가해하고 카오스적인 감성이나 감각, 영혼이나 운명, 환상과 신비는 근대 철학의 인식론적 대상이 될 수 없다. 이것들은 이성적 탐색이나 판단의 대상이 될 수 없는데, 왜냐하면 불가해하고 비현실적이며, 초월적이고 비이성적으로 운행되는 어떤 카오스의 세계처럼 보이기 때문이다. 시인은 다음과 같은 시편에서 이성적 판단이 아닌 '잠'과 '꿈'과 '몸'의 언어로 대상을 있는 그대로 느낀다.

　　　녹음방초의 사월
　　　때죽나무에 호롱불이 피었고
　　　노간주나무에는 기러기 계란이 닥지닥지 붙어있다
　　　쥐똥나무숲에는 큰 쥐들이 하객으로 와있다
　　　백당나무에 양산을 쓴 신부가 숨어있다
　　　인동초에 붉은 휘장이 드리워졌는데
　　　말발도리침상에는 흰 정액 같은 향기가 가득하다
　　　복숭아와 배꽃이 핀 과수원에 금침을 깔아라
　　　꽃나무 뿌리에서 올라온 시간에 누워 운명의 오랜 잠을 자리라

　　내 꿈은 오왕 부차의 몸으로 구미호인 자연의 아름다움을 본다

　　서시가 금강의 푸른 물로 목욕을 하고 노을의 붉은 립스틱을 바른다
　　서시가 삼백육십개 뼈마디에 비단가죽옷을 입고 오왕 부차를 유혹한다
　　오왕 부차의 무의식은 해골이 웃는 시간의 무덤과 지하왕궁에 있지만
　　오왕 부차의 의식은 운우의 가쁜 숨소리와 살 냄새가 퍼진 봄날에 있다
―「꽃을 보고 풀을 밟다」 중에서

　　화자의 눈은 지금 "녹음방초의 사월" 만물이 생동하는 "자연의 아름다움"을 보고 있다. 전체 3연 가운데 1연과 3연은 서시의 미색에 빠져 정치를 태만하게 한 탓에 마침내 오왕 부차가 멸망한 고사를 인유하고 있으며, 2연은 성적 결합을 배음으로 깔고 "내 꿈"은, 즉 화자는 "오왕의 몸으로 구미호인 자연의 아름다움"을 보는 것이 시상의 골격이다. 그러니까 그 서시의 성적 유혹이 결국은 죽음이라는 치명적 결과를 초래할 것임을 감지하면서도 화자는 그 격렬한 유혹에 빠져들 수밖에 없다.
　　첫 연과 끝 연은 통사적으로나 의미론적으로나 동일한 구조의 반복이다. 요컨대 서시가 미색을 통해 "오왕 부차를 유혹한다"는 것이다. 서시의 유혹에 오왕 부차의 무의식은 "나라가 불타는 운명"과 "해골이 웃는 시간의 무덤과 지하왕궁"이 의미하는 멸망, 즉 죽음과 소멸을 읽지만 의식은 "운우의 가쁜 숨소리와 살 냄새 퍼진" 생명이 생동하는 경국지색의 봄날에 취해 있다. 화자의 무의식은 "불타는 나라의 운명"과 "해골이 웃는 시간의 무덤과 지하왕궁"을 읽지만 의식은 어쩔 수 없이 "운우의 가쁜 숨소리와 살 냄새 퍼진 봄날"의 유혹에 취해 있는 것이다. 무의식이 "운우의 가쁜 숨소리와 살 냄새 퍼진" 경국지색의 봄날이라는 본능적 욕망의 쾌락원칙을 지향해야 하고, 또 의식이 "나라가 불타는 운명", 해골의 무덤과 지하왕궁이라는 멸망과 죽음을 경계하고 통제해야 함에도 불구하고 전도된 이 상황은 마치 현실원칙을 배제하

고 쾌락원칙을 통해 세계를 인식하고자 하는 것처럼 보인다.

　이러한 점은 2연에서 확인되는 바, 그것은 단적으로 "내 꿈은 오왕 부차의 몸"이 느낀 감각으로 구미호로 상징되는 변화무쌍한 자연의 아름다움, 그 박동하는 생명의 숨결을 받아들인다는 점에서 드러난다. 2연에서의 시상의 전개는 강한 성적 배음을 깔고 있다. 생명의 탄생을 간직한 "기러기의 계란"이나 "큰 쥐들"로 상징되는 다산의 이미지, 그리고 혼례를 치르는 '신부'나, 성적 결합을 상징하는 "흰 정액"과 '금침' 등이 의미하는 것이 바로 그렇다. 서시의 아름다움에 취한 성적 결합은 그 자체로 생명 탄생의 기쁨을 포함하면서 동시에 그것은 죽음이라는 의미를 갖는다. 그렇기 때문에 탄생의 신비는 죽음으로부터 오는 것이기도 하고, 그 탄생은 또한 죽음을 전제하고 있는 것이기도 하다. "운명의 오랜 잠"은 말하자면 죽음의 잠이면서 동시에 탄생을 간직한 근원적 생명의 잠이다.

　"운명의 오랜 잠" 속에서의 화자의 '꿈'은 곧 "오왕 부차의 몸"으로 "자연의 아름다움"을 본다. '잠'과 '꿈'과 '몸'의 언어로 대상을 사유하는 것은 말하자면 근대적 의식의 세계에서는 금기사항처럼 여겨진다. 그것은 확실성과 목적성, 효용성과 근면성, 이성과 의식, 과학과 합리의 배면에 자리한 불결하고 불온하며 불가해한 것이다. '잠'은 의식이 없는 죽음이고, '꿈'은 비현실적인 환상이며, '몸'은 욕망 덩어리로 불순하고 불온하다. 이것들은 청결한 뇌의 위생을 오염시키고 파괴할 수 있는 음습하고 불결하며, 불온하고 불순한 병원(病原)이어서 금지되고 은폐되어야 할 것들이다. 따라서 '잠'과 '꿈'과 '몸'의 언어로 대상을 파악한다는 것은 그 자체로 근대적 이성이 강제하는 억압과 금지에 대한 위반이고, 이성의 역사에 대한 저항이며, 그에 대한 해방의 가능성을 타진하는 것으로 볼 수 있다. 그런데 근원적 생명, 어떤 우주적 본질에 대한 이러한 시적 인식은 다음과 같은 시에서도 드러난다.

태양, 빛의 폭풍을 보내는 눈
암흑에너지를 빨아들인 마왕의 심장 같은 눈
내가 무덤에 누워도 꺼지지 않는 눈
순백의 다이아몬드처럼 타오르는 눈
사물의 내부에서 결정체로 굳어있는 불을 보는 눈

강 언덕에는 물오른 풀들이 불길처럼 일어서네
울타리에는 선향나무들이 바람을 불러 모으네
언어와 기억의 철창사이를 빠져나가는 깨달음과 같이
문명의 이해관계와 제도를 빠져나가는 유령과 같이
나, 삼족오(三足鳥)처럼 태양의 밝은 눈 속으로 돌아가네
나, 무지개의 칠현교(七絃橋)를 지나 하늘로 돌아가네

— 「태양의 밝은 눈 속으로」 중에서

인용에서는 빠졌지만 화자는 1연에서 자연 현상들이 서로 결합하고 서로 소통하는 풍경을 사실적 감각을 통해 그려낸다. 즉 화자는 '플라타나스로 여름'이, '코스모스로 길들'이, '아침노을로 하늘이 환해'지는 풍경을 보고는 그것을 다시 "여름이 플라타나스"를, "길들이 코스모스"를, "하늘이 구름을 붙들고 있는" 모습, 즉 분리나 대립이 아닌 상호의존적이며 보완적인 유기적으로 연관된 관계로 인식한다. 그리고는 이러한 풍경을 '비눗방울'이나 "공기처럼 가벼운 / 기쁜 인생"으로 생각한다. 자연 현상과 사물들이 서로 결합하고 소통하는 "기쁜 인생"을 느낄 수 있는 것은 "태양의 눈"으로 상징되는 어떤 우주의 본질적 운행원리 때문에 가능한 것이다. 그것은 "빛의 폭풍을 보내는", "마왕의 심장 같은", "무덤에 누워도 꺼지지 않는", "순백의 다이아몬드처럼 타오르는", "사물의 내부에서 결정체로 굳어있는 불을 보는 눈"이다. 말하자면 이 "태양의 눈"은 어떤 우주의 원리, 생명의 근원, 사물이나 현상을 드러나게 하는 보이지 않는 본질로서의 질서이다.

　화자가 말하는 이러한 "태양의 눈"은 인간의 이성과 지식으로 구축된 "언어와 기억", 그리고 "문명의 이해관계와 제도"로는 결코 이해하거나 도달할 수 없는 드러나지 않은 영역에 속한 것이다. 화자는 인간의 "언어와 기억"이라는 두터운 성채와 "문명의 이해관계와 제도"라는 인간의 이성과 인위적 제도의 틀로는 상상할 수 없는 "태양의 눈", 우주의 눈으로 생명의 세계를 바라보며 그곳으로 돌아가는 것이 "기쁜 인생"이라 인식한다. 때문에 화자는 마지막에 신화적 상상의 동물 "삼족오(三足烏)처럼 태양의 밝은 눈 속으로 돌아가"고자 하며, "나, 무지개의 칠현교(七絃橋)를 지나 하늘로 돌아가"려 욕망한다. 결국 "태양의 밝은 눈 속으로", "무지개의 칠현교(七絃橋)를 지나 하늘로" 돌아가는 것이야말로 이 시가 말하고자 하는 최상의 가치이다. 태양의 눈이 뿜어내는 빛의 세계야말로 생명에 대한 외경심을 낳는 신비한 세계이며, 인간의 언어와 기억, 문명과 제도를 초월하여 세계를 인식하려는 시인의 태도를 엿볼 수 있는 대목이다. 이러한 신비하고 오묘한 우주의 선율, 태양의 눈이 발산하는 빛의 파동을 진맥하고 감각해내며, 그것을 삶과 세계의 의미와 본질로 받아들이려는 태도는 시인의 근본적인 시적 태도인 듯싶다.

> 영겁의 시간에서 은하수들이 파도처럼 일어났다가 블랙홀로 떨어진다
> 세계정신과 운동은 에너지와 디자인으로 물질과 형상의 집들을 짓는다
> 인간의 뇌 속에서 기억과 욕망으로 지은 사상누각이 모래바람에 무너진다
> 지구에는 검은 눈의 아기가 태어나고 수액이 마른 노인이 무덤으로 귀소한다
>
> ──「홀로그램」 중에서

　위의 시는 세계인식에 대한 시인의 남다른 태도를 보여주는 작품이다. 우주의 원리에 대한 어떤 깨달음과도 같은 시인의 인식은 논리적 지식이나 판단, 합리적 이성의 해석에 의한 것이라기보다는 어떤 외재

적이고 초월적인 실재가 부여하는 신비적 계시나 비의에 가깝기 때문
이다. 그래서인지 우리에게는 아주 낯설게 보이는데, 그만큼 시인의
초월적 경험과 인식은 일상적이며 현실적 차원을 떠나 있다는 반증이
다. 시인은 우주적인 비의를 탐색하고, 그것이 감추고 있는 근원적 원
리를 엿보고는, 그것을 조용히 발설한다.

　시인이 발설한 내용을 살펴보면 복잡한 듯 하지만 간단한 구도로 펼
쳐진다. 시인이 보기에 우주는 "십일차원"의 "압축파일"로, 그러니까
우주 창조의 신비한 의지에 의하여 기획 설계되어 있으며, 우주의 운
행은 그가 말하는 "드러나지 않은 질서", 눈에 보이지 않는 어떤 보편
원리에 따라 진행된다는 것으로 읽힌다. 이 우주는 홀로그램의 기준광
과도 같은 어떤 기준의 간섭, 드러나지 않는 기준의 질서에 의하여 운
행된다는 것이다. 즉 홀로그램처럼 어떤 기준의 간섭에 의하여 사물이
나 현상의 무늬가 발생하고 운행한다는 것이다. 따라서 "시인과 구도
자와 과학자의 하는 일은" 바로 이 신비한 우주의 "압축파일 열기"로
모두 같은 일에 속한다. 홀로그램의 압축파일은 어쩌면 그가 말하는
"드러나지 않은 질서"의 세계이며, "시인과 구도자와 과학자의 하는
일"은 곧 그 보이지 않는 압축을 풀어 여는 작업이다. 그 일은 "단서와
꿈과 징조를 지금 여기에 생생하게 불러오기"이고, "홀로그램 우주를
세상에 펼치기"이며, "검고 붉은 심장으로 백일홍 꽃을 피우고 느티나
무 숲을 이루기"와 같은 것이다. 이런 일들은 우주적 사유로 볼 때 매
한 가지라는 뜻으로 들으면 지나친 해석일까.

　모든 우주적 존재와 현상이 하나의 원리, 하나의 기준, 하나의 보이
지 않는 근원이나 질서에 따라서 운행된다는 인식은 3연의 "은행나무
씨앗에는 모든 나무들의 시간과 공간이 들어가 있"으며 "파도 한 조각
에는 모든 바람과 바다의 움직임이 거울처럼 비쳐있"고, "연인의 검은
눈에는 생명을 시작했던 이래의 모든 유혹이 얽혀있"으며 "하늘의 은

하수에는 지상을 움직이는 모든 프로그램이 수놓아져 있다”는 진술에
서 극명하게 확인된다. “은행나무의 씨앗”, “파도 한 조각”, “연인의
검은 눈”, “하늘의 은하수”에는 어떤 원초적이며 우주적인 기율이 작
용한다는 인식은 주체(자아)와 타자를 구분하고 전자를 보다 우월한
존재로 인식하는 근대의 인간중심주의와는 본질적으로 다른 사유이
다. “은행나무의 씨앗”과 “파도 한 조각”, “연인의 검은 눈”과 “하늘의
은하수”라는 모든 존재와 존재의 현상이 하나의 개체이면서 전체로서
의 우주와 포괄적으로 연관되어 있다는 인식은 인간과 세계의 관계를
대립의 관계가 아니라 상생과 상호의존적 관계로 이해하고 있음을 뜻
한다.

　마지막 4연에서 이러한 시인의 인식은 구체적으로 진술되는데, “영
겁의 시간에서 은하수들이 파도처럼 일어났다가 블랙홀로 떨어”져 다
시 창조되는 것처럼 우주는 죽음과 재생, 소멸과 탄생을 반복한다는
것이 진술의 핵심이다. 여기에는 빅뱅처럼 어떤 신비하고, 그래서 과
학적 이성으로는 확정할 수 없는 창조의 원리가 작용한다. 이러한 차
원에서 주체가 우주의 중심이고, 영원할 것 같은 인간의 정신과 운동
에 의한 “물질과 형상의 집들”은 시인이 보기에 그저 모래바람에 무너
질 운명을 가진 사상누각에 불과할 뿐이다. 은하수의 별들이 “파도처
럼 일어났다가 블랙홀로 떨어”지는 것처럼, “세계의 정신과 운동”, “인
간의 뇌의 기억과 욕망으로” 지은 집은 사상누각에 불과하다. 영원한
것은 없다. 다만 탄생과 죽음, “지구에는 검은 눈의 아기가 태어나고
수액이 마른 노인이 무덤으로 귀소”하는 영원한 순환 반복의 과정만
있을 뿐이다. 이러한 우주의 운행과 본질, 그 우주의 원리와 운동이 전
하는 드러나지 않은 질서의 파동을 감지하는 것이 김백겸의 시이다.
이성의 눈이 아닌 환상적이며 초월적인 눈으로 세계를 인식하려는 시
인의 태도는 다음과 같은 시에서도 여실히 드러난다.

개망초가 어두운 수풀아래 흰 꽃을 피웠습니다
먼지 같은 하루살이가 날개를 반짝이면서 가시철망을 넘어갔습니다
철학자들은 로고스(Logos)의 거울에 비친 풍경을 언어로 설명했습니다
과학자들은 힘과 운동의 그물에 갇힌 세계를 수식으로 해석했습니다
기호가 놓치거나 지워버린 생명의 힘과 조화로운 기쁨은
눈을 가린 구름위의 별처럼
껍질과 외관의 장벽을 지나 사방으로 흘러갑니다

황하의 용마가 전해준 하도(河圖)와
거북이의 등껍질의 문양에서 얻은 낙서(洛書)의 문양과 상징을 들여다봅니다
벽옥의 그림만 전했을 뿐
시공간의 암흑으로 사라져버린 벽옥의 은은한 힘은 전하지 못했습니다
벽옥에 대한 기록과 환상이 바닷가의 모래알처럼 문화를 이루었으나
내 눈은 개망초와 하루살이의 목숨이 벽옥을 품고 있음을 봅니다
요한계시록은 '신의 영광은 벽옥과 같다' 는 수수께끼의 표현을 했으니
나는 베일을 통해 신의 얼굴을 잠깐 본 셈일까요

—「벽옥(碧玉)」 중에서

시인의 인식을 지배하는 기저에는 이성의 논리가 아닌 초월적 세계관이 토대를 이루고 있다. 위의 시도 다른 여느 작품과 마찬가지로 이성과 합리의 눈으로는 볼 수 없는 초월적이고 신비롭게 숨겨진 드러나지 않은 질서의 세계를 훔쳐보고자 하는 시적 욕망이 깊숙이 작동하고 있다. 이 시에서 벽옥으로 상징된 알 수 없는 "사물의 힘"은 바로 드러나지 않는 신비한 세계, 드러난 질서의 베일에 숨은 "신의 얼굴"이다. 드러나지 않는 어떤 힘, "사물의 힘", "이름을 넘어선 힘", "벽옥의 은은한 힘"으로 표현된 것은 그러니까 앞서 시인이 밝힌 드러나지 않은 우주의 질서이다. 그 힘은 이성의 눈으로는 포착할 수 없는 영역의 것이다. 시인은 그 드러나지 않은 세계, 그 힘의 "이름이 무엇인지 나는" 모른다고 진술한다. 다만 그것은 "그리스사람들이 미토스(Mythos)"로,

"중국 사람들이 기(氣)라고" 부르기도 한 것일 뿐이다. 이 "이름을 넘어선 힘", "사물의 힘"은 그러나 "한 밤의 촛불"이나 "태양아래 벗나무그늘처럼 감추어진 것을 드러"내는 어떤 우주의 신비한 힘이며 질서이다.

신비한 우주적 힘, 이성의 눈으로는 보이지 않은 질서, 드러나지 않은 벽옥의 은은한 힘은 현상적으로 '드러난 질서와 함께 나란히 존재'하는 것이다. 그런데 "개망초가 어두운 수풀아래 흰 꽃을 피"우고 "먼지 같은 하루살이가 날개를 반짝이면서 가시철망을 넘어"가는 드러난 현상적 자연의 풍경을 "철학자들은 로고스"라는 분별과 이성의 "언어로 설명"하고, 과학자들은 "세계를 수식으로 해석했"다고 시인은 진술한다. 그러나 시인이 보기에 그러한 설명과 해석은 드러난 질서에 대한 현상적 정의일 뿐이다. 이성의 설명과 수학적 해석의 정의는 현상적 사실일 뿐이므로 감추어진 본질, 그 드러나지 않은 질서를 사상하고 있다는 것이다. 그것을 시인은 지시적이며 설명적인 "기호가 놓치거나 지워버"렸다고 진술한다.

그러나 "기호가 놓치거나 지워버린 생명의 힘과 조화로운 기쁨은" 드러나지 않는 본질적 질서의 힘으로 "껍질과 외관의 장벽을 지나 사방으로 흘러"가며 신처럼 어디든 존재하는 무소부재하는 힘이다. 이러한 인식은 결국 하도낙서(河圖洛書)의 "문양과 상징"마저도 "벽옥의 그림만 전했을 뿐", "벽옥의 은은한 힘은 전하지 못했"고, "벽옥에 대한 기록과 환상이" 인간의 "문화를 이루었으나" 화자의 눈은 작고 미미한 것처럼 보이는 "개망초와 하루살이의 목숨"에서 벽옥이 품고 있는 은은한 힘의 본질적 세계를 보는 것이다. 그 보이지 않는 질서의 세계는 "신의 얼굴"과도 같은 것이어서 잠깐 동안만 현시되며, 시인의 의중대로 드러나지 않은 질서의 세계가 근원적으로 포함하고 있는 신비함을 드러난 질서로 표현하는 작업의 결과이다. 이것은 그의 시적 직관과 인식을 전략적으로 규제하는 기율이다.

이성중심의 이분법적 사유는 타자로서의 빗금 바깥쪽, 중심의 주변을 삭제해버린다. 이러한 정황을 하이데거는 '존재의 집'이 황폐화되었다고 규정하고 있거니와, 과학적 기술이 날로 발전해 가는 근대적 현실의 과정에서 이와는 정반대로 배치되는 신비와 환상에 대한 관심은 어쩌면 '존재의 집'을 다시 풍요롭게 재건하고자 하는 노력과 초월적 갈망의 일환으로 보인다. 이성적 판단으로는 접근할 수 없는 영역, 겉으로 드러나지 않는 우주적 질서의 세계, 환상과 같은 신비한 세계에 대한 탐닉은 과학적 합리주의라는 이름 아래 탄탄하게 구축된 현실의 논리와 원칙의 구속을 벗어나 절대 자유의 감각을 누릴 수 있는 터전을 마련해주는 것이다. 환상과 신비의 세계에 대한 시적 탐색은 따라서 바로 인간중심의 논리, 이성의 횡포, 현실원칙의 논리가 사상하고 있는 드러나지 않은 한 쪽 저편을 복원하려는 초월적이며 의지적인 고투로 볼 수 있다. 그러므로 김백겸의 시는 황폐화된 근대의 타락한 현실적 모순과 부조리를 비판하고 성찰할 수 있는 미적 기능을 수행하는 것이다.

당신의 뇌가 그림을 그린다
국기게양대에 잔디구장을 더하고
푸른 지붕과 철제기둥으로 세운 문화원 건물을 더하고
높새 구름이 떠 있는 하늘을 더하고
헬리콥터의 프로펠러 소음을 더하고
이미지와 이미지를 묶는 생각의 손길을 더해
아라베스크 문양같은 마야의 입체 양탄자가 펼쳐진다

세계는 실크로 직물을 짜는 터키처녀의 기쁨처럼 매순간 직조된다
입체양탄자 속에서 여객기와 KTX와 유조선이 돌아다닌다
바다 위에 현수대교가 세워지는 공사가 한창인 문명도
입체양탄자의 프로그램이 그려내는 그림과 레고조각들

당신이 생각의 손길을 멈추는 날 양탄자의 실들은 모두 풀린다
당신은 황금누에가 토한 빛과 어둠의 디지털 실을 만져본다

—「입체양탄자」 중에서

　김백겸의 이성적 그물망으로 포획할 수 없는 드러나지 않은 질서를 탐문하는 시적 욕망의 작업은 인간중심 혹은 이성중심의 근대적 사유에 대한 저항적 반성으로 읽힌다. 주지하다시피 자본주의의 문명은 인간 주체의 이성과 과학적 합리주의에 입각한 기계론적 세계관에 기초해 있다. 중세의 금욕주의적 속박과 신으로부터의 종속에서 해방되면서 형성된 인간 주체의 욕망은 자신의 의지대로, "당신의 뇌가 그림을" 그리는 대로, "이미지와 이미지를 묶는 생각의 손길을" 통해 문명을 디자인하고, 또 세계를 바꿀 수 있다는 신념을 심어주었다. 이러한 믿음은 인간의 이성에 의한 과학기술의 발전에 따라 역사와 문명이 직선적으로 발전한다는 진보적 세계관을 태동시켰으며, 이것은 필연적으로 산업혁명을 필두로 한 자본주의적 근대문명을 출현시키는 중요한 계기로 작용한다.

　위의 시는 그러한 문명적 현실과 첨예하게 맞서 있다. 쥐똥나무는 화강암 경계석에 획일적으로 갇혀 있고, 이정표는 스텐레스 틀니처럼 부자연스럽다. 교회십자가는 면구스러운 얼굴을 하고 있고, 월계꽃은 화장품 냄새를 풍긴다는 첫 연의 시적 전언은 이 시를 문명사적 차원에서 읽도록 유도한다. 왜냐하면 이러한 현실은 곧 인간중심의 사유와 문명의 획일화되고 근원적 질서의 세계가 파괴된 양상에 대한 은유처럼 보이기 때문이다. 이 모든 문명의 현실은 "당신의 뇌"나 "생각의 손길"로 상징되는 인간의 이성과 정신이 기획하고 그린 그림의 결과이다. 그것은 입체양탄자와 같은 것이어서 인간의 이성에 기초한 문명의 기술에 의해 "매순간 직조"되는 인위적 세계이다. 그 "입체양탄자 속에서 여객기와 KTX와 유조선이 돌아다"니고, "바다 위에 현수대교가

세워”진다. 그러나 이러한 “문명도 / 입체양탄자의 프로그램이 그려내
는 그림과 레고조각들”에 불과하다. 그것은 근원적이고 본질적인 것이
아니다. 때문에 그것은 “생각의 손길을 멈추면” 풀리고 해체될 것들이
다. 그것은 말하자면 숨은 질서의 본질이 아니다. 그것은 다만 ‘황금누
에’로 상징되는 자본과 문명이 토해낸 “빛과 어둠”의 실일 뿐이다.

　김백겸 시인의 드러난 질서의 경계를 초월하고자 하는 시적 욕망은,
다른 말로 드러나지 않은 질서의 세계를 초월하는 환상적 비약의 힘으
로부터 출발하는 것이다. 그는 이러한 경계의 초월과 드러나지 않는
질서의 신비하고 환상적인 세계를 포월하면서 인간중심적인 도구적
이성과 과학기술의 기계론적 세계관을 반성적으로 성찰한다. 이는 궁
극적으로 이성중심의 근대적 세계관이 파생시킨 문명 현실의 모순과
부조리를 극복하고자 하는 인식론적 전회를 향한 시적 고투이다. 이러
한 노력은 결국 근대가 야기하는 다양한 모순과 부조리를 비판하고 이
에 대한 대안으로서의 근대 극복의 탈근대적 명제를 찾고자 하는 시적
열망에서 비롯한 것으로 이해할 수 있다.

몸에 새겨진 흔적의 뿌리

— 박미라

정신분석학적 페미니스트인 엘렌 식수스 같은 이는 남근중심의 억압에 대응하기 위하여 여성의 육체적 경험과 조건에 기초한 '여성적 글쓰기'를 제안한다. 남성은 신체의 각 부위를 독재로 다스리는 '중앙집권적 육체'를 갖지만 여성의 경우에는 '지역분할'이 이루어진다. 그녀에 따르면 억압에 기초하지 않은 여성의 무의식은 세계적이고 우주적이다. 따라서 여성의 언어는 무엇인가를 안에 담기보다는 실어 나르며, 억제하기보다는 가능케 한다. 여성의 언어는 관념과 권위의 언어가 아니고 육체의 내면에서 흘러나오는 언어이다. 여성은 신체적 특성, 모성 구유에 의하여 무한한 상상력과 환상을 지닌다. 말하자면 억압된 논리나 제도를 벗어난 리듬, 비결정적이고 미종결적인 흐름으로써의 글쓰기가 가능하다.

몸에 기입된 흔적으로부터 흘러나오는 언어의 기록인 박미라의 시는 '여성적 글쓰기'의 한 사례를 보여준다. 박미라는 우리에게 『서 있는 바람을 만나고 싶다』, 『붉은 편지가 도착했다』, 『안개 부족』 등 세

권의 시집을 차례로 내보인 시인이다. 그의 세 번째 시집이 나왔을 때 나는 「존재의 흔적, 기억의 형상」이란 제목으로 서평을 쓴 적이 있다. 그 자리에서 기억이란 존재의 흔적이며, 흔적은 존재의 기억들을 되돌아보는 자리라고 썼다. 왜냐하면 그녀의 시집 곳곳에는 존재의 흔적을 더듬어가며 감각해내는 예민한 촉수가 남달리 발달되어 있었기 때문이다. 그 시집에는 예민한 감관에 의해 감지되는 존재의 기억과 지난 시간의 흔적, 그리고 조금씩 소멸되어 결국은 흔적으로 남아 있을 영상들로 얼룩져 있다. 그 얼룩진 영상들은 마음보다 먼저 몸에 새겨져 마음보다 먼저 지각하는 몸의 "구구한 기록"(「검은 피 한 잔」)들을 켜켜이 내장하고 있다. 지울 수 없는 몸의 기억으로 남아 있는 검은 지층, 그 아련하지만 선명한 흔적으로 남아 있는 "온갖 것들을 핥"(「혀 — 격포」)아가는 모습이 그녀의 시쓰기이다.

흔적의 기억, 그 아득한 뿌리를 찾아간다는 점에서 근작 시는 앞선 시집들과 크게 별다른 차이를 보이지 않는다. 다만 이전 시집과 다른 점이 있다면 그 존재의 기억들이 마음에 아로 새겨진 것이기도 하지만 몸에 먼저 기입된 것이라는 점이다. 특히 이번 근작 시에는 마음 이전에 몸에 기입되고 육화된 몸의 지각에 대한 사유가 빈번히 등장한다. 마음이 모르지만 몸이 먼저 기억하고 지각하는 흔적은 삶에서 지워지지 않는 존재의 기원을 이룬다. 메를로퐁티를 고쳐 읽으면, 박미라의 시적 주체는 이성이나 마음이 아닌 몸으로써 세계를 사는 존재이며, 경험의 주체가 단지 마음인 인간 존재가 아니라 육화되고 체화된 자로 볼 수 있겠다.

박미라에게 시적 의미의 원천은 지나간 시간의 흔적이며, 그것은 몸에 먼저 기입된 것이고, 몸을 통해 발현되기 때문에 몸은 그것을 원초적으로 지각하는 장이다. 박미라 시인이 굴착해 들어가는 흔적의 세계는 상처의 자리로 남아 있다. 검은 기억의 지층에 새겨진 상흔은 그에게 고통처럼 아리고 쓰리다. 마치 "울음이 지나간 흔적"(「울음에 관한 이상한 학설」)으로 인해 그는 고통스러울 수밖에 없고, "내 몸을 지나간 꽃자리"에서 피어나는 "응어리 져있던 몸의 각혈"로 인해 좀처럼 꿈의 말, 희망의 말을 얻지 못한다. 그만큼 그의 언어는 고통스러우므로 "아문 상처"(「숨은 꽃/Allergy」)는 아리고 쓰리도록 깊다. 그래서일까. 아문 상처의 꽃자리는 "뻐꾸기 울음"이나 "산 빛 같은 것"(「울음에 관한 이상한 학설」)에 의해서도 쉽게 도지고 터진다.

　박미라가 그동안 보여주었던 시집은 몸과 마음에 켜켜이 새겨진 기억의 흔적, 혹은 흔적의 기억 저 아득한 뿌리를 찾아나가는 과정으로 이해할 수 있다. 근작 시들도 내 몸을 구성하는 상처의 흔적에서 오는 고통의 언어들로 가득하다. 그 점은 다음과 같은 시에서 쉽게 확인할 수 있다.

여자는 이제 깃털처럼 가벼워 허공의 무게조차 이길 수 없다
꽃잎처럼 나부끼던 두 팔이 고요히 내려앉는다
온 힘을 다해 입을 벌려 마른바람을 받아 마신다
데려 가라는 듯, 따라 가겠다는 듯, 잠깐 흔들리던 여자가
다시 고요해 진다

몸을 이루었던 것들이 골목 어귀를 돌아선다
모퉁이에 걸린 별빛처럼 슬픈 눈동자들에게
마지막 인사를 건네듯 스르르 펼쳐진 손바닥이 환하다

그 여자, Nepenthes의 전생을 적는다

—「그 여자, Nepenthes」 중에서

　화자는 3인칭의 "그 여자"에 대해 쓴다. 그러나 그 3인칭은 탈을 쓰고 그 여자를 바라보는 화자 자신일 수도 있는데, 아무튼 화자는 "그

여자"에 대해 이렇게 묘사적으로 진술한다. 즉 "어둠에게 몸을 맡긴 채 익숙하게 흔들리"며, "차오르는 어둠을 어쩌지 못해 / 구멍 난 배처럼 가라앉는다"고. 그녀는 자꾸 어둠의 심연 속으로 빠져든다. 그녀는 어쩌면 동일자와 화해를 거부하는 내 몸속의 또 다른 '나'처럼 보인다. 그 여자는 "몸 안쪽에 단단히 박혀 빠지지 않는 것들까지 / 모두 뱉어내려는 듯" 쿨럭쿨럭 기침을 하지만 "빈 술병 가득 마른기침"만이 고일 뿐이다. 몸 안에 단단히 박힌 것, 쿨럭쿨럭 뱉어내려 해도 빠져나오지 않는 것은 무엇일까? 그것은 아마도 몸이 기억하는, 혹은 '나'라는 동일자 속에 단단히 틀어박혀 빠져 나오지 않는 또 다른 '나', 내 몸의 또 다른 타자, 즉 동일자의 경계선에 위치한 또 다른 나의 얼굴이 아닐까.

　화자는 내 안의 '나'를 밖으로 뱉어내고 싶지만 뱉어낼 수 없다. 또 다른 타자로서의 '나'는 곧 동일자로서의 '나'의 "몸을 이루었던 것들"이기 때문이다. 동일자의 몸 안에서 또 다른 '나'를 구성하고 있는 타자는 "함부로 퍼" 써서 말라버린 우물 같은 모습이다. 동일자의 내부에 오롯이 틀어박혀 있는 또 다른 '나'에게는 "더 이상 끌어 올 물줄기가 없"다. 그래서 "눈물이 마르고", "손바닥에 땀이 마르고", "혓바닥은 입술을 적시지 못"한다. 따라서 마른기침만이 고일뿐이다. 이처럼 동일자와 그 몸의 내부를 구성하는 또 다른 '나'는 사뭇 다른 얼굴을 하고 있다. 내 속에서 동일자와 화해하지 못하고 갈등하고 분열하는 또 다른 타자로서의 '나'는 식충식물인 네펜더스의 얼굴을 하고 있다. 내 안에 단단히 자리 잡은 식충식물은 불현듯 갑자기 나타나는 것이다. 그것은 '나'와 화해할 수 없는 존재이지만 동일자인 '나'와 엄연하게 공존하는 존재이다. 그러므로 박미라의 시쓰기는 내 몸 안에 존재하는 또 다른 '나'인 "Nepenthes의 전생"의 흔적을 찾아가는 일에 다름 없다. 그 여자가 네펜더스의 전생을 적듯이…… 아래의 시에서 '나'는 내 몸에 들어와 또 다른 '나'의 얼굴을 하고 있는 목 잘린 석불여래좌상의 얼굴에게 이렇게 쓴다.

> 여기 그대의 목을 가져왔어 오늘은 꼭 돌려 줄 거야 다시 나를 부려 세상을
> 보려 하지 마 그대가 본 것을 내가 봤다고 착각하게 하지 마
> 나는 이제 무서워 그대의 목이 내 가슴까지 뿌리를 내렸어 더 망설이다가
> 나는 통째로 먹혀버릴 거야 아무리 뽑아내도 다시 돋아나는 그대의 목을 나
> 세상에 들켜버리고 말거야 꾸역꾸역 피를 토할 거야 내 몸에서 올라오는 피
> 를 그대 목으로 토할 거야 마음이 정한 주인은 마음의 것일 뿐 이름이야 없어
> 도 그만이야
>
> 그대 목을 돌려주고 나 목 없는 몸으로 가뿐히 내려 갈 거야 마음에 머무는
> 것들이 영원 하다는 건 사실과 다르다고 고개 끄덕이며 이제 그만 열반에 드
> 시기를
>
> —「석불여래좌상에게 쓴다」 중에서

위의 인용 시에서도 동일자인 내 안에 들어앉아 "거울을 보면 문득
문득 나타나는" 또 다른 타자의 얼굴을 만날 수 있다. 내 안의 타자는
"내 꽃밭을 헤치고 불쑥 솟아나 한참씩 울먹"인다. '나'는 그런 타자의
얼굴을 "숨기고 사느라", "늘 숨을 헐떡"거린다. 내 몸속의 그 얼굴은
마치 목 잘린 석불여래좌상의 얼굴을 하고 있으며, "뽑아도 뽑아도 다
시 돋는" 거부하거나 통제할 수 없는 내 몸의 일부이다. 그런 내 몸 안
의 또 다른 얼굴은 "나를 부려 세상을 보게 하"고, 그 목 잘린 얼굴이
"본 것을 내가 봤다고 착각"하게 만드는 위험한 존재이다. 이쯤 되면
주체와 타자, 동일자인 '나'와 타자의 위계는 역전되고 만다. 그 타자
의 얼굴은 또한 "내 가슴까지 뿌리를 내"려 "나는 통째로 먹혀버릴" 것
같은 위험하고 무서운 존재, 악마의 형상을 한 가면을 쓴 그림자
(shadow)이다. 내 몸속에 틀어박힌 목 잘린 얼굴은 개성의 인식되지 않
는 어두운 반쪽의 위험스런 국면을 이루는 것이다.

그리하여 화자는 숨겨왔던 그런 타자의 얼굴을 "세상천지에 대놓고 들켜버리고" 싶으며, 석불여래좌상의 잘려진 목, 그 얼굴을 원래 주인에게 돌려주고는 자유롭고 싶은 것이다. '나'는 "그대 목을 돌려주고 나 목 없는 몸으로 가뿐히 내려"가길 원한다. 그러나 그 바람은 용이치 않은 듯하다. 왜냐하면 누구나의 몸속에는 주체인 '나'와 화해하지 못하고 늘 갈등하고 분열하고 있는 또 다른 얼굴이 현존하고 있기 때문이다. 그 또 다른 나의 얼굴은 내가 "눈썹을 그리고 코를 풀고 이빨을 닦으면서" 가꾼 '나'의 얼굴을 "헤치고 불쑥 솟아나" 동일자의 행세를 하며 위협하기 때문이다. 이러한 박미라의 시적 사유는 몸의 시학에 다름없어 보인다. 즉 이성적 주체로서의 자기동일성에 대한 믿음, 그리고 몸과 마음, 육체와 정신, 신체와 의식을 구분하고 전자를 죄악시하는 이원론적 사유체계를 탈구축하려는 시도로 읽혀지기도 한다.

참 멀고 아픈 것들이 번져와 생각을 적시는 것이다
그럴 때 발작처럼 잔기침이 터져 나오는 것은
내 마음은 아무 까닭도 모르기 때문이다
그러나 다 아는 것만 같아서이다
나야, 기어이 한마디 건네고 싶어서이다

이미 다 써버린 마음을 자꾸 뒤적인다
텅 빈 거기에 얼룩이 남았다
울음이 지나간 흔적이다

— 「울음에 관한 이상한 학설」 중에서

몸과 마음에 새겨진 기억의 저 아득한 검은 지층을 더듬어 나가는 박미라의 작업은 지나간 시간 속에 간직한 아련한 일들에 대한 추억이므로 행복의 시학이 되기는 애초부터 어렵다. 그것들은 대개 몸에 가해졌던 충격의 경험으로 인해 마음 이전에 먼저 몸의 어느 구석진 자리에 상흔으로 머문다. 그것들은 대개 그리움이나 기다림, 아픔이나 슬픔, 결핍이나 부재, 상처와 상실과 소멸의 얼굴을 하고 몸속에 숨어 있다가 불현듯 나타나 주체의 동일성을 헤집는다.

인용 시에서 화자는 쓸쓸하고 어둡고 누추하게 사라져가는 몸속에 기입된 마음에 대해 쓴다. 화자는 그 마음의 상처들, 그 상처로 인해 얼룩진 울음의 흔적을 마주하고는 자신의 몸에 번지는 울음의 파급력에 어찌할 줄 모른다. 그런데 울음을 유발하는 것은 "참 멀고 아픈 것들이 번져와 생각을 적시"기 때문이다. "짐작할 수 없는 먼 곳으로부터 오는" 이것들은 "울음에 흠뻑 젖어 몸 안의 물길에 갇혀버린 사람"을 발작하게 만든다. "참 멀고 아픈" 이것들은 얼룩으로 남아 있는 "울음의 지나간 흔적"을 강렬히 충격하는 것이다. 그는 몸에 각인된 상흔 앞에 속수무책이다. 상흔을 헤집는 이것들은 마치 「숨은 꽃/Allergy」에서처럼 몸속에 몰래 숨어 있다가 불현듯 어느 순간에 마음이 알아채기도 전에 꽃처럼 확 피어나 시적 주체의 내면을 강렬히 충격한다.

붉은 꽃잎이 무리지어 온몸으로 번진다
어둠을 헤치는 기척에 잠 들 수 없다
가렵다는 건 그립다는 것인데
줄기를 들추고 이파리 뒤집지만 아무 단서도 나오지 않는다
언젠가 내 몸을 지나간 꽃자리이겠지
그런데 내 몸에 꽃 핀 게 언제 였더라
몸과 마음을 한자리에 불러 묻지만
기억도 진화하면 멀리 가는지 아무 대답도 들리지 않는다
몸이란 마음을 담는 그릇이라고 믿었는데
몸은 또 몸의 사정이 있었던 것
마음을 엎지른 채 텅 빈 그릇처럼 혼자 견디다가
기억의 구석에서 찾아낸 숨은 꽃
그러니까 이것은 응어리 져있던 몸의 각혈

— 「숨은 꽃/Allergy」 중에서

박미라의 시에서 몸이 지각하는 것들의 범주는 대체로 어둠이나 슬픔, 울음이나 눈물, 아픔이나 맺힘의 내용종목에서 크게 벗어나지 않는다. 그렇기 때문에 이때의 시쓰기란 그 깊고 어두운 기억에 대한 처연한 응시이면서 동시에 자기 존재를 확인하려는 욕망의 형식을 갖는다. 그에게 몸의 지각은 곧 몸이 내는 강렬한 파열음을 지각하고, 그 순수한 지각의 순간을 기록하는 일이 시쓰기나 다름없어 보인다. 그는 마음보다는 몸에서 일어나는 사태, 그 주체할 수 없는 몸의 파동을 주목한다. 마치 그 파동이 자신이 살아 있음을 확인해주기라도 하는 것처럼 말이다. 그에게 몸에서 일어나는 사태는 흔적의 기억으로 육화된 나의 발견이며 표현으로 볼 수 있다. 기억의 흔적 혹은 흔적의 기억은 헐벗고 초라한 흑백사진 같은 인상이다. 얼룩 같은 존재의 흔적은 이미 내 마음보다 앞서 몸에 각인되고 기입되어 결코 떼어낼 수 없는 제3의 신체의 일부를 이루고 있는 것이다. 그것은 마음도 모르는 몸, 그녀의 표현을 빌리자면 "몸이란 마음을 담는 그릇이라고 믿었는데" 사실은 "아문 상처"의 "응어리 져있던 몸의 각혈"처럼 "온 몸에 만발"(「숨은 꽃/Allergy」)하는 알러지 같은 것이다.

인용 시에서 "숨은 꽃"으로 은유된 알러지는 처음에 어떤 물질이 몸속에 들어갔을 때 그것에 반응하는 항체가 생긴 뒤, 다시 같은 물질이 생체에 들어가면 그 물질과 항체가 과민 반응하여 일어나는 두드러기 같은 것을 일컫는다. 말대로라면 그녀의 몸속 기억에는 이미 어떤 외부의 물질이 들어와 한번 항체가 생겨 상처가 아문 지 오래이다. 그런데 "늙은 손 하나"로 비유되듯 오랜 시간이 흐른 뒤 다시 몸속에 같은 물질, 즉 그리움이 들어와 몸은 과민반응을 일으키는 것이다. "가렵다는 건 그립다는 것인데"에서 알 수 있듯이 그 오래된 그리움이 문득 "아문 상처를 후벼 파"는 것이다. 그리움의 단서는 찾을 수 없고, "언젠가 내 몸을 지나간 꽃자리겠지" 짐작할 뿐이다. 그런데 결국 화자는 그 과민반응을 일으키게 만드는 단서가 "몸의 사정"으로 인해 "기억의 구석" 혹은 기억의 "꽃자리"에 "숨은 꽃" 때문이란 걸 알게 된다. 그것은 몸이 기억하고 있는 "응어리 져있던 몸의 각혈"로 자신의 생을 온전히 뒤돌아보게 하는 기제이다.

'꽃자리'라는 아문 상처의 흔적에 의해 다시금 "자줏빛 피멍"으로 "온 몸에 만발"하는 숨은 꽃, 알러지는 따라서 고통이라기보다는 역설적으로 자신의 현재적 실존성을 온전하게 확인시켜 주는 것이다. 이것은 박미라의 기억이 과거의 한 장면이나 아픈 경험을 재현하는 정태적인 것이라기보다는 몸속에 살아 움직이며 실존의 탐색을 가능하게 하는 현재적인 것으로 볼 수 있게 한다. 아프지 않으면 "텅 빈 그릇처럼 혼자" 견디는 몸을, 생을, 살아 있다는 것을 돌아볼 수 없다. 그래서 "가렵다는 것은" 그리운 것이 되고 나의 존재를 확인시켜주는 기제가 되는 것이다. 몸이 숨기고 있는 상처의 꽃 앞에 속수무책인 그녀의 몸은 그래서 위의 인용 시나 아래의 작품에서처럼 곧잘 어떤 병적 질환에 시달린다.

<blockquote>

제멋대로 가슴에 터를 잡은 낯선 새
새벽마다 왼쪽 눈꺼풀을 쪼아 잘 익은 내 잠을 꺼내 먹고
마른 정강이쯤에 걸터앉아 하루를 시작하는 새
마음 내키면 내 어깨에 그네를 매어 온 종일 건들건들 노는 새
어느 때는 제 피붙이들을 모두 불러 모으는지
천근만근 찍어 누르는 무게에 허리가 푹 꺾이거나 부들부들 떨리지만
아무 상관없이 가슴 갈피를 후비며 낄낄대는 새
돌보다 무거운 새가 있다는 걸 증명이라도 하려는 듯
느닷없이 무르팍을 후려치거나 가슴을 쥐어박아
나를 쓰러트리는 새

— 「Tic에 대하여」 중에서

</blockquote>

박미라는 내 몸에 나도 모르게 알러지가 들어와 꽃밭처럼 붉은 꽃을 피우고, 목 잘린 석불여래좌상의 얼굴이 틀어박혀 살고, 식충식물 네펜더스의 전생을 적는 몸에 대해 쓰더니, 이번엔 "천개의 바늘로 만들어진 부리를 가진" 새가 "제멋대로 가슴에 들어와 터를 잡"고는 "가슴을 후비며 낄낄대는 새"에 대해 쓴다. 그 새는 자신의 몸속에 둥지를 튼 틱(Tic)이라는 신경증적 질환의 환유물이다. 화자는 근육이 빠른 속도로 리듬감 없이 반복해서 움직이거나 소리를 내는 장애를 앓으며 고통스러워한다. 그것은 알러지나 석불여래좌상의 목 잘린 얼굴, 혹은 네펜더스처럼 주체의 의지만으로 억제할 수 없는 몸의 현상이다. 그것들은 모두 내 몸, 자아 속에 포함된 또 다른 나의 얼굴의 동일지정이다. 그것은 하나의 이중자아에 가깝다.

물리치거나 억제할 수 없는 얼굴, 그 증상, 그 새는 "내 잘 익은 잠을" 쪼아 꺼내 먹고, 내 어깨에 매달려 "온 종일 건들건들 노는"가 하면, 천근만근의 무게로 찍어 눌러 부들부들 떨게 하기도 하고, "무르팍을 후려치거나 가슴을 쥐어박"고 "나를 쓰러트리며", "나를 혼자 차지한" 위험하고 두려운 공포의 대상이다. 하지만 "도대체 이 새는 어디서 왔"는지 "아무리 생각해도 경로를 짐작"할 수조차 없는 존재이다. 그러나 그 얼굴 없는 얼굴의 존재는 아무튼 자기 몸의 일부를 이루는 혹은 한 몸으로 같이 사는 존재이다.

그렇다면 박미라는 왜 이토록 내 몸속의 또 다른 자아와의 불화와 갈등 속에서 아파하며 울음을 우는가. 그것은 아마도 앞서 잠깐 언급한 것처럼 이성적 주체로서의 자기동일성에 대한 믿음, 그리고 몸과 마음, 육체와 정신, 신체와 의식을 구분하고 후자를 우월시하고 전자를 죄악시하는 이원론적 사유체계를 탈구축하려는 시도로 볼 수 있다. 이러한 사유는 자아의 자기동일성의 믿음에 대한 회의와 부정의 결과이다. 정상적 자아라고 믿는 '나'라는 주체성에 균열을 내는 박미라의 회의와 부정, 분열과 소외의 파열음은 결국 프로이트 식으로 말하자면 이성과 정신의 현실원칙으로 자아를 바라보려는 것이 아니라 몸이 지니고 있는 무의식과 본능의 순수한 쾌락원칙으로 받아들이는 것으로 볼 수 있다. 그것은 보통 정상적이라고 생각되는 자아가 보기에는 현실원칙의 질서를 위해 억압하고 금지되어야 할 것이지만 몸의 가장 순수한 본질이며, 이성의 가면을 쓰지 않은 가장 인간적인 감각이며 사유이다.

박미라의 작품에서 이중자아의 출현은 돌연한 것이 아니며, 또한 이러한 신경증적 분열의 증상과 징후는 신체의 질병이라기보다는 하나의 수사적 은유로 보는 것이 타당할 듯싶다. 따라서 우리가 일반적으로 비정상이라 일컫는 분열적 질병의 증상과 징후는 차라리 박미라의 시혼의 극단을 보여주는 형식으로 이해할 수 있다. 그것은 일종의 질병의 수사학이다. 그녀의 시는 통증만이 자아를 온전하게 되돌아볼 수 있게 만들며, 아프지 않으면 결코 몸을 느낄 수 없다는 명제를 웅변하고 있다. 그럼으로써 그녀의 시는 우리가 살아 있다는 것을 선명하게 확인시켜주는 것이다.

불안의 파토스

— 정운희

　이성적 현실의 확실성에 대한 믿음과 미래에 대한 전망이 심각하게 훼손된 이 시대의 시적 사유의 중요한 징후 가운데 하나는 불안이라 부르는 정서적 경험들의 변주이다. 불안은 인간 실존의 가장 근원적 현상이다. 이를테면 하이데거나 키에르케고르 같은 이들이 인간의 존재방식을 불안이라는 정서를 근본적인 것으로 설파하기도 하지만, 그것은 흔히 일상적 삶에서 건강하지 못한 정신의 불안정한 심리 상태를 뜻한다. 또한 불안이 근원적으로 인간 실존의 유한성, 이를테면 태어나면 죽는다는 자명한 사실에서 비롯하는 것이지만 불안을 유발하는 개개인과 사회 역사적 상황은 다양하다. 그만큼 불안의 증상 또한 다양하게 현시될 수밖에 없다. 불안의 징후는 그 파괴적 비정상성으로 인해 그 자체로 불결하고 불온하다.

　불안은 어떤 기분이나 감정으로 이성을 중심으로 하는 인식이나 지각의 정신활동에 관심을 갖는 사유의 논리체계로는 객관화하기에 너무나 주관적인 감정에 속한다. 하지만 하이데거 같은 이가 『존재와 시간』에서 주관적 기분이나 느낌 같은 것들에 대해 이야기할 때, 그의 생각은 느낌이나 기분은 이성보다 근원적인 것이라는 점이다. 즉 세계는 이성적 체계로서의 정신적 인식을 통해 지각되기 이전에 기분이나 느낌을 통해 먼저 열린다는 것이다. 실존철학의 담론에서 불안의 기분이나 주관적 느낌이 중심을 차지한다는 것은 불안이 현대인에게 있어서 실존적 조건이 되었다는 점을 반증하는 것은 아닐까. 한때 삶과 세계에 의미를 주었던 최종적 권위들은 중심에서 말려났다. 예컨대 신이나 이성, 이념이나 국가와 같은 중심은 붕괴된 지 오래이고, 그 자리에 들어선 낯선 타자들이 언어적 권력을 행사하기 시작하는데 불안도 그 한 축을 이룬다.

시인들은 이러한 불안의 증상에 매우 민감하게 반응한다. 그런 점에서 현대시는 일종의 불안의 정신병리학적 임상기록일 수 있다. 시적 주체들은 세계와의 상호작용에서 발생하는 불안의 정서적 체험을 시적 언어라는 특수한 방식으로 포착해낸다. 말하자면 정신분석학이 즉자적인 의미의 보편과학이 되는 것을 경계하지만 어쨌든 불안과 같은 비합리적 상황과 언어를 분석하면서 기본적으로는 그것을 이성적 언어로 환원하는 것에 비해서 시는 불안을 언어적으로 대상화하면서도 육체적이고 감각적인 차원에서 그 자체를 임상적으로 내재화한다. 그런 점에서 시적 불안의 언어는 이성적 언어의 논리와는 다른 논리이다. 정운희의 근작 시는 삶의 조건이 되어버린 불안의 정서적 경험들을 변주한다.

불안이 분열과 혼돈, 강박과 도착, 정신적 공황과 발작 등의 증상인 만큼 정운희의 근작 시는 매끄럽고 순하게 읽히지 않는다. 불편하다. 불온하기까지 하다. 그렇다고 시가 어렵다고 불평하는 것도 아니고, 뭔가 시적 결함이 있다는 점을 지적하기 위함은 더더욱 아니다. 그것은 특수한 내면 체험을 기존의 전통적인 서정시의 문법을 따라 직조하지 않고 새로운 시적 문법에 따라 구현하고 있기 때문이다. 그것은 또한 안정되고 통일된 동일성의 조화로운 세계를 지향하기보다는 자아의 내면에서 들끓다가 느닷없이 출현하는 또 다른 자아가 분열되어 나타나는 일그러진 모습 때문이다. 그의 시는 전체적으로 황량하고 가위눌려 있는 듯한 심리적 상태를 지시한다.

불안은 의학적으로 정신의 질병을 뜻할 수도 있지만 시에서는 그보다 하나의 수사적 은유 내지는 전략으로 보는 것이 타당하다. 우리가 흔히 비정상이라 일컫는 정신적 질병의 한 증상으로서 불안은 차라리 정운희의 경우처럼 한 시인의 시혼(詩魂)의 극단을 보여주는 방식이다. 막연하고 모호하며 만연되어 있지만 그 실체가 잘 드러나지 않는 불안의 시적 묘사와 진술은 이성과 합리의 전횡에 의해 구축되는 현실원칙의 질서에 대한 부정과 반성적 사유이리라. 그것은 이상이나 전망이 사라진 현실을 쓸쓸히 확인하는 하나의 방식일 것이다. 불안은 확신에 찬 인간, 이성, 주체, 합리, 신념, 권위, 가치와 같은 중심이 흔들리며, 그 일그러진 모습을 드러내는 불쾌한 정서적 경험이다. 그것은 행복의 이데올로기가 조장하는 안정과 희망의 이데올로기가 조작 유포하는 전망에 대한 허위적 신비화를 걷어낸다. 정운희의 근작 시는 이와 같은 맥락에서 탄생하는 것처럼 보인다.

아이는 두리번거리는 손끝을 다독이며
말문이 트이듯 그림을 그려나간다

날아다니는 염소 담장을 기어오르는 거북이 손을 놓친 빈 손바닥……,
하늘은 풀밭으로 내려와 있고 길들은 강가에 도착했다

네모난 방속에 동그라미, 동그라미 속에 넘어져 있던 인형 인형의 발가락
모자 모자 속으로 기어들어온 개미 개미에게 딸려온 애벌레의 껍질

아버지의 자장가는 빨간색 구두소리

지붕 위까지 달아나는 날이면

푸른 술병이 날아와요 불량 장난감처럼

엄마는 습관처럼 바닥을 쓸고

날마다 방들은 태어나고

골목이 점점 깊어지는 날이면

불량 장난감을 들어 손목을 그어보는 놀이에 빠지죠

아버지를 서랍 속에 가두고

불을 끄고 환해지기도 하는 밤에는

천 개의 손톱을 물어뜯었죠

—「힐링아트」 중에서

정운희는 등단작인 「불안에 관한 보고서」에서 "불안은 오르가즘의 창고"이며 "불안의 힘이 나를 키운다"고 썼다. 이러한 진술처럼 불안의 아우라는 그의 시의 맥락을 이해하는 하나의 주요한 지표이다. 불안은 그의 시의 동력이다. 인용 시에서도 역시 불안의 공포를 발견할 수 있는데, 그것을 시인은 상처 받은 어린아이의 내면세계를 빌어 드러내고 있다. 시의 내용을 따라가면 한 아이가 그림을 그리고 있는 장면이 연상된다. 시의 제목 '힐링아트'가 암시하는 것처럼 아이는 심리치료의 과정에서 "두리번거리는 손끝"으로 "말문이 트이듯 그림을 그려나"간다. 그런데 그림에 표현된 내용은 아이의 억압된 내면, 정신적 외상의 왜곡 변형된 이미지들이다. 외상의 흔적은 그림에 표현된 다양한 이미지들을 통해서 나타난다. 예컨대 "날아다니는 염소"에서부터 "담장을 기어오르는 거북이", "손을 놓친 빈 손바닥", "네모난 방", "동그라미", "인형", "발가락 모자", "개미", "애벌레의 껍질", "아버지의 구두소리", "푸른 술병", "엄마" 등등을 환유적으로 계속 연쇄하면서 아이의 만성화된 불안과 공포, 억압과 결핍의 내면 상태를 드러낸다.

그런데 여기에서 불안과 공포를 불러오는 억압의 기원은 아버지이

제4부 황홀한 고통

다. 프로이트에 의하면 불안은 외상적 순간의 직접적인 결과인 동시에 그런 것이 반복될 수 있다는 위협신호에 의해서 활성화될 수 있다. 그런데 이 시에서 어린아이의 외상적 순간은 '그림 그리기'를 통해 억압된 불안 심리가 분출되는 것이다. 그 억압의 대상은 "애벌레의 껍질"을 깨고 날아가고픈 욕망을 근원에서 추동시키는 "푸른 술병"의 "불량 장난감"이 상징하듯이 폭력적인 아버지인 것처럼 보인다. 아이의 아버지에 대한 기억은 하나의 부정적 억압기제로서 반복해 출현하는 하나의 위협신호이다. 그로 인해 아이는 "푸른 술병"의 "불량 장난감을 들어 손목을 그어보는 놀이"나 "천 개의 손톱을 물어뜯"고 또 "아버지를 서랍 속에 가두고" 싶은 파괴적 충동에 시달린다. 아이의 불안과 공포는 어쩌면 아버지의 법으로 상징되는 억압적이며 폭력적인 질서를 나타내는 것 같기도 하다.

아버지의 법은 아이에게 일종의 트라우마로서 과거의 정신적 외상과 충격이 현재까지 반복적으로 영향을 미치고 있다. 누구에게나 기억은 있고, 그것은 시쓰기의 원형을 이루기도 한다. 원형의 세계는 수정되거나 바뀌지 않고 가라앉았다가 어느 순간 변형되어 나타날 뿐이다. 그것은 실존의 가장 어두운 곳에 자리하며 텍스트에 음영을 드리우는 그림자로 기능한다. 아버지에 대한 기억으로부터 발원하는 듯한 씻을 수 없는 억압의 기원을 개인적인 것이라 해도 좋을 것이다. 하지만 현실에 대한 가부장적 언어의 권위와 지배력을 해체하고자 하는 수사적 전략으로 보는 것도 그리 무리는 아니다. 왜냐하면 유년의 기억을 환기한다는 근거로 그의 시를 유년 체험에서 비롯한 개인적인 차원으로 의미의 외연을 축소하고 싶지 않기 때문이다.

뿌리 쪽에서 한참을 머물다 가는 달빛
창문은 흔들리지 않았고
누구의 그림자도 내걸리지 않았다

날개를 그리워한 애벌레처럼
젖은 눈을 두리번거리는 봄날
길을 가던 사람들은 보이지 않을 때까지 고개를 돌리지 않았다

그 많던 벌레들은 다 어디로 갔을까
그 많던 날개들은 어느 절벽에서 뛰어내렸을까

오늘은 죽음이 날아오르기에 좋은 날이다

—「봄날」 중에서

「힐링아트」에 나타나는 것처럼 탄생과 성장의 기원에 대한 극단적인 부정은 과거에 대한 부정이면서 현재 자신의 존재와 세계에 대한 부정이기도 하다. 결코 수정되지 않는 억압의 기원은 위의 시에서처럼 합리적 인과율이 지배하는 삶의 믿음에 대한 위반을 불러온다. 시인은 "풍문으로만 들려오던 너의 죽음"을 "날개를 키우기 위한 깊은 어둠", 말하자면 재생과 부활 혹은 어떤 생성의 질서를 위한 어둠이라 생각해 보지만 이내 그런 헛된 믿음을 접어버린다. 이러한 태도는 어쩌면 세계에 대한 절망일지도 모르겠다. 왜냐하면 그것은 전체 시에서 반복되는 "~을까"의 의문 종지형이나, 3연에서 드러나는 바와 같이 "~않았다"는 부정형의 보조동사로 반복해서 끝맺음으로써 세계의 불모성 내지는 황폐성을 환기하기 때문이다. 또한 끝 연에서 봄날을 "죽음이 날아오르기에 좋은 날이다"라고 말함으로써 세계와의 관계성을 극단으로 부인하는 데에서도 확인할 수 있다. 따라서 이러한 불안은 예외적 실존의 한 개인적인 현상이라기보다는 사회 문화의 일부로 보아야 한다. 그것이 질병이라면 개인적인 증상일 수도 있지만 차라리 그것은 사회적 증상인 것이다.

정운희의 시에는 '애벌레'가 껍질을 깨고 나와 '날개'를 달고 날고 싶은 욕망은 있을 뿐 하늘을 비상하는 상승의 날개는 없다. "날개를 그

리워한 애벌레"는 있지만 껍질을 깨고 나와 하늘을 나는 날개는 없다. 이런 점에서 어떤 건강성이라 할까 생명성은 없고 "절벽에서 뛰어내리"는 좌절과 추락, 절망과 죽음의 날개만이 있다. 때로 그것은 좌절과 절망의 표현이기도 하지만 적극적인 현실 부정이면서 동시에 피할 수 없는 존재의 조건이기도 하다. 그래서 시인은 달빛은 "뿌리 쪽에서 한참을 머물다 가"지만 "창문은 흔들리지 않았고 / 누구의 그림자도 내걸리지 않았"으며, 애벌레처럼 날개를 그리워하지만 뿌리가 간직했던 "그 많던 날개들은 다 어디로 갔"는지 모르겠고, "길을 가던 사람들은 보이지 않을 때까지 고개를 돌리지 않았다"고 절규하는 것이다. 그는 불안에 떨면서 불안을 직시하며 불안을 육화하는 것이다.

　부정적이며 암울한 이미지들, 환언하면 파괴적인 에너지와 어둡고 암울한 충동들, 자기는 물론이거니와 세계에 대한 혐오, 존재의 불결한 원적(原籍)을 드러내는 불온한 언어는 왜곡된 본능의 표현이겠지만 억압적 현실원칙의 부정성을 환기하고 쾌락의 원칙을 해방하려는, 그럼으로써 현실원칙 내지는 아버지의 법의 과잉 억압적 현실을 해방하려는 시적 담론으로 읽을 수 있다. 이런 점은 그의 근작 시에서 '애벌레', '벌레', '껍질', '날개' 등의 이미지가 빈번하게 출현하지만, 대개는 "하늘을 잃은 새"(「방치」)처럼 날지 못하고 좌절한 이미지로 묘사되는 것에서 확인할 수 있다. 그래서 정운희의 세계관에서 이 세계는 헐벗고 황폐하여 영혼의 안식이 주어지지 않는 병든 세계이다. 아니 건강한 생명이 깃드는 것이 원초적으로 봉쇄된 부정한 세계이다. 가령 "껍질 깨고 나온", "그 많던 벌레들은 어디로 갔"는지 행방을 알 수 없는 대상의 상실감과 실존의 불안감은 시인으로 하여금,

　　날마다 새로운 주소를 써내려간다
　　유리 담장에 걸린 깨진 구름도 있다
　　해지는 노인의 걸음이 푸른 신호등을 자꾸만 놓치는 사거리 길

　　빨간 우산을 쓴 여자가 자장면 집을 스쳐 지나가는 빨간 주소

　　창틀이 없는 유리처럼
　　하늘을 잃은 새처럼
　　과꽃 앞에서 과꽃을 모른다
　　어제는 가을 셋째 주 금요일, 서쪽의 종탑을 지나서 자주 들렀던 빵가게를
돌아 익숙한 맥문동 꽃향기에 도착한다
　　노인이 저 홀로 잠이 든 지 열흘이 지나고 있다

—「방치」 중에서

라고 쓰도록 한다. 정운희에게 뿌리 없이 방치된 삶의 운명, 정처 없이 떠도는 삶의 행방은 불안의 근원이기도 하면서 비극적인 것이기도 하다. 그에게 "노인이 저 홀로 잠이 든 지 열흘이 지"난 채 '방치'된 죽음은 삶이 근본적으로 부조리하다는 시적 은유이다. "자꾸만 푸른 신호등을 놓치는 사거리의 길"에서 어디로 가야할지, 어디에 있어야 할지 모르는 불가항력의 부조리한 운명에서 벗어날 수 없는 것이 존재의 전제 조건인 것이다. 그래서 삶은 "주소를 새로 써가는 개 한 마리"와 다름없이 떠도는 것이며, "창틀이 없는 유리"나 "하늘을 잃은 새처럼" 존재의 기반을 잃었고, "과꽃 앞에서 과꽃을 모"르는 것처럼 자명한 사실 앞에서 자명한 확실성은 무화되어버린다. 무엇보다도 문면에 드러나는 존재의 뿌리 없음이 우리를 고통스럽게 만든다. 어떤 안정이나 평화를 찾아보기 힘든 압도적인 불안과 상실의 분위기와 세계에 대한 불신의 태도로 인해 시는 전체적으로 우울하다. 자신의 자유로운 의지와 아무 상관없이 길 위에 방치된 삶, 그것은 일종의 불안의 또 다른 이름이라 불리는 한계 상황이다.

　　위의 시에서 정운희는 황량하고 피폐하기 짝이 없는 길 위의 생에 대해 쓴다. 그러나 "날마다 새로운 주소를 써내려"가는 길 위의 생은 세계를 새롭게 개시(開示)해나가는 건강한 어떤 것이 아니다. 그것은 "개 한

마리"로 의인화된 시적 대상이 "불법 쓰레기봉투에 코를 박는다"다거나 "해지는 노인의 걸음이 푸른 신호등을 자꾸만 놓치는 사거리 길"에서처럼 존재의 생성이나 트임을 지향하는 의미와는 전혀 다른 의미자질의 것이다. 그리고 존재의 뿌리 없음은 방치된 채 "노인이 저 홀로 잠이 든 지 열흘이 지나고 있다"는 것처럼 죽음을 바라보는 건조한 어조의 결구에 이르면 어떤 처연한 운명을 느끼게 한다. 아무렇게나 방치된 길은 실존의 불안을 더욱 확장하고, 아무렇게나 방치된 채 소멸해가는 죽음은 그렇게 비논리적으로 이루어진다. 이러한 실존의 우울과 불안을 시인은 냉정하게 관찰한다. 그런데 그것은 개인적 내면의 차원에 머무는 것이 아니라 어쩌면 우리 시대의 보편적인 심리적 정황을 환기한다.

사회심리학자 김태형이 우리 사회를 '불안증폭사회'라 진단한 것처럼 불안은 제도적으로 증폭 재생산되며, 우리 사회는 울리히 벡이 말하는 이른바 '위험사회'가 되었다. 앞서 불안의 정서가 현대인의 조건이 되었다는 점을 말했거니와, 특히 사회 경제적 생존이 생물학적 생존을 가늠하는 불안증폭의 위험사회에서 삶은 예측 불가능하고 통제 불가능한 것이 되어버린 시점에 이르면 불안은 인간을 지배하고 통제한다. 실제로 이러한 불안의 문화는 주지하다시피 권력이 통치의 한 수단으로 사용하기도 한다. 이러한 실존의 심각한 위기 상황은 개인은 물론이거니와 사회적 불안을 증폭하는 요인으로 작용한다. 그것이 「방치」 등의 작품에서와 같이 한 개인이 자신의 자유로운 의지나 결단에 상관없이 실존적 운명이 방치되거나 결정되는 상황이 되었든, 아니면 사회 역사적인 것이 되었든 강박적인 불안의 증상이나 감정적 분위기, 그리고 불우하고 타락한 세계가 불러오는 공포는 이성적 주체의 의식을 분열시키고 정신을 마비시키는 불결하고 불온한 것으로 인식된다. 하지만 사실 그것은 강고한 현실원칙의 질서를 교란하고 무화시키려는 하나의 전략처럼 보인다. 가령,

설탕은 독약이다 아니다 칭찬이다 아니다 배신이다 아니다 열병이다 아니다 독설이다 아니다 흉기 없는 사살이다 아니다 … (중략) … 달빛에 피는 꽃이다 아니다 밤새워 쏟아낸 별의 사생아다 아니다 불안의 현주소다 아니다 가위 눌려 깬 새벽 내 몸에 붙어있는 벌레다

— 「설탕」 중에서

두 바퀴로 가는 자동차, 하늘을 나는 돛단배, 낮이 바쁜 고양이, 돼지의 젖을 빠는 호랑이, 거꾸로 걷는 사람, 늑대의 인간, 물밑을 나는 비행기, 돈을 씹는 사람, 생고기를 먹는 사람, 노른자 없는 알을 낳는 닭, 비루함을 담아내지 못하는 거울, 귀만 걸려있는 사람, 입만 커지는 사람 **있다**

무지개는 일곱 빛깔이다 사람은 짐승의 낯빛으로 유인하지 않는다 물은 높은 곳에서 낮은 곳으로 흐른다 먹고 죽은 귀신은 때깔도 곱다 세탁기는 구름의 행선지를 지우고 냉장고는 이빨자국을 썩지 않게 보관한다 이런 낙서 **없다? 있다?**

— 「있다? 없다?」 중에서

라고 쓸 때이다. 인용 시는 의미의 확실성이나 존재의 믿음에 대한 의혹과 부정의 정신이 잘 나타나 있다. 「설탕」은 은유적 사고 체계의 질서를 교란하고 부정하며, 「있다? 없다?」는 낙서처럼 기록된 엽서의 내용을 바탕으로 환상적 실체의 긍정과 부정을 통해 현실의 강고함을 은연중에 드러낸다. 그럼으로써 도구적 이성의 전횡에 의해 구축되는 질서에 대한 반성적 사유를 이끌어낸다. 우선 「있다? 없다?」에서 화자는 낙서 같은 엽서를 통해 과거의 환상을 소환한다. 아마도 "파르르 떨리던 날개 수정처럼 맑은 눈동자와 눈 맞추던 한여름 밤에 쓴 엽서"인 것으로 보아 어린 시절의 것이다. 거기에는 어릴 적 가질 법한 2연의 "호박마차를 끌어줄 남자"나 3연의 "하늘을 나는 돛단배"나 4연의 "냉장고는 이빨자국을 썩지 않게 보관한다" 등에서와 같이 환상적인 이야기들이 적혀 있다. 그런데 화자는 이러한 환상적 이야기가 억압되는 현

실에 대해 "있다? 없다?", 혹은 "없다? 있다?"를 반복하면서 그 자명성에 의문을 제기한다. 그러니까 어느 하나의 의미로 결정되지 않는 현상적 망설임의 연속을 통해 이성적 현실의 억압성을 드러내는 동시에 해체하는 것이다.

의미의 구상이 다른 구상에 의해 지워지고 생성되기를 반복하는 이러한 자기 반영성은 시적 방법론의 한 전략으로서 「설탕」에서도 마찬가지이다. 시인은 '설탕', 즉 어떤 사물을 여러 관점에서 구상해보면서 'A는 B이다'는 은유적 진술 체계의 관념성을 '아니다'라고 계속 부정해나간다. 말하자면 시인은 은유적 해석의 개념적이고 사변적이며 관리되고 규격화된 언어의 구성 방식에 대해 '아니다'를 반복해가면서 의미의 확정을 거부하고 이를 교란시킨다. 자동화되고 관습화되었으며 따라서 억압적이고 폭력적일 수밖에 없는 현실의 원칙, 혹은 의미의 진실성 내지는 확실성을 부정하는 것이다. 잘 알다시피 은유는 의미론적 유사성에 의한 선택과 대체라는 사고의 한 축으로 이루진다. 이를테면 사물에 어떤 의미를 부여하는 은유적 진술체계가 사물에 대한 관념적 해석을 위해 동원되는데, 그 끊임없이 대체되는 관념의 해석적 덧붙임은 일종의 허구이다. 이 시에서처럼 우는 '설탕'으로 은유된 허구의 세계에서 '태어나', '집을 짓고', '살'며 '사랑'하다 '죽는' 것이다. 시인이 보기에 그런 현실은 죽음의 세계이고, 그렇기 때문에 현실을 사는 우리는 조문객이며, 그래서 결국 시인은 굵은 글씨체로 강조하듯 "조문객들은 방독면을 쓰시오!"라고 조롱하듯 진술하는 것이다.

정운희의 시쓰기에서 결핍은 무엇보다 근원에 대한 결핍처럼 보인다. 「힐링아트」에서 드러나는 것처럼 그것은 폭력적 현실의 가부장적 질서와 권위, 그리고 여성의 가면을 쓴 언어의 억압에서 비롯한다. 가부장적 억압의 기원에서 비롯하는 이러한 결핍은 일종의 세계인식으로서 지금 이곳의 현실에 대한 순응과 미래적 전망에 대한 낙관, 그리고 거짓 믿음에 대한 저항과 해체로 읽을 수 있다. 이러한 세계인식은 억압에 대한 저항의 이데올로기를 통해서가 아니라, 그러한 억압의 기제들이 얼마나 자신의 존재와 세계를 왜곡시키는가를 뒤집어 봄으로써 가능하다. 그러므로 정운희 시인은 불안을 통해 억압의 기제를 뒤집어봄으로써 이성적 현실의 원칙과 질서가 감추고 있는 허위와 폭력에 반성적 사유를 제공한다.

우리 시대의 시적 사유에서 불안의 징후와 흔적을 발견하는 것은 그리 어려운 일이 아니다. 예컨대 공포의 정치, 즉 파시즘적 국가 폭력이 파생시킨 불안에서부터 이와 맞물린 경제적 공포, 그리고 자연 및 인위적 재난들의 일상화와 디스토피아적 문명이 초래할지도 모르는 재앙 등 시대의 우울이 불러온 정신적 외상은 불안의 감정적 분위기를 반복적으로 증폭해 재생산해낸다. 말하자면 개인적 차원에서든 사회역사적 차원에서든 불안이라는 용어가 함의하고 있는 현상들은 다종다기하다. 그런데 정운희 시인이 노래하는 것은 불안의 일반이기 이전에 세계를 지각하는 특수한 감각이며 관점이라는 점을 전제해야 한다.

우리는 지금까지 정운희 시인이 느끼는 특수한 불안, 시에 육화된 불안의 구체적 양상을 읽었다. 그런 가운데 내면 풍경을 낯선 이미지들의 연쇄와 충돌을 통해 엮어나가면서 발생하는 모호하지만 만연한 어떤 불안의 심리적 정황들, 그리고 여기에서 파생하는 의미의 불확정성이야말로 그의 시의 특장이다. 아무튼 "건너갈 수 없는 이쪽과 저쪽의 경계"(「봄날」)를 비집고 튀어나오는 듯하며, "아니다 가위 눌려 깬 새벽 내 몸에 붙어 있는 벌레"(「설탕」)처럼 현실적 자아의 확실성을 용도 폐기하는 듯한 당혹스러움은 그의 시를 낯설게 한다. 그것을 나는 불안의 파토스 혹은 불안의 수사학이라 부르고 싶다. 그의 시는 "불안의 현주소"(「설탕」), 그 억압된 결핍의 기원을 "두리번거리는 손끝"(「힐링아트」)으로 더듬거리며 탐문해가는 과정에 있는 듯하다.

추(醜)의 미학

― 김성규

때는 17세기 바로크 시대의 네덜란드, 바니타스(Vanitas)라는 정물화가 유행한 적이 있다. 삶과 세계의 허망함과 무상함을 나타내는 바니타스 정물화는 사물의 생명감이나 정돈된 배치를 보여주며 엄숙하고 숭고한 분위기를 자아내는 여느 정물화와는 달리 죽음과 부패라는 부정적이고 불쾌한 이미지의 표현에 치중한다. 해골이나 곰팡이가 낀 치즈, 벌레 먹거나 썩어가는 과일 혹은 야채, 시든 포도넝쿨이나 떨어진 꽃잎, 불 꺼진 등잔이나 촛불, 탐스런 과일이 담겨진 바구니나 온갖 종류의 꽃이 꽂힌 화병 주위를 기어다니는 쥐나 벌레들, 이런 이미지들은 모두 메멘토 모리(Memento mori), 생에 악착같이 달라붙은 죽음을 기억하라는 의미를 내포한다. 어쩌면 바니타스의 화가들이 삶과 세계, 혹은 사물의 어둡고 비천하며 허무하고 잔혹한 측면을 부각시키는 것은 삶과 세계에 대한 또 다른 직관의 표현이었을 것이다. 말하자면 부패와 죽음은 은폐하고 싶지만 결국은 결코 떨쳐낼 수 없는 삶과 현실의 다른 한 모습이라는 불편한 진실의 진지한 성찰을 포함하는 것이다.

　　김성규의 근작 시를 읽으며 바니타스 정물화를 떠올린 것은 이 때문
이다. 이를테면 그것은 그의 시가 삶과 세계의 숭고함 대신에 저열하
고 잔혹함, 만족 대신에 역겨움과 혐오감, 이상 대신에 풍자와 환멸,
정형 대신에 기형화와 괴상함, 행복 대신에 불행과 비극, 고상하고 엄
숙함 대신에 비천함과 참상, 기쁨보다는 고통과 통증, 아름답고 사랑
스러운 것보다는 추악하고 흉물스럽게 여겨지는 것들의 시적 변주에
서 연유한다. 그에게 생은 축복이 아니라 저주받은 운명처럼 보인다.
그의 시는 나빠질대로 나빠져 더 이상 악화될 여지가 없는 운명, 생의
참상과 비극의 어느 임계지점을 지시하고 있는 듯하다. 그리하여 그의
시를 읽는 일은 악몽 속의 풍경을 거니는 것처럼 끔찍스럽고, 저주 받
은 운명으로 인하여 고통스럽다. 그것을 추(醜)의 미학이라 불러도 좋
을 것이다.

　　　　상점 앞에서 나는 눈송이를 피하고 있었다
　　　　死者衣裳 이라는 나무 팻말이 달린 문을 밀치며
　　　　젊은 여자가 보따리의 피 묻은 옷을 꺼내며 운다
　　　　아주 좋은 물건을 가져왔구려
　　　　노파는 웃으며 젊은 여자에게 돈 봉투를 건네준다
　　　　무엇이 좋은 물건이냐고 나는 물어보았다

　　　　죽은 사람의 옷을 입으면 그 사람의 마음을 읽을 수 있다네
　　　　오늘 아침에 죽은 자식의 옷을 가져왔수
　　　　사라지는 여자를 바라보며 카드를 뒤집는 노파
　　　　안됐군, 더 안 좋아지겠어 운세를 보니,
　　　　거기 널려있는 물건 중에 아무것이나 입어보구려
　　　　첫 손님에게는 아무것도 받지 않는단 말이우
　　　　노파는 나에게 널려있는 옷가지 중에 하나를 건넨다

　　　　　　　　　　　　　　　　　　　　　　― 「死者衣裳」 중에서

다소 몽환적이며 환상적으로 펼쳐지는 「死者衣裳」은 끝내 죽음으로 치달을 수밖에 없는 저주 받은 화자의 운명으로 인하여 읽는 이를 당혹스럽게 한다. 다소 긴 호흡과 환상적인 어법으로 전개되는 시의 이야기에는 짙은 죽음의 그림자가 드리워져 있다. "死者衣裳이라는 나무 팻말이 달린" 가게에서 "젊은 여자가 보따리의 피 묻은 옷을 꺼내며" 운다. 그 옷은 "오늘 아침에 죽은 자식의 옷", 그런데 역설적이게도 그 옷은 가게의 노파에게는 "아주 좋은 물건"이며, 죽은 자식의 옷을 판 젊은 여자의 운명은 이보다 "더 안 좋아"질 운세이다. 자식이 죽은 일보다 더 안 좋아질 운명이라니, 그런 운명이 저주받은 운명이 아니라면 무엇이겠는가. 이와 같은 저주스런 삶의 운명은 화자에게도 그대로 적용된다. 어떤 옷을 입어보아도 신통치 않은 운명, 역겹고 처참하고 고통스럽기는 일반이다. 스웨터를 입어보아도, 가죽잠바를 입어보아도, 어린아이의 옷을 입어보아도 비루하기는 마찬가지이다. 이미 결정된 카드 속 운명으로부터 벗어날 수 없다. 저주스러운 운명의 덫은 이미 "자신의 책"에 씌여진 주문대로 비참할 뿐이다. 그리하여 화자는 끝내 사자의상의 노파에게 자신의 "옷을 벗어"준다. 화자는 미래에 대한 어떤 희망 섞인 전망도 내비치지 않으며 "카드 속 나의 운세"는 "오늘 밤 죽을" 운명임을 덤덤하게 확인할 뿐이다.

자아와 세계가 일치하는 시대는 행복했다. 그러나 밤하늘의 성좌를 따라 길을 가고 등대의 불빛을 따르던 시대는 이미 지났다. 세계는 총체성을 잃고, 우리 앞에 길은 흐릿하고, 외관의 화려함이나 풍요로움에 대칭해 삶의 전망은 어둡고 비극적이다. 말하자면 "새소리와 바람과 기념비에 취해 웃고 떠들지만" 안락하고 평화로운 것처럼 보이는 "휴식은 언젠가 더 큰 고통을 향해 열려있다는 것을"(「통곡의 나무」) 시인은 알고 있는 것이다. 그리하여 현재적 삶에서 가장 확실한 전망은 죽음, 결국 자신의 처참한 운명이 기록된 저주스러운 "책을 찢다 목을 매고 자살할" 운명이 우리의 운명이란 것이다.

삶의 추악한 형상의 이면을 탐색하는 김성규의 시적 작업은 삶에서 애써 간과하고 은폐하고픈 진실한 면을 형상하려는 전략에서 비롯한 것처럼 보인다. 빛에서 어둠을, 생에서 사를, 미에서 추를 보려는 이러한 그의 시적 작업은 삶에 있어서 죽음에 대한 확실성은 누구도 비껴가거나 거부할 수 없는 필연의 조건이라는 점을 환기한다. 이러한 반성과 회의적 태도는 역설적이며 반어적인 세계인식으로 삶과 세계를 정면으로 바라보고 그 속에 감추어진 추악하고 불결한 본성에 핍진하게 파고들려는 시적 시도처럼 보인다.

> 퇴역 군인들이 팔을 흔들며 군가를 부르기 시작한다
> 항구에 배가 들어왔다 시체를 가득 싣고,
> 부두에서 인부들은 마스크를 쓰고 얼음에 넣어온 시신을
> 어깨에 둘러메고 걸어간다
>
> 배가 떠나는 날처럼 사창가에서 창녀들이 쏟아져 나왔다
> 아침 마당에 새끼 쥐 한마리가 죽어있었다 발이 부은 듯
> 새끼 쥐는 발바닥으로 하늘을 가리고
> 만국기가 날리는 거리 위로 행렬이 시작되었다
> 피투성이 얼굴이 화면에 잡힐 때마다
> 취한 사내들은 여자들을 끌고 가 옷을 벗겼다
>
> 퇴역군인들과 장사꾼들은 전쟁이 터지길 기다리고
>
> … (중략) …
>
> 복수를 외치며 사내들은 더욱 용감해졌다
> 문어처럼 천천히 냄새를 풍기며 늙어가면서도
> 더욱 질겨지는 살결을 찾아온 사내들이 목을 감았으므로
> 가장 늦게까지 항구를 지키며 군함을 기다리는

창녀들만이 늙어가면서 또다시 배가 돌아오기를 기다렸다

—「군항제」 중에서

행복한 일과 아름다운 일, 사랑스러운 것과 숭고한 것, 고상하고 품위 있는 것, 조화롭고 우아한 것, 그래서 우리의 정신을 고양하고 성숙시킨다고 믿는 것들과 대칭해서 우리 곁에는 추악한 것들이 편재해 있다. 우리는 소위 역겹고, 기괴하고, 비천하고, 혐오스럽고, 비열하고, 비참하고, 허망하고, 추한 것들에 에워싸여 이들과 함께 어울려 살고 있다. 이것들은 우리 곁에 상존하면서 함께 살아가는 낯선 실재의 이웃, 익숙한 낯섦의 대상이다. 이것들은 불쾌하고 불안하며 두려운 공포의 감정마저 유발한다. 익숙한 낯섦의 대상과 그것이 불러일으키는 불쾌한 감정은 인간과 세계를 구성하는 근원적 속성이기도 하다. 그럼에도 불구하고 근대의 미적 가치관에서 이런 것들은 상대적으로 부정과 은폐의 대상, 인간의 정신을 해치는 불온하고 불결한 금기의 대상일 뿐이었다. 그런데 앞서 살펴본 「死者衣裳」이나 위의 인용 시 「군항제」에서 확인할 수 있듯이 김성규의 시는 그동안 추악하고 불결한 것으로 금지되었던, 그래서 애써 감추고 싶었던 삶과 세계의 비극을 들춰냄으로써 읽는 이를 불편하게 한다.

항구에 벚꽃이 흐드러지게 피고 만물이 생동하는 4월 즈음에 벌어지는 벚꽃카니발의 향연, 이 '군항제'에서 느낄 수 있는 것은 너 나 할 것 없이 아름답고 유쾌한 축제일 것이다. 그러나 화자는 이 아름다운 벚꽃의 '군항제'에서 살육의 향연, 그 죽음의 제단에서 펼쳐지는 끔찍한 제의를 연상한다. 항구에 배가 들어오고, 벚꽃이 만발한 거리에 만국기가 펄럭이고, 그 사이를 군악대의 행렬이 지나가는 장면을 화자는 죽음의 행렬, 죽음의 축제, 살육의 욕망으로 치루는 희생 제의쯤으로 인식하는 것이다. 제의의 한 속성이 그러하듯 군항제는 전쟁과 폭력을 전제로 하며, 그것은 살육의 욕망을 벚꽃의 화려함으로 가장한 채 쾌락적으로 소비하는 제의에 다름이 없다. 왜냐하면 군항제는 "죽은 자식이 돌아올 때 아버지들은 더 많은 / 사내를 낳아야 된다고 소리지르고", "전쟁이 터지길 기다리"며 "복수를 외치는 사내들의" 축적된 적의와 살의의 욕망에서 드러나듯이 내부의 폭력을 외부의 희생물에게 향하게 하는 희생 제의와 닮은꼴이기 때문이다.

「군항제」에서 폭력과 살육의 욕망이 꽃과 창녀로 대체되는 축제는 끔찍한 전율을 불러일으킨다. 이 점은 시의 전체적인 분위기를 압도하고 지배하는 부정적 이미지들에서 확인할 수 있다. "시체를 가득 싣고" 온 군함, 어깨에 시신을 둘러메고 걸어가는 인부, 사창가의 창녀, 죽은 새끼 쥐, "피투성이 얼굴", "여자들을 끌고 가 옷을 벗"기는 "취한 사내들", "바다 너머 먼 나라에 전쟁", 응급실에서 킥킥 거리는 귀신, "어머니의 통곡", "전쟁이 터지길 기다리"는 "퇴역군인들과 장사꾼들", "창녀들만이 늙어가면서 또다시 배가 돌아오기를 기다리는" 상황 등은 화려한 벚꽃 축제의 이면에 은폐된 환멸스럽고 처참하며 추악한 폭력의 현실을 지시하는 것처럼 보인다. 그것은 또한 살육의 욕망과 전쟁의 폭력과 죽음이 교환가치로 치환되어 유통 소비되는 쾌락의 비극적 알레고리처럼 보이기도 한다. 이와 같은 지배적인 비극적 이미지의 연쇄로 인하여 '군항제'는 돌연 죽음의 굿판으로 변한다. 이러한 시적 발상과 인식은 다음의 시에서도 독특하게 드러나는 바, '군항제'가 전쟁의 폭력과 파괴, 살육과 죽음의 축제라면, 다음의 시 「사육제」에서 화자는 '사육제'에 작동하는 권력의 폭력적 연쇄구조에 대해 쓴다.

> 마지막 남은 핏방울마저 혓바닥으로 핥아먹으면 그들의 얼굴이
> 흰 접시위에 올려져 잔칫상을 장식할 것이다
> 가난뱅이들의 표정을 젓가락으로 집어먹으며
> 부자들은 음식의 풍부하고 다양한 맛에 감탄한다

피한방울 묻히지 않고 고기를 씹는 입술이
웃을 때마다 더욱 건강해 보인다

또다시 숫돌에 물이 뿌려지고 먹을 것을 따라
돼지 한 마리가 꿀꿀거리며 뒤뜰로 걸어간다 부모를 찾아온
아이들이 상 앞에 앉아 동그란 눈으로 접시를 바라본다
칼 든 자의 무표정한 눈빛과 칼날의 단순함에 취해
접시에 차려질 음식냄새에 취해
웃으며 박수치는 아이들의 풍부한 표정들
나는 이야기를 듣지 않는 아이들에게 지나간 이야기와
이야기의 무력함과 그래도 말 할 수밖에 없는 이야기를
접시의 가짓수만큼 풀어 놓는다

—「사육제」 중에서

역시 긴 호흡으로 전개되는 인용 시는 전체 6연 가운데 2연과 3연이
다. 길게 펼쳐지는 시의 내용을 간단하게 압축하면, '늙은 권력자가 죽
는다. 장례식의 축제가 펼쳐진다. 가난뱅이들이 모여들어 게걸스럽게
접시를 비워댄다. 그들의 표정이 음식 모양으로 바뀌어 잔칫상을 장식
한다. 부자들이 가난뱅이의 표정을 젓가락으로 집어 먹으며 감탄한다.
부모를 따라온 아이들이 음식 냄새에 취해 웃으며 박수친다. 가난뱅이
웃음으로 우려낸 국물을 마시며 하품한다. 잠에 빠진 아이들이 국그릇
에 숟가락을 떨어뜨린다. 술을 뿌려도 아무도 살아나지 못한다. 도시
를 통치할 젊은 권력자 다시 선출되었다.' 이다.

폭력적 권력의 계급적 이양, "늙은 권력자"에서 "젊은 권력자"로 권
력이 이동 승계되는 과정에서 "음식냄새에 취"한 채 가난이 승계되는
폭력적 현실을 망각한 가난뱅이와 그들의 아이들이 우화적으로 제시
되고 있다. 지배와 피지배의 계급적 대물림 구조를 들춰내려는 듯 화
자는 가난뱅이의 "표정은 순간순간 음식 모양으로 바"뀌어 "잔칫상을

장식하고" 부자들은 "가난뱅이들의 표정을 젓가락으로 집어먹으며", "풍부하고 다양한 맛에 감탄한다"고 진술한다. 이러한 시적 진술의 표현은 일종의 알레고리이다. 모든 제의가 그러하듯 여기에서도 제물의 피와 고기는 전체에게 봉헌되어 불만은 망각되고 분쟁의 씨앗은 제물이 주는 만족감으로 인해 무화되는 형국이다.

폭력적 권력과 착취의 시스템과 망각되는 삶에 대해 이야기하는 인용 시는 우리 사회의 대물림하는 가난한 삶의 현재적 보여주기이며, 동시에 앞으로도 변함없이 도래할 미래상(像)의 제시인 것처럼 보인다. 화자가 진술하듯 부자들은 가난뱅이의 피와 고기를 먹고, 가난뱅이들과 그 아이들은 부자들이 제공하는 희생물의 피와 고기를 먹으며 불만은 망각되고 무화된다. 폭력의 방향은 외부의 희생물에 돌려지고, 그 희생물에 가난뱅이와 그의 아이들은 취해서 자신들이 "잔칫상을 장식할" 제물임을 망각하게 한다. 전망 없는 미래에 대한 환멸과 혐오는 다른 시 「통곡의 나무」에서 "벌레가 살을 파먹"는 "나무껍질을 손으로 만져보며 깔깔거"리고, 또 "죄 짓기 위해" 아이들은 태어나 "줄을 맞춰 / 형무소 안으로 걸어 들어간다"는 진술에서도 그대로 나타나 있다. 그것은 말하자면 "또다시 숫돌에 물이 뿌려지고 먹을 것을 따라 / 돼지 한 마리가 꿀꿀거리며 뒤뜰로 걸어"가 제물로 바쳐지는 상황의 형국과 유사하다. 결국 "고통에서 벗어나기 위해 고통을 즐기는"(「통곡의 나무」) 마조히즘적 악순환의 반복에 다름없다.

이러한 권력과 통치의 시스템에 대한 화자의 성찰은 무력하지만 "말할 수밖에 없는" 진실임을 밝힌다. 화자는 자신이 들려주고픈 "이야기의 무력감"과 자신의 "시가 지나간 시간을 되돌릴 수 없다는 것을 알면서도", "그래도 말 할 수밖에 없는" 운명이다. 그 운명은 처참한 것이어서 "또다시 숫돌에 물이 뿌려지고 먹을 것을 따라 / 돼지 한 마리가 꿀꿀거리며 뒤뜰로 걸어간다 부모를 찾아온 / 아이들이 상 앞에 앉아 동그란 눈으로 접시를 바라본다 / 칼 든 자의 무표정한 눈빛과 칼날의 단순함에 취해 / 접시에 차려질 음식냄새에 취해 / 웃으며 박수치는 아이들의 풍부한 표정”에서 읽을 수 있듯이 도무지 달라지지 않을 것 같은 현실과 미래에 대한 시인의 처절한 절망감은 비극적이기까지 하다. 그것은 태어나자마자 “곰팡이 냄새”나는 “자신의 운명을 알게”(「수박」) 되는 것과 같이 비극적인 것이다. 전망 없는 미래, 역사의 진보에 대한 회의와 불신으로 가득한 나머지 화자는 미래에 대한 어떠한 기대나 희망도 내비치지 않는다. 폭력과 착취의 근원에 대한 이와 같은 성찰적 태도는 결국 출구가 보이지 않는 미래를 포함한 현재적 삶의 폭력적 현주소를 보는 듯하다.

> 임신한 여자가 뒤뚱대며 수박을 끌어안고 땀을 뻘뻘 흘리며 언덕을 걸어 올라가고 있다 뱃속에 수박만한 아이가 있는지 배는 터질듯 부풀어 오르고 언덕 위엔 상점이 없다 노인들은 평상에 앉아 마늘을 깐다 여자가 잠시 기우뚱 거린다 발을 잘못디디면 여자는 언덕아래 굴러갈 것이다 차가운 수박에 맺힌 이슬이 아스팔트 바닥에 떨어진다 반쯤 쪼개진 하늘에는 태양이 빛을 내뿜고 여자가 뒤돌아 자신이 걸어온 길을 바라보며 땀을 닦는다 마을버스가 언덕길을 돌아 내려간다 태양을 보자 어지럼증이 인다 이마저도 조심조심 살았기 때문에 깨지지 않은 것이다 여자는 다시 언덕을 걸어 올라간다 수박만한 머리가 가랑이 아래로 나올 때 곰팡이 냄새를 맡으며 아이는 자신의 운명을 알게 될까 여자의 등 위에서 피자배달 오토바이가 따라 올라온다 골목에서 여자는 비켜선다 맞은편에서 용달차가 머리를 들이밀고 오토바이가 넘어진다 뒷바퀴가 여자의 종아리를 밀자 주저앉은 여자가 수박을 놓친다 언덕 아래로 수박이 굴러 내려가기 시작한다

— 「수박」 전문

인용 시에서 화자는 출구가 보이지 않는 미래를 포함한 현재적 삶의 폭력적 현주소를 위태롭게 제시하고 있다. “임신한 여자가 뒤뚱대며 수박을 끌어안고 땀을 뻘뻘 흘리며 언덕을 걸어 올라”간다. 언덕을 오

르는 모습은 그녀의 "터질듯 부풀어 오"른 배의 이미지로 연쇄되고, 부풀어오른 배는 '수박'의 이미지와 겹치며 그것이 터지거나 깨질지도 모른다는 불안한 분위기를 더욱 증폭한다. 아울러 위태로움은 언덕에서 뒤뚱대고 기우뚱 거리며 오르는 그녀의 발, "수박에 맺힌 이슬이 아스팔트 바닥에 떨어진다", "반쯤 쪼개진 하늘", 그리고 "어지럼증"으로 연쇄되면서 미구에 굴러 떨어져 박살날 것이라는 불안한 파탄의 분위기를 효과적으로 보조하면서 참혹한 삶의 풍경을 예감하도록 한다. 이를테면 비탈길을 간신히 기어오르는 임신한 여자와 그녀의 부풀어오른 배의 이미지와 대비적으로 굴러 떨어져 깨질 것 같다는 추락의 이미지와 충돌하면서 사태의 위태로움은 한층 가중되고 고조된다는 말이다. 이러한 불안감은 결국 "수박만한 머리가 가랑이 아래로 나올 때 곰팡이 냄새를 맡으며" 나올 아이의 운명으로 전이되면서 어미나 아이할 것 없이 모두 굴러 떨어져 깨질 비극적 상황을 연상시킨다. 그럼으로써 처참하고 가혹한 비극적 운명은 더욱 고조되고 급기야 "수박을 놓"치고 "언덕 아래로 수박이 굴러 내려가기 시작한다"는 진술에 이르면 위태로움이 간직한 파탄은 실현되고 만다.

그리하여 언덕을 기우뚱거리며 오른 임신한 여자나 "수박만한 머리가 가랑이 아래로 나올 때 곰팡이 냄새를 맡으며" 나온 아이의 운명은 처참하기 짝이 없다. 유전되는 위험의 증폭과 남루하고 비참한 현실의 주소는 우리의 거처로 남아 있을 것이다. 그렇다면 이 희망 없는 현실과 어떻게 맞서 싸워나갈 것인가. 그러나 김성규에게 이 문제에 대한 해답을 기대하지는 마시라. 시인은 위험하고 위태로운 현실이 어떻게 변화해야 한다든지 무엇이 잘못됐다든지는 말하지 않는다. 그는 비극적 현실의 극복과 전망을 말하지 않는 것이 시의 미덕으로 여기는지, 참혹한 현실을 바로잡고 또 부조리한 삶의 운명을 수정해야 한다고 요구하지 않는다. 그는 다만 우리의 참혹하고 기형적이며, 비참하고 잔혹한 삶과 현실을 경험하게 할 뿐이다. 시인은 다만 우리의 삶이 포함하고 있는 추악하고 비극적이며 혐오스런 운명 위에서 펼쳐지는 처절한 삶의 과정들을 주시하고 그 불완전함, 그 부조리한 형상이 우리 삶의 근원적 속성이라는 점을 덤덤하게 들려줄 뿐이다. 우리는 모두 잘못 날아온 것이다.

김성규의 첫 시집 『너는 잘못 날아왔다』가 그렇듯 근작 시 역시 죽음과 부패와 연관된 혐오스러운 생의 참상과 불쾌하기 짝이 없는 잔혹한 상상력은 시를 구축하는 힘으로 작동한다. 삶과 죽음, 정형과 기형, 만족과 역겨움, 행복과 비극, 기쁨과 고통 같은 것들은 동전의 앞뒷면과 같이 누구도 분리할 수 없는 하나의 짝패이다. 삶에 들어붙어 있는 죽음과 부패, 혹은 부패에 들러붙은 삶은 서로가 서로를 비추어주는 거울과 같은 것이다. 죽음의 현존성에도 불구하고 사람들은 보통 삶에 들러붙은 죽음을 말하고 싶어 하지 않는다. 그것은 우리의 일상에 편재해 있지만 낯선 것이다. 죽음은 불길하고 불온하며, 공포스럽고 두려운 것이다. 삶의 확실성을 거부하고, 또 죽음을 부정하지도 않으며, 또한 죽음으로부터 구태여 구원을 요청하지도 않는 김성규의 시는 그래서 매혹적이다.

정형과 대칭, 조화와 균형, 질서와 규칙, 숭고와 우아보다는 기형과 비대칭, 부조화와 불균형, 무질서와 혼돈, 천박함과 잔혹함, 참상과 비극을 지향하는 김성규의 시는 삶의 이면에 은폐된 다른 추악한 세계를 들춰내 삶과 세계에 대한 정직성에 육박해 나가고자 하는 듯하다. 아울러 이러한 시적 작업은 전망 없는 삶에 대한 실존적 죽음과 부패에 대한 성찰이며, 이 같은 시적 사유는 역설적으로 마취된 혹은 단단하게 각질화한 삶의 미망을 깨뜨리는 시도로 보인다.

저자 **김홍진**

　충남 홍성에서 나고 자랐다. 한남대학교 국어국문학과를 졸업하고 같은 대학원에서 박사학위를 받았다. 2004년 『시와 정신』 비평부문 신인상을 수상하면서 비평 활동을 시작했다. 저서로 『장편 서술시의 서사시학』과 평론집으로 『부정과 전복의 시학』, 『오르페우스의 시선』, 『현대시와 도시체험의 미적 근대성』 등이 있다. 현재 한남대학교 문예창작학과 교수로 일하고 있다.

푸른사상 비평선 9

풍경의 감각

인쇄 2012년 10월 20일 | 발행 2012년 10월 25일

지은이 · 김홍진
펴낸이 · 한봉숙
펴낸곳 · 푸른사상사
주간 · 맹문재 | 편집 · 지순이 | 마케팅 · 박강태

등록　제2-2876호
주소　　서울시 중구 초동 42번지 아시아미디어타워 502호
대표전화　02) 2268-8706~7　|　팩시밀리 02) 2268-8708
이메일　　prun21c@yahoo.co.kr / prun21c@hanmail.net
홈페이지　　www.prun21c.com

ⓒ 김홍진, 2012

ISBN 978-89-5640-951-1 93810
　값 25,000원

☞ 저자와의 합의에 의해 인지는 생략합니다.
　이 책의 전부 또는 일부 내용을 재사용하려면 사전에 저작권자와 푸른사상사의
　서면에 의한 동의를 받아야 합니다.

　e-CIP 홈페이지(http://www.nl.go.kr/cip.php)에서 이용하실 수 있습니다.
　(CIP제어번호 : CIP2012004784)